플라스틱 물고기

플라스틱 물고기

김지현 소설

문학동네

차례

멧돼지 이야기 _007
사각거울 _041
털 _073
초대 _105
나무구멍 _137
플라스틱 물고기 _171
고무공 _205
인형의 집 _237
미행 _265

해설 | 조연정 진리가 여성이라면…… _297
작가의 말 _324

멧돼지 이야기

어머니에게 몸을 의지한 채 떠나는, 아버지 뒤에서였다. S는 자신의 정수리를 짓누르며 미친 듯이 쿵쾅거리던 어머니의 심장을 기억해냈다. S가 열 달을 살고 있던 어미의 뱃속이 이제 막 세상을 향해 열리려던 찰나, 그녀의 말랑한 머리 꼭대기 위로 무자비한 방아질이 시작되었던 것이다. 쏴아, 하고 밀려와 온몸을 화끈하게 밀쳐대는 것은 어머니의 뜨거운 피였다.

1

 어머니에게 몸을 의지한 채 떠나는, 아버지 뒤에서였다. S는 자신의 정수리를 짓누르며 미친 듯이 쿵쾅거리던 어머니의 심장을 기억해냈다. S가 열 달을 살고 있던 어미의 뱃속이 이제 막 세상을 향해 열리려던 찰나, 그녀의 말랑한 머리 꼭대기 위로 무자비한 방아질이 시작되었던 것이다. 쏴아, 하고 밀려와 온몸을 화끈하게 밀쳐대는 것은 어머니의 뜨거운 피였다.

 어머니가 S를 잉태했을 즈음, 아버지는 TV 앞을 떠날 줄 몰랐다. 예외인 순간이 있긴 했다. 식당에 날리는 똥파리를 생포해 날개를 떼어버리거나, 날개는 두고 다리만 똑똑 끊어내거나, 날개 다리 모두 뽑고 몸통을 겨냥해 고무줄을 튕기며 이놈의 하루살이만도 못한 놈! 뇌까리거나 하는 순간이, 바로 그랬다. 쌓여가는 똥파리의 사체들. 걸레를 손에 쥔 어머니가 아버지의 분노와 광기가 지나간 흔적을 향해 한숨짓는 동안, 아버지는 얼굴의 날카로움을 지우고 돌아앉아, TV 시청에 몰두할 뿐이었다.

  아버지의 식당이 기울기 시작한 것은, 잘살기 위해 잘 먹어야 한다는 구호가 동네 구석구석을 뱀처럼 휘감은, 그 무렵부터였다. 여기서 잘 먹는다는 것은 아이러니하게도 좀 덜 먹는 일이었다. 야채와 생식 따위로 배를 채우고 추리닝을 갖춰입은 한 무리의 사람들은 삼열종대로 동네 공터를 뱅뱅 뛰어 돌았다. 식당 총사령관인 아버지는 사람들 입맛을 잡기 위해 조리법을 좀더 세밀하게 개발했고, 내장탕 설렁탕 자장떡볶이 등 메뉴를 늘려가기 바빴다. 난해한 수학공식처럼 나열한 조리법을 어머니 앞에서 장시간 강의했고, 어머니의 해맑은 표정을 통해 조리법의 훌륭함을 확인하고자 했으나, 어머니는 신경성 위통과 변비를 호소하며 화장실에 죽치고 앉아, 이런 염병할! 을 외치며 배변이 이뤄지지 않는 현실을 개탄할 뿐이었다. 유행을 좇아 '떼거리'로 몰려다니는 것 또한 유행인지라, 비슷한 추리닝을 입고 떼거리로 뜀박질을 하던 사람들은 과도한 섬유소 섭취가 유발한 방귀 역시 떼로 동시에 꾸어댔고, 허공을 떠도는 노란 방귀 냄새 속에 아버지만의 복잡한 레시피 또한 노랗게 삭아갔다. 식당 사령탑을 포기하고, 대신 TV 채널 선택권을 독점한 아버지는 마흔 개의 채널을 볼 수 있는 유선방송을 신청했고, 리모컨으로 채널을 마구 돌려가며 고독을 달랬다. TV는 좌절과 우울로 정체성의 극심한 혼란을 겪는 아버지에게 유일한 진정제이자 종합선물세

트였고, 말 잘 듣고 다정한 '또하나의 가족'이었다.

　어느덧 만삭에 가까운 어머니가 오늘도 아버지가 작살낸 파리들을 치우고 있을 때, 아버지는 TV 리모컨으로 어머니의 둥근 배를 밀치며 안 보이잖아! 버럭 소리를 내질렀다. 어머니가 수치심을 깨물며 걸레를 비틀어쥔 순간, 아버지의 우울한 눈꺼풀을 흔들어 깨운 TV 프로 〈장인시대〉. 역사와 전통을 자랑하는 식당 '사장'이 구구절절 사연 많은 가난한 식당 '주인'에게 비법을 전수해주는 프로로, 인생 역전을 맞이한 주인의 주름 가신 얼굴은, 아버지가 꿈꾸는 모습이자 그의 '또다른 얼굴'이었다. 아버지는 자신이 얼마나 너덜너덜한 쪽박을 차고 있는지, 그 뼈아픈 사연을 방송국으로 보내기 위해 식당 유일한 단골인 초등학생 C군을 꼬드겼고, 석 달 내내 C군의 순진한 필체로 쓰인 편지를 방송국으로 발송했으며, 편지 쓴 대가로 C군이 해치운 자장떡볶이 접시가 전봇대 높이만큼 쌓였을 즈음, 방송국에서 답장이 도착했다.

　이십 년 동안 부대찌개만을 끓여 성공한 사장의 팔뚝은 갓 뽑은 무처럼 튼실했고, 눈동자는 푸르고 서늘한 기운이 감돌았다. 사장은, 식당 뒤는 산이요 앞은 개천이 흐른다지만 식당이 아파트 단지와 뚝 떨어진 곳에 들어서 있는데다 한갓진 도로변에 있어, 여러모로 망하기 딱 알맞은 조건을 두루 갖췄다고 말했고, 만삭인 어머니 배를 훑어보며 쯧쯧, 혀까지 찼다. 이 열악한 환경 속에 내걸린 백 가지 메뉴를 보고 경악을 금치 못한 사장은, 부대찌개 하나에만 목숨을 걸어도 성공할까 말까 하는 세상이라고 겁을 주었고, 그러나 비법 전수를 위해 최선을 다할 거라며, 촬영 카메라를 향해 V자를 그려 보였다. 사장은 아버지에게 자신의 식당 허드렛일부터 시켰고, 아버지가 담배를 피우거나 하품을 하거나 화장실을 하루 세 번 이상 가면, 정신상태가 틀려먹었다는 이유로 쥐새끼를 몰듯 아버지를 다그쳤다. 아버지는 사장에게 이제 곧 아기가 태어날 것이므로 진도를 좀 빨리 나가자고 빌어보았으나, 사장은 고단한 허드렛일과 갑작스레 끊은 담배 탓으로 쭈글쭈글해진 아버지의 얼굴을 민망할 정도로 빤히, 쳐다볼 뿐이었다. 카메라 앞이라 성질을 죽여야 했던 아버지는 집으로 돌아와 만삭인 어머니의 뺨을 찰싹찰싹 갈겼고, 어머니는 모욕감을 짓씹으며 아버지의 속옷을 북북, 문질러 빨았다. 그러던 어느 날, 시종일관 도사 같던 사장이 카메라 뒤에서 아버지 귀에 대고 은밀히 속닥거렸다, 촬영이 끝나면 넌 돈을 벌겠지만 그건 잠깐일 것이며, 그러나 천만다행으로 자신이 계속 뒤를 봐주겠다고, 대신 네가 체인점 형식으로 내 밑으로 들어오면 누이 좋고 매부 좋지 않겠느냐, 라고. 아버지는 체인점? 내 식당을 날로 먹겠다? 누가 누이고 매부야? 에잇, 썅! 하고 사장을 부숴버리겠다며 주먹을 휘둘렀다.

    아버지는 폭행죄로 유치장에 수감되었다. 반 토막 난 촬영분은 약이 오를 대로 오른 사장의 부탁과 압력으로 방송되고야 말았는데, 아버지의 얼굴은 모자이크로 처리돼 뿌옇기만 했고 음성은 변조되어 앵앵거렸으며, 아버지가 난동을 부리는 장면에서는 **검거**,라는 글씨가 크고 뚜렷하게 떠올랐다. 아버지의 굴욕적인 모습이 전파를 타고 온 세상에 알려지던 날, 어머니는 만삭인 배를 끌어안고 비명을 내지르며 쓰러졌다. S의 정수리를 짓누르며 쿵쾅거리던 어머니의 심장이 S에게로 쿵, 떨어져버린 것이다. S가 어머니 심장을 끌어안고 어쩔 줄 몰라 쩔쩔매는 사이, 어머니는 죽었다 깨어나기를 천만번, 하늘이 싯누렇게 문드러지려는 찰나, S를 겨우 세상 밖으로 밀어낼 수 있었다.

　S를 낳으며 죽었다 되살아난 어머니는, 식당 안에 들인 살림방에서 종일 뒹굴거리는 아버지와, 싸늘한 방바닥에 누워 까무러칠 듯 울부짖는 아기 S를 소 닭 보듯 쳐다보는 아버지를, 노려보았다. 아기를 낳고 몸이 가벼워진 어머니는 소매를 걷어붙였고 먼저 식당 광고 전단지를 만들었는데, '부대찌개 전문점'이란 문구 아래, 불미스럽지만 어쨌든 특이한 이력인지라 '방송국에 출연했던 집'이라고 큼직큼직하게 써넣었다. 아버지가 조급한 얼굴로 부대찌개 사장의 뒤통수를 쩨려보는 동안, 어머니는 사장의 어깨 너머로 부대찌개 끓이는 법을 익혔다. 아버지와 사장이 서로 멱살을 움켜쥔 순간에도, 어머니는 만삭인 배에 수첩을 올려놓고 의혹과 고민에 휩싸이며 찌개 끓이는 법을 연구했다. 그때의 연구를 밑천으로 어머니는 부대찌개를 훌륭히 끓여냈고, 손님들은 어머니의 찌개로 밥 서너 공기를 뚝딱 해치웠으며, 어머니가 뿌린 전단지를 돌돌 말아 옆구리에 낀 몇몇은 여기 맛이 전파를 타서 색다르다며 맹목적인 확신을 피력했다. 손님들은 저녁 무렵 퇴근길 버스에서 내리자마자 아파트를 등지고 얼굴에 흐르는 검은 땀을 닦아내며 부대찌개를 찾아왔고, 그들 중 수예점을 한다는 쌍둥이 총각 형제는, 평생 이곳에서 찌개를 먹을 것을 다짐하며 약속의 징표로 자신들이 손수 만든 퀼트 가방을 어머니에게 선물했다. 오늘로 딱 스무번째로 부대찌개 국물을 떠먹는 박PD는, 어머니에게 자신의 담당 프로인 〈주부토크쇼〉에

출연해달라고 졸라댔다.

　아버지는 지난날 감옥살이를 하다 나온 후로, 방 천장을 올려다보며 코딱지를 파내는 일이 일과의 전부였다. 여전히 한 손엔 TV 리모컨을 꼭 쥐고 있던 어느 날이었다. 어머니의 주름 가신 얼굴이 이십칠 인치 TV 화면 전부를 차지한 장면과 맞닥뜨린 아버지는 코를 파다 콧속을 찔렀고, 정신이 번쩍 들었으나 금세 의혹을 품은 실눈을 떴고, 다시금 어머니를 뚫어지게 노려보다 문득, 지구는 둥글다지만 세상엔 닮은꼴 사람들이 존재한다지, 라는 수수께끼 같은 말을 중얼거리고는 돌부처처럼 앉아 계속해서 코를 팠다. 어머니의 방송 출연 후 식당 매상은 껑충 뛰어올랐고, 아내의 성공을 인정하지 못한 아버지는 한동안 TV 앞에 앉지 못했다. 그러는 사이, 유기농식과 맛도 영양도 좋은 건강식 바람이 동네 곳곳을 휘감았고, 어머니는 음식에 들어갈 채소는 무조건 손수, 정성껏 키워보겠다는 다짐과 광고 아래 식당 곁에 텃밭을 일구었다. 또한 식당 공기 정화를 위해 귀면각, 벽탑, 백금사자 등, 비교적 물 주는 일이 적고 잔손이 덜 가는 선인장들을 키우기 시작했다. S가 무럭무럭 커가는 것과 더불어, 어머니의 선인장들도 쑥쑥 자라났다.

　선인장들 다 얼겠네, 저것들 좀 방으로 들여주소!

　이제는 제법 처녀티가 묻어나는 S의 어느 생일날, 기상관측 이래 최고로 혹독한 추위가 몰려왔다. 어머니 부탁으로, 아버지는 키가 1미터 이상이나 자란 선인장들을 방으로 들이던 중 으악, 비명을 지르며 피눈물을 쏟아야 했다. 8센티 정도 되는 선인장 가시가 아버지 왼쪽 눈두덩을 뚫고 들어가버린 것이다. 아버지는 가시를 뺄 수 없어 그대로 선인장을 부둥켜안고 119 구급차에 실려갔고, 수술침대 위에 눕혀지자 씨발 살려줘, 고함을 지르며 버둥거리다 가시가 좀더 깊이 박히는 사태를 초래하고 말았다.

눈에서 선인장 가시를 빼고 애꾸눈이 돼버린 아버지는 점점 이상하게 변해갔다. 어느 순간부터 아버지는 살림방에서 톡 튀어나와 손님들 곁에 일행처럼 앉아 있길 즐겼고, 지난날 굴욕의 방송에서처럼 얼굴이 모자이크 처리된 듯 눈 코 입이 갈수록 희미해지는 탓으로, 손님들은 '표정'을 잃어버린 아버지의 얼굴을 대할 때마다 깜짝깜짝 놀라야 했다. 그럴 때면 어머니는 아버지의 뒷덜미를 잽싸게 낚아채어 그를 방 깊숙이 끌고 들어갔고, 손님들은 아버지를 동정하며 혀를 찼다. 그들의 동정심은 아버지의 몸에서 풍기는 악취에서 비롯되었다. 그 당시 애꾸눈 아버지는 바지에 오줌과 똥을 조금씩 지렸다. 그는 점점 사람들이 코를 틀어쥐고 피하는 줄무늬스컹크를 닮아갔다. 식당은 갈수록 한산해졌고, 그러던 어느 깊은 밤 황당한 사건 하나가 발생했다. 아버지가 어머니의 젖가슴을 더듬더듬 찾아 입에 물더니 엄마, 하며 징징 울어대는 것도 모자라, 엄마 목말라 죽겠어, 하고 입맛까지 쩝쩝 다셔댔던 것이다. 아, 도저히 못 해먹겠네, 소리치며 자리에서 벌떡 일어난 어머니는, S에게 식당 열쇠꾸러미를 던져줘야 했다.

새벽녘, 식당 앞에 우뚝 선 S는, 아버지를 산골 요양소에 맡기기 위해 떠나는 어머니를 바라보고 있었다. 식당 문에 붙은 '주방 아줌마 구함'이라고 쓰인 종이가 흙바람에 펄럭였다. 거의 아기가 되어버린 아버지를 부축해 떠나는 어머니의 모습이 길모퉁이를 돌아 사라지고, 바로 그때였다. 개보다 키가 크고 헉헉, 뿜어대는 허연 김의 양이 예사롭지 않은 짐승 하나가 식당을 향해 터벅터벅 걸어오고 있었다. 육중한 몸집, 짧은 다리, 원통형인 긴 주둥이, 주둥이 양옆으로 삐죽이 치솟아 전갈의 꼬리처럼 휜 멧돼지의 송곳니를, S는 숨을 참고 똑똑히 지켜보았다.

2

L이 이동식 화장실의 문을 열자, 딱딱하게 굳은 한 무더기의 흑갈색 똥이 똬리를 틀고 있었다. 화장실 문을 쾅 닫고 돌아선 L은 그 곁, 텃밭가에서 치마를 훌렁 들추고 오줌을 누었다. 흙바닥을 파헤치던 L의 오줌줄기가 가늘어졌을 즈음, 그녀 뒤로 툭툭 흙을 튀기며 무언가를 마구 짓이기는 소리가 들려왔다. L은 팬티도 끌어올리지 못하고 엉거주춤 그 소리의 정체를 마주 대했다. 텃밭에 심은 고추와 파, 시금치, 쑥갓 등을 긴 주둥이로 마구잡이로 헤집고, 언덕처럼 쌓아올린 쓰레기들 사이사이에서 기어나온 시궁쥐들을 짧고 뭉툭한 다리로 참혹하게 짓뭉개는 놈은, 멧돼지가 분명했다. 멧돼지는 시궁쥐의 살점과 피가 뚝뚝 흐르는 주둥이를 쳐들고 L을 쏘아보았고, 한동안 잠자코 있던 L은 입술을 까뒤집으며 하얗게 빛나는 이빨을 내보이는 것으로 응수했다. L의 가지런한 이빨이 정오의 햇살을 받아 잘 닦인 유리창처럼 빛을 발한 후로

으득으득, 얼음 깨먹는 소리까지 내자, 멧돼지는 L을 위협하기 위해 눈을 번쩍 떴으나, 타고난 게 원래 그 모양인지라 단춧구멍만한 놈의 눈은 뜨나 감으나 비슷했다. 오줌을 누고 여전히 팬티를 끌어올리지 못한 L은 어쩔 수 없이, 그 자리에서 묵은똥 한 무더기를 싸버려야 했다. L이 오랜 변비 환자이고, 때를 놓치면 언제 또 변의(便意)를 느낄지 모를 일이긴 했으나, 무엇보다 놈에게 좀더 강한 모습을 보일 의도로 이빨을 갈 때 발생한 진동이, 식도를 타고 심장을 두 번 뒤흔든 뒤 숙변으로 가득 찬 대장을 강타하는 바람에 느닷없이 괄약근의 긴장을 잃어버린 것이 이유라면 이유였다. 멧돼지는 L에게서 날아오는 황색 냄새를 쫓아 팽창된 콧구멍을 벌름거렸지만, 계속 웅크린 채로 이빨을 갈고 똥을 싸대는 L을 그저 지저분한 바위쯤으로 착각한 탓인지, L의 똥냄새를 맡는 순간 충격을 받고 잠시 숙연한 가운데 위협을 느낀 탓인지, 뒤로 두어 걸음 물러서고 말았다.

스프링 모양으로 말려올라간 L의 똥에서는 황색 연기가 무럭무럭 피어올랐고, 텃밭으로 뻗어나간 연기는 채소들이 꺼멓게 썩어들어갈 때까지 모든 것을 자욱하게 휘감았고, 곧이어 텃밭 깊숙이 스며들었다. L은 마지막 똥줄기를 뽑아내며, 겁먹은 얼굴로 물러가는 멧돼지를 노려보며, 슬며시 미소지었다.

S는 선인장 곁에 붙어서 있었다. 새벽녘, 피하지방을 차곡차곡 쟁여둔 배를 둥싯거리며 걸어오던 멧돼지. S는 뿔처럼 치솟은 놈의 송곳니를 쩨려보다 슬슬 뒷걸음질쳐 식당 문을 쾅 닫고 들어와, 제일 먼저 선

인장을 부둥켜안았다. 아버지 눈을 찌를 당시 키 1.5미터에 가시 길이 8센티였던 선인장은, 현재 2미터까지 훌쩍 자라났고 가시는 12센티에 달했다. 변함없이 쑥쑥 자라는 선인장은 아버지 눈을 찌르고 119구급대원들 손에 폐기처분될 위기에 처했으나, 선인장을 1미터 이상 키우기가 어디 쉬운 줄 아느냐며 어머니가 따지고 들며 어리둥절한 그들 손에서 선인장을 구해냈다. 애꾸눈이 되어 돌아온 아버지는 자신의 눈을 찌른 선인장이 떡하니 버티고 서 있는 모습을 보자 이젠 두 마리로 보인다, 고 미친 듯이 외치다 기절해버렸다. 그때부터 어머니는 선인장을 마리로 세었는데, 한 마리, 두 마리, 우리 식당엔 선인장 총 아홉 마리가 산다네, 하며 노래를 부르곤 했다. 선인장의 단단한 가시들이 S의 젖가슴과 배와 허벅지를 콕콕 찌르고, 살과 뼈와 혈관이 온통 따끔거리며 붉게 곤두섰을 때에야 S의 눈빛은 총기를 되찾았다. 단도의 둥근 날처럼 차갑고 윤기가 흐르는 선인장 가시는 칭얼거림과 나약함, 비겁함과 무감각 따위로 침몰해들어가는 S의 영혼을 바짝 틀어쥐었고, 척박한 땅을 뚫고 자란 가시, 냉혹한 발악이 전하는 따끔거림은 S에게 힘을 불러왔다. 거참, 멧돼지라니! S는 망설임을 걷어낸 눈빛으로, 부모님이 떠난 식당을 지켜내야 하는 현실을 다시금 돌아봤다.

 S가 애완견을 쓰다듬듯 선인장 가시를 쓸어내리는 동안, 누군가 유리창에 이마를 대고 식당 안을 기웃거렸다. 이내 식당 문이 열리고, '주방 아줌마 구함'이라고 적힌 종이를 손에 쥔 누군가가 S를 향해 꾸벅, 인사했다.

 L이었다.

S는 식당 손님방으로 옷가방을 끌고 들어가는 L에게서 눈을 뗄 수 없었다. 몸집이 큰 L은, 걸을 때마다 모래주머니처럼 생긴 젖가슴과 둥근 엉덩이가 몹시 출렁거려 물이 가득 든 동이를 몸 안에 숨긴 듯했고, 빵빵한 몸뚱이를 떠받들고 있는 두 다리는 터무니없이 가늘고 짧아 조금만 건드려도 기우뚱거리다 푹 꼬꾸라질 듯 보였다. 게다가 L의 몸에서는 독특한 냄새가 풍겼는데 비릿하면서도 약간은 구수한 냄새로, L에 비해 비쩍 마른 S는, 희한하게 자꾸 끌리는 그 냄새를 콧속 깊이 빨아들이고 싶은 열망으로 L의 젖가슴에 코를 박는 상상을 하다, 얼굴이 새빨개졌다.

L이 옷가방에서 보자기로 싼 단지를 꺼내 내려놓자 강한 암모니아 냄새가 사방으로 퍼져나갔고, 제기랄 샜어, L의 한탄 끝에 끌려나오는 옷가지에서 흑갈색 액체가 뚝뚝 떨어져 방바닥에 갈색 꽃무늬가 생겨났다. L이 단지 뚜껑을 열어젖히자 알코올의 알싸한 냄새, 곡물의 쉰 냄새, 상한 우유의 시큼한 냄새, 된장의 구린 냄새, 온갖 고약한 냄새들이 뛰쳐나와 S의 정신을 흐려놓았다. 간장이라오, 주인장, 백 년간 띄운 메주로 담근 간장이라오, 어머니의 어머니, 그 어머니의 어머니가 만든 메주로 완성한 간장이오, 메주에 부패균과 누룩곰팡이가 퍼져 고린내를 피우고, 꼿꼿이 선 누룩곰팡이 균사에 꽃대처럼 뻗어나간 잔가지들, 그 끝에서 곰팡이 포자가 꽃가루처럼 날릴 무렵 담근 간장이오, 자, 맛 좀 보소. L은 손가락에 간장을 찍어 S 앞에 디밀었고, S는 반사적으로 호흡을 멈췄으나 무의식중에 혓바닥을 내미는 실수를 저질렀

고, 그 틈을 타 L의 손가락이 S의 혓바닥을 쓸어내리고 말았다. S는 처음에는 찝찔함으로 눈물을 찔끔 흘렸으나 막상 입맛을 다셔보니, 맛은 오묘하게도 달았다. 스스로 생산한 포자로 새끼를 치는 누룩곰팡이, 음식물을 변화시켜 제3의 맛을 만들어내는 곰팡이의 힘, 간장의 단맛은 누룩의 공이 컸노라고 L이 말했다. 난 간장이 없으면 밥맛을 잃는다오. L이 간장이 묻은 손가락을 쪽쪽 빠는 동안, S는 간장단지 속을 들여다보았고, 검은빛 간장에 비친 자신의 얼굴을 마주 대했다.

자고 먹는 일만 해결해주면 급여는 주든지 말든지 마음대로 하라는 L에게 S는, 그 시커먼 옷가방이 방 한구석을 전부 차지하니 꼭 곰 한 마리가 웅크리고 있는 꼴이네, 불퉁거렸다. 이걸 숨기는 방법이 있소. L은 가방에서 커다란 보자기를 꺼내 옷가방을 뒤덮었다. 하지만 아무리 봐도 좀 전과 달라진 게 없는 모양새였다.

S는 어머니에게서 전수받은 부대찌개 끓이는 비법을, 사흘 밤낮 동안 L에게 전수했다. L은 S를 '주인장' 이라 줄기차게 부르며 짜거나, 싱겁거나, 맵거나, 수상한 맛, 인간의 혓바닥으로는 도저히 무슨 맛인지 알 수 없는 찌개들을 끓여대느라 진땀을 뺐다. S는 주방의 열기가 숨통을 틀어막을 때면 고개를 돌려 L을 쳐다보았고, 그럴 때마다 온몸을 움찔, 떨며 눈을 똥그랗게 떠야 했다. S와 눈이 마주치기 전 이미 그녀를 빤히 쳐다보고 있던 L의 얼굴에서, 어떤 때는 눈과 코는 보이는데 입술이 사라졌거나, 또 코와 입술은 그대로인데 눈이 사라졌거나, 또 눈과 입술이 사라진 자리에 둥글넓적한 코만이 벌렁대거나 했기 때문이었다. L의 얼굴에 놀란 S가 손에서 국자를 떨어뜨렸을 때, L은 주인장, 제

발 환기 좀 시키지, 라고 항의했고, 그제야 정신이 돌아온 S는 지극히 정상적이지만 장시간의 수련으로 지친 L의 얼굴을 제대로 쳐다볼 수 있었다.

찌개 끓이기 교육이 끝나고, S는 L과 함께 새로운 광고 전단지를 만들었다. S는 부지런히 자료를 검색했고, 스캔을 받았으며, 포토샵을 이용해 전단지 초안을 출력했는데, 그것은 부대찌개 만들기로 〈주부토크쇼〉에 출연했던 어머니 사진을 확대, 편집한 것이었다. S는 포토샵으로 분가루를 듬뿍 펴바른 어머니의 얼굴을 피부색에 가깝게 수정했고, L이 어머니 머리에 모자를 씌워주자고 제안해, S의 어머니는 보라색 중절모를 쓰게 되었다. 어머니가 키워온 아홉 마리 선인장에 '사자왕환'이라고 불리는 선인장 한 마리를 추가했고, 이제 식당엔 선인장 총 열 마리가 가시를 곤두세운 채 숨을 쉬었다.

저녁식사 시간. L은 먼저 간장단지를 열었다. S는 그 냄새에 질려 얼굴이 하애졌으나, 단맛을 기억하는 혓바닥은 침이 고여 묵직했다. 대접에 밥을 수북이 퍼담은 L은, 간장 한 숟가락을 밥 위에 뿌렸고, 간장이 스며든 흑갈색 밥알들이 탱탱해지자 그것을 쓱쓱 비볐다. 간장과 뒤섞인 밥이 역한 냄새를 풍기며 L의 입속으로 떨어진 순간, S는 반찬을 씹다 혀를 깨물고 말았는데, 또다시 눈과 코가 사라진 L의 얼굴에서 음식을 머금은 입술만이 신나게 오물대거나, 입술과 눈이 감쪽같이 사라지고 코만 남아 뺄쭉거리거나 했기 때문이었다. S는 물 한 컵을 단숨에 들이켜고 두려움과 맞서겠다는 태도로 L의 얼굴을 유심히 살펴본바, 그것은 일종의 L의 습관이라 할 수 있었다. 밥맛 간장 맛을 음미할 때,

맛이 좋아라 감탄할 때, 일이든 대화든 무언가에 몰두할 때, 낯선 사람을 대할 때, 원리가 뭘까 이 방법밖에 없나 궁리할 때, 누군가를 도와 땀을 뺄 때, 눈빛이 또렷해지거나 입술이 부풀거나 콧구멍이 벌렁대거나 하며 눈, 코, 입, 눈동자, 눈썹, 이빨 등 얼굴의 특정 부분이 확대되는 까닭이었다. 이것은 L만의 표현방식이자 강요나 원칙 따위를 벗어던진 '표정'이었고, 감정에 솔직한, 보다 적극적인 얼굴이었다.

대단위 아파트 단지가 들어선다고 했지, 철거 바람에 우리는 살아온 터전을 잃었지, 사다리 그룹의 조직원이자 명예로운 퇴직을 종용받던 남편은, 보상금과 퇴직금을 싸들고 튀었다가 노름판을 순례한 뒤 마침내 가족 곁으로 돌아왔지, 꿈이 많았던 남편은 밤낮 새를 쫓는 꿈을 꾸는지, 휘이휘이— 잠꼬대를 해댔지, 덕분에 우리들 보금자리에서는 참새는 물론이요, 그 흔한 비둘기 소리조차 듣지 못했지, 나약한 남편은 종종 현관이나 화장실에서 잠을 깼고, 또 옆집 과부의 방이나 어쩌다 만난 낯선 여자의 차 안에서 잠을 깨고는 불쌍한 얼굴로 돌아와, 부인이 이해해주지 않으면 누가 이해해주겠소, 라고 말했지, 당신 꼴이 병자 같구려, 라는 질책 한마디에 남편은 다시 우울한 몰골로 돌아와, 부인이 이해해주지 않으면 누가 이해해주겠소, 라고 말했지, 또 TV를 친구 삼아 괴로운 심신을 달래다가도 문득, 부인이 이해해주지 않으면 어쩌고저쩌고, 이제는 일정한 리듬까지 타가며 나불대는 남편의 주둥이를, 나는 할 수 없이 움켜잡고 말해야 했지, 난 나고 넌 너잖니, 그리고 TV 곁에 커다란 거울 하나 걸어주고는, 나의 간장단지와 함께 집을 나와버렸지. 온갖 표정을 지어가며 간장으로 비빈 밥을 해치운 L은, 선인장 열 마리에 눈길을 고정하고 묻지도 않은 일들을 줄줄 읊어댔다. 그사이 S는 L이 모르게 슬쩍 그녀의 간장 맛을 보았고, 오묘한 맛에 짜릿함을 느끼던 중 식당 주방 양념병에 L의 간장을 조금 덜어놓아야겠다고 결심, 마침내 행동에 옮겼다.

그날 밤. 문단속이 걱정되어 자다 벌떡 깨어나길 반복하던 S는, 참다못해 식당으로 나와 잘 잠겨 있는 문고리를 덜커덩거리며 겨우 안심했고, 이제 제발 자자, 타이르며 방으로 향하던 바로 그때, L이 묵고 있는 손님방 툇마루 아래 가지런히 벗어놓은 군화 한 쌍을 발견한 것이다. L이 오다가다 만난 사내를 불러들인 것일까, 헤어진 남편이 L을 못 잊어 찾아온 것일까, S가 그 군화와 에로틱한 상상을 연결시킨 것은, L의 방에서 새어나오는 묘한 신음소리 탓이었다. S는 낯선 누군가의 방문이 달갑지 않았고, 하필 왜 군화를 신었는지, 혹시 문이 계속 열려 있었는지, 문이 잘 잠겼는지 방금 확인했던가, 또다시 갈팡질팡 불안 속으로 빠져들었고, 신경질적이 된 S는 식당 형광등 스위치를 죄다 올려버리고 말았다. 순식간에 환해진 시야 속으로 제일 먼저 들어온 것은 손님방 툇마루 아래 있어야 할 군화가 깨끗이, 사라진 사실이었다. S는 머리를 긁적이며 주변을 살펴보았지만 군화가 있었던 흔적은, 눈을 씻고 찾아봐도 없었다.

드디어 열흘 만에 첫 손님이 식당 문을 열었다. 그뒤로 둘째, 셋째 손님이 찾아와 부대찌개를 주문했고 그들 곁에는 S와 L이 뿌린 광고 전단지가 있었는데, 모두 비행기나 돛단배 모양으로 접혀 있었다. 식당에 들어선 손님들은 먼저, 여기가 방송에 출연했던 집인가, 확인했고 요즘 뒷산에서 멧돼지들이 내려온다는 소문은 들었나, 재차 물었다. S는 멧돼지를 목격했다는 말을 차마 꺼내지 못했고, 어쩐 일인지 텃밭이 쑥대밭이 되는 바람에 요즘 야채를 배달해 사용하는 사정도 그냥 삼켰다. 주방을 담당한 L은 간장을 담가본 경험 덕인지 S가 전수한 비법을 뛰어넘는, 농도 짙은 찌개 맛을 우려내고 있었고, L의 솜씨를 믿고 있는 S는 그저 "어쨌거나, 찌개 맛은 보장합니다!"라고 말할 뿐이었다. 손님들은 부엌에서 찌개를 들고 나오는 L을 보자, 걸을 때마다 바다처럼 출렁이는 L의 젖가슴과 배와 엉덩이를 보자마자, 오! 감탄사를 연발했다. 손님들 한 떼거리가 식당 문을 열었고, L이 머무는 방에도 손님을 받아야 했다. 알록달록한 보자기로 뒤덮어놓은 L의 옷가방을 신경쓰는 손님은 아무도 없었고, 외려 모두들 약속이나 한 듯 가방을 피해 ㄷ자형으로 앉았는데, 덕분에 L의 가방도 그들 일행 중 한 사람처럼 보였다. 준비해놓은 야채가 거의 떨어졌을 때 즈음, 거래하는 야채가게와도 연락이 닿지 않아 S는 할 수 없이 소쿠리를 들고 텃밭으로 향했다.

    S는 흡, 숨을 들이마시며 소쿠리를 손에서 놓쳐버렸다.

    며칠 전까지만 해도 뭔가에 심하게 짓밟혀 거의 전멸상태였던 텃밭이, 그 안에 심은 고추와 파, 상추, 시금치, 쑥갓 등이 무려 2미터가량 훌쩍 자라나, 수풀을 이루고 있었던 것이다.

    박PD는 손에 쥔 전단지를 활짝 펼쳐 자신이 출연시킨 어머니를 손가락으로 가리키며 오랜만! 하고 인사했고, 주변을 돌아보며 킁킁 냄새를 맡더니 이제 애꾸눈 스컹크 아버지는 없구나, 라고 말하고는 자리에 앉았다. 그는 최근 자주 출몰한다는 멧돼지에 대해 떠들기 시작했다. 산을 깎아 끊임없이 건물을 짓는 작태로 삶의 터전을 빼앗긴 멧돼지들이 도시로 내려온다는, '자연환경 파괴설'. 호랑이, 표범, 스라소니 등 천적이 사라진 관계로 멧돼지 수가 넘친다는, '종족 개체수 증가설'. 모계 중심인 멧돼지 사회에서 암컷을 차지하지 못한 수컷들이 도시로 내몰린다는, '나약한 수컷 도태설'. 얼떨떨한 얼굴로 서 있는 S는 박PD의 말이 귀에 들리지 않았다. 소쿠리에 산처럼 쌓인 채소들, 특히 길이 50센티에 달하는 풋고추가 가장 인상 깊었는데, 들기도 버거운 그것들을 S에게서 가볍게 받아간 L의 뒤꽁무니를, S는 어느새 졸래졸래 쫓고 있었다.

  L은 주방 바닥에 채소들을 부려놓았고, 물을 가득 담은 바가지를 기울여가며 거대한 그것들을 씻었다. 텃밭 채소들이 왜 이리 자랐을까요? S는 L 곁에 바짝 붙어 진지하게 물었다. 거름이 좋았겠지, 대답하는 L의 말투는 상당히 심드렁했고, 여전히 호기심으로 이글거리는 S의 눈빛과 마주친 L은, 1.8미터짜리 시금치를 번쩍 들고 오호, 고놈 참! 감탄하던 일을 멈추었다. 내 어머니의 어머니, 그 어머니의 어머니가 집이 궁핍해 자신을 매음굴로 팔아넘기려는 식구들 야합에 분노하며 밥 한 솥을 고추장에 전부 비벼먹었지, 그러고 배탈이 나 열흘 내내 똥을 쌌는데, 그 배설장소가 하필이면 콩밭이었지, 동산처럼 쌓인 똥을 거름통에 담다 지친 어머니의 어머니, 그 어머니의 어머니는 될 대로 되라는 심정으로 똥을 그대로 방치했는데, 그후로 또 열흘이 지난 어느 날, 콩이 5미터가량 껑충 자라 수풀에 덤불까지 이룬 모습을 목격해야 했

지, 그 콩을 쑤어 만든 메주들이 초가집 한 채와 뒤꼍을 전부 채웠으며, 그 메주를 띄워 만든 간장, 된장, 고추장을 장에 나가 팔아 식구들의 곯은 배를 달래주었지. 남는 메주는 딸의 딸에게, 그 딸의 딸에게 전달되어, 지금 나의 간장이 탄생했단 말이지.

L의 이야기를 쭉 듣던 S가, 메주가 세대를 거쳐 딸들에게 건너오면서 곯아 부서지지 않을까요? 묻자 L은 쭉 뻗은 검지를 가로저으며 말했다. 거름이 독할수록, 그 독한 거름을 먹고도 키를 키운 콩은 빛깔부터 남다르지, 거무튀튀하면서도 누런빛이 돌고 불그스름하면서도 푸른빛이 돌아, 냄새는 고약할지언정 그런 콩으로 만든 메주는 꾸준히 번식하는 균이나 곰팡이를 거뜬히 품을 수 있는 거야. L은 아는지 모르는지, 데쳐 건진 시금치에 일찍이 S가 몰래 덜어놓은 자신의 간장을 술술 뿌려댔다. 그 순간 S는 채소들의 그 크기만큼이나 짙은 향에 취해 현기증을 느끼면서도, 나물을 버무리고 주물럭거리는 L의 현란한 손동작을 또렷한 눈빛으로 지켜보았다.

S가 식당 홀로 돌아왔을 때였다. 놀랍게도, 박PD는 가슴에 쌓인 게 많았던지 아직까지 주절거리고 있었고, S가 L에게 다녀오느라 잠깐 자리를 비운 사실도 모르는 눈치였다. 그는 멧돼지 다큐멘터리를 찍고 싶으나 시청률 하락 전문 PD로 낙인찍힌 뒤 방송국에서 왕따를 당한다고 했고, 입에 줄창 담배만 물고 있다 집에서도 쫓겨났다고 한탄했다. 아, 거지 같다, 거지 같아, 라고 실컷 사설을 늘어놓던 그는, 기이한 야채들로 끓인 부대찌개를 내오는 L을 보자 오! 감탄사를 내질렀다. 그의 부대찌개에는 지름 5센티인 고추씨가 둥둥 떠 있었다. 그는 L의 간장으

로 버무려져 고린내를 피우는 시금치 무침을 가리키며 이거 상한 거 아니냐? 물었고, 특수양념 때문에 그렇다는 S를 미심쩍게 쳐다보다 눈 딱 감고 시금치 조금을 입에 물었는데, 달착지근하고도 웅숭깊은 맛이 입안에 퍼지자, 반쯤 감겨 있던 눈이 똥그래졌다.

어머니에게 영원한 단골을 약속했던, 지난날도 오늘도 총각인 쌍둥이 형제가 손에 쥔 전단지를 펼쳐 어머니를 가리키며 안녕하신가? 안부를 물어왔고, 오랜만에 왔더니 애꾸눈 스컹크 아버지가 없네, 말하고는 손님방으로 들어갔다. 가진 건 작은 수예점에 할 줄 아는 건 뜨개질뿐인 이유로 오백마흔네번째 맞선에서도 실패한 쌍둥이 형제는, 그 동생이 '멧돼지의 하산, 이대로 좋은가'라는 칼럼을 써서 신문사로 보냈다가 채택되어 축하 자리를 마련할 겸, 식당을 찾았다고 했다. 그들의 부대찌개에는 길이 50센티짜리 쑥갓이 나풀대고 있었다. 역시 L의 간장이 뿌려진 파무침 때문에 그들은 코를 싸쥐어야 했고, 특, 수, 양, 념, 또박또박 발음하는 S의 입술을 가만히 노려보다 그 파무침을 입속에 넣고 꾹꾹 씹었고, 음— 만족의 콧소리와 함께 눈빛을 반짝였다.

삼십 분이 흘렀다.

느닷없이, 자리에서 벌떡 일어난 박PD가 식당 구석에 켜놓은 TV를 당당히 끄자, 주위는 갑자기 정전이 된 듯 멍해졌다. 그때, 뭐 하는 짓이야! 버럭 소리를 지른 자는, 뜻밖에도 아내에게 맞고 사는 것으로 소문난 H씨였다. H씨의 부대찌개에는 어슷썰기로 썰어넣은, 굵기 20센티 정도 되는 파가 흐무러지고 있었다. 평소 음성이 다정다감한 H가 굵고 갈라지는 소리를 지른 뒤 두 눈을 부라리며 일어섰고, 박PD는 그런

H를 향해 입을 쩍 벌리고는 꺼억, 간장 냄새 나는 트림을 뱉어냈다. 아내의 악다구니에 내몰릴 때마다 오줌을 찔끔거리는 H가 박의 멱살을 잡을 거라고는, 아무도 예상하지 못했다. 이까짓 TV, 모두 거짓말이야, 거짓말이나 보고 좋아라 웃다니, 죄다 거지 같다, 거지 같애! 하고 줄기차게 떠드는 박PD를 향해 신발 한 짝이 날아왔는데, 너 지금 거지를 비하했냐며 고래고래 소리를 지른 자는, 한때 노숙자 시절을 지내며 구걸 경험이 있는 전직 과자공장 사장 현직 환경미화원인 T씨로, 그는 손에 쥔 젓가락을 칼처럼 마구 휘둘러댔다. 물론 T씨의 식탁에도 L의 간장으로 버무린 파와 시금치가 있긴 했다. 광기에 가까운 소란은 이것으로 끝이 아니었다.

쾅당! 육중한 무엇이 넘어지는 소리. 퉁탕! 누군가 머리로 벽을 들이받는 소리. 소리의 진원지는 손님방이었고, 이때 입에서 방금 빼낸 숟가락을 내던진 자는, 개그맨을 하다 아이디어 고갈로 퇴출당하고 여행사 직원이 된 R씨였다. 간장 냄새 나는 R의 숟가락이 쌍둥이 동생의 뺨을 때리고 달아났고, R은 입술 사이로 삐죽이 나온 희고 가는 것을 쭈—욱 잡아당겼는데 그것은 길이 40센티에 달하는 파뿌리로, L이 실수로 찌개 속에 넣은 것이었다. 쌍둥이 형제와 R씨가 뒤엉켜 싸우는 동안 쿵쿵 방바닥이 울렸고, 그 울림을 타고 흔들리는 L의 옷가방은 장단에 맞춰 노래를 부르는 듯했다. 키가 껑충하게 자란 어머니의 선인장들도 목을 끄떡거리며, 한 덩어리가 되어 바닥을 구르는 박PD, H, T를 흥미진진하게 관람하고 있었다. S는 서로의 머리채를 휘어잡으려는 그들 사이를, 미친년 널뛰듯 뛰어다녀야 했다. S는 쟁반을 든 팔이 떨어져나갈 듯 아팠고 불현듯, 어머니 뱃속에 있을 때 그녀의 심장을 끌어안고 쩔쩔맸던 순간이 떠올랐고, 어머니 심장을 놓치면 나까지 죽는 게 아닐까, 하는 불안감으로 새파랗게 질려버렸던 일 또한 떠올랐고, 어느새 그때의 공포감이 또렷이 되살아나자, 점점 약이 오르고 짜증이 솟구치는 중이었다. 그래서 야! 이 말똥구리들아! 라고 고함을 지르고 말았던 것이다. 그들은 동시에 말똥구리! 외치며 잠시 분개하다, 뭔가에 홀렸다 놓여난 듯 화들짝, 놀라며 서로의 멱살을 놓았다.

  그때, 멀리서 S를 노려보던 L.

  L의 머리카락 밖으로 뾰족이 튀어나온 삼각형 귀가 안으로 접혔다 쫑긋 서길 반복하는 장면을, 식당 벽거울 속에서 발견한 S는, 눈을 감았다, 다시 떠야 했다.

3

  깊은 밤 S는 식당 안 살림방에 누워, 순식간에 아수라장으로 변해버렸던 저녁시간과, 시종 L의 신기한 귀를 살피느라 목을 길게 빼야 했던 일과, 열심히 바닥 청소를 하던 L이 웅얼웅얼 뱉어내던 말을 떠올렸다. "백 년간 띄운 메주는 한숨과 울분, 수치심과 배반감, 만성 우울, 생리통, 유방통 따위가 녹아내린 똥거름이 없었다면 탄생 못 했지, 거대 채소의 탄생도 불가능, 간장의 짙고 풍부한 맛도 불가능이지, 백 년간 띄운 울분은 고약한 냄새를 포함해, 독특한 에너지를 발하지, 환경이 척박할수록 고혹적인 꽃을 피우는 선인장의 생리와 같은 이치랄까. 그 에너지는 혼란스럽고 변덕스러우며 정체불명인 면이 있긴 하지만, 분명 어떤 움직임을 불러오는 에너지라는 말씀, 좋게 다루면 열정이 되고 나쁘게 다루면 폭력이 되는 뭐, 그런 에너지." S는 그 '에너지'라는 것과 L의 간장단지에서 본 검은빛, 원한이 서린 듯 보였던 짙은 간장색이 연관이 있을 거라 생각했고, 간장 위에 비쳤던 자신의 얼굴이 떠올라 조금 오싹했다.

눈을 말똥말똥 뜨고 있던 S가 그래도 이 모든 게 갑작스럽고 믿을 수 없는 터라, 냉수 먹고 속이나 차려야겠다는 다짐으로 식당에 나왔을 때였다. 집채만한 그림자가 통유리를 스쳐 식당 문 앞에 우뚝 서더니, 이내 문이 거칠게 흔들렸다. S가 문을 완전히 열기도 전에, 등산복을 입은 한 사내가 엽총을 들고 다급히 들어왔고, 시 당국 소속 멧돼지 전문 포획단인 C라고 자신을 소개했다. C는, 이 식당이 아직도 있었군, 말하며 모자와 엽총을 테이블 위에 내려놓았다. 옛날에 내가 여기 식당 주인을 위해 방송국으로 보낼 편지를 써준 적이 있지. 자장떡볶이 있나? 짧은 고수머리에 작고 똥똥한 얼굴인 C는, 턱주가리를 이끼처럼 뒤덮은 수염과 기름기가 흐르는 콧잔등 때문에 험악하면서도 좀 느끼한 인상이었다. 난데없이 자장떡볶이를 찾는 C에게, S는 턱짓으로 메뉴판을 가리켰다. 메뉴판에는 부대찌개 大, 中, 小와 주류 몇 종류가 전부였다.

C는 식당과 좀 동떨어진 곳, △△아파트 단지에 출현한 멧돼지 네 마리에 대해 이야기하기 시작했다. 부녀자 냄새만 맡으면 정신없이 껄떡

거리다 어느 용감한 여성이 던진 하이힐에 정수리를 맞고 기절한 수컷 멧돼지 1호, 어느 꾀 많은 초등학생이 활짝 펼친 우산 뒤로 숨자 저돌적으로 달려오다 급브레이크를 밟고는 맹한 표정으로 싱겁게 돌아선 수컷 멧돼지 2호, 살찐 오십대 사업가의 옆구리를 들이받은 수컷 멧돼지 3호, 할 일 없이 아파트 단지를 가로질렀다 사라지길 반복하는 수컷 멧돼지 4호. C는, 이게 끝이 아니야, 새끼 여덟 마리를 이끌고 산에서 내려온 암컷 멧돼지가 있는데, 공터를 가로지른 것까지는 추적이 가능하지만 그뒤로는 오리무중이다, 라고 말하고는 어깨와 음성을 낮추며, 여기 식당 텃밭 곁에 이동식 화장실이 있잖니, 그 안에서 엄청난 양의 똥이 발견됐는데 조사 결과 사람 똥이 아니라, 바로 멧돼지 똥이었어, 하고 속삭인 후 상당히 고독한 표정을 지어 보였다. S는 돌연 눈을 번쩍 뜨며, 그럼 우리 텃밭에 자라난 채소들을 봤어요? 다그쳐 물었다. C는 선선히 고개를 끄덕거리며 거름이 좋았겠지, 라고 L과 같은 대답을 했고, 사실 자기 집에도 할머니가 키운 호박이 있었는데 무게가 3톤에 달했으며, 호박 위로 장정 다섯 명은 거뜬히 올라갈 수 있었다고 했다.

어느 날부터 C의 할머니가 자신이 배설한 똥으로 정성껏 호박을 키우기 시작했는데, 호박은 단 한 달 만에 무게 1톤으로 굵어졌고, 마침내 3톤을 조금 넘어섰을 때는 전기톱에 잘리고 나눠져 촌수를 따질 수 있는 모든 친척에게 할머니의 호박이 돌아갔고, 늘 그렇듯, TV 앞에 옹기종기 모여앉아 넋을 잃고 스포츠 중계를 시청하던 집안 남자들이 호박요리를 먼저 시식했으며, 그후로 끔찍한 집안싸움이 벌어졌는데, 작은아버지가 큰아버지에게 시비를 걸고 아버지가 할아버지에게 반항하고 할아버지가 증조할아버지의 수염을 잡아뽑고 증조할아버지가 고조할아버지의 무덤을 파헤치고 C 또한 아버지의 뺨을 내리갈기는, 이른바 집안 최대의 활극상이 발생했던 것이다. 그날의 싸움 때문에, 할머니가 돌아가시고 수십 년이 흐른 지금까지도, C는 그 거대한 호박을 생생히 기억할 수 있다고 했다.

C는 공무를 수행하는 사냥꾼으로서 텃밭 채소 따위에 신경쓸 겨를이 없으며, 시민의 안전을 위해 어서 멧돼지를 잡아야 한다고 했다. 멧돼지는 아주 영리한 동물이야. 암컷은 멍청한 새끼에게 절대 젖을 물리지 않아, 그냥 도태시켜버리지. 다 큰 수컷은 영역 밖으로 쫓아내는데 근친상간을 막기 위해서야. 그래서 성장한 수컷은 필사적으로 다른 암컷을 찾아 무리로 들어가려고 하지. 아마도 아파트 단지에 나타난 수컷들은 어디에도 끼지 못한 낙오자들일지도 몰라. 멧돼지가 이 근처에 똥을 싼 이상 여기 다시 나타날 가능성이 커. 멧돼지 발견 즉시 연락 바람! C는 명함 한 장을 S의 손에 쥐여주고, 여기서 이럴 때가 아니지, 하는 표정으로 들어올 때처럼 나갔다.

S는 채소가 거대하게 자라는 일이 잘 알려지지 않았을 뿐 세상 곳곳에서 종종 발생하는 모양이라고 생각했고, 주방 입구에 널브러진, 구렁이 허물처럼 생긴 파 껍질을 끌고 휴지통으로 향하던 순간이었다. 일찌감치 불이 꺼진 L의 방에서 또다시 이상야릇한 신음소리가 들려왔고, 대뜸 어젯밤 당혹스런 신음소리와 함께 나타났다 사라진 군화 한 쌍이 떠올랐다. 지금 들리는 신음소리는 어제와 다르게, 좀더 크고 지속적이고 방정맞고 민망했다. 식당 형광등 스위치를 조심스레 내린 S는 소리

가 들리는 쪽으로 살금살금 걸어갔고, 마침내 손남방 미닫이 문틈 사이로 눈을 바짝 갖다대고 안을 살피기에 이르렀다.

S가 처음으로 본 것은 상을 치우고 모로 누운 L의 널찍한 등짝이었다. 허리와 엉덩이의 구분 없이 L의 머리와 다리만이 등짝에서 뻗어나간 듯한 모습이었다. S는 문 안쪽에 가지런히 놓인 남자 신발 두 켤레를 발견할 수 있었고, 눈이 휘둥그레진 S가 움직임이 감지된 L의 다리를 쳐다본 순간 다리 두 쌍이 떡하니 엇갈려 포개어져 있었으며, S가 흠칫 놀라 뒤로 몸을 뺀 순간 시선이 어두컴컴한 L의 머리 쪽을 향했는데, 분명 L의 머리 위로 또다른 다리 하나가 뻗어 있었고, 눈을 비비고 다시 봐도 그것은 누군가의 다리가 틀림없었다. 도대체, 알 수 없는 다리의 주인들은 L의 몸 뒤에 숨어 무엇을 하고 있단 말인가, 게다가 방 안을 은은히 맴도는 괴상야릇한 신음소리와 땅콩 냄새인지 똥냄새인지 간장 냄새인지 헷갈리는 이 냄새의 정체는 또 뭐냐 말이다. 그때 불현듯, S는 이 희한한 냄새가 친근하게 느껴지는 이유를 깨달았다. 냄새는 L과의 첫 만남에서 그녀의 젖가슴에 코를 박는 상상을 불러일으킨, 바로 그 냄새였다. 그날처럼 L의 냄새에 이끌린 S가 몸을 앞으로 조금 기울이자, 미닫이문이 살짝 흔들린 것과 동시에, L의 몸에서 얼굴 둘이 벌떡 일어났다. 입가가 유난히 번질번질한 얼굴들, 쌍둥이 형제인가! S는 젖이 묻은 L의 밤톨만한 젖꼭지를 목격하자 붕어처럼 입을 벌린 채 뒷걸음질쳤으나, 그만 참았던 비명을 지르고 말았다.

S의 목구멍에서 비명을 이끌어낸 존재는, 다름아닌 식당 벽거울 속의 S였다.

아침, 하얗게 질린 얼굴로 일어난 S는, 길이 1.8미터짜리 파를 다듬는 L을 수사관처럼 살폈다. 시치미를 뚝 떼고 앉아 파를 다듬는 L을 유심히 지켜본 S는 과감히 아줌마, 머리카락 귀 뒤로 넘겨봐요, 라고 말해버렸다. L이 작은 눈을 부릅뜨고 S를 노려보며 파를 다듬던 칼끝을 그녀 쪽으로 향하자, S는 침을 꼴깍 삼켰다. L의 손에서 뚝 떨어진 칼이 식탁 위에서 파르르 떨릴 때, 이미 L의 머리카락은 귀 뒤로 넘어간 상태였고, 삼각형 모양인 뾰족한 두 귀가 드러나 있었다. S는 만져봐도 돼요? 물었고, L은 주인장 맘대로 하쇼, 라고 말했다. S는 L의 뻣뻣한 귀를 안으로 접어보고 젖혀보고 돌려보고 잡아당겨보았으나, 그저 특이한 모양새를 지닌 귀라는 결론을 얻을 수 있을 뿐이었다. 다만 귀 끝이 예각을 이루고 있어 상당히 예민해 보이긴 했으며, 견디기 힘든 소음이 몰려오면 신경질적으로 확, 오므라들 것만 같았다. 밤잠을 설쳐 정신이 혼미한 이유로, S는 계속해서 너무나 궁금하고도 민망한 질문을 불쑥 던졌다. 어젯밤, 누구예요?

　아들. 아들? 그렇소, 아들.

　S는 하마터면 거짓말, 내가 다 봤다구! 소리를 지를 뻔했고 분명, L의 젖가슴에 머리를 처박고 있던, 뭔가 음란한 짓에 열중하고 있던 얼굴이 쌍둥이 형제였다고 확신하는 터였고, 언제 서로 눈이 맞은 거야, 생각은 거기까지 뻗어 있었다. 하지만 S는 은근히 시선을 내리깔고, L의 풍만한 젖가슴을 살피고 있었다. S는 달빛을 받아 반짝이던, L의 밤톨만한 젖꼭지를 은밀히 찾았고 그 순간, L의 티셔츠 가슴 쪽이 축축이 젖어 있는

모습을 발견한 것과 더불어, 그 얼굴들의 번지르르한 입술이 떠오르자 단박에 뒷골이 땅겼다. 쌍둥이 형제든 뭐든, 다 크다 못해 너무 커서 몸이 쪼그라들 형편인 자들에게 왜, 그것도 야밤에 몰래 불러들여 젖을 먹이는 것인지, 파의 매운 내를 맡느라 L의 얼굴 중앙을 장악한 둥글넓적한 코가 벌렁거리며, 답답한 S를 조롱하는 듯했다. 내친김에, 그럼, 지지난밤 그 군화는? 그것도 아들. 이것도 저것도 모두 아들이라고 말할 듯 덤덤한 얼굴로 앉아 있던 L의 눈망울이, 이내 촉촉이 젖어들어갔다.

세상 곳곳으로 흩어져 살고 있던 내 새끼들이, 세상 곳곳을 두루 여행하는 나를 찾아오지, 오랜만에 만난 새끼들이 처음 꺼내는 말은 목이 타들어가요, 엄마, 이지, 하늘과 땅이 모두 오염된 세상이니 목이 따갑고 칼칼할 수 있겠지, 하고 고개를 끄덕여준 뒤 급한 김에 가슴을 풀어헤치고 젖을 짜보니, 젖이 나오더란 말이지, 어떤 생리적인 작용으로 젖가슴이 돌덩이처럼 무겁고 아파 앗, 월경이 시작되려나 했더랬지, 그런데 그게 바로 젖이 나올 징조였던 것이지, 그래서 찾아오는 새끼들의 갈증을 풀어주려고 젖을 짠단 말이지, 젖을 받아마신 새끼들은 다시 세상으로 나가야 하지, 그런 그들을 위해, 나는 나의 간장으로 간을 한 주먹밥을 도시락으로 싸준다네.

L은 간장 냄새 나는 트림을 내뱉고는, 길이 50센티인 고추 스무 개를 옆구리에 끼고 주방으로 향했다. L의 품에서 솔솔 풍기던 냄새가, 바로 젖냄새였음을 뒤늦게 깨달은 S는 손바닥으로 이마를 딱 쳤고, 그 냄새에 유독 끌린 이유가 이미 오래 전 어머니 품에서 질리도록 맡았던, 속의 것을 전부 게워낸 후에도 너무 좋아 찾고 또 찾았던 젖냄새인 까닭

이었으며, 슬쩍 자신의 가슴을 내려다보며 자신에게도 젖샘이 있음을 새삼 떠올렸고, 새삼 우쭐해졌다. 그러고 보니 어젯밤 L의 품에서 고개를 쳐든 얼굴들에 쌍둥이 형제 대신 누구의 얼굴을 대입해봐도 어울리긴 했으며, 뭐 아무렴 어떠랴, 하고 S가 자리를 털고 일어나 L의 뒤를 쫓아 주방으로 걸음을 옮기려던 찰나였다. S는 어머니가 키워온 아홉 마리의 선인장 꼭대기에, 북한 소녀의 머리장식을 닮은 주먹만한 붉은색 꽃이 일제히 활짝 피어 있는 모습을, 보고야 말았다.

어젯밤 난리통에, H씨에게 콧잔등을 긁힌 T씨는 부대찌개 大짜리와 공기밥 두 개를 시켰다. 건너편 테이블의 R씨는 이미 부대찌개 국물을 떠먹고 있었고, 쌍둥이 형제와 박PD, H씨도 한 자리씩 꿰차고 앉아 L의 간장으로 양념한 파무침과 고추볶음을 허겁지겁 해치웠다. 어제 그렇게 싸우고도, 그들은 저녁시간이 되자 부대찌개 大, 공기밥 둘! 혹은 셋! 을 외치며 식당으로 몰려왔다. 쌍둥이 형제와 H는 찌개에 둥둥 떠오른, 굵기 25센티가량 되는 고추를 건져내 살뜰히 뜯어먹었고, 그것을 씹어 삼키는 내내 얼굴에 생기가 돌았다. 식당 한구석에서 언제나 왕왕 울리던 TV가 꺼졌고, TV 소음이 사라지자 소곤거리는 말소리, 음식 씹어 삼키는 소리들이 열기를 뿜어대며 끓어올랐다. L의 말처럼 간장과 거대 채소에 녹아 있는 그 에너지 탓인지, 찌개를 떠먹으며 상기된 그들의 얼굴에는, 충전된 원기를 밑천 삼아 스스로를 확장하고픈 '열정'과 몸속 깊이 쟁여놓은 억울함과 복수심, 증오 따위를 드러내고픈 '폭력성'이 번갈아 찾아들었다. L이 주방 배식구를 통해 그들의 낯빛을 살폈는데,

그녀의 행동을 카운터 맞은편 벽거울 속에서 확인한 S는, 코와 입술이 사라지고 얇게 찢어진 눈만이 번득이는 L의 얼굴에서, 기대감과 배반감, 안타까움 등 복잡다단한 마음을 느낄 수 있었다.

　얼마 지나지 않아 S의 식당에는, 전운과도 같은 긴장감이 감돌았다. 여전히 T가 R을, 박PD가 쌍둥이 동생을, 그 동생이 형을, 형이 T를, R이 H를 경계하고 있었고 시선들이 팽팽히 교차되는 중에, H씨만이 어제와 다른 인물을 노리고 있었다. 나이트클럽 만년 웨이터인 송승헌씨로, 며칠 전 오십대 누님들의 시중을 들다 이차를 거부한 일로 지배인에게 귀싸대기를 맞았던 인물이었다. 송승헌씨는 L의 간장으로 버무려진 폭 30센티짜리 시금치를 입에 넣고 꾹꾹 씹는 중이었고, 비로소 자신을 노려보는 H와 눈이 마주쳤고, 시금치를 넘긴 목구멍이 점점 뜨거워지며 며칠 전 지배인에게 내뱉지 못한 말들이 생생하게 떠오르고 잇몸이 간지러운 가운데, 저자가 왜 날 째려보는 거지? 하는 의문을 품었다가 벼락처럼 너, 뭐야? 하고 H를 향해 큰소리를 꽝, 내지른 것이다. 그것을 시작으로, 박PD가 화장실에 가는 척하며 쌍둥이 동생의 발을 밟았고, 그 동생이 엎어지며 형의 머리채를 휘어잡았고, 팔을 휘두르던 형이 은근슬쩍 T의 뒤통수를 후려쳤고, 누구얏! 소리지르며 T가 멱살을 틀어쥔 상대는 엉뚱하게 R이었고, R은 이미 H의 뺨에 침을 뱉은 후였는데, 그 와중에도 H는 송승헌씨의 시커먼 눈썹을 손가락질하며 너 그거 가짜지, 가짜! 마구 조롱을 퍼부어댔다. 그들은 지친 심장으로 공급되던 힘에 그림자를 드리워버렸고, 억울함과 증오심의 먹잇감으로 심장을 내던지고 말았다. 어둠의 힘으로 똘똘 뭉친 그들은 갈수록 싸움의 이유

따위는 무시한 채, 목이 탄다, 아주 새까맣게 타! 외치며 서로의 얼굴을 치고, 할퀴고, 물어뜯었다. 그때, 집채만한 몸집, 짧은 다리, 원통형인 긴 주둥이를 앞으로 쑥 내밀고 씩씩, 숨을 내뿜으며 구렁이 담 넘듯, 문을 밀치고 들어온 손님!

멧돼지였다.

저돌적으로 달려온 멧돼지는 싸우고 있던 그들의 옆구리를 들이받았고, 기절한 H와 R의 코를 와삭와삭 씹어먹었고, 박PD의 팔다리를 깔끔히 절단해버렸고, 바닥에 고인 피웅덩이를 밟고 미끄러져 뇌진탕으로 죽어버린 T를 어이없다는 듯 내려다보았고, 쓰러진 쌍둥이 형제의 몸 위로 올라가 뛰놀았고, 송승헌씨의 머리를 물어뜯어 축구공처럼 차고 돌아다녔다. 멧돼지가 살이 빠지도록 달리며 일으킨 열기와 바람에는 간장 냄새가 깊게 배어들어 있었고, 살덩이가 출렁이는 소리와 함께 수십 개의 젖꼭지에서는 젖이 흘러내려 시멘트 바닥에 가득한 피를 핑크빛으로 물들였다.

피냄새와 간장의 고린내, 고소한 젖내와 멧돼지의 콧김으로 후끈, 달아오른 식당 한구석에 서서, 비명을 지르다 지쳐 쉭쉭, 바람 빠지는 소리를 내던 S는, 간신히 수화기를 들고 C에게 전화를 걸었고, 허위신고로 엉뚱한 곳을 실컷 헤매던 C가 외려 소스라치게 놀라 소리를 지르든 말든, S의 눈동자는 L을 찾느라 분주하게 돌아갔다. 당장 출동하지! C가 짤랑대며 뛰어오는 소리가 밤공기를 가르며 들려왔으나, 이미 S의 눈동자에는 멧돼지가 사라지고 초토화된 식당만이 어지럽게 맺혔다. S는 손님방으로 뛰어들자마자 L의 옷가방이 숨어 있을 이상한 보자기를 홱, 들추었다. 거기에는 L의 가방 대신, 간장단지만이 덩그러니 놓여 있을 뿐이었다.

S는, 밧줄 같은 꼬리에 옷가방을 매달고 텃밭, 수풀을 이룬 기이한 채소들 사이로 걸어가는 멧돼지를 본다.

멧돼지 뒤로, 팔다리가 잘린 박PD가 땅을 기며 따랐고, 코가 없는 H씨와 R씨가 심장이 터져버린 쌍둥이 형제의 손을 잡고 따랐고, 머리가 깨진 T씨가 목이 잘린 송승헌씨를 들쳐업고 따랐다. 간장단지를 끌어안은 S는, 그들과 줄을 이뤄 뒤를 따르는 애꾸눈 스컹크 아버지를 한동안 바라보다 잘 가, 손을 흔들어주었다. 고린내를 풍기지만 달짝지근한 간장 맛을 본 S는, 지축을 흔들듯 쿵쿵 뛰는 자신의 심장소리에 귀를 기울였다.

사각거울

깨진 거울은 방 안의 모든 것을 잘게 조각내놓았다. 낮에 옥상 난간 위에 올라 내려다본 도로, 자동차, 사람들, 작은 상점들이 떠오른다. 중심을 못 잡아 잠시 아찔했을 때, 순식간에 세상의 모든 풍경은 조각난 것처럼 보였다. 그때, 위로 춤을 추듯 날아오르던 광고 전단지. 순간 그 위에 몸을 싣고 싶은 충동으로 내 다리는 움칠거렸다.

작은 지지대가 달린 사각거울은 오늘도 시어머니 발 앞에 세워져 있다. 그녀는 고양이 울음 같은 소리로 흥얼거리며 파우더 통을 열고 분첩을 꺼낸다. 거울을 향한 굽은 등은 먹이를 뜯는 맹수의 뒷모습처럼 굼지럭거린다. 주홍빛을 발하며 금시 달아오를 것 같은 뽀얀 알전구처럼, 얼굴은 분가루로 하얗게 변해가고 흐린 눈은 점차 또렷해진다. 얼굴을 분첩으로 두드리던 그녀가 별안간 다리를 V자로 벌린 뒤 그 사이로 거울을 끌어당긴다. 거울로 잠시 치마 속을 비추더니, 분첩 든 손을 음부 가까이 가져간다. 딸아이 정화가 거울에 비친 시어머니의 치마 속을 보고 신기한 듯 환하게 웃는다.

"어머니, 무슨 짓이에요!"

문지방 근처에 서 있던 나는 시어머니의 그 음란한 짓에 놀라 비명을 내지르고 말았다. 그녀는 허벅지까지 올라간 치마를 재빨리 내리고 몸을 돌려 나를 노려보았다. 그녀의 맹렬한 시선을 맞받아, 나도 석고상 같은 그녀의 얼굴을 쏘아본다. 정화는 내팽개쳤던 인형을 다시 집어들고 슬금슬금 방구석으로 가 쪼그리고 앉는다.

며칠 전에도 시어머니는 사각거울 앞에 앉아 치마를 걷어올리고 음부 가까이 손을 갖다대었다. 그때 나는 시어머니를 책망하는 대신, 그녀의 그곳을 유심히 들여다보던 딸아이를 몰아붙였다. "무슨 짓이야, 너!" 나는 방구석에 세워둔 빗자루를 거꾸로 들고 아이의 엉덩이를 사정없이 후려쳤다. 몸을 웅크리고 매를 피하던 아이가 외마디 비명을 지르며 울음보를 터뜨렸을 때, 나는 아이의 무릎에 맺힌 피를 보았다. 사다리가 위로 길게 뻗은 장난감 불자동차가 아이의 무릎에 낸 상처였다.

사각거울에 손을 댄 순간, 시어머니의 억센 손이 내 머리채를 휘어잡는다. 그 바람에 나는 방바닥에 엉덩이를 찧으며 발로 휴지통을 걷어찼다. 엎어진 휴지통에서 머리카락 뭉치와 화장을 지운 휴지, 덜 마른 사과 껍질이 쉬지근한 냄새를 풍기며 튀어나왔다. 그리고 얼마 전 사라진 파운데이션 통도 굴러나와 내 발치에 놓인다. 평소에는 정신을 흐리게 놓아버리고 말도 우물우물 뱉어내는 그녀이지만, 내가 사각거울에 손을 댈 때면 상황은 달라진다. 그녀가 맹수처럼 번쩍이는 눈을 굴리고 단단한 주먹을 마구 휘두르며 내게 달려들면, 나는 신경을 곤두세우고 나무토막처럼 온몸에 힘을 주어 그녀의 폭력을 고스란히 받아낸다. 딸아이는 겁먹은 눈초리로 나와 시어머니를 번갈아 보며 무릎에 앉은 딱지를 뜯기 시작한다. 상처에 자꾸 손을 대는 버릇으로 불자동차에 찢긴 무릎은 좀처럼 아물지 않는다. 방바닥에 퍼더버리고 앉은 나는 아이를 야단칠 여력이 없다. 대신 분가루를 덕지덕지 바른 시어머니의 얼굴을 쳐다보며 주먹을 꼭 쥔다. 손에 땀이 차오른다. 단물 빠진 껌처럼 질기고 뻣뻣해 보이는 그녀의 얼굴을 노려보며, 발치에 놓인 파운데이션 통을 집기 위해 팔을 뻗는다. 그때 그녀의 손톱이 느닷없이 날아와 내 팔뚝에 박힌다. 나는 사과 껍질에 손을 짚고 미끄러져 다시 방바닥에 엉덩이를 찧는다. 순간 서랍장과 화장대가 내 쪽으로 쏠리는 듯해 나는 눈을 꾹 감고 입술을 깨문다. 가까스로 손톱이 할퀸 자리를 본다. 붉은 줄 네 개가 선명히 그어졌고, 그 줄을 따라 살갗이 보풀처럼 일어나 있다. 그녀는 웅크리고 앉아 파운데이션 통을 볼에 대고 비비며 흐흥흐흥, 흐느끼듯 콧소리를 낸다. 나는 그 틈을 타 그녀의 품에 들어간 사각거울을 독수리처럼 낚아챈다. 입으로 썩은 감 냄새를 풍기며 거친 숨을 몰아쉬던 그녀가 내게 파운데이션 통을 던진 것은 순식간이었다. 그것은 내 새끼발톱을 찍고 달아났다. 머리카락이 쭈뼛 서고 온몸에 식은땀이 솟는다. 나는 사각거울을 껴안고 자리에 주저앉아 눈가에 맺힌 눈물을 훔친다.

    새끼발톱은 퍼렇게 죽어 있었다. 발톱 뿌리께에서 시작된 고통이 핏줄을 타고 몸 여기저기를 쑤셔대기 시작했다. 온 신경이 칼끝처럼 날카로워져, 몸에 깃털만 스쳐도 지독한 아픔을 느낄 것 같다. 고작 새끼발톱 하나가 죽은 것이지만, 온몸이 저리고 아프다. 사각거울을 차지하기 위한 싸움은 언제나 내 몸에 상처를 남기고 끝났다. 치매를 앓고 있는 시어머니는 온전한 정신을 잃은 대신, 자신을 보호할 초인적인 힘을 갖게 된 것이다. 그녀는 자신의 품에서 사각거울을 지키고 그 앞에서 화장을 하기 위해, 밥을 먹고 잠을 자고 주먹을 휘둘렀다. 내 몸 곳곳에

먹물처럼 번진 멍이 푸른색에서 누르스름한 색이 될 때까지, 나는 그녀의 옷가지 전부를 서랍장에서 꺼내 방망이로 두들겨 빨고 또 빨았다. 계속되는 방망이질을 견디지 못해 해어진 옷들은 방 걸레로 썼다.

시어머니에게서 뺏은 거울은 지금 내 발치에 세워져 있다. 그녀는 서랍장에 등을 기대고 앉아 있다. 그녀의 노기 어린 시선이 거울에 비친 내 다리에 꽂혀 있음을, 나는 알고 있다. 그녀는 분명 내게서 사각거울을 뺏어갈 기회를 호시탐탐 노리고 있는 것이다. 흔들거리는 정화의 한쪽 다리도 거울에 비친다. 아이는 여전히 무릎 상처에 손을 대고 있다. 붉은 인주가 더께로 묻은 시어머니의 쪼글쪼글한 입술, 나는 거울 속 그녀의 입술을 쳐다보며 아랫입술을 꾹 깨문다. 립스틱은 또 어디다 버리고 붉은 인주로 입술 화장을 했을까. 나는 거울에 머문 시선을 서둘러 거두어버린다. 그리고 내 새끼발톱을 보았다. 살에서 조금 들떠 있는 발톱은 내 몸에서 빠져나갈 준비를 하고 있었다. 그것은 이미 내 몸의 것이 아니었고, 자꾸만 손으로 떼어내고 싶은 충동을 불러일으켰다. 나는 호흡을 가다듬으며 살에 헐렁하게 붙어 있는 새끼발톱을 살며시 젖혀본다. 금세 눈앞이 검어지고 입에 침이 돌았다. 새끼발톱 주변에 피가 고이고, 그것을 감싸고 있는 피부도 서서히 죽어간다. 아직 발톱의 끝은 살에 단단히 붙어 있는 것이다. 나는 반창고로 새끼발톱을 단단히 싸맸다. 반창고의 압박으로 새끼발가락이 두근거린다.

사각거울은 생전에 소품기사였던 남편이 어느 드라마 세트장에서 집어온 거였다. 화려한 금장식테를 두른 정사각형 거울은 가로세로 삼십 센티 남짓한 탁상용 거울로, 뒤에 달린 지지대에 볼이 박혀 있어 기울기를 마음대로 조절할 수 있었다. 남편이 죽은 뒤, 그의 유품상자 안에 넣으려던 사각거울을 시어머니가 거두었다. 그녀는 아들의 영정을 어루만지듯 거울 표면을 옷소매로 정성껏 닦은 뒤 거울 속에 숨은 무언가를 불러내는 마법사처럼, 한참 동안 거울을 들여다보곤 했다. 처음에는 아들의 유품을 곁에 두고자 하는 마음이라 생각했으나, 거울에 비친 자신의 얼굴을 심각하게 노려보는 그녀의 모습이 자주 목격되자, 나는 차츰 불안해졌다. 동네 가게에 나갔다가 사흘 만에 순경의 손에 이끌려 집에 돌아온 후로 그녀는 입과 귀를 굳게 닫아버렸다. 그리고 온종일 사각거울을 끌어안고는, 눈썹과 입술에 색을 칠하고 얼굴을 가부키 배우처럼 하얗게 만들며 헤프게 웃어댔다. 육십이 채 되지 않은 그녀에게 치매는 이른 것이었다.

시어머니가 병적으로 화장을 하기 시작하면서, 사각거울은 그녀 곁을 떠난 적이 없었다. 늘 그녀의 발치에 세워져 있는 거울은 곰팡이가 핀 벽지, 뜨거운 냄비에 눌어붙은 장판, 손잡이가 떨어져나간 낮은 서랍장, 그리고 불량인형처럼 화장한 시어머니의 얼굴을 고스란히 담고 있었다. 고개를 숙인 채 말없이 인형의 머리를 땋고 옷을 갈아입히는 딸 정화의 모습도, 거울은 놓치지 않았다. 하지만 사각거울을 다리 사이로 끌고 가 치마 속을 비추는 시어머니의 모습이 눈에 자주 띠면서부터, 나는 그녀의 거울을 뺏기 시작했다. 현미경으로 미세한 생물을 관찰하듯 그녀는 거울에 치마 속 깊은 곳을 비추며, 분첩 든 손을 쉼없이 치마 속에 넣었다 뺏다 했다. 그런 동작은 영락없이 자위행위처럼 보였다. 게다가 정화마저 시어머니 곁에 바싹 다가앉아 거울에 비친 그녀의 치마 속을 진지하게 쳐다보며 거품 같은 웃음을 터뜨릴 때면, 나는 온 몸에 전기가 오른 듯 소름이 돋았다.

아랫다리를 세워 거울에 바짝 갖다댄다. 덕분에 방 안 풍경의 반이 사라지고, 거친 숨으로 들썩거리는 시어머니의 몸과 인주 묻은 그녀의 입술도 사라졌다. 나는 팔을 뻗어 화장대 서랍을 열고 다리 전용 크림을 꺼냈다. 어서 다리에 크림을 바르고 화장을 하고 머리를 만져야 했다. 광고 촬영장까지는 집에서 두 시간, 오후 네시까지 가기에는 너무 빠듯했다. 다리에 크림 마사지를 하는 동안 어쩔 수 없이 눈은 사각거울로 간다. 내 다리 밑으로, 때가 낀 양말을 신은 정화의 발과 미처 휴지통에 쓸어담지 못한 머리카락 뭉치가 보인다. 아이의 더러운 발은 시종 꼼지락거린다. 아침 일찍 청소한 방은 오후가 되면 발에 검은 먼지가 묻어났다. 집 주변에 부유하는 온갖 먼지들이 집 안으로 빨려들어온 듯, 방을 닦은 걸레의 때를 뺄 때면 세제를 풀어야 했다.

남편이 죽고, 세면장을 겸한 부엌에 큰 방 하나가 딸린 이곳 단칸집으로 이사했다. 당장 생계 걱정이 앞서 집을 줄일 수밖에 없었다. 집 앞으로 차가 쉴새없이 달리고, 지붕 위로 하루에 수차례씩 비행기가 날아가는 곳이었다. 가끔, 지나가는 아이들이 돌을 던져 창유리를 깨거나 집 안으로 비비탄을 쏴 찬장 유리에 금을 내기도 했다. 무엇보다 가장 곤혹스러운 순간은, 열려 있는 문으로 잡상인들이나 길을 찾는 낯선 사람이 기척도 없이 성큼 들어설 때였다. 그럴 때마다 나는 부엌칼에 손을 베거나 얼굴이 쪼그라들며 들고 있던 물건을 떨어뜨렸다. 때문에 길이 녹아 흐를 듯한 더위에도, 시어머니가 풍기는 화장품 냄새가 아무리

역해도, 창과 문을 꼭꼭 닫아걸고 살았다. 하지만 어딘가로 꾸준히 날아드는 먼지는 집 안 곳곳을 더럽혔다. "먼지가 끊임없이 날린다는 건 집이 낡았다는 증거야, 고향 외양간 지붕이 열흘 밤낮 뿌연 먼지를 날리더니 기어코 풀썩 주저앉아버리더라구." 가슴모델을 전문으로 하는 여자가 어느 날 내게 웃으며 지껄인 말이다. 먼지가 잔뜩 묻은 걸레를 보거나 아이의 발바닥과 시어머니가 입고 있는 스웨터 목 주변이 검게 더러워진 모습을 볼 때, 나는 지붕이 내려앉고 벽이 허물어지는 상상에 섬뜩해지곤 했다. 그러나 사각거울만은 방에서 유일하게 먼지를 타지 않았다. 거울 앞에서 살다시피 하는 시어머니 때문이었다. 그녀는 거울에 입김을 불고 옷소매로 그것을 말끔히 닦은 뒤에야 얼굴에 분을 바르고 눈썹을 그렸다. 거울이 깔끔한 대신 그녀의 옷소매는 늘 더러웠다.

  거울의 기울기를 좀더 작게 하자, 곰팡이가 슬어 있는 천장과 갱지처럼 누렇고 푸석푸석한 내 얼굴이 보인다. 아무리 다리모델만 전문으로 해도, 촬영장 사람들은 내 얼굴과 몸매를 유심히 뜯어보곤 했다. 나는 시어머니가 던진 파운데이션 통과 그녀가 쓰던 파우더 통을 거울 앞으로 가져왔다. 파운데이션을 손등에 덜어 볼과 턱에 찍어 바른다. 이것을 휴지통에 버린 사람은 정화일 것이다. 딸아이는 가끔 화장품을 휴지통에 버리거나 서랍장 속, 혹은 장난감 바구니 안에 숨겨놓곤 했다. 그러고는 내게 엄마, 백원만, 하듯이 손을 내밀며 새 화장품을 요구했다. 그럴 때마다 나는 놀란 눈으로 아이를 쳐다보았고, 아이는 "할머니가 화장품 다 썼대" 하고 능청스럽게 거짓말을 했다. 사라졌던 파우더가 휴지통 속에서 처음 발견되었던 날, 나는 시어머니를 의심했고 그녀 품

안에 있는 화장품을 몽땅 뺏으며 앞으로 다시는 화장품을 사드리지 않겠다고 으름장을 놓았다. 그때 정화가 소꿉장난 바구니를 내 앞에 쏟았고, 장난감 솥과 밥그릇들 사이로 립스틱 여섯 개가 또르르 굴러나왔다. "니가 그런 거야?" 아이는 말없이 휴지통을 뒤집어엎었다. 그날 발견된 파우더 말고도 눈썹 펜슬과 아이섀도가 휴지통에서 나왔다. 아이는 울고 있는 시어머니 곁으로 쪼르르 달려가 고개를 빳빳이 들고 나를 째려보기 시작했다. '그래, 피는 못 속이겠지.' 나는 속으로 그렇게 되뇌며 정화에게 매를 들었다. 그 순간 아이에게 느낀 감정은 화장품을 숨겼다는 사실에 대한 놀라움이 아니었다. 숨구멍을 막아버릴 듯한 배신감이었다. 별안간, 눈곱이 잔뜩 끼고 시종 진득한 콧물이 흐르는 아이의 더러운 얼굴이 눈에 들어차자 매질을 하는 손에 힘이 빠졌다. 나는 세숫대야에 차가운 물을 한가득 받아 아이의 얼굴이 빨갛게 될 때까지 씻기고 또 씻겼다.

거울을 약간 옆으로 틀어 정화를 비추어본다. 방 벽에 기대앉은 아이는 작은 소리로 흥얼거리며 한 손으로 인형의 머리를 쓰다듬고 있다. 나머지 손은 아직까지 무릎 상처를 만지작거린다. 모질게 매를 맞아도 고쳐지지 않는 손버릇. 상처를 뜯는 아이의 습관은 매를 맞아 더욱 단단히 굳어졌는지 모른다. 아이가 흥얼대는 노래 제목이 무엇일까, 반달? 꽃밭에서? 초록바다? 어릴 적 내가 부른 동요를 지금 다섯 살짜리 아이가 부를까, 리듬이 귀에 익숙하지만 도무지 노래 제목이 떠오르지 않는다.

나는 정화가 거울에 비치지 않도록 거울의 기울기를 달리하고, 파우더 통을 열었다. 짐작대로 통은 비어 있다. 시어머니는 어제 사온 파우더를 하루 만에 다 쓴 것이다. 시어머니를 쳐다보았다. 그녀는 인주 묻은 입술을 비쭉거리며 사각거울에 비친 나를 노려보고 있었다. 근육이 움직였는가, 새끼발가락이 욱신거리고 예리한 아픔이 젖꼭지를 스친다. 오늘따라 시어머니의 얼굴이 유난히 창백하다고 생각했었다. 방바닥 곳곳이 하얗게 반짝이는 것이 분가루 때문이었다는 것을, 나는 이제야 알아챈다. 그녀가 화장품을 비워내는 속도는 갈수록 빨라지고 있었다.

　모델 일을 마치고 집에 들어서면 제일 먼저 눈에 달려드는 것이, 사각거울에 비친 시어머니의 화장한 얼굴이었다. 분가루 날리는 허연 얼굴과 눈썹산이 심하게 꺾인, 무언가에 잔뜩 화난 듯한 시커먼 눈썹. 그리고 입술선을 벗어나 무성의하게 칠한 붉은 입술. 금방이라도 내 얼굴을 물어뜯을 듯, 사각거울 속의 얼굴은 괴괴망측한 것이었다. "자꾸 이렇게 화장하시면 얼굴 망가져요, 어머니." 사각거울을 품에 안은 그녀를 어렵게 세면장으로 인도해 겨우 겨우 얼굴을 씻겨놓으면, 화장 중독으로 검푸르죽죽해진 피부가 그대로 드러났다. 노쇠한 피부는 색조화장을 이겨내지 못했다. 피부 각질은 먼지처럼 일어났고 얼굴 주름은 구겨진 종이 모양으로 패었다.

　일주일에 한 번, 나는 시어머니의 얼굴 화장을 지워드린 뒤 커다란 대야에 온수를 받는다. 그녀의 목욕물을 준비하는 것이다. 그녀가 치매에 걸리고 얼마 있지 않아, 그녀의 몸을 씻기기 위해 옷을 벗기다 팽팽한 신경전을 벌인 후로, 목욕은 그녀 혼자 했다. 내 손으로 그녀의 윗옷을 처음 벗겼던 날 옷에서 분가루가 날렸다. 설마 몸 전체를 분첩으로 두드리는 건 아니겠지. 그녀의 윗옷을 탁탁 털고 있는데, 딸 정화가 문지방께로 걸어나왔다.
"엄마는 모르지? 할머니 치마 속에 새가 살고 있어."
"그게 무슨 말이야?"
나는 정화의 얼굴을 빤히 쳐다보며 물었다. 아이는 짓궂게 웃으며 더 이상 말하지 않았다. 새? 나는 아이의 말을 금세 잊어버렸고 시어머니의 옷을 마저 벗기기 위해 그녀의 치마를 움켜쥐었다. "싫어! 이년! 싫어!" 초점을 잃고 흔들리던 그녀의 눈은 단박에 날카로워졌다. 그녀의 작고 단단한 주먹이 내 등을 세게 후려치자, 눈물이 핑 돌았다.
"엄마가 할머니 새를 훔치려고 하니까 그렇지."
나는 홧김에, 문지방에 서서 종알거리는 아이의 엉덩이를 때렸다.
"혼자 씻으세요!"
나는 방문을 탁, 닫고 방으로 들어가버렸다. 우는 아이를 달래며, 나는 문을 빠끔히 열어 수증기 속에 묻힌 그녀의 벗은 등을 보았다.
"할머니 치마 속에 사는 하얀 새는 되게 커, 할머니가 나만 보여주는 거랬어."
그때 정화는 옷소매로 코를 훔치며 내게 새침하게 말했다.
시어머니의 치마 속에 사는 새를 상상해본다. 작은 부리에 머리와 눈이 크고 몸은 지렁이처럼 가늘고 기다란 새. 언젠가 정화의 동화책에서 보았던 그것의 날개는 시든 꽃잎 모양이었다. 새는 오염된 대기와 척박한 땅에서 자라나, 지렁이 몸을 갖게 되었다고 했다. 거울에 비친 시어머니의 치마에는 홍색 과꽃 무늬가 프린트되어 있다. 치마 군데군데에 화장품 얼룩과 검은 때가 묻어 있어, 과꽃은 시들고 더러워 보였다.

"이년! 내 거울 내놔!"

시어머니는 금방이라도 내 머리채를 거머쥘 듯 엉덩이를 들썩이며 몸을 떤다. 시어머니 얼굴에서 분가루가 떨어지고, 방바닥에 뿌옇게 먼지가 쌓인다. '화장품이 얼마나 비싼데' 나는 들고 있던 파우더 통을 방 밖으로 던져버렸다.

"엄마, 나 피나."

정화의 무릎에서 흐른 피는 정강이를 타고 바닥으로 점점이 떨어졌다. 내가 아이에게 다가앉는 사이, 시어머니는 재빨리 사각거울을 품에 안았다. 아이의 손가락에 피가 묻어 있는 것을 보고, 나는 아이의 뺨을 갈겼다.

"딱지 뜯지 말라고 했잖아! 몇번을 말해야 돼!"

아이는 울지 않는다. 오히려 고개를 쳐들고 나를 째려볼 뿐이다. 밤 늦게까지 고양이처럼 울던 아이는 이제, 목에 힘을 주고 나와 시어머니를 번갈아 빤히 쳐다볼 뿐, 결코 울지 않는다. 나는 아이의 뺨을 치기 위해 또다시 손을 번쩍 들었다가 멈칫한다. 새삼, 아이의 눈매가 시어머니와 많이 닮았다는 깨달음이 내 손목을 꺾은 것이다.

화장대 위의 로션 병이 파르르 떨기 시작했다. 인근 공항에서 비행기가 날아오고 있었다. 몸속의 장기들이 웅웅 울린다. 품에서 사각거울을 놓친 시어머니가 소리를 지른다. 정화는 무릎에 붙인 반창고 끝을 살금살금 손톱으로 일으키고 있다. 지붕 위를 밟고 지나가는 비행기 엔진 소리와 시어머니가 방바닥을 치는 소리가 뒤섞인다. 누군가가 바늘로 새끼발톱을 찌르는 듯하다. 발톱 뿌리에서 시작된 고통이 발을, 다리를, 심장을 움켜쥔다. 나는 시어머니에게로 다가가 그녀의 머리를 끌어안았다. 그리고 소리지르는 입을 가슴으로 꾹 막아버렸다. 나는 팔에 힘을 주었다. 그녀가 나를 밀치며 손바닥으로 방바닥을 내리쳤다. 팔에 더욱 힘을 주자, 그녀의 엉덩이가 바닥에서 들렸다.

비행기가 지나가고 그녀를 품에서 놓아주었다. 나는 방바닥에 누워 있는 사각거울을 들여다본다. 토마토가 터진 듯, 가슴에 붉은 인주 자국이 뭉개져 있었다.

광고 촬영장은 한산했다. 오후 촬영은 다리나 가슴, 손만을 찍는, 소위 부분모델들이 대부분이다. 하이힐을 신은 늘씬한 모델들 서너 명이 떼지어 지나갔다. "러시아 출신 모델들이라고 하던데, 쟤들 한 번 촬영에 백만원이 넘는대." 가슴모델을 하는 여자는 전면거울 앞에 바짝 다가서서 벗은 가슴을 마사지하고 있었다. 그녀와 내가 촬영이 끝나고 받는 모델료는 이십만원이 채 되지 않았다. 우리는 부분모델이다. 그나마 가슴모델료가 나보다 삼만원이 더 많았다. 모델들이 대부분 젖꼭지까지 내놓으려고 하지 않기 때문이다.

남편의 장례를 치른 후 한 달이 지나고, 나는 어느 모델회사 담당자로부터 전화를 받았다. 그는 방송국 일을 하며 내 남편을 알게 되었다고, 전에 나를 본 적이 있다고 했다.

"첫인상이 너무 좋아 기억하고 있었습니다. 그런데 얼굴이…… 많이 상하셨군요. 몸매는…… 치마를 한번 걷어보시죠."

그의 끈끈한 시선이 다리를 수차례 더듬은 뒤, 나는 바로 촬영에 들어갔다. 새로 나온 스타킹 광고였다. 뜨거운 조명 탓으로 등에 땀이 줄줄 흘러내려도, 카메라 앞에 노출된 다리만은 냉동 포장된 고기처럼 신선하고 보기 좋은 색을 띠었다. 조명의 뜨거움을 잊기 위해 카메라 렌즈를 뚫어지게 바라보면, 어김없이 남편이 떠오르곤 했다.

남편은 자주 방송국에서 소품을 들고 왔다. 숟가락, 빨래집게, 수건, 칫솔, 벽시계, 그리고 사각거울까지. "아예 냉장고를 들고 오지." 나의 가벼운 질책에 남편은, 이거 개인 돈 털어 장만한 거라구, 하며 허허 웃곤 했다. 그는 가져온 소품을 들고 이것저것 설명하기에 바빴다.

"어머니, 이 숟가락, 탤런트 최하나가 먹던 거예요."

남편은 소품용 숟가락으로 밥을 뜨며, 그 여자가 이렇게 밥을 먹어요, 하고는 카메라 앞에서 연기하듯 숟가락을 빨았다.

"어머니 앞에 놓인 국그릇이요, 그거는,"

시어머니는 숟가락을 밥상에 내려놓으며 불편한 심기를 드러냈으나, 남편은 전혀 개의치 않는 듯 해죽거리며 숟가락을 맛있게 빨았다. 그는 모처럼 쉬는 날이면 담배를 꼬나물고 문지방에 걸터앉아 집 안 구석구석에 놓여 있는 자잘한 생필품에 이야기를 덧붙이기도 했다.

"우리집 칫솔은 달동네 분위기야. 칫솔 모가 굵고 적당히 누웠지. 게다가 색이 너무 오래된 느낌이거든. 저 벽시계는 마을회관에나 걸어놓으면 딱 좋겠군. 숫자도 크고 초침 돌아가는 소리도 너무 커. 우리 결혼할 때 장만한 저 전화기 말이야, 벨이 울릴 때 불이 번쩍번쩍하잖아. 이태리 가구가 즐비한 안방 탁자나 훌륭한 장식이 가득한 호텔 프런트 위에 놓으면 제격일 것 같아."

담배연기를 내뿜으며 자신의 말에 고개를 끄덕이는 그를 볼 때마다, 나는 남편의 저 태도는 어느 장소 어디에 어울릴까, 생각했다. 나는 꿈에서 종종, 방송국 소품실에 처박혀 먼지를 뒤집어쓰고 있는 남편을 보곤 했다. 소품으로서 가치를 잃은 그가 거미줄을 두르고 먼지에 파묻혀 있다가 어느 날, 어디선가 날아온 돌에 맞아 반으로 쩍 갈라지는 꿈. 남편이 소품실에서 사각거울을 들고 왔던 날도, 그는 소품용 거울 자랑에 흠뻑 빠져 있었다.

"요술거울 들어보셨죠? 소원하는 모든 것을 전부 보여주는 그런 거울 있잖아요. 이게 그래요, 어머니. 탤런트 차미희가,"

"그만두지 못해!"

그때 시어머니는 남편의 뒷말을 무참히 끊어버렸다.

"내일 있던 곳에 도로 가져다놓거라. 앞으로 이런 거 들고 오면 밖에 내다버릴 테니."

시어머니는 당장에라도 그의 손에서 거울을 뺏어 밖으로 던져버릴 기세였다. 사각거울을 다시 방송국에 가져다놓겠다고 시어머니와 약속한 날 밤, 그는 제작실에서 호출을 받고 급히 뛰어나갔다. 내일 아침 촬영에 개구리 소품이 필요하다는 감독의 지시가 떨어졌다고 했다. 그날 밤길을 날쌔게 달려나가던 그의 뒷모습, 그게 마지막이었다. 그는 철로 옆 개울에서 밤새도록 개구리를 잡다가 철로에 다리가 끼어, 달려오는 기차를 미처 피하지 못했다고 한다.

스타킹을 벗었다. 새끼발가락을 꽁꽁 감고 있는 반창고에 피가 배어 있는 게 눈에 들어온다. 오늘, 신발까지 벗어야 한다면 큰 낭패이다. 성질이 급한 촬영감독은 즉시 다른 모델을 원할 것이다. 시어머니가 다 써버린 화장품을 사야 하고 월세도 내야 한다. 아이들 돌장난에 깨진 부엌 유리창도 새것으로 교체해야 했다. 나는 핸드백에서 새 반창고를 꺼낸다. 가슴모델을 하는 여자는 촬영기사의 부름을 받고 수건으로 가슴을 가리며 촬영장소로 달려나갔다. 여자가 벗어놓고 간 브래지어의 와이어 부분에 까만 때가 끼어 있었다. 여자는 가슴을 크게 해주는 깔때기 모양의 기계나 가슴 부위에만 쓰는 쑥뜸기 등을 광고했다. 함몰유두였던 가슴이 이렇게 예쁜 가슴으로 변했죠. ○○성형외과. 광고문구 위로 여자의 가슴이 실려 있는 사진을, 언젠가 그녀의 지갑 속에서 본 적이 있다. "이게 내 첫 데뷔사진이야." 여자는 내게 사진을 자랑하며 자신만만해했다.

나는 다리를 마사지하기 시작했다. 날씬한 다리, 쭉 뻗은 다리, 만지고 싶은 다리, 나의 벗은 다리는 주로 이런 광고문구를 딛고 섰다. 스타킹, 다이어트, 성형외과, 심지어 야한 사진들만 가득한 어느 맥주 광고 달력에도 내 다리는 실렸다. 금가루를 바르거나 구멍이 숭숭 뚫린 그물 스타킹을 신기도 했고, 그냥 맨다리로 사진을 찍을 때도 있었다. 카메라 앞에 서는 횟수가 더해갈수록 내 치마는 위로 위로 올라갔고, 이제는 아예 속옷만 입고 촬영해도 별 수치심을 느끼지 못한다. 여러 시간 동안, 사방에 세워진 조명기구 아래 다리만을 내놓은 채 위태로운 자세로 서서 촬영을 하고 나면 온몸이 저려 꿈쩍도 할 수 없었다. 광고사진 속의 나의 다리는 유리로 만들어놓은 듯 번쩍이고 매끈했으나, 얼굴과 몸은 내가 아닌 타인의 것이었다. 내 다리를 훔쳐간 모델의 얼굴 표정처럼, 탈의실 전면거울을 뚫어지게 쳐다보며 입을 조금 벌리고 눈에 힘을 주어본다. 촬영감독이 원하는 도발적이고 반항아 같은 이미지, 그런 표정 속에는 고혹적인 꽃이 숨어 있다고 했다. 시어머니의 몸을 씻기기 위해 처음 그녀의 치마를 벗기려고 했을 때 나를 바라보던 그녀의 맹렬한 시선을, 나는 잊을 수 없다. 불안과 두려움이 가득한, 다소 도발적이기도 했던 시어머니의 시선에서 나는 분노나 원망 따위의 감정만을 읽을 수 있었다.

60년대 한국영화의 갑작스런 붐이 세상을 들썩일 때, 시아버지는 영화판을 전전하며 자신의 모든 것을 던졌다. 촬영장소를 섭외하고 영화에 필요한 소품을 챙기고, 배우들의 잔심부름까지 도맡았다. 어느 날 영화감독이 그에게 던져준 수동식 카메라는 그의 생활습관을 바꾸어놓았다. 눈만 뜨면 카메라를 들고 밖으로 돌아다녔던 것이다. "사각 테두리 안에 여자, 남자, 노인, 거지 등 온갖 것들이 들어오면, 세상 모든 게 미추를 가리지 않고 의미 있고 아름답더란 이 말이다." 결혼 전 남편은 내게 종종 아버지의 말투를 흉내내어 말하곤 했다. TV, 옷걸이, 빨랫줄에 걸린 하얀 빨래들과 식구들의 생활모습까지, 시아버지는 전부 카메라 안에 담았다. 그리고 현상한 사진들은 스케치북에 일렬로 붙였다.

"아버지의 스케치북을 본 적이 있어요. 한 줄로 쭉 붙어 있던 사진은 어느 여배우 사진이었죠. 상대 배우에게 빰을 맞고 우는 사진들. 그때 빗물에 젖은 듯한 그녀의 비옷에서 눈을 뗄 수가 없었어요. 빰을 맞고 우는 그녀의 얼굴에서 보석이 구르는 듯했어요. 어느 시장판에서 구한 비옷이었다지만, 사진 속의 그것은 정말 고급스러워 보였구요. 그렇게 아름다운 여자는 아무리 싸구려 비옷을 입어도, 또 거짓말과 도둑질을 일삼아도, 모든 게 용서될 것 같았어요."

아버지의 스케치북이 자신에게 영화나 방송을 향한 꿈을 품게 했다고, 남편은 다소 긴장된 음성으로 덧붙여 말했다. 시아버지는 영화 촬영장에서도 사진기 셔터를 연거푸 눌러댔고, 결국 사진기 때문에 영화판에서 쫓겨나고 말았다. 예민한 영화감독의 귀에 사진 찍는 소리는 쥐가 벽을 갉아대는 소리쯤으로 들렸을 것이다. 사진 찍기에 빠져 있던 시아버지 때문에 생계는 시어머니가 책임져야 했다. 도배장이였던 그녀의 다리와 어깨는 수시로 쥐가 났고 딱딱하게 굳었다. 벽지에 풀을 바르다 잘못된 손놀림에 풀이 눈으로 튀어, 한동안 실명의 위기 속에 살았던 적도 있었다고 했다. 그때의 흔적으로 그녀의 왼쪽 눈에는 언제나 핏발이 서 있었다.

"형편이 이렇게까지 어렵지는 않았는데, 집에 불이 나서 이 지경이 됐지 뭐냐."

신혼여행을 다녀왔을 때 시어머니가 내게 한탄처럼 털어놓았다. 집에 불을 낸 사람은 시아버지였다고 했다. 사진 찍기에 미쳐 있던 그가 집에 불을 내고 휘적휘적 밖으로 걸어나간 날이, 그의 제삿날이 되었다. 그 이후로 그는 영원히 돌아오지 않았다.

시어머니는, 카메라가 많은 곳은 사람 혼을 빼고 거짓 꿈만 잔뜩 불어넣는 곳이라고, 남편에게 다른 직장을 가지라고 틈만 나면 조르고 또 졸랐다. 남편이 일 때문에 이틀 넘게 집에 돌아오지 않으면 그녀는, 전화해봐라, 어디로 촬영 갔다니, 이번에 돌아오면 내가 그 녀석 다리를 분질러서라도 소품 일 못 하게 할 것이니께, 하며 좌불안석하였다. 남편이 사고로 죽었을 때 그녀는 아들이 카메라에 홀린 것이라고, 시아버지가 남편을 데려갔다고 믿어버렸다.

어느새 시어머니의 눈에는 남편을 꾸짖던 엄한 눈빛도, 삶을 억척스럽게 꾸리며 다져진 강인한 눈빛도 사라졌고, 나는 그 흐린 눈을 바라보며 나날이 증오심만 키워간다. 시어머니의 붉은 입술이, 석고상 같은 얼굴이, 썩은 나뭇가지 같은 눈썹이 순식간에 내게 달려들어 내 심장을 물어뜯어놓을 것만 같기 때문이다. 딸아이는 그녀의 치마 속에 새가 산다고 했다. 몸이 날렵하게 생긴 하얀 새! 그녀는 또 어떤 미친 짓을 준비하고 있는 것일까. 나는 주먹을 단단히 쥐고 가슴팍을 때린다. 탕탕 속을 울리는 소리가 앞의 전면거울에 부딪친 듯, 거울 표면이 여리게 떨린다. 공동(空洞)의 공간에 울리는 소리처럼, 속에서 튀어나오는 소리는 텅 비어 있다.

"갈비 광고가 있다네. 고기 먹어본 지 오래됐는데 배 터지게 먹겠다."

가슴모델을 하는 여자가 호들갑을 떨며 탈의실로 들어왔다. 그때 촬영기사 하나가 나를 부르기 위해 왔다. 그가 빤히 보고 있지만 여자는 맨가슴을 드러내놓고 태연히 머리를 빗고 있다. 나는 치마를 벗으며 새끼발가락을 보았다.

"오늘 콘셉트는 좀 위험한데…… 그래도 할 거죠?"

촬영기사가 내게 은색 하이힐을 건네며 말했다.

"십 분 뒤에 옥상으로 올라오세요."

옥상? 그가 나간 뒤 가슴모델 여자가 입 모양으로 물어왔다. 나는 말없이 핸드백을 열고 버릇처럼 립스틱을 찾았다. 핸드백 안에는 휴대용 휴지와 다리 마사지 크림, 흰색 반창고, 동전지갑이 전부였다. 아무것도 바르지 못한 입술은 바짝 마르고 허연 껍질이 일어났다. 여자는 가슴이 깊이 파인 브이넥 니트를 입고 서둘러 갈비 광고 촬영장소로 향했다. 그녀가 나가고, 탈의실 화장대 위에 립스틱과 분첩 등 화장품 몇 가지가 어지럽게 널려 있었다. 여자의 것이었다. "화장품이 자꾸 없어져. 이 립스틱도 벌써 네번째라구. 여기 탈의실에 도둑년이 사는가봐." 언젠가 여자가 나를 힐끔거리며 했던 말이다. 나는 그녀의 립스틱을 집어 뚜껑을 열었다. 입술이 짙은 와인색이 되자 인상이 또렷해 보인다. 눈을 크게 뜨고 다리에 힘을 준다. 나는 핸드백 속에 립스틱을 넣고 잠깐 머뭇거리다, 재빨리 분첩도 넣어버린다.

"옥상 난간 위에 올라가서 다리를 조금 벌리고 서야 하는데. 거 있잖아요, 슈퍼맨이나 원더우먼 포즈…… 할 수 있죠?"

촬영감독은 그래픽으로 처리할 수도 있지만 현장감을 살리기 위해 어쩔 수 없다고 말했다. 한차례 바람이 불자 조명을 갓 모양으로 싸고 있던 알루미늄 합판이 심하게 흔들렸다.

"요즘 수금이 안 돼서 말이지, 이렇게 불경기니 어떻게 사진을 찍으란 말이야."

그는 투정을 부렸다. 감독의 잠바에 달린 모자는 못살겠다는 듯 이리저리 몸을 뒤척였다. 걸치고 있던 웃옷을 벗으니 온몸에 소름이 돋았

사각거울 61

다. 엉덩이까지 내려오는 남방 밑으로 기다란 실 하나가 장딴지를 간질였다. 실 끝을 야무지게 끊어놓고 보니 스타킹 옆이 조금 터져 있었다. 은빛 반짝이가 섞여 있는 스타킹은 라스베이거스 쇼걸들이 신는 것과 흡사하다. 비싸 보였다. 스타킹이 두꺼워 다행이라 생각했지만, 올이 전부 나가버리면? 혹 새끼발가락에서 피가 새어나와 스타킹을 적시는 건 아닌지, 소품을 망가뜨리면 오늘 수당에서 그만큼이 빠져나간다. 하이힐이 발을 너무 조이고 있다.

폭이 삼십 센티 정도 되는 옥상 난간 너머 아래를 내려다보았다. 이십층 높이에서 보이는 도로는 납작붓으로 그은 선 같다. 그 위로 차들이 불을 밝히며 지나가고 있다. 남방을 헤집으며 부는 바람 때문에, 나의 상체는 기형아처럼 부풀었다. 뿌유스름한 대기에 붉은빛이 돌았다. 해가 지고 있었다.

"당당하게 서 있어야 합니다. 배랑 다리에 힘을 팍 주고! 허리 똑바로 펴고!"

두 명의 스태프가 나를 부축해 옥상 난간 위로 올렸다. 순간 선뜩, 조명 불빛이 눈을 찔러와 휘뚝거리자 모여 있던 사람들 모두 짧은 비명을 질렀다. 하지만 내게 달려오는 사람은 없었다. 나는 시선을 멀리 던지고 다리에 힘을 주어 꼿꼿이 섰다. 아무런 안전장치 없이 옥상 난간 위로 오르는 사람은 죽으려는 사람, 아니면 정신병자. 입가로 웃음이 번진다. 연한 다홍빛을 띠고 있던 상점들의 간판 불빛이 서서히 붉어지고, 반딧불처럼 반짝이던 빌딩 불빛이 하나씩 늘어가고 있다. 이제 곧 사람들은 따뜻한 저녁이 준비되어 있는 집으로 돌아가거나, 춤을 추고 술을 마실 수 있는 곳으로 모여들 것이다. 빌딩 앞을 지나던 사람들 몇몇이 손으로 입을 가리고 나를 올려다본다. 맞은편 빌딩 창가에서 하얀 와이셔츠를 입은 사내가 넥타이를 풀고 음란한 태도를 취하며 내게 손짓한다. 바람은 끊임없이 다리를 휘감는다. 나는 정면을 똑바로 쳐다보고 다리에 힘을 주었다. 얼음이 된 다리가 부서지는 상상을 해본다. 새끼발톱에서부터 금이 가기 시작해 쩍 갈라지는 상상. 어딘가에서 날아온 광고 전단지가 위로 위로 날아오르고 있다. 줄 달린 인형이 춤을 추듯이, 할랑할랑 위로 떠올랐다. 그것은 내 발치까지 올라왔다가 다시 아래로 내려가고 또 위로 오르다, 끝없이 아래로 추락했다. 새! 그 순간 시어머니 치마 속에 산다는 새가 생각났다. 그녀의 치마를 걷어올리면 새가 날아갈까. 새끼발톱에서부터 시작된 아픔이 핏줄을 타고 심장으로 전달된 듯하다. 맥박이 빠르게 뛰기 시작했다.

"펄럭이는 남방 좀 잡고 있어요! 좋아요, 조금만 참읍시다!"

이번 광고사진에는 내 다리만 실린다고, 촬영감독이 내게 격려하듯 말했다. 나의 몸은 지워지겠지만, 대신 다른 모델의 몸이 나를 대신하지는 않을 것이다. 나는 통증이 느껴지는 다리에 더욱 힘을 주고 이를 꽉 문다. 내 주변에 모여 있는 모든 이들의 눈이 내게로, 내 다리로 집중되어 있는 지금, 이 순간이 좋다. 사람들은 멋있는 다리 사진을 뽑아내기 위해 촉각을 곤두세우고, 나는 그들에게 최고가 된다. 먼지 날리는 방, 시어머니의 화장, 나날이 모질어져가는 딸아이의 성격, 이 모든 것은 필름 감기듯 빠르게 스쳐가고, 나는 옥상 난간 위에 새처럼 사뿐히 서 있는 것이다. 도시에 나타난 슈퍼맨처럼 가슴을 펴고 당당하게

사각거울 63

서서 감독이 좋아하는 도발적인 미소, 반항아 같은 미소를 지어본다.
 촬영은 세 시간 만에 끝났다. 나는 촬영기사가 준 돈 봉투를 들고 화장실로 향했다. 흰 봉투 속에는 수표 한 장과 만원짜리 열 장이 들어 있었다. 감독이 돈을 더 넣은 것이다. 시종 떨리는 다리 때문에 도저히 서 있을 수 없었다. 나는 세면대 위에 걸터앉아 손가락에 침을 묻혀 봉투 속의 돈을 다시 세어보고는 핸드백 속에 넣었다. 가슴모델 여자의 립스틱과 분첩이 잠깐 손에 잡힌다. 핸드백을 한쪽에 챙겨놓고, 나는 가져온 풀을 꺼내 화장실 거울 앞에 놓았다. 스타킹을 조심스레 벗었다. 스타킹 끝이 새끼발가락에 들러붙어, 천천히 발가락에서 떼어내야 했다. 죽은 발톱 주위에 피가 고여 있다. 붉은 피와 시퍼런 발톱, 그 색의 대조가 눈을 피곤하게 만든다. 나는 새 반창고로 새끼발가락을 감아놓고, 벗어놓은 스타킹을 집어들었다. 그때였다. 심하게 구역질을 해대는 소리가 화장실 어느 칸에서 흘러나왔다. 변기물이 내려가고 다시 구토소리가 화장실을 울렸다. 그리고 조용하다. 나는 토악질 소리에 멈칫대다, 서둘러 풀 뚜껑을 열고 스타킹의 터진 부위에 풀칠을 한다. 이렇게 해놓으면 올은 더이상 나가지 않을 것이다. 풀칠이 끝나고, 스타킹 끝에 묻은 핏자국을 지우기 위해 수도꼭지를 틀었을 때였다. 무언가를 잔뜩 변기 속에 쏟아버리는 소리가 들려왔고 또다시 심한 구역질 소리가 이어졌다. 나는 물이 뚝뚝 떨어지는 스타킹을 꼭 움켜쥐고 빠끔히 열린 화장실 문을 밀었다. 순간 나의 기척에 놀란 여자가 입가를 훔치며 나를 돌아보았다. 가슴모델 여자, 그녀였다. 여자의 가슴께에 묻어 있는 얼룩은 갈비 양념인 듯했다. 미처 닦아내지 못한 것이 뺨에도 묻어 있었다.

"먹은 걸 다 토해냈어. 속상해 죽겠네."

여자는 눈가에 맺힌 눈물을 옷소매로 닦으며 울먹였다. 나는 눈물 고인 그녀의 눈에서 시어머니의 눈을 보았다. 달걀흰자처럼 풀어진 시어머니의 눈, 핏발이 가시덤불처럼 일어나 있는 그녀의 눈. 나는 다리에 맥이 풀려 자리에 주저앉아버린다. 잠시 잊고 있었던 새끼발톱의 통증이 눈앞을 어질어질하게 휘젓는다.

저녁 여덟시, 나는 늦은 저녁을 준비한다. 살색 소시지의 비닐을 벗기고 달걀을 풀었다. 소시지를 도마에 올려놓으니 마치 아이의 팔뚝처럼 보인다. 정화는 달걀옷을 입힌 소시지 반찬이 없으면 밥을 먹지 않는다. 아이는 남편의 식성을 많이 닮았다. 다른 반찬도 먹어야지! 호통치며 아이의 젓가락을 뺏어본 적도 있지만 소용없었다. 이런 아이의 식성을 싫어하면서도, 나는 늘 소시지에 달걀옷을 입혀 정성껏 부쳐낸다.

시어머니는 사각거울 앞에서 가슴모델 여자의 화장품으로 화장을 하고 있다. 정화는 TV 앞에 바짝 붙어앉았다. 세제를 풀어놓은 대야에 정화의 양말과 시어머니의 양말이 시커먼 발바닥을 보이고 있다. 나는 돌아오자마자 방 청소를 했고, 잠겨 있는 방 창문에 뿌연 비닐을 덧대었다. 창틈을 비집고 들어온 바람으로 비닐은 배를 불룩 내밀었다. 불투명한 비닐 때문인지, 마치 창고 속에 들어와 있는 기분이었다. 밖의 온도에 민감한 고기나 야채류를 저장해놓은 창고.

소시지를 썰기 시작했다. 칼에 묻은 김칫국물이 소시지 표면에 그대로 스며든다. 정화가 TV 볼륨을 높인다. "어제 새벽 강동구 ××동 육교 밑에서 육십대 초반으로 보이는 노인의 변사체가 발견되었습니다. 밤 기온이 급격히 내려가는 바람에 노인은 동사한 것으로 추정," 나는 썰기를 멈추고 TV 소리에 귀를 기울인다. "용의자로 지목된 박씨는 노인의 아들로, 극심한 생활고에 시달리다 이같은 범행을 저지른 것으로," 이어 채널 돌리는 소리가 들려왔다. 정육점의 고기 써는 기계처럼, 나는 소시지를 최대한 얇게 썰기 시작했다. 소시지가 칼날에 붙어 잘 떨어지지 않는다.

뚝배기에 담긴 김치찌개는 여전히 끓고 있었다. 얇게 썬 소시지는 몸을 푸들푸들 떨며 한껏 쪼그라들었다. 찌개 냄새와 분가루 냄새가 섞여, 순간 밥맛이 싹 가신다. 나는 시어머니의 석고상 같은 얼굴을 쳐다보았다. 그녀 옆으로 사각거울이 누워 있었다. 거울은 형광등 불빛을 되쏘고 있다. 방에서 유일하게 말끔하고 번쩍이는 물건이다. 그녀의 볼에서 날리는 분가루가 밥상 위로 떨어진다. 나는 겨우 겨우 숟가락을 든다. 그때, 소시지를 입으로 가져가는 정화를 보자마자, 들었던 숟가락을 탁, 내려놓았다. 아이의 입술에서 눈을 뗄 수가 없었다.

"할머니가 칠해줬어."

정화의 와인빛 입술이 오물거렸다. 시어머니 입술도 마찬가지다. 나는 아이의 입술을 노려보았다. 아이는 내가 화가 났다는 사실을 전혀 모르는 듯, 입으로 가져갈 다음 반찬을 눈으로 고르고 있다. 밥을 먹고 보자고 다짐하며 묵묵히 숟가락을 들었지만 점점 얼굴이 달아올랐다. 나는 밥상 아래 숨어 있는 아이의 다리를 거칠게 빼냈다. 상이 흔들렸다. 아이의 무릎에서 반창고가 떨어져나간 지 오래된 듯 보였다. 피가 까맣게 엉겨붙어 있는 무릎을 보니 화가 치밀었다. 나는 정화에게서 숟가락을 뺏었다. 아이의 얼굴이 조그맣게 얼어붙는다.

"상처에 손대지 말라고 했잖아!"

아이는 내 눈을 똑바로 쳐다볼 뿐 조용하다. 그 작은 얼굴의 입술은 붉은 등을 가진 딱정벌레 같다. 아이는 나의 시선을 무시하고 손으로 소시지를 집어들었다. 나는 아이의 뺨을 갈겼다. "너 왜 그래!" 나는 아이의 등을, 엉덩이를, 사정없이 때렸다. "너 대체 왜 그래, 왜 그러는 거니?" 시어머니도 정화도 모두, 남편이 일하던 방송국 소품실에 던져진 꼭두각시인형, 납량 특집 드라마를 위해 제작된 괴물 같았다. 지난날 꾸었던 악몽이 되살아난다. 방송국 소품으로 전락한 그가 맞이한 최후. 나는 몸을 떨었다. 구역질이 치밀었다. 매질을 멈출 수가 없었다. 아이는 몸에 빳빳하게 힘을 주고 있었다. 나는 울기 위해 입을 벌렸지만 눈물은 나오지 않고 마른 소리만 꺽꺽, 튀어나왔다. 그때 나의 매질에 반항하던 아이의 발이 상다리를 걷어찼다. 그 순간 상이 엎어지고, 뚝배기가 사각거울 위로 떨어지고 말았다.

거울이 깨졌다.

느닷없이 시어머니가 내게 달려들어 머리채를 휘어잡았다. 내 손에서 벗어난 아이는 방구석으로 도망가 몸을 움츠렸다. 아이는 눈을 크게 뜨고 시어머니와 나의 몸싸움을 지켜볼 것이다.

"이년, 내 거울 물어내! 나쁜 년, 내 거울 물어내!"

머리가죽이 벗겨질 듯했다. 시어머니의 손힘은 갈수록 세졌다. 나는 입에서 소용돌이처럼 맴도는 비명을 도저히 참을 수 없었다. 저녁을 준비하며 들었던 뉴스 내용이 떠오른다. 생활고에 시달린 박씨, 그가 노모를 어두운 육교 밑에 버린다. 현대판 고려장, 노모를 버리고 도망가는 얼굴은 그가 아닌 나인가. 나는 시어머니에게 머리를 잡힌 채 그녀의 얼굴을 쏘아보았다. 땀으로 얼룩진 그녀의 얼굴은 화장이 심하게 번져 부패한 쓰레기 같다. 오늘 촬영장 화장실에서 보았던 가슴모델 여자의 얼굴이 시어머니의 얼굴 위로 떠오른다. 여자가 꾸역꾸역 삼킨 갈비는 토사물이 되어 입으로 다시 넘어왔고, 그것은 턱과 목을 타고 흘러내려 옷 속으로 파고들었다. 여자의 자신만만한 가슴은 토사물에 젖어 역겨운 냄새를 풍겼다. 치밀어오르는 구역질 때문에 내 비명소리는 중간 중간 끊어진다. 정화는 차게 빛나는 눈으로, 시어머니와 내가 동물처럼 뒤엉켜 서로를 할퀴고 물어뜯는 모습을 똑똑히 지켜본다. 날카로운 이로 먹잇감을 물고 그것이 죽을 때까지 절대 입에서 놓지 않는 상어처럼, 싸움은 어느 한쪽이 고통스럽게 무릎을 꿇어야 끝날 것이다. 딸아이 시선에 내 힘이 한풀 꺾인 사이, 시어머니의 무릎이 새끼발가락을 쿡 찍어누른다. 별안간 정신이 혼미해지고 온몸에 소름이 돋는다. 나는 숨을 거칠게 몰아쉬며 있는 힘껏 그녀를 밀쳤다. 그녀는 방바닥에 엉덩이를 찧고 널브러졌다. 양말에 피가 스며들고 있었다.

　나는 몸을 웅크리고 있다가 천천히 고개를 들었다. 그녀의 치마가 홀러덩 뒤집어져 오래된 나무토막 같은 허벅지가 드러나 있었고, 그 허벅지 안쪽에 살이, 붉은색, 분홍색, 흰색의 살이 어른 손바닥만한 크기로 뒤엉켜 있었다. 심하게 화상 입은 자리. 무언가 무겁고 둔중한 것에 짓이겨진 듯한 살은 전체적으로 불그스름했다. 그것은 트럭에 깔려 분홍빛 속살과 붉은 내장을 드러낸, 몸이 터져버린 쥐새끼처럼 보였다.

"삼 일 출장도배를 마치고 돌아왔는데 말이다. 니 시아버지가 방 안에 도사처럼 앉아 카메라 렌즈를 뚫어지게 쳐다보고 있지 않겠냐. 카메라 렌즈에 눈을 박고 방 안 이곳저곳을 미친 듯이 휘둘러보더라. 민식이 말로는 나 없는 사이 아부지가 방 안에 틀어박혀 물만 먹고 카메라만 만졌다고 하길래, 나는 서둘러 그 양반 밥상을 차렸제. 상을 들고 방에 들어서니, 아니 글쎄 그 양반이 벽지를 쭉쭉 찢어내고 있지 않겠냐. 내가 놀라 그 양반 팔다리를 잡고 말렸는데, 힘이 어찌나 센지 내가 나동그라져 벽에 머리를 박았다. 한참을 까무러쳐 있다가 깨보니 방에 불길이 넘실대는데, 니 시아버지라는 사람이 말이다…… 그 불길을 카메라로 찍고 있지 않겠냐…… 밖에서는 동네 사람들이 난리났다고 아우성치고, 내가 그 양반에게 겨우 말을 꺼냈다, 살려달라고. 근데 말이다, 그 양반이 슬슬 뒷걸음치더니 그냥 방을 나가버렸다. 그리고 이날 이때까장 연락이 없다. 그렇게 미쳐서 나간 지 한 이십 년은 됐나."

신혼여행에서 돌아온 날, 시어머니는 시아버지의 실종을 얘기하며 시종 내 손을 놓지 않았다. 그녀가 울음 섞인 목소리로 했던 말이 왜 이제야 떠올랐을까.

"동네 아저씨가 그 불구덩이 속에서 어머니를 가까스로 업고 나왔지. 어머니 치마에 불이 붙었어. 나는 어머니가 돌아가시는 줄만 알았어."

그때 남편의 붉어진 눈시울을 바라보며 나도 조금 울었던가.

화상을 입어 짓뭉개진 피부, 그 불그레한 상처가 다소 하얗고 번쩍이는 것은 분가루 때문이었다. 시어머니는 다리 사이에 사각거울을 끌어다놓고 분첩 든 손을 치마 속에 집어넣어, 상처에 분가루를 입힌 것이다. 딸아이가 말한 새가 저것이었을까. 상처는 허벅지에 배추 이파리 모양으로 퍼져 있고 또 허벅지 안쪽으로 갈수록 점점 작아져, 마치 음부에서 빠져나온 날렵한 비행기 꼴을 하고 있었다. 뽀얀 분가루를 입은 상처는, 날기 위해 막 날개를 뻗은 새처럼 보이기도 했다. 분가루로 흉터를 가릴 수 있다고 생각했을까. 시어머니 다리 밑으로 흑백사진 한 장이 떨어져 있다. 분명 그녀와 몸싸움을 할 때 그녀의 치마 속에서 떨어진 것일 터였다. 사진 속의 여자는, 화단에서 한복을 차려입고 곱게 웃고 있는 시어머니였다. 아마도 시아버지가 찍어주었을 것이다. 사진 속의 인물로 돌아가기 위해 시어머니는 입술을 칠하고 눈썹을 검게 그리고 허벅지 흉터에 분가루를 바른 것일까. 시어머니는 태엽 풀린 인형처럼 맥없이 앉아 있었다. 땀으로 얼룩진 그녀의 얼굴은 화장이 번져, 마치 비 맞은 광대처럼 우스꽝스럽고도 슬퍼 보였다.

시어머니는 금방이라도 눈물을 쏟아낼 것 같은 얼굴로 깨진 거울을 바라보았다. 거울이 깨졌구나. 그녀의 입에서 우물우물 튀어나온 소리는 분명 그랬다. 치매를 앓기 전의 목소리, 졸지에 아들을 잃고 화장터에 맥없이 앉아 내게 이런저런 위로의 말을 해주던 그때의 목소리. 나는 그녀에게 어서 다가가 깨진 거울에 손을 대지 못하게 하려 했지만, 온몸에 쥐가 난 듯 전혀 움직일 수 없었다. 시어머니는 다리를 가리기 위해 치마를 연신 아래로 잡아당겼지만, 자꾸만 헛손질이었다. 치마 내리기를 포기한 그녀가 깨진 거울 쪽으로 손을 뻗으려 하자, 방구석에 웅크리고 앉아 있던 정화가 재빨리 달려나와 그녀의 손을 잡는다.
"할머니, 다쳐! 거울에 손대지 마."
깨진 거울은 방 안의 모든 것을 잘게 조각내놓았다. 낮에 옥상 난간 위에 올라 내려다본 도로, 자동차, 사람들, 작은 상점들이 떠오른다. 중심을 못 잡아 잠시 아찔했을 때, 순식간에 세상의 모든 풍경은 조각난 것처럼 보였다. 그때, 위로 춤을 추듯 날아오르던 광고 전단지. 순간 그 위에 몸을 싣고 싶은 충동으로 내 다리는 움찔거렸다.
정화 무릎의 딱지는 또 떨어져나가고 없었다. 아이의 무릎에서 흐르던 피는 이미 멈춰 굳어 있었다. 매번 딱지가 억지로 뜯겨나가는 무릎에는 곧 흉터가 생길 것이다. 딸아이 무릎에 평생 남아 있을, 지독하게 질긴 흉터. 나는 그제야 새끼발톱이 심하게 따끔거린다는 것을 깨닫는다. 발톱이 빠진 걸까. 나는 양말을 벗는다. 새끼발톱은 납빛으로 죽어 있고 그 주위에 피가 흥건하다. 죽은 발톱은 살에 박힌 듯, 꼼짝도 않고 제자리를 지키고 있다.

털

나는 그 그림자의 정체가 그의 아내, 전파사 여자임을 알고 있다. 여자의 두툼한 사각형 얼굴은 온통 시뻘겋고, 눈동자는 새까맣게 빛난다. 잔털이 뽑힐 때마다 솟아오른 붉은 뾰루지, 뿔이 난 피부, 그것은 저항의 몸짓. 색이 짙고 굵은, 억세고 빳빳한 그녀의 털은 뽑아도, 뽑아도 다시 자라날 것이다. 아버지의 부엉이는 검은 허공을 응시하고, 여자는 나를, 내 손에 든 화장가위를 주시한다. 나의 가위는 날렵하게 잘 빠진 날을 가졌고, 그 끝은 하늘을 할퀼 듯 휘어져 있다.

양손 각각 엄지, 검지, 중지에 검은색 골무를 끼우고는 여자의 머리맡에 바짝 다가가 앉는다. 여자의 얼굴 가까이 스탠드를 끌어온다. 얼굴은 그녀의 남편보다 반 뼘쯤 더 크다. 그의 말대로, 그녀는 눈썹을 말끔히 밀고 짙은 감색 눈썹문신을 새겨놓았다. 살집이 두툼한 사각형 얼굴에 갈매기 모양의 눈썹문신은, 커다란 갱지에 실수로 그은 가는 선처럼 보인다. 오래된 식빵에 핀 곰팡이처럼, 얼굴의 잔털은 옅은 회색빛을 띤다. 인중께에 난 털이 제일 짙다. 그녀의 코 밑이 유독 검은 이유이다. 골무를 끼지 않은 손가락 끝으로, 여자의 얼굴 전체를 덮고 있는 털을 느낀다. 털은 다른 사람들에 비해 굵고 뻣뻣하다. 모공이 넓은 탓에 그녀의 피부는 거칠고, 건조하다. 얼굴에 대고 성냥을 그으면 금세 불꽃이 일 것 같다.

"깔끔하게 뽑아줘."

여자는, 잔털이 모두 뽑힌 매끄러운 얼굴을 상상할 것이다. 하지만

털 75

여자의 얼굴에 난 털은 고슴도치의 등을 덮고 있는 가시처럼 억세고 짧아, 쉽게 뽑히지 않을 것 같다. 털이 힘들게 뽑혀나간 피부는 더러운 먼지에 쉽게 오염된다. 모공의 상처가 크기 때문이다. 오염된 공기와 바람에 시달린 피부는 더욱 거칠어질 것이다. 피부에 각질이 일어날 무렵, 얼굴의 잔털은 다시 자란다. 척박한 땅에 자라는 잡초처럼, 전보다 색이 짙고 억센 털이 자랄 수도 있다. 여자는 보기 싫게 자란 털을 뽑기 위해, 나를 또 찾아야 할 것이다.

스탠드에 걸어놓은 견사 중 가장 긴 것을 선택해 양끝을 마주 묶는다. 커다란 링 모양의 실을 양손 골무 낀 손가락에 걸어 세 차례 꽈배기처럼 꼰다. 여자의 눈동자가 실이 꼬인 자리로 몰렸다 흩어진다. 눈동자는 스탠드의 따가운 불빛에도 흔들림이 없다. 여자는 당장에라도 자리를 박차고 일어나 내 뺨을 후려치고, 자신의 남편과 놀아난 나쁜 년이라며 악다구니를 퍼부을 것 같다.

열흘 전, 여자의 남편은 밤새 짐승의 발자국을 따라 산속으로 걸어들어가는 꿈을 꾸었다고, 내게 말했다. 진흙 바닥에 선명하게 찍힌 사슴과 곰, 호랑이 발자국을 따라 산속 깊이 걸어들어가자, 커다란 구덩이가 있었다고 했다. 그는 그 구덩이 속으로 들어가 겨울잠을 자는 짐승처럼 몸을 한껏 웅크린 채, 눈을 감았다. 곧이어 무언가가 온몸을 따듯하게 감싸는 느낌에 엉덩이와 다리를 더듬더듬 만져보았을 때, 길고 부드러운 털이 그의 손아귀 가득 잡혔다. 꿈 얘기를 늘어놓던 그 다음날부터, 그는 이곳 찜질방에도 내가 사는 반지하방에도 오지 않았다. 가끔 그의 전파사 주위를 서성거려도, 그의 그림자조차 볼 수 없었다. 그를 보지 못한 지 오늘로, 아흐레째다.

불빛을 똑바로 응시하고 있는 여자의 눈에, 눈물이 고였다. 혹시 당신은 그의 행방을 아는가, 나는 그녀에게 당당히 묻고 싶다. 실을 손가락에 감은 채 손목을 돌려 한 차례 더 꼰다. 이제 실을 꼬아 만든 매듭은 네 개다. 여자가 눈을 감는다.

실면도를 시작하기 위해 상체를 기울이자, 허벅지께가 따끔하다. 주머니 속에 들어 있는 화장가위 때문이다. 날카로운 끝이 전갈의 꼬리처럼 휘어진, 손바닥 길이만한 철제가위. 나는 항상 그것을 몸에 지니고 다닌다. 언제 어디서 달려들지 모르는 빚쟁이들 때문이다. 그들의 우악스러운 손길에 멱살을 잡히고 머리채를 쥐어뜯길 때, 가위의 끝은 바지 주머니를 뚫고 고개를 내민다. 가위는 세탁소 최씨의 피둥피둥한 손등과 양계장 오씨의 값비싼 가죽가방을 할퀴었다. 아버지의 노름빚을 다 갚을 때까지, 화장가위는 내 주머니 속에 들어 있을 것이다. 어쩌면 그것은 이미 내 몸의 일부가 되어버렸는지도 모른다. 잠을 잘 때도 허벅지를 찌르곤 하는 철제가위, 자고 있는 동안 내 몸에서 부쩍부쩍 자라난, 튼튼한 돌연변이 털.

나는 수차례 꼰 실을 팽팽하게 잡아당긴다. 실이 꼬인 부분을 여자의 이마에 댄다. 그녀의 이마가 꿈틀거린다. 실에 털이 잡히자, 나는 재빨리 손을 옆으로 기울여 자라난 방향으로 털을 뽑는다. 여자의 얼굴이 일그러진다. 나는 손가락에 힘을 준다. 여자의 털은 단번에 뽑히지 않는다. 다시 실을 팽팽하게 잡아당긴다. 같은 동작을 빠르게 반복한다. 털이 뽑힐 때마다 갈매기 모양의 눈썹문신은 별안간 양지에 던져진 지렁이처럼, 꿈틀댄다.

　이마에 맺힌 땀을 훔치며, 나는 휴게실 입구에 있는 부항 뜨는 곳을 힐끔거린다. 얼마 전부터, 그곳 손님 침대는 불가마에서 나온 여자들의 쉼터가 되고 말았다. 가끔 쑥뜸도 함께 뜨는 그곳에는 유독 남자 손님들이 몰려들었다. 한 달 전, 부항을 뜨던 마흔 살짜리 여자는 어느 유부남과 눈이 맞아 일을 그만둬야 했다. 남자의 아내가 찾아와 그녀의 밥벌이 물건들, 쑥뜸기와 부항단지 전부를 박살냈기 때문이다. 나는 그녀의 얼굴에 흐르는 피를 닦아주며 잠시, 전파사 그의 아내를 생각했다. 자궁의 혹을 치료하기 위해 약을 먹는 여자, 그 약의 중독으로 온몸에 굵고 억센 털이 자란 여자. 어느 날 여자가 나를 찾아와 내 얼굴을 할퀴고 실패와 족집게, 땀띠분이 들어 있는 상자를 마구 짓밟는 상상을 했다. 그러면 나는 화장가위를 휘둘러, 내 멱살을 잡은 여자의 뚱뚱한 팔뚝에 핏방울을 머금은 생채기를 선물하리라, 생각했다. 철제가위는 도덕과 양심 따위를 뛰어넘어 내 연약한 피부를 지키기 위해 막강한 힘을 보여줄 거라, 나는 믿고 있었다.

　조금 전까지만 해도, 여자는 불가마 입구에 앉아 시종 나를 쏘아보며 집에서 가져온 가래떡을 베어먹고 있었다. 그녀 얼굴에서 꿈틀대는 감색 눈썹문신을 보자마자, 나는 그녀가 그의 아내라는 사실을 알아챘다. "아내는 눈썹을 몽땅 밀어버리고 감색 잉크로 눈썹을 진하게 새겼어. 아내의 눈썹은 짙고 숱이 아주 많았었지. 자궁을 들어내고도 아내의 얼굴과 몸에는 뻣뻣한 털이 돋아." 그는 반쪽만 남아 있는, 자신의 오른쪽 눈썹을 긁적이며 말했었다. 여자는 내게 시선을 고정한 채, 힘이 들어간 이빨로 떡을 뚝뚝 잘라먹었다. 나는 곁눈질로 여자의 몸을 흘끔거렸다. 찜질방에서 제공하는 흰색 면티에 그녀의 젖꼭지가 비쳤다. 둥근 물풍선을 닮은 젖가슴에 콩알만한 유두, 아이를 낳아본 적이 없는 그녀의 유두는 염소똥만큼 작았다. 면티를 팽팽하게 잡아당기는 뱃살과 다리에 허옇게 튼 살은 모래만 끝없이 보이는 사막 같았다. "네번째 아이를 유산했을 때 아내는 자궁을 들어내야 했어. 자궁에는 아이만 자라는 게 아니더군. 혹도 자랐지, 딱 요만한 크기의 혹이." 그는 엄지손가락을 곧게 펴며, 혹의 길이를 얘기했다. 나는 여자의 다리에 난 시커먼 털을 똑바로 응시했다. 여자는 자궁을 들어낸 후로 말수가 줄어드는 대신, 식탐이 늘었다고 했다. 그녀는 갈수록 힘이 강해졌고, 그가 쉽게 들지 못하는 가전제품들을 수리대 위로, 혹은 선반 위로 가뿐히 들어올려놓는다고 했다. "천하장사랑 사는 거 같아, 대체 그런 힘이 어디에서 나오는 걸까." 그 힘의 원천을 묻던 그의 눈빛을 떠올리며 나는, 떡을 씹느라 실룩대는 여자의 투실투실한 턱과 훈제실에 매달아놓은 고급 소시지 같은 통통한 다리, 수염이 돋은 듯 거뭇거뭇한 여자의 코 밑을 조심스레 관찰했다. 그리고 그녀를 피해 몸을 돌려앉았을 때, 여자는 내게로 걸어와 실면도를 부탁했다.

여자는 얼굴의 잔털을 처음 뽑는 게 분명하다. 실면도를 처음 하는 사람들은 얼굴을 자주 찌푸리고, 그럴 때마다 털은 골이 깊은 주름살 속으로 숨어버린다. 칼날처럼 미끈하고 질긴 실은 살 속에 숨은 잔털을 집어내기 위해, 여러 차례 피부와 접촉해야 한다. 그러면 피부는 벌겋게 부어오르고, 털뿌리를 감싼 근육은 수축한다. 이럴 때 털을 뽑으면,

사람들 대부분 눈물을 찔끔거리거나 신음소리를 내뱉으며 시종 발가락을 꼼지락거린다. 나는 고통을 참아내는 사람들을 내려다보며, 실을 팽팽히 당긴다. 아픔을 참지 못한 그들이 돌연 상체를 일으키거나 그들 옆으로 뻗어 있는 내 다리를 덥석 쥐고 살살해달라며 몸을 비틀 때까지, 힘이 잔뜩 실린 내 뻣뻣한 손가락들은 먹이를 뜯는 게의 집게발처럼 분주히 움직인다. 양 손가락에 감긴 실의 압력이 골무를, 살을 파고 들어가 단단한 뼈를 짓누를 때, 실은 손을 벨 듯 매끄럽고 날카롭다. 이 순간, 날이 선 실로 손님의 얼굴 여기저기를 베어버리고픈 충동에, 나의 손목은 자주 꺾였다. 이마를 지나 오른쪽 뺨으로 내려오자, 여자의 눈가에 눈물이 맺힌다. 얼굴에는 두드러기 같은 뾰루지가 돋아나기 시작한다. 모공이 실에 감염되었기 때문이다. 나는 그 사실을 외면하고, 실이 감긴 손가락을 기계적으로 움직일 뿐이다. 털이 굵고 억센 것에 비해 여자의 피부는 얇고, 아주 예민하다.

"얼굴의 잔털을 뽑고 나면 화장이 잘 받죠. 혈액순환에도 좋고 피부에 탄력이 생겨요. 주름도 덜 생기고."

"깔끔하게 뽑기나 해."

여자는 투박한 음성으로 내 말을 냉정히 자른다.

휴게실에 누워 있는 어느 손님의 손목시계 알람이 집요하게 울어댄다. 나는 벽에 걸린 시계를 올려다본다. 오늘까지 백씨에게 삼백만원을 입금해야 했다. 아버지의 노름빚 팔천만원 중 일부였다. 백씨는 서울 외곽에서 전당포를 하고 있다. 아버지는 그에게서 사천만원을 빌려 썼다. 백씨는 아버지의 고향 친구였다. 젊은 시절 그는 아버지와 어깨동

무를 하고, 함께 돌멩이를 던져 날아가는 새를 잡았다고 했다. 아버지가 새를 떨어뜨리면, 백씨는 새를 굽기 위해 불을 피웠다. 아버지가 빚더미를 내팽개쳐두고 죽어버리자, 어릴 적 내 손에 사탕을 쥐여주곤 하던 백씨는 내게 인색해졌다. 석 달 전, 그에게 이백만원을 갚았다. 돈을 갚은 만큼, 이자도 늘어갔다. 이자를 빌미로, 그는 달이 거듭될수록 더 많은 돈을 요구했다. "다음달엔 얼마를 갚을 테냐?" 그는 검버섯이 덕지덕지 앉은 마른 손으로 내 허벅지를 쓸어내리며 말했다. 두 달 전, 나는 그에게 돈을 갚지 못했다. 그는 덩치 좋은 아줌마 서넛을 보내 내 머리채를 휘어잡았다. 그는 일주일에 서너 번씩 밤낮을 가리지 않고 전화했다. "약속한 그날까지 돈을 갚지 못하면 너는 내게 무엇을 내놓을 테냐" 전화 속 그의 낮은 음성에는 작은 숨소리가 섞여 있었다. 그의 삐죽한 눈에 고여 있는 끈적끈적한 눈물이 떠올랐다. 그때마다 나는 화장가 위의 매끄러운 날을 손끝으로 느꼈다. 백씨에게 돈을 빌린 사람은 내가 아니었다. 그는 신용불량자로 죽어버린 아버지의 모습을, 내게서 찾고 있는 것이다. 돈을 갚지 못해 비굴해진 아버지, 백씨의 손에 목숨이 달려 있는 듯 결코 고개를 들지 못한 채, 친구 앞에 무릎을 꿇은 나의 나약한 아버지. 내가 그런 아버지의 모습을 고분고분 흉내내주기를, 백씨는 은밀히 바라고 있었다. 오후 다섯시가 다 되어가고 있다. 이제 곧 백씨에게서 전화가 올 것이다. 돈을 재촉하는 그의 음성은 언제나 차고 앙칼졌다. 나는 손가락을 더욱 빨리 움직인다. 내게 뿌리를 단단히 내린 철제가위, 그 끝이 허벅지를 찌른다. 따끔따끔, 조금도 주저함 없이 찌르며, 백씨를 향해 더이상 머리를 조아리지 말 것을 조르고 있다.

여자가 상을 찌푸린다. 그녀의 주름진 살 속에 파묻힌 잔털은 실에 잘 잡히지 않는다. 불가마의 문이 열릴 때마다, 후끈한 열기가 실면도를 하고 있는 이곳으로 밀려온다. 여자와 나는 불을 뿜어대는 용의 입 속에 들어 있는 듯하다. 여자의 이마와 콧잔등에 땀이 맺힌다. 내 이마에도 땀이 흐른다. 나는 상자 속에서 땀띠분을 꺼내, 여자의 얼굴에 꾹꾹 눌러 바른다. 휴게실 식당에서 파전 부치는 소리가 시끄럽다. 고소한 냄새가 위벽을 자극한다. 여자의 두툼한 얼굴에 뽀얀 분을 바르자, 얼굴은 밀가루 반죽덩어리처럼 보인다. 여자의 빳빳한 털은 분가루 속으로 잠시 사라졌다, 나타난다.

불가마에서 나온 여자들 서너 명이 휴게실 중앙에 모여앉는다. 끊임없이 재잘거리는 여자들 때문에 나의 시선은 자꾸만 그들을 향한다. 그들 중 몸집이 제일 실한 여자가 검은 비닐봉지를 바닥에 풀어헤쳐놓는다. 여자들의 손이 봉지 속으로 허겁지겁 들어간다. 그들의 손에 손바닥만한 김치전이 딸려나온다. 여자들은 김치전을 입속으로 우겨넣는다. 섭씨 육십 도가 넘는 불가마 속에서 시종 땀을 흘렸을 여자들의 지친 몸은 쉴새없이 음식을 원한다. 김치전을 몽땅 먹어치운 여자들은 사과를 먹기 시작한다. 그들은 입가에 흐르는 과즙을 후루룩, 들이마시며 사과를 껍질째 베어먹는다. 잠깐 고개를 든 사이, 사과를 씹고 있는 여자들 중 하나와 눈이 마주친다. 그녀는 나를 빤히 쳐다보며 사과를 한 입 크게 베어문다. 입에서 과즙이 흘러, 하얀색 면티 위로 찔끔찔끔 떨어진다. 나는 목이 마르다. 휴게실의 온도는 삼십 도를 웃돌아 한여름 같다. 하루 종일 이곳에 앉아 실면도를 하고 있으면, 목구멍에 바늘이 돋는 듯 갈증이 일고 겨드랑이와 사타구니에 줄기차게 땀이 찬다. 실면도를 하기 전, 늘 차가운 녹차를 병에 담아 곁에 두곤 했다. 하지만 오늘은 잊었다. 찜질방에 들어서는 그의 아내를 본 이후로, 나는 줄곧 허둥대기만 한다. 사과를 전부 먹은 그녀는 여전히 눈길을 내게 겨눈 채, 이번에는 냉커피를 꿀꺽꿀꺽 들이켠다. 나는 그녀의 냉커피를 바라보며, 부지런히 손가락을 움직인다. 누워 있는 여자의 얼굴을 보고 있지 않아도, 나는 얼굴 어디쯤 털을 뽑고 있는지 알고 있다. 냉커피를 다 마신 그녀가 나를 향해 빈 병을 흔들어댄다. 그녀의 얼굴에 비웃음이 맴돈다. 음식을 먹어대던 여자들이 일제히 키득키득 웃기 시작한다. 그들의 웃음소리가 내 얼굴을 쪼아댄다. 나를 놀려먹는 사람이 어디 한둘인가, 나는 따가운 얼굴을 들지 못해 난처하다.

한참을 키득거리던 여자들이 누워 있는 그의 아내 다리를 가리키며 풋, 하고 웃음을 터뜨린다. 그들은 분명 여자의 다리에 돋은, 검고 기다란 털을 본 것이다. "남자야, 여자야?" 그들은 서로의 어깨를 툭툭 치며 작은 소리로 수군댄다. 여자의 뚱뚱한 다리는 꿈쩍도 하지 않는다. "여자야, 가슴이 있어." 그들은 입을 가리고 어깨를 떨며 키득댄다. 여자의 배 위에 포개져 있던 손이 서서히 주먹으로 바뀐다. 힘이 지나치게 들어간 나의 손가락은 녹슨 가위처럼 삐걱거린다. 실은 여자의 두꺼운 털을 뽑지 못하고, 미끄러져버린다. 독이 오른 풀처럼, 여자의 털은 윤기를 띠고 한껏 곤두서 있다. 그것을 기어이 뽑으려는 욕망으로 상체를 기울일 때마다, 내 허벅지를 가차없이 찌르는 철제가위. 여자가 벌겋게 달아오른 나의 얼굴을 빤히 쳐다보고 있다. 여자는 내가 얼마나 목이 타는지, 아는 눈치다. 나는 여자의 눈을 들여다본다. 남의 음료수 따위에 침을 흘리다니, 땅속에서 갓 퍼올린 기름처럼 새까만 여자의 눈동자가 내게 말을 건다. 나는 상체를 일으키고, 실면도를 잠시 멈춘다. 내게 음료수 병을 흔들던 그녀를 향해, 나는 외려 활짝 웃어 보인다. 나의 웃음은, 웃고 떠들던 그들의 입술을 틀어막고 만다. 그들은 나의 눈길을 피해, 아직 음식이 남아 있는 비닐봉지를 자리에 두고 비실비실 일어난다. 그들이 불가마로 들어갈 때까지, 나는 미소를 잃지 않고 그들의 뒤통수를 노려본다.

여자는 눈을 감은 채, 다시 시작될 실면도를 기다리고 있다.

나는 왼쪽 뺨의 털을 뽑기 시작한다. 잘 잡히지도 뽑히지도 않아, 자꾸만 까다로운 고비를 넘긴다. 여자의 뺨에 돋아난 붉은 뾰루지는 이마에 돋은 것보다 짙고 크다. 별안간, 여자의 배 위에 있던 손이 얼굴로 올라와 뾰루지가 생겨난 왼쪽 뺨을 세게 긁는다.

"안 돼요! 긁으면 흉이 남고 말아요."

나는 다급히 외치며 손등으로 여자의 손을 쳐낸다. 여자의 얼굴, 이미 피부 각질이 벗겨진 곳에서 핏방울이 솟아오른다. 여자는 눈을 뜨고 나를 쏘아본다. 여자의 입술이 무언가를 말하려는 듯 꿈틀댄다. 여자는 눈을 꾹 감아버린다. 여자의 눈가에 잡힌 주름이 떨린다. 나는 상자에서 연고를 꺼낸다. 손가락에 연고를 덜어, 여자의 얼굴에 난 생채기에 조심스레 펴바른다. 불가마 문이 열리고, 뜨거운 열기가 실면도를 하고 있는 이곳으로 몰려온다. 여자와 나는 동시에 이맛살을 찌푸린다.

실면도를 마무리짓기 위해 손에 막 실을 감을 때다. 핸드폰이 울린다. 여자는 감고 있던 눈을 뜬다. 나는 여자에게 눈으로 양해를 구하며, 핸드폰 통화버튼을 누른다. "아직 돈이 안 들어왔구나. 어떡할 테냐? 또 머리를 뜯기고 싶으냐?" 백씨의 음성은 핸드폰 스피커를 찢어놓을 듯하다. 나는 며칠만 더 기다려달라고 애원한다. 여자는 몸을 돌려 고개를 쳐들고 나를 바라본다. 뺨으로 여자의 날 선 시선을 느끼며, 나는 앞에 백씨가 앉아 있는 듯 연신 머리를 조아린다. 나를 바라보던 여자의 입술이 굳어버린다. 백씨의 부당한 요구 따위에 벌벌 떨다니, 금방이라도 그녀의 단단한 입술이 갈라지며 호된 질책이 쏟아질 듯하다. 나는 그의 아내 앞에서, 하얗게 질린 얼굴로 백씨의 전화를 받는 일이 부끄럽다. 그는 두고 보겠다는 말을 끝으로 수화기를 우당탕 내려놓는다. 나는 땀띠분과 족집게가 들어 있는 상자 속으로 핸드폰을 처넣는다. 손가락에 감은 실을 잡아당긴다. 실이 끊어진다. 자리에 다시 누운 여자는 눈동자를 굴리며, 내 얼굴빛을 살핀다. 시종 여자를 내려다보며 털을 뽑던 나의 자리가, 어느새 여자의 자리와 뒤바뀐 느낌이다. 여자의 냉정한 손에 내 얼굴의 잔털이 뽑히고, 손질당하는 기분이다.

"집이 어디지?"

여자의 질문에, 내 심장은 싸늘해진다. 나는 여자의 잔털을 숨가쁘게 뽑는다. 실이 인중께로 내려오자 여자의 상은 일그러진다. 제일 아프고 예민한 곳이다. 나는 그녀의 인중께에 난 털을 뽑고야 만다. 돌연, 여자의 두툼한 손이 내 종아리를 우악스럽게 붙든다. 화장가위가 살을 쿡 찌른다. 순간 눈물이 핑 돈다. 나는 여자의 손가락과 손등에 돋은 기다란 털을 쳐다본다. 손은 그의 것과 판이하게 다르다.

"집이 어디냐고 물었잖아!"

여자의 음성은 앙칼지다. 그녀의 잔털들은 시간이 흐를수록 좀더 뻣뻣해지고, 굵어지는 듯하다. 나는 턱까지 흘러내린 땀을 닦는다. 여자는 또다시 무슨 말인가를 하려다, 눈을 감는다. 여자는 내게 그의 행방을 묻고 싶은 것이다, 아흐레째 소식이 없는 그에 대해. 여자의 눈가에 맺혀 있던 눈물이, 매트 위로 굴러떨어진다.

여자의 남편을 처음 만난 날, 그날은 새벽까지 손님을 받았다. 손님이 뜸하면, 벽에 등을 대고 눈을 감았다. 항상 그렇듯, 그 순간 나는 심장마비로 죽어나간 아버지의 마지막 모습을 떠올렸다. 죽는 순간까지도 손에서 화투장을 놓지 못했던 아버지, 나는 그의 손에 들려 있던 스무 끗짜리 달광, 붉은색 바탕에 검은 산 위로 떠오른 흰 보름달을 잊을 수 없었다. 눈을 뜨고, 주변을 돌아보았다. 새벽녘 찜질방에는 하룻밤을 묵어가는 취객들이 대부분이었다. 찜질방 바닥 여기저기에 물개의 주검처럼 뻗어 있는 손님들을 쳐다보다, 잠깐 그들처럼 자리에 누웠을 때였다. 휴게실 구석에 앉아 있던 사내 하나가 비틀적거리며 걸어와 내게 대뜸 담뱃갑을 내밀었다.

"담배가…… 젖어서…… 불가마에…… 들어갈 수가 없어요. 좀…… 맡아……주십시오."

사내는 떠듬떠듬 말을 잇는 동안 얼굴을 붉혔다. 나는 그에게서 눈을 뗄 수 없었다. 그의 오른쪽 눈썹, 왼쪽에 비해 터무니없이 짧고 가는 오른쪽 눈썹 때문이었다. 나의 시선을 느꼈는지, 그는 귀밑까지 벌겋게 달아오른 얼굴을 숙였다. 그날 이후로 나는 그의 담배를 맡아주었고, 덕분에 그는 마음껏 불가마에 드나들며 바짝 마른 담배를 피울 수 있었다. 그는 언제나 밤 아홉시 뉴스를 할 때쯤 찜질방을 찾았고, 동이 틀 무렵이면 나와 함께 그곳을 나왔다.

그와 얼굴을 알고 지낸 지 한 달이 지난 어느 날이었다. 자정을 넘기기 전에 일을 끝낸 나는 그와 찜질방 근처의 호프집을 찾았다. 우중충한 색깔의 높은 칸막이가 자리마다 세워져 있었고, 의자와 탁자는 칠이 벗겨져 불결해 보였다. 우리는 가게 안쪽에 자리를 잡고 치킨 한 마리와 맥주를 시켰다. 우리는 허기진 사람들처럼 황급히 닭을 뜯어먹고 술을 들이켰다. 그는 맥주 다섯 잔을 연거푸 들이마셨다. 닭고기가 위장에 가득 들어 있어 거북하면서도, 나의 손은 서비스 안주로 나온 팝콘과 술잔을 분주히 오고갔다. 우리는 술과 닭고기를 먹기 위해 만난 사람들 같았다.

그이 몰래 치마 단추를 풀어놓고 숨을 크게 몰아쉬었을 때였다. 술잔을 부여잡은 그의 손등에, 손가락에 나의 시선이 멈췄다. 빈속에 쑤셔 넣었던 닭이 꾸역꾸역 식도를 타고 올라오는 것을 겨우 삼켜야 했다. 가늘고 늘씬한 그의 손가락, 털도 잡티도 보이지 않는 하얀 손등. 미끈거리는 오징어 몸통을 보고 있는 듯했다. 주홍빛 술집 조명이 그대로 그의 손에 스며들고 있었다. 나는 맥주를 급히 들이켰다. 그는 그 오징어 몸통 같은 손으로 야구모자를 벗었다. 기형인 눈썹을 가리기 위해 그가 늘 쓰고 다니는 모자였다. 나는 그의 눈썹을 쳐다보았다.

"눈썹은, 어쩌다 그렇게?"

나는 오랜 시간 참아왔던 물음을 던졌다. 그의 오른쪽 눈썹은 몸통의 삼분의 이가 잘려나간 플라나리아처럼, 꿈틀댔다.

"감전사고 때문에."

눈썹이 지워진 부분에 띄엄띄엄 돋아난 털들은 패잔병의 잘린 다리 같았다.

"생전 처음 보는 기계였어. 수리를 맡긴 사람이 자세히 설명해주긴 했는데, 그가 물건을 맡기고 떠난 그 순간부터 그의 말을 깡그리 까먹은 거야. 기계는 네모난 상자 모양이었어. 외계에서 날아온 파편 같았지. 나는 이제부터 그 파편에 새겨진 암호를 해독해야 했어. 급한 마음에 그것을 내게 맡긴 손님은 그날 똥 밟은 거지. 드라이버를 들고 기계 안쪽 어딘가를 누른 것까지는 기억나. 불꽃이 시끄럽게 튀어올랐고, 난 기절해버렸지."

그는 파팍, 불꽃 튀는 소리를 흉내내며 기형이 돼버린 눈썹을 매만졌다.

"불꽃이 눈썹이 아니라 눈동자로 튀어올랐다면, 그럼 난 장님이 되었겠지."

그날, 나는 처음으로 그를 내 집에 초대했다. 신성한 의식을 치르듯, 나는 그의 사라진 눈썹을 화장 펜슬로 진하게 그려주었다. 그는 재생된 플라나리아의 몸, 온전하게 복원된 오른쪽 눈썹을 거울에 비추며 기뻐했다. 그리고 채널 이십팔 번에 고정해놓은 TV 볼륨을 네 단계나 올리고는, 화면에 펼쳐지고 있는 동물의 왕국 속으로 서서히 빨려들어갔다. 화면 가득, 치타와 표범이 사바나 초원을 달릴 때면, TV를 향해 모로 누운 그의 몸도 조금씩 움칠거렸다. 나는 그의 등뒤에 바짝 붙어 누웠다. TV에서 쏟아져나오는 희뿌연 빛이, 그의 벗은 몸을 타고 흘러내렸다. 화면 가까이에 누워 있는 그의 몸은 동물의 왕국을 투영하는 뿌연 스크린이 되었다. 화면에 얼룩말 무리가 등장하면, 그의 투명한 몸에는 얼룩무늬가 그대로 투영되었다. 언젠가 진흙 목욕을 요란하게 하는 코끼리떼가 등장했을 때, 잔털이 거의 없는 그의 매끈한 몸 곳곳에는 검은 웅덩이가 생겨났다. 코끼리들은 다리와 코를 이용해 온몸에 진흙을 처발랐다. 소똥만한 진흙덩어리는 놈들의 등과 얼굴에 철썩철썩, 들러붙었다. 어떤 놈들은 진흙구덩이 속에 들어가 구르기도 했다. 코끼리의 육중한 발에 짓눌린 진흙덩어리들이 화면을 뚫고 튀어나와, 그의 몸에 달라붙는 듯했다. 아프리카 늪지대의 진흙은 놈들의 몸을 신나게 더럽히고, 희고 부드러운 그의 몸도 더럽혔다. 나는 그의 벗은 엉덩이와 다리를 가만히 쓸어내렸다. 검은 웅덩이는 내 손등에도 생겼다, 사라졌다.

우리는 그렇게 열 달 동안 만나왔다. 그는 일주일에 세 번은 반지하방으로 나를 찾아왔다. 그가 내게 온 날은, 반이나 뭉텅 달아난 그의 오른쪽 눈썹이 온전한 모양새를 갖추었다. 양쪽 같은 길이의 눈썹을 소유한 그가 집으로 돌아가는 뒷모습을 바라보며, 나는 바지 주머니 속 화장가위의 날을, 그 날카로움을 손끝으로 느끼곤 했다.

"아내의 몸은 이스트를 넣은 찐빵 같아. 균이 번식할수록 몸은 임산부처럼 부풀어오르지. 아내는 무릎과 발목이 몸무게를 감당하지 못해

서 늘 저리대. 나는 그런 아내의 다리를 정성껏 주물러주지. 아내는 뼈도 두껍고, 힘도 아주 세. 난 아내의 식탐이나 힘이 두려우면서도, 질투가 나."

그가 습관처럼 중얼거리던 말을 생각한다. 나는, 그의 손과 확연히 다른 여자의 손을 내려다본다. 손등 한가운데에서 시작해 손가락까지 뻗어나간 기다란 털, 그 검은 털들은 풀이 바람에 누운 모습이다. 그것은 얼굴의 잔털에 비해 연약해 보인다. 나는 마지막으로 여자의 턱에 난 잔털을 다듬는다. 털이 말끔히 뽑힌 자리에는 어김없이 뾰루지가 일어난다. 잔털을 뽑을수록, 그녀의 거친 피부 또한 도드라진다.

"다 됐습니다."

나는 손가락에서 골무를 뺀다. 뾰루지들 때문에 여자의 얼굴은 피부병을 앓고 있는 환자 같다. 제대로 뽑지 못한 인중께의 털이 자꾸 눈에 띈다. 여자는 내 앞에 꼬깃꼬깃 접은 만원짜리 한 장을 던져놓고 일어선다. 여자의 다리에 돋은 털이 눈앞을 스쳐 지나간다. 기다란 털들은 마구 뒤엉켜 있어 더욱 검어 보인다. 여자는 머리에 흰 수건을 둘러쓰고 불가마로 향한다. "남자야, 여자야?" 휴게실에 앉아 있는 사람들 몇몇이 여자의 육중한 몸뚱이와, 짙은 털이 무성한 팔다리를 노골적으로 훑어본다. 나는 불가마로 들어서는 여자의 허연 발뒤꿈치를, 오래 바라본다.

밤 아홉시. 나는 찜질방 앞 치킨집을 찾는다. 노르스름하게 튀겨진 닭이 종이상자 안에 담기자 구수한 냄새가 훅 끼쳐온다. 그의 아내는 저녁때가 되어서야 찜질방을 빠져나갔다. 여자가 찜질방에서 사라진 순간, 힘이 잔뜩 들어갔던 나의 어깨는 아래로 축 처졌다. 일은 손에 잡히지 않았다. 나는 한 차례 더 걸려온 백씨의 전화를 받았고, 가방에서 통장을 꺼내 빈약한 잔고를 확인해야 했다.

아버지에게 노름빚이 있다는 사실을 말해준 사람은, 백씨였다. 병원 장례식장에 마련된 아버지의 빈소 앞에서였다. 그는 내게 조의금 대신, 아버지가 생전에 써준 차용증을 디밀었다. 그리고 아버지에게 돈을 빌려준 다른 사람들에 대해서도 일러주었다. 등과 이마에서 땀이 줄줄 흘러내렸다. 고등학교를 졸업하고 객지를 떠돌며 배운 실면도. 내게는 얼굴의 잔털을 뽑는 기술이 전부였다. 실면도 한 번에 만원, 손님은 하루에 스무 명이 들까 말까 했다. 아버지의 장례를 치른 후, 새벽녘까지 일을 해야 하는 고단한 나날이 계속되었다. 지친 일손을 놓고 잠시 눈을 감으면, 언제나 아버지의 마지막 모습이 떠올랐다. 마구 헝클어진 머리카락, 입가에 번져 있는 허연 침자국. 그는 손에 화투장을 쥐고 방 안을 고통스럽게 기어다니다, 눈을 감은 것이다. 아버지가 고향에서 돌멩이로 잡았다던, 낮은 서랍장 위의 박제 부엉이는 허공으로 빠져나온 아버지의 영혼을 냉정하게 지켜보았을 터였다.

공사판에서 모래를 나르던 아버지, 삼층 높이의 철골에서 떨어져 다리 하나를 잃은 아버지, 보상금 한푼 받지 못하고 공사판에서 쫓겨난 아버지. 내가 오 년 동안의 객지생활을 청산하고 집으로 돌아왔을 때, 그는 반지하방에 사람들을 모아놓고 노름판을 벌이고 있었다. 싱크대에 쌓아놓은 그릇들, 그 사이를 노련하게 기어다니는 벌레들, 지린내가 풍기는 빨래더미, 소주 냄새, 곰팡내. 아버지는 어머니가 가출한 지 딱 일주일이 지났다고 편지에 썼었다. 하지만 집은 어머니의 손길이 끊긴 지 더 오래되어 보였다. 아버지가 화투장을 손에 쥔 채, 한쪽 다리를 끌며 방에서 기어나왔다. 그의 잘린 다리 끝에 허술하게 묶여 있는 바지 매듭이 바닥에 질질 끌리고, 온전한 다리가 들어 있는 바지에는 김칫국물이 벌겋게 번져 있었다. 나는 현관에 쪼그리고 앉아 헛구역질을 해댔다. 집 안을 가득 메운 악취의 원인이 아버지에게 있는 듯했다. 나는 눈가에 맺힌 눈물을 훔치고, 집 안을 다시 둘러보았다. 모든 게 외면할 수 없는 현실이었다. 나는 소매와 바짓가랑이를 걷어붙였고, 집 안 구석구석을 청소하기 시작했다. 그리고 화투판에 미쳐 있는 아버지와 그의 친구들을 위해 저녁상을 차려냈다. 나는 아버지가 원하는 일을 거스르지 않고 해내며, 아버지와 얼굴도 눈빛도 그 무엇도 부딪치지 않았고, 마주 대하지 않았다.

　군용 담요 위에 투덕투덕 던져지던 원색의 화투장. 내 머릿속 뇌의 주름이 평평히 펴지고 그 위로 화투판이 벌어지는 상상 끝에는 언제나, 아버지의 주검이 자리한다. 무심결에 발끝에 닿았던, 아버지의 싸늘하게 굳은 몸뚱이. 그 순간 느꼈던 생소한 차가움이 온몸으로 퍼져나가는 순간, 나는 결국 아버지에 대한 분노를 풀지 못하고 꽁꽁 얼어버렸던 것이다. 나는 바지 주머니 속으로 손을 밀어넣는다. 화장가위를 만지작거린다. 잘 벼려진 가윗날을 손끝으로 느낄 때마다 어금니에 힘이 들어간다. 문득, 나는 가윗날을 만지는 행위가 무기력하다고 생각한다. 이것을 당당히 꺼내 휘둘러본 적이 있는가. 빚쟁이들의 억센 손길에 그저

당하고만 있을 때 내 옷을 찢고 저절로 튀어나오기만을 기다린 것은 아닐까. 약이 바짝 올라 매의 발톱처럼 굽어버린 가윗날이 종일 노리는 것은, 빚쟁이가 아니다. 내 허벅지, 가위에 찔려 늘 핏방울을 매달고 사는 내 몸뚱이인 것이다.

나는 셈을 치르고 치킨이 든 비닐봉지를 받아든다. 치킨집 주인은 내가 건넨 돈을 꼼꼼히, 다시 센다. 찜질방 앞에서 빚쟁이들에게 머리를 뜯긴 후로, 그 주변 상인들은 나를 바라보며 끊임없이 수군댔다. 치킨집 주인은 돈을 전부 셀 때까지 내가 그 자리에 얌전히 있기를 요구한다. 가봐도 좋다는, 허락의 의미가 담긴 그의 눈웃음이 있기 전까지, 나는 자리를 뜰 수 없다. 나는 잠시 망설이다 바지 주머니에서, 화장가위를 꺼내든다. 돈을 거듭 세는 주인의 눈앞으로, 나는 철제가위의 날카로운 끝을 들이댄다. 돈을 세던 주인이 의아한 표정으로 나와 가위를 번갈아 쳐다본다. 까다롭고 유별난 주인의 눈동자가 철제가위의 뾰족한 끝을 향해 사팔뜨기처럼, 몰려든다.

영원전파사. 나의 발길은 그의 전파사 앞에서 멈춘다. 형광 네온사인이 찌르르, 소리를 내며 빛난다. 전파사 이름은 그들의 첫아이 이름이라고, 언젠가 그가 일러주었다. 그들의 아이는 사 개월 만에 유산되었다. 나는 전봇대 뒤에 숨어, 전파사 안을 바라본다. 예상대로 그는 없다.

전파사 문을 활짝 열어놓은 채, 여자는 진열대 위에 팔을 베고 엎드려 있다. 소매를 걷어붙인 탓에 털이 가득 돋은, 여자의 거뭇거뭇한 팔뚝이 그대로 드러났다. 여자는 머리를 반대방향으로 누인다. 여자의 숱이 많은 파마머리는 굵은 철사를 함부로 뭉쳐놓은 꼴이다. 머리칼을 곧게 펴기 위해 펜치나 망치를 이용한대도, 헛수고일 것만 같다.

나는 찜질방을 빠져나가던 여자의 뒷모습을 생각한다. 여자가 걸친, 두툼한 군청색 잠바의 등 중앙에는 '사랑실천부녀회'라는 글씨가 초록색 고딕체로 큼직하게 씌어 있었다. 여자는 일주일에 한 번씩, 노숙자들의 끼니를 챙기는 봉사활동을 한다고 그가 말했었다. 여자는 자궁에 자란 고약한 혹을 없애기 위해, 약에 취해 있는 날이 많았다. 한 움큼의 알약을 삼키고 깊은 잠을 자고 일어나면, 여자의 온몸에는 뻣뻣한 털이 돋아났다. 여자는 종일 거울을 끌어안고 잘 뽑히지도 않는 털과 씨름하다 울상을 짓곤 했다. 그런 여자를 봉사활동으로 이끌어낸 이는 동네 부녀회장이었다. 두 살 된 아들을 교통사고로 잃고 면도칼로 손목을 그었다가 기적적으로 살아난 후로, 봉사활동에 뛰어든 그녀였다. 부녀회장은 동네 안이든 밖이든, 주로 노숙자나 독거노인의 밥상을 챙겨주는 일을 해오던 터였다. 부녀회장의 손에 이끌려 세상으로 나온 여자는, 노숙자들 틈에 끼어 그들과 음식을 나눠 먹었다. 때론 독거노인과 마주앉아 자신의 몸에 털이 무성하게 자란 이유를 주절주절 풀어놓았고, 음식을 받아드는 노숙자가 꾸벅, 감사의 인사를 할 때는 얼떨결에 그를 따라 공손한 인사로 답례하기도 했다. 여자의 엉뚱한 행동에 부녀회 사람들은 한참을 유쾌하게 웃었고, 그제야 여자의 입가에도 미소가 번졌다. 아내는 그렇게 사람들과 어울리고 들어온 날에는 코를 골며 곤하게 잠을 잔다고, 코를 고는 소리에 놀라 잠이 깬 그는 아내의 깊게 잠든 얼굴을 밤새 지켜본다고 했다.

여자의 군청색 잠바는 그녀가 앉은 의자 등받이에 걸쳐져 있다. 그것은 여자가 잠시 벗어놓은, 그녀만의 가죽 같다. 전파사 천장에 달려 있는 형광등 불빛이 흐리다. 여자가 입고 있는 윗옷이 흰색인지 아이보리색인지, 분간이 안 간다. 여자의 펑퍼짐한 등에 먼지가 더께로 앉아 있는 듯하다. 온갖 기계들에 둘러싸인 여자는 몇천 년을 땅속에서 살아온 유물처럼 보인다. 나는 그런 여자를 보며, 식욕을 느낀다. 손에 든 비닐 봉지에서 치킨 냄새가 올라온다. 어느새 나의 손은 치킨이 들어 있는 종이상자 속에 들어가 있다.

나는 바삭바삭한 닭 껍질에 혀를 가져다댄다. 고소한 냄새가 콧속으로 빨려들어온다. 전파사 유리 진열대 속에서 크리스마스트리로 사용되는 꼬마전구들이 색색으로 빛난다. 여자의 팔뚝은 알록달록하다가, 전구의 빛이 사라지면 금방 거뭇거뭇해진다. 그녀의 머리칼은 전구의 빨강 노랑 파랑 불빛을 쏙쏙 빨아들였다가, 블랙홀처럼 검어진다. 나는 질긴 고기를 대하듯, 닭고기를 뜯는다. 뻑뻑한 가슴살이 어금니에 달라붙는다. 여자도 어딘가에서 빵 하나를 꺼낸다. 그녀의 입이 빵을 덥석, 문다. 빵의 반이 달아난다. 그녀의 뚱뚱한 턱이 느리게 움직인다. 나는 입속의 것을 천천히, 오래 씹는다. "아내가 먹던 빵을 뺏은 적이 있어. 빵을 씹어대는 소리 때문에, 도저히 기계 고치는 일에 집중할 수 없었어. 아내가 빵을 뺏기지 않으려고 내 손을 물어뜯었어. 손등에 아치 모양으로 살이 패었고 금세 피가 스며나왔어. 아내는 손가락에 묻은 빵 부스러기까지도 혀로 샅샅이 핥았어. 그날 처음으로 난, 아내처럼 빵을 원하고 있었어. 빵을 먹고 싶었어. 아내의 빵을 조금만 나눠 먹어도 텅 빈 속이 채워질 것 같았어." 그는 종종 내게 아내의 식탐에 대해 말하곤 했다. 빵이 이에 쩍쩍 달라붙는 소리, 달걀 껍질을 벗기는 소리, 과자가 어금니에서 으깨지는 소리, 아내가 그를 의식하며 조심스레 음식을 씹는 소리는, 기계를 손질하는 그의 손을 한순간 마비시킨다고 했다. 그럴 때마다 그는 기계에서 떨어져 눈을 감고, 아내가 음식을 모두 삼킬 때까지 기다린다고 했다. 그는 아내가 과자를 씹을 때, 어떤 기계도 제대로 수리하지 못하는 자신의 손가락도 그렇게 맛있게 씹어줄 수 있는지, 그녀에게 부탁하고픈 충동을 느끼곤 했다. 그의 아내와 나는 왕성한 식욕을 숨기지 않는다. 여자가 세 개째의 빵을 입속으로 전부 밀어 넣는 동안, 나는 닭 한 마리를 말끔히 먹어치운다.

전파사 곁, 좌판을 벌여놓고 떡과 김밥을 팔던 노인이 자리를 정리하고 있다. 노인은 절반도 채 팔지 못한 음식들을 꾸려 머리에 이려고 하지만, 쉽지 않다. 끙끙대다, 결국 보따리를 땅에 떨어뜨리고 만다. 보자기가 풀어지며 음식들이 사방으로 흩어진다. 노인이 어쩔 줄 몰라하는 사이, 그의 아내가 전파사에서 뛰어나와 음식들을 주워모아 다시 짐을 꾸린다. 여자는 그런 행위가 꽤 익숙한 모양이다. 도움을 주는 손길이 재빠르고, 머뭇거림이 없다. 보자기를 단단히 묶어주는 여자의 손은 두려움과 수치심, 배반 따위를 알지 못한다. 노인은 뾰루지가 돋아난 여자의 붉은 얼굴을 보고, 뒤로 주춤 물러선다. "괜찮겠어요?" 노인의 보따리를 품에 안고, 이 무거운 짐을 다시 머리에 얹겠느냐고 묻는 여자의 음성은, 침착하고 부드럽다. 고개를 끄덕이는 노인에게 여자는 짐을 건네고, 노인은 고마워, 말끝을 흐리며 털이 무성한 여자의 손을 덥석 잡고 한동안 놓지 않는다.

　나는 숨을 죽이고 여자의 행동을 지켜보다, 바지 주머니 속에서 화장가위를 꺼내 눈앞으로 가져온다. 살 속 깊이 박혀 있던 가시를 빼낸 듯, 시원함이 온몸을 감싼다. 나는 손바닥 위에 편안히 철제가위를 올려놓는다. 전봇대에 달아놓은 전등 불빛 아래 가위는 기지개를 펴고 은빛으로 반짝이며, 주변의 어둠을 응시한다. 밤바람이 가위를 스치고 지나가자, 나의 가위는 쇠냄새를 풍기며 냉기에 휩싸인다.

　전파사로 돌아온 여자는 자리에 앉아, 오래도록 밖을 바라본다. 전봇대 뒤에 숨은 나를 알아본 것인가. 여자가 전파사 문을 활짝 열어젖히고 기다리는 것은, 손님도 집을 나간 그도 아닐지 모른다. 주린 배를 채워줄 음식들, 그것을 함께 나눠 먹을 친구를 기다리고 있는지도 모른다. 나는 닭기름이 묻은 입술을 손등으로 대충 문질러 닦는다. 철제가위를 그대로 손에 쥔 채, 나는 여자와 눈을 마주치기 위해 전봇대 뒤에서 한 발짝 옆으로 옮겨나온다.

　밤 열한시, 나는 반지하방으로 돌아온다. 어깨를 떨며 보일러 온도를 높인다. 집은 결코 따뜻해지지 않는다. 싸늘한 바닥이 미지근해질 즈음, 보일러는 작동을 멈춰버린다. 싱크대 앞으로 다가가자, 그 속에 들러붙어 있던 바퀴벌레 두 마리가 재빠르게 기어오른다. 집을 갉아먹는다는 붉은 개미들의 긴 행렬이 부엌 구석의 벽을 타고, 끊임없이 이어진다. 개미들이 맨다리를 타고 기어오르면, 나는 땅속에 묻힌 시체나 유물이 된 듯, 놈들이 사라질 때까지 꼼짝도 하지 않는다.

방으로 들어와 불을 켠다. 형광등에 불이 들어오기까지 몇 초간, 방 벽에 드리워졌던 그림자들이 사라졌다 나타나길 반복한다. 형광등이 하나만 달려 있는 방은 무척 어둡다. 쇠창살이 촘촘히 박힌 창밖으로 회색 담이 가로놓여 있고, 그 담 너머에는 사층 높이의 빌라가 우뚝 서 있다. 담 위로 뚱뚱한 고양이들이 걸어다닌다. 고양이들은 어두컴컴한 창으로 달려들었다가 쇠창살에 부딪혀, 땅으로 추락하곤 한다. 낮은 서랍장 위에 서 있는 박제 부엉이와 눈이 마주친다. 아버지가 고향에서 잡았다던 부엉이, 아버지는 고향에서 이름난 새 사냥꾼이었다. 아버지에게 새총 따위는 필요 없었다. 아버지가 던진 돌멩이, 하늘로 솟구친 돌멩이는 종다리, 때까치, 박새 등의 머리를 박살내고 나서야 땅으로 떨어졌다. 나는 서랍장으로 다가간다. 부엉이를 들어 창가에 세워놓는다. 창밖 담에 부엉이 그림자가 두 배 크기로 드리워진다. 담을 타고 걸어가던 고양이는 부엉이에 놀라, 창으로 달려들지 못한다.

TV 채널을 이십팔 번에 고정시킨다. 화면에 집채만한 헬리콥터가 가득 들어찬다. 헬리콥터 문가에 매달린 사내가, 나무 사이를 헤매고 다니는 시베리아호랑이를 향해 장총을 겨눈다. 내레이터는 사내의 장총이 호랑이 포획을 위한 마취총이라고 설명한다. 내레이터의 음성은 언제나 차분하다. 사슴이나 얼룩말의 사지가 맹수들에게 찢겨나가도, 내레이터는 결코 흥분하지 않는다. 호랑이는 작은 나무를 타고 올라 헬리콥터를 올려다보며 앞발을 휘젓는다. 놈의 포효가 숲을 뒤흔든다. 나는 호랑이가 등장한 화면에 손을 가져다댄다. 호랑이의 몸을 덮고 있는 황금빛 털이 포근히 손에 잡히지만, 화면은 방바닥만큼이나 차다. 툭! 마취총에서 화살촉 같은 것이 튀어나와 호랑이 등에 꽂힌다. 놈은 한동안 어슬렁거리더니 이내 눈밭에 쓰러진다. 숨을 몰아쉬는 탓에, 놈의 배는 연신 오르락내리락한다. 나는 손바닥을 화면에 좀더 밀착시킨다. 호랑이의 호흡 리듬에 따라 숨을 쉬어본다. 이내 흡, 하고 숨을 멈춘다. 호랑이는 죽은 듯 쓰러져 있다.

부엌으로 향한다. 순간, 검은 무언가가 내 뺨에 달라붙었다 팔뚝에 사뿐히, 내려앉는다. 어른 손가락만한 바퀴벌레가 팔을 타고 기어오른다. 심장이 덜컥, 내려앉는다. 몸통에 날개가 달린 바퀴벌레는 다시 훌쩍 날아올라 부엌 타일벽에 달라붙는다. 나는 흑갈색의 바퀴벌레 몸통을 관찰하며, 그 앞에서 꼼짝하지 않는다. 투명한 몸통에 꼬불꼬불한 내장이 그대로 비친다. 바퀴벌레의 몸에 돋아난 털을 본다. 짧고 끈끈한 털, 그것은 바퀴가 벽을 타고 기어오르는 데 필요하다. 더럽고 혐오스럽지만, 그것은 놈의 생존을 위해 필요하다. 그의 아내는 잡초처럼 뻗어나오는 털을 가졌다. 매끈한 피부와 잘록한 허리를 잃었으나, 무엇이든 번쩍 들어올릴 수 있는 힘을 얻었다. 나는 머뭇머뭇, 바지 주머니 속으로 손을 밀어넣는다. 허벅다리에 뿌리를 내린 철제가위, 그 가윗날이 손가락을 자를 듯 잔뜩 약이 올라 있다.

"누구야!"

등뒤에서 달려든 바짝 마른 손이, 내 가슴을 덥석 쥔다. 나는 그 자리에 주저앉아버린다. 소리에 놀란 바퀴벌레는 우왕좌왕 날아다닌다. 뒤에서 가슴을 움켜쥐고 있던 한쪽 손이 입으로 올라온다. 누린내가 코끝을 스친다.

"약속을 지키지 못했으니, 좀더 고분고분해져야지. 여자가 이렇게 억세면 쓰나?"

백씨의 낮은 음성이 내 귀를 축축이 적신다. 육십이 다 되어가는 그에게 이런 힘이 있을 줄은 상상도 못 했다. 나는 그를 벽으로 밀쳐내기 위해 안간힘을 쓴다. 그는 완강히 버텨낸다. 대체 그는 어디로 들어왔을까. 흔들리는 시야로 빠끔히 열린 현관문이 밀려들어온다. 그의 손은 낡은 기계처럼 삐걱거리지만 흥분으로 떨리고 있다. 그 손은 내 바지 지퍼에 끈질기게 들러붙어, 무언가를 해소하려는 조급함으로 뜨거워진다. 내 몸을 지배하기 위해, 백씨의 까끌까끌한 손바닥이 무례한 탐험 길에 오른다. 이것은 부당하다, 나는 더이상 속으로 되뇌지 않는다. 전파사 여자의 까다로운 털을 뽑듯, 나는 내 허벅다리에 뿌리를 내린 가위를 뽑아들어야 한다.

일은 순식간에 벌어졌다. 백씨는 두 손으로 얼굴을 감싼다. 그의 손등 위로 피가 흐른다. 그는 나를 죽여버리겠다고 고함치며 휴지를 찾아 장님처럼 바닥을 더듬는다. 나는 두루마리 휴지를 들고 그의 앞에 쪼그리고 앉는다. 그는 부들부들 떨며 얼굴에서 겨우 손을 떼낸다. 콕 파인 이마와 눈 밑에서 피가 흐른다. 화장가위는 가윗날을 일자로 벌린 채 바닥에 내팽개쳐져 있다. 형광등 불빛 아래 가위는 매서운 빛을 되쏜다. 그 끝에 백씨의 피가 방울져 있다. 나는 가위에 묻은 피를 바지에 문질러 닦는다. 백씨는 내 손에서 휴지를 잡아채간다. 그가 휴지를 둘둘 말아 거칠게 잡아뜯는 순간, 나는 그의 눈 가까이 가위 끝을 들이댄다. 그의 눈동자가 치킨집 주인처럼 가윗날 쪽으로, 그 끝을 향해 몰려든다. 그는 졸지에 사팔뜨기가 돼버린다.

"이건, 반칙이야."

나는 또박또박, 말을 뱉어낸다. 백씨는 피가 맺힌 상처를 지압하며, 자리에서 일어나려 한다. 나는 그의 어깨를 짓눌러 다시 자리에 앉힌다. 그의 눈앞에 가위를 들이댈 때마다, 그는 사팔뜨기가 되곤 한다. 현관문을 향해 배트작거리며 걸어가던 그가 나를 돌아보며 잠깐 뭐라고 지껄였지만, 나는 가위를 손에 쥐고 그의 비겁한 등을 주시할 뿐이다.

TV 화면에 덩치 큰 시베리아호랑이가 두 마리가 엉겨붙어, 난폭한 장난을 즐기고 있다. 놈들 중 하나가 눈밭에 등을 비비며 허공으로 뻗은 발을 허우적거린다. 또다른 한 놈이 입을 쩍 벌리며 드러난 송곳니를, 누워 있는 놈의 배에 박는다. 놈의 크릉, 하는 소리에 나뭇가지의 눈꽃이 흩날린다. 놈들의 얼룩덜룩한 황금빛 털이 유난히 부드러워 보인다. 털은 혹독한 시베리아의 추위를 견뎌내기에 충분하다. 나의 시선은 놈들 곁에서 입을 벌리고 있는, 검은 바위굴에서 멈춘다. 그때 잠깐, 굴 밖으로 희끄무레한 무엇이 나왔다 들어간다. 아주 짧은 시간이었지만, 그것은 분명 사람의 팔이었다. 난폭한 장난에 싫증난 놈들이 바위굴로 어슬렁어슬렁, 걸어들어간다. 나는 화면 속 그 바위굴에 얼굴을 기댄다. 그 굴속에서 누군가가, 온몸의 뼈를 늘이며 하품을 하고 있다. 굴속의 그는, 이제 막 잠에서 깨어난 모양이다. 나는 나른한 눈을 감고, 입가에 미소를 드리운다.

방바닥에 눕는다. 아버지는 바로 이 자리에서 숨을 거두었다. 그의 손에 들려 있던 스무 끗짜리 달광. 나는 가끔, 흰 달이 둥글게 뜬 밤, 언덕에 올라 신명나게 춤을 추고 있는 아버지를 상상하곤 한다. 그때의 아버지는 건강한 두 다리를 가지고 있다. 창틀에 앉아 있는 부엉이를 바라본다. 박제된 야생성. 바둑알처럼 반짝이는 부엉이의 눈은 허공을, 형광등 불빛에도 어둑어둑한 반지하방 허공을 응시하고 있다. 그의 오른쪽 눈썹, 털이 반이나 뭉텅 달아난 오른쪽 눈썹을 생각한다. 털의 맨 아랫부분, 모낭이 손상을 입은 털은 결코 다시 돋아나지 않는다. TV는 여전히 시베리아호랑이를 보여준다. 시베리아 숲 한가운데, 폭이 넓고 끝이 보이지 않게 쭉 뻗은 고속도로가 놓여 있다. 벌목꾼들을 위한 도로, 밀렵꾼들을 위한 도로. 호랑이들은 도로를 건너다 차 사고로, 혹은 밀렵꾼들의 총에 맞아 죽는다고 한다. 사지가 뜯겨나간 호랑이 사체가 갓길에 버려져 있다. 훤히 드러난 갈비뼈는 부러져 있고, 날카롭던 발톱과 송곳니는 뭉툭해졌고, 밀렵꾼들에 의해 얼굴과 다리를 제외한 몸통 전부, 가죽이 벗겨졌다. 하지만 놈의 코에 묻은 검붉은 피는 아직 마르지 않았다. 나는 화장가위를 바지 주머니 속에 쑥 밀어넣는다. 가위는 허벅지 살을 찌르며 또다시 깊이 뿌리를 내린다. 백씨의 얼굴을 파고들었던 가위 끝이 피냄새를 풍긴다. 나는 숨을 몰아쉬며, 가위의 날카로운 끝을 내 허벅지가 아닌, 밖을 향해 돌려놓는다.

창밖, 낯선 그림자가 서성거린다.

나는 그 그림자의 정체가 그의 아내, 전파사 여자임을 알고 있다. 여자의 두툼한 사각형 얼굴은 온통 시뻘겋고, 눈동자는 새까맣게 빛난다. 잔털이 뽑힐 때마다 솟아오른 붉은 뾰루지, 뿔이 난 피부, 그것은 저항의 몸짓. 색이 짙고 굵은, 억세고 뻣뻣한 그녀의 털은 뽑아도, 뽑아도 다시 자라날 것이다. 아버지의 부엉이는 검은 허공을 응시하고, 여자는 나를, 내 손에 든 화장가위를 주시한다. 나의 가위는 날렵하게 잘빠진 날을 가졌고, 그 끝은 하늘을 할퀼 듯 휘어져 있다.

나는 창밖의 여자와 비로소 눈을 마주친다. 시계추가 멈춘다. 나는 여자 앞에 내 화장가위를 내놓는다. 이제 가위를 매만질 시간, 여자가 나의 가윗날을 손질하기 위해 다가온다.

초대

소녀의 꿈은 침묵과 규칙들 속에 단단히 매장된 소심증과, 지금껏 독한 오기로 가장해온 외로움을 불러오곤 했다. 소녀는 303호 여자의 젖가슴을 본 후로, 나 아닌 다른 생명을 위해 기꺼이 몸의 변형까지도 허락하는 일을 동경했고, 경멸했다. 매일 새벽 푸른 풀장에 몸을 던져 얻은 균형 잡힌 몸매와 싱싱한 입술, 그리고 언젠가 도래할 행복한 미래 따위들. 무서운 악력으로, 소녀는 이 모든 것들을 거머쥐고 있었다.

입술

  이제 막 서른 중반을 넘어선 소녀는, 자신의 입술이 나이에 비해 지나치게 붉다는 사실을 깨달았다. 소녀는 이십 년 동안 하루에 한 번씩, 돔 모양의 유리지붕 아래 일정한 리듬을 타고 출렁이는 푸른 물결 속으로 몸을 던져왔다. 그 리듬에 몰두하며, 풀장에서 풍기는 매운 약품 냄새와, 달이 뜨고 지는 때를 감지하는 시간감각을 모두 잊을 수 있었다. 소녀가 서른여섯 개의 생일 촛불을 훌륭한 폐활량으로 단번에 불어끈 날 새벽, 풀장 샤워실 벽거울에 붉은 꽃잎 하나가 섬처럼 떠올랐다. 소녀의 입술이었다. 소녀는 탱탱한 입술을 꼬집으며, 거울 속의 소녀를 빤히 쳐다보았다. 거울 속의 입술은 이제 막 생성된 젖멍울과 잘록해진 허리, 초경 따위들로 예감하던, 일종의 성장의 징후였다. 소녀에게 '성장'은, 활력과 흥분이 교차하는 미래, 그것을 약속한 복권을 구입한 후 고통과 설렘 속에서 당첨번호를 기다리는 심리와 비슷했다. 소녀는 물에 젖은 머리를 양 갈래로 땋아 늘어뜨리며, 풍뎅이 유충처럼 꼬물대는 자신의 입술에, 매혹되었다.

동네 여자들이 소녀의 속옷가게에 모여 '젖퉁이' '똥구멍' 같은 단어를 뱉어낼 때마다, 소녀는 고개를 숙이며 자리를 피했다. 정말 소녀라니까! 여자들은 소녀의 뒤통수에 대고 깔깔 웃어댔다. 태양이 가장 뜨거운 시간, 속옷가게에 모인 여자들의 입에서 인터넷 검색으로 알아낸 음담패설들이 수돗물처럼 쏟아져나왔다. 소녀의 수줍음과 침묵에 비례해, 여자들의 목소리는 점점 커져갔다. 여자들은 '젖퉁이'라는 단어 앞에서 고개를 돌리는 소녀가 마음에 들지 않았다. 치사한 내숭쟁이. 여자들의 웃는 얼굴 위로 날카로운 빛이 스쳐 지나갔다. 속옷가게에 모여 수다를 떠는 여자들 중, 소녀의 자랑인 붉은 입술을 일찍이 눈치챈 사람은 태양 아파트에 사는 303호 여자였다. 고집스럽게 꼭 다문 소녀의 입술을 바라보는 303호의 눈빛이, 싸늘하게 식어가고 있었다.

303호 여자는 소녀에게 성큼 다가섰다. 그리고 느닷없이 윗옷을 걷어올렸다. 303호 여자가 파란 힘줄이 나무뿌리처럼 뻗어나간 젖가슴을 소녀 앞에 드러냈을 때, 소녀는 고개를 돌리지 않았다. 어색한 미소조차 짓지 않았다. 영양으로 충만한 젖가슴, 생명을 책임지고 있다는 자부심. 젖가슴은 금방이라도 303호에게서 떨어져나와 소녀의 뺨을 후려칠 듯, 땡땡하게 부풀어 있었다. 소녀의 닫힌 입술이 조금 벌어졌다. 포도알을 닮은 고동색 유두에 뽀얀 액체가 방울로 맺히자, 303호 여자는 슬며시 미소지었다. 아기를 낳은 지 얼마 되지 않은 여자였다. 여자는 곧 스물

여섯 살 생일을 맞이할 예정이었다. 젖이 흘러서 브래지어를 자주 버리니까 짜증나, 소녀 언니! '소녀'와 '언니'의 어색한 결합에 303호 여자는 피식 웃어버렸다. 소녀는 동네 여자들이 자신을 뭐라고 부르든 신경쓰지 않았다. 절제와 균형을 무시한 채 마구 쏟아내는 음담패설, 제멋대로 늘어난 허리와 엉덩이, 곰팡내 나는 달걀, 속이 곯아 껍질만 남은 말들. 하지만 303호 여자의 예리한 눈빛은, 소녀의 눈동자에 또렷이 맺힌 젖가슴을 놓치지 않았다.

303호 여자는 자신의 손등에 묻은 끈적끈적한 젖을 혓바닥으로 핥으며, 점점 창백해지는 소녀의 얼굴을 주시했다. 젖과 침이 묻은 303호의 입술은 붉고 촉촉했다. 수분과 탄력으로 빛나는 입술은 소녀만의 전유물이 아님을, 소녀는 깨달아가고 있었다. 소녀는 두루마리 휴지를 뜯어내 여자에게 다가갔다. 소녀가 여자의 입술에 묻은 젖을 세게 문질러 닦아주자, 여자는 아파욧! 소리를 지르며 소녀의 손을 거칠게 쳐냈다.

도톰하고 생기로 반질대는 입술을 가진 303호 여자를, 소녀는 오늘 저녁식사에 초대했다. 며칠 전, 303호 여자는 소녀에게 서른여섯 개의 초를 꽂은 생일 케이크를 선물했다. 애인도 없이 혼자 심심하잖아. 아이를 재워놓고 밤에 조용히 외출한 여자는, 하트 모양의 생크림 케이크를 사들고 소녀를 찾아왔다. 김치든 부침개든 주는 것에 익숙한 303호 여자가, 소녀는 낯설고 귀찮았다. 케이크에 꽂힌 촛불이 모두 꺼졌을 때, 303호가 두 손을 모아쥐고 호들갑스럽게 내뱉은 말은 생일 축하인사가 아닌 야, 재밌다! 였다. 소녀는 냉장고에 넣어둔 찬 맥주를 꺼냈다. 술 두 잔에 303호 여자의 뚱뚱한 몸이 기우뚱거렸다. 소녀는 식탁 의자에 다리를 꼬고 앉아, 연하게 오물거리는 303호의 입술과 젖이 흘러 축축해진 티셔츠를 조용히 감상했다. 소녀의 입술이 광택을 잃은, 약간은 시들한 붉은색이라면, 여자의 것은 금방 젖이라도 배어나올 듯, 싱싱한 붉은빛이 돌았다. 심심한데 함께 놀면 좋잖아, 놀이는 적어도 둘이 해야 제 맛이지! 303호는 취기 어린 손짓으로, 자꾸만 가슴팍에 달라붙는 파리를 쫓아내지 못했다. 생일 케이크에 꼬리표처럼 매달려 대롱거리는 어색한 친밀감, 마음의 빚. 소녀에게 여자가 들고 온 생일 케이크는, 엄연히 갚아야 할 신세에 불과했다.

　소녀는 속옷가게 문을 닫고 살림방으로 들어와, 제일 먼저 쌍둥이 마크가 새겨진 독일제 식칼을 찾았다. 오래 전 해외여행중에 구입한 칼은 놀라운 성능을 지니고 있었다. 통무든 손가락이든 선뜻 잘라버릴 기세로, 잔뜩 약이 오른 칼날. 손가락을 깊게 베어 열두 바늘을 꿰매야 했던 일 따위는 문제되지 않았다. 항상 그 칼을 사용하는 것도 소녀가 정한 규칙이었다. 디자인회사를 그만두고 드디어 자신이 디자인한 속옷들로 가게를 꾸려나가면서, 소녀는 더욱 단호하고 엄격해져야 했다. 소녀에게 '성장'이라는 낱말은, 스스로를 통제할 수 있는 능력과 적당한 때와 장소에 적당한 말과 행동을 할 줄 아는 능력, 그 두 가지를 의미했다. 입속에서 몸을 비트는 혀. 혀를 다스리는 동안 시간은 흐르고, 때때로 성장의 의미를 잃어버린 규칙들은 어금니를 악물어야 하는 강한 의지를 필요로 했다. 자신과의 약속을 지켜나가는 성실성과 성취에 따른 만족감, 그리고 어두운 문제들을 피해가는 날렵함. 소녀는 꾸준한 성실성에 대한 보상으로 권태와 불안이 삭제된 미래를 원했다. 언젠가 도래할 미지의 시간, 그 향기 없는 조화(彫花)는 오늘날의 소녀를 움직이는 강력한 에너지원이었다.

소녀는 팥알 모양으로 부푼 아랫입술 한쪽 귀퉁이를, 칼을 쥔 손등으로 눌러보았다. 303호 여자의 젖가슴을 본 후로, 소녀의 시선은 변태 성욕자처럼 수유기에 들어선 여자들의 가슴만을 탐했다. 아기를 낳은 지 얼마 안 된 손님이 찾아오면, 소녀는 노골적으로 손님의 젖가슴만을 쳐다보았다. 소녀의 시선을 느낀 손님은 손지갑에서 아기 사진을 꺼내 소녀에게 건넸다. 가져도 좋아요. 소녀는 가게 문을 닫기 전, 하루 동안 받아모은 아기 사진들을 쓸어 휴지통에 버렸다. 버려진 아기들의 얼굴 위로 쉬지근한 과일 껍질이 쌓여가거나 날벌레들이 꼬여들어도, 소녀는 죄책감을 느끼지 못했다. 소녀는 진열장 한구석에 비치해둔 수유브라 꾸러미를 종이박스 안에 차곡차곡 정리해넣었다. 그리고 아기를 품에 안은 여자들이 찾아오면, 아주 오랜 시간 방치해둔 물건을 꺼내듯 먼지가 내려앉은 박스를 열고 수유브라를 꺼내 그녀들에게 건넸다. 납작하게 구겨진 브라를 손에 받아든 여자들의 얼굴 위로 불쾌감이 스칠 때, 소녀는 손에 묻은 먼지를 탁탁 털어내며 미소지었다. 가끔 소녀의 꿈에 나타나는 수유기의 젖가슴은, 조금은 황당하고 끔찍한 모습으로 변형되곤 했다. 어젯밤, 소녀는 꿈을 꾸며 잠결에 입술을 깨물고 말았다. 립스틱을 바른 입술이 따갑고 화끈거렸다.

303호 여자는 약속한 시간보다 삼십 분 일찍 소녀를 찾아왔다. 303호는 아기를 안고 줄곧 소녀의 등뒤에서 서성거렸다. "훅훅 불면 구멍이 뚫리는 커다란 솜사탕" 303호는 동요를 부르며 아기의 볼을 입으로 푸 푸, 간질였다. 음의 높낮이에 따라 티셔츠를 들썩거리는 여자의 젖가슴 을, 소녀는 시종 힐끔거렸다. 순간, 소녀의 칼은 몸통 부분만 준비한 냉 동 연어를 단번에 두 도막으로 갈라놓았다.

"오늘은 립스틱 발랐네."

어느새 아기를 품에 안은 303호 여자가 싱크대 가까이 다가와 있었 다. 303호 여자는 소녀보다 열 살이나 어렸지만, 가끔 반말을 툭툭 던 지며 친근함을 과시했다. 생명을 잉태한 경험이 있는 자의 우월감. 소 녀는 여자의 교만한 태도에 무표정으로 일관할 뿐이었다. 303호 여자 는 도마 위에 놓인, 토막난 연어들을 내려다보며 입에 고인 침을 삼켰 다. 손가락으로 연어의 살을 콕콕 찌르던 여자가 소녀의 손에서 칼을 빼앗아든 것은, 순식간이었다. 여자는 칼의 몸체를 이리저리 기울여가 며 자신의 입술을 면밀히 비춰보았다. 뿌옇게 흐린 칼의 몸체 위로 붉 게 떠오른 303호 여자의 입술을, 소녀는 똑똑히 지켜보았다. '입술은 동물이 가진 제2의 성기야. 아프리카 암컷 원숭이들은 발정기가 오면, 입술이 물고기 부레처럼 부풀어오르고, 또 놈의 엉덩이만큼이나 새빨 개지지. 붉고 두툼한 입술은 훌륭한 생식능력을 상징하는 거야.' 303호 여자는 소녀에게 발정난 암컷 원숭이를 얘기하는 대신, 도마 위에 칼을 내려놓고는 활짝 웃어 보였다. 손지갑처럼 벌어지는 입술, 슬쩍 드러나 는 날카로운 송곳니. 칼끝은 소녀의 배꼽 부위를 향해 놓여 있었다. 소 녀는 수돗물로 립스틱을 지워내기 시작했다.

"애써 바른 립스틱을 왜 지워?"

303호 여자의 목소리 톤이 별안간 높아져, 소녀는 흠칫 어깨를 떨었다. 아기 다리에 소녀가 튀긴 물방울을 닦아내는 중에도 303호 여자는 웅얼웅얼 끊임없이 뭔가를 중얼댔다. 소녀는 도마 위에 놓인 칼을 들어 립스틱이 씻겨나간 입술을 비춰보았다. '어때, 내 입술도 너만큼 붉잖아?' 303호는 자신을 흉내내는 소녀가 우스꽝스러워 참았던 웃음을 터뜨리고 말았다. 소녀는 도마 위로 맥없이 칼을 떨어뜨렸다.

"입술이 찢어졌어. 립스틱 때문에 자꾸 쓰리니까, 차라리 지우는 게 낫잖아."

여자의 웃음소리에 비해, 소녀의 음성은 낡은 고무줄처럼 늘어졌다. 잠시 소녀와 303호 여자 사이에 짜증스런 표정이 오고갔다. 하지만 여자의 아기는, 이가 없는 붉은 잇몸을 보이며 벙긋대고 있었다. 여자가 아기의 손을 입 안에 넣고 빠는 시늉을 하자, 아기는 까르르 웃으며 온 몸을 뒤틀었다. 소녀는 굳은 얼굴로 돌아서며 그들에게 등을 보였다. 찬장 유리에 여자와 아기의 모습이 어른거렸다. 소녀는 찬장 유리문을 열고, 필요도 없는 사기그릇들을 꺼내기 시작했다. 그 순간 소녀는 여자와의 신경전에서 이미 패배했음을 실감했다. 소녀는 오로지 혼자였으나, 303호 여자의 곁에는 논리와 조건을 떠나 든든한 힘이 되어줄 가족이 있었다. 가족간의 유대는 환상일 뿐이라고 소녀는 스스로 정의내려왔지만, 정의나 개념 따위는 대부분 고민해야 할 그림자만을 남겨놓은 채 훌쩍 날아가버리곤 했다. 그럴 때마다 소녀는 냉정한 태도와 침착성을 유지하는 일에 매달렸다. 가령, 수영장 티켓을 몇 달치 더 연장시킨다든가 적금통장을 늘려가는 일들. 초점을 잃고 비틀거리는 것만큼 지저분한 일은 없었다. 성실과 침묵을 지켜내는 지독한 고집. 소녀에게 '성공'은 그림자가 말끔히 사라진 정오의 운동장에 말뚝을 박아놓는 일과 같았다.

303호 여자는 소녀의 등 가까이 다가섰다. 소녀가 밀어낼수록, 여자는 조급한 걸음으로 소녀에게 달려들었다. 303호 여자는, 소녀의 의지에 따라 민첩하게 움직이는 칼을 내려다보고 있었다. 칼을 쥔 손의 완강함과, 시선을 엉뚱한 데 두고도 연어와 베이컨을 알맞은 크기로 토막내는 숙련된 손놀림. 여자에게 소녀의 칼은 위협을 주기보다, 시종 시선을 잡아당기는 독특한 매력을 품고 있었다. 소녀는 연어의 홍색 살에 빗살 모양의 칼집을 촘촘히 내기 시작했다. 여자는 칼날이 파고드는 물컹한 연어의 살을 내려다보며 입술을 작게 오므렸다.

그때, 칼끝으로 303호 여자의 희고 뭉툭한 손가락이 재빠르게 지나갔다. 여자의 통통한 손가락이 도마 위에 떨어진 연어 살점을 낚아채간 것이다. 날것 그대로의 연어를 집어삼킨 입, 비린내를 풍기며 침으로 번질대는 입술. 소녀는 여자의 오물거리는 입술을 바라보며 칼 손잡이를 힘껏 움켜쥐었다. 어쩌면 소녀는 여자의 통통한 손가락을 댕강 잘라버릴 수도 있었다.

"대체 무슨 음식을 만들어주려고 재료들이 이렇게 화려해?"

소녀가 긴장한 것에 비해, 여자의 목소리는 터무니없이 무심했다.

"연어 스테이크."

소녀는 명료한 음성으로 대꾸했다. 독일제 식칼은 여러 장 포개어놓은 훈제 베이컨을 깔끔하게 두 도막으로 잘랐다. 아기를 낳고 아직 부기가 남아 있는 303호 여자의 손가락, 칼끝을 스치는 무모한 방심. 여자는 도마 위에 남겨진 베이컨 조각을 날쌔게 집어, 입으로 가져갔다.

장님 소

핏줄이 덤불처럼 일어난 거대한 눈알을 향해, 세계지도 모양의 얼룩점이 박힌 소 한 마리가 들판을 가로질러 걸어온다. 소녀는 '눈알'일 수도 있고, 배에 분홍색 젖을 여섯 개나 달고 있는 '소'일지도 모른다.

소는 두 눈을 꼭 감고 있으면서도 거대한 눈알이 있는 곳으로 곧장 걸어나간다. 놈의 코에서 뜨거운 김이 수증기처럼 뿜어져나온다. 놈은 눈알이 풍기는 냄새를 맡고 있다. 눈알은 잔뜩 긴장한다. 핏줄이 눈알을 휘감기 시작한다. 팽팽히 당기는 느낌. 핏줄은 맥박처럼 두근거리며 서서히 눈알을 조인다. 눈알에서 흐르는 뽀얀 액체, 눈알은 비릿한 젖 냄새를 풍긴다. 멀리서 걸어오는 소의 걸음이 빨라진다. 소는 숨을 헐떡거리며 눈알 앞에 멈춰 선다. 돌연 소의 입 밖으로 붉은 혓바닥이 쑥 빠져나온다. '대체 뭘 하려는 거야?' 눈알은 몸부림치지만, 소용없는 짓이다. 공포감에 사로잡힌 눈알은 울고 있지만, 흘러내리는 액체는 젖일 뿐이다. 소는 입 밖으로, 길고 면적이 넓은 혓바닥을 파충류처럼 밀어낸다. 눈알은 놈의 배에 달린 여섯 개의 분홍색 젖, 바짝 말라비틀어진 놈의 젖을 노려본다. 양탄자처럼 펼쳐진 혓바닥, 눈알을 핥아내리는. 순간, 소의 혓바닥이 입속으로 빠르게 말려들어간다. 먹지 못할 것을 입에 댄 듯, 소는 온몸을 고통스럽게 뒤튼다. '왜 그러는 거야? 난 네게 잘못한 일이 없다구.' 소가 흘린 침으로 흥건히 젖어버린 눈알은, 몸을 비트는 놈을 보기 위해 검은 동자를 위로 힘껏 올려붙인다. 그때, 굳게 닫혀 있던 소의 눈꺼풀이 화르륵 말려올라간다. 냉기가 서려 있는 검은 동굴 두 개, 눈알이 있어야 할 자리가 휑하니 뚫려 있다. 거대한 눈알은 비명을 지르지만, 흐르는 것은 젖일 뿐이다. 소는 검게 뚫린 동굴 두 개를 하늘로 향하며, 온 힘을 다해 거대한 눈알을 밟아 짓이긴다. 물풍선처럼 터져버린 눈알. 폭포수처럼 쏟아져 흐르는 젖. 그 위로 둥둥 떠내려가는 장님 얼룩소.

소녀는 잠결에 꾹 깨문 아랫입술을, 그 입술의 통증으로 잠에서 깨어났다는 사실을, 그 순간 전혀 눈치채지 못했다.

눈(目)

303호 여자의 눈이 나빠지기 시작한 것은, 전문대학 시절부터였다. 칠판에 가득 적힌 숫자들이 국에 뜬 밥 알갱이들처럼 풀어지고 흐려지기 시작했다. 회계학을 전공한 그녀에게, 먼 곳을 제대로 볼 수 없는 일은 그리 문제되지 않았다. 따지고 계산해야 할 숫자들은 언제나 바로 눈 밑에 있었기 때문이다. 303호 여자는 안경이나 렌즈를 걱정하기보다, 주변에서 들려오는 계산기 두드리는 소리에 금방 마음이 심란해졌다. 주변에서 여행을 떠나면 수첩에 새로운 여행계획을 세웠고, 주변에서 파티를 열면 저만 소외되는 느낌에 연락이 뜸한 친구들을 찾아다녔다. 303호 여자에게 미래는 타인의 말과 행동 속에서 생겨났고, 언제나 구체적이고 명료한 문장들로 갈무리되곤 했다. 가령, 부기 1급 자격증 획득하기나 유럽 일주하기, 라식수술 하기 따위의 문장들로. 도덕적이며 양심적으로 살아가고 있음을 스스로 확신하고 있다면, 모든 게 만사형통인 시절. 그래서 여자에게 미래를 정리해놓은 문장들은, 결코 쉽게 포기해버릴 대상이 아니었다. 제 나이만큼의 무게를 싣고 있는, 훌륭한 정당성을 지닌 '미래들'인 것이다. 그 미지의 시간들에 대한 자부심은 뜨거웠으므로, 그것을 지탱하고 있는 자존심 또한 강철 같았다. 어느 누군가가 의심스런 눈초리로 그래서? 하고 물음을 던질 때마다, 303호 여자는 그 순간을 경멸했고, 견디지 못해 두려웠다. 타인을 통해 미래를 꿈꾸면서도, 타인을 결코 인정하지 못하는 태도, 이기적인 욕망이 고개를 드는 시간, 여자의 눈은 가까이에 있는 모든 것에 예리한 시선을 들이대며 조금씩 커졌다. 위협과 불안은 멀리 있는 것이 아니었다. 늘 곁에 있는 사물과 사람 앞에 굴복해야 될 때가 많았다. 누군가가 여자의 옷에 실수로 얼룩을 남기거나 한창 흥에 겨워 떠드는 말을 잘랐을 때, 303호 여자의 눈빛은 교활해졌고, 타인을 향한 증오와 질투로 얼굴은 노랗게 굳어버렸다.

  출산의 고통을 이겨낸 303호 여자는, 지독한 근시였던 눈이 거의 정상 수준으로 회복되어가고 있음을 깨달았다. 여자가 수년 동안 줄기차게 따라다닌 남자와 함께, 드디어 모텔 방에 나란히 누운 순간부터 많은 부분이 달라졌다. 자격증과 유럽 일주, 라식수술로 채워질 미래는 그 무게 값도 하지 못한 채 303호 여자에게서 영원히 날아가버렸고, 그 빈자리에는 이미 또다른 미래가 생성되어 있었다. 결혼하고 가정을 꾸리는 일, 섹스를 통해 자식을 얻는 일 따위들. 지난 '미래들'을 떠받치고 있던 자부심은 지독한 오기로 변질되었다. 303호 여자는 곁을 떠나겠다는 남자에게, 결코 마음 줄 생각이 없는 남자에게, 일방적으로 애정을 쏟아붓기 시작했다. 여자의 자존심과 오기는, 결국 가정을 이뤄내는 데 성공했다. 결혼을 하고 넉 달이 지난 뒤, 303호 여자의 몸은 빵처럼 부풀어올랐다. 가슴에 젖이 차오르고 배에 태동이 느껴질 때부터, 여자는 몸에 대한 경이로움에 휩싸여 하루하루 무언가를 써나갔다. '오늘은 풋내나는 오이를 열 개나 먹었다. 혀끝에도 대지 않았던 오이가 어찌나 달던지.' 자신의 얘기를 언어로 써본 것은 그때가 처음이었다. 태어나 처음으로, 자신이 아닌 또다른 생명과 교류하는 기쁨, 그 일체감. 여자의 자궁 속 생명이 두 주먹을 꼭 쥔 채로 열망하는 것, 그것은 바로 그녀가 열망하는 것이기도 했다. 겨울. 303호 여자는 몸무게 삼점 팔 킬로그램인 딸을 출산했다. 처음, 포도알만한 젖꼭지에 누런빛이 도는 젖이 이슬처럼 맺혔을 때, 여자는 아픔을 어금니로 깨물며 눈물을 흘려야 했다. 잘 여문 배만큼 크고 딱딱한 젖가슴에 젖이 돌아나오는 최초의 느낌은, 날카로운 칼끝으로 젖가슴을 도려내는 듯한 환상을 불러일으켰다. 극도의 아픔을 오롯이 홀로 감당해내면서도, 나 아닌 다른 존재의 입을 위해 쉼없이 젖을 짜내야 하는 것. 마침내 동그란 아기의 혓바닥이 젖꼭지를 감싸자, 찌릿한 통증과 함께 시원하고도 간질거리는 느낌이 오랫동안 지속되었다. 여자는 아기의 입이 젖꼭지를 놓치지 않도록 세심한 주의를 기울이며, 비로소 시선을 멀리 던졌다. 먼저, 부엌 창가에 매달아놓은 향주머니와 창문 너머로 이름을 알 수 없는 나무들이 보이고, 나뭇가지 사이를 날아다니는 까치들이 보였다. 여자는 손등으로 두 눈을 문질렀고, 별안간 밝아진 시야 탓으로 한동안 두통에 시달렸다. 하늘 높이 날아오르는 참새와 낙엽, 혹은 날벌레의 모습까지도 또렷이 보이던 어느 날, 여자는 아기가 어서 자라나 저 멀리 보이는 풍경을 함께 보고, 기쁨을 나눌 수 있기를 소원했다.

하지만, 여자의 눈은 점점 침침한 그늘을 좇는 신세가 되어갔다. 303호 여자의 젖꼭지에서 아기의 입술이 떨어지자마자, 여자는 아기가 원하는 것을 알아내기 위해 촉각을 곤두세워야 했다. 젖을 물리는 순간 꿈처럼 되살아나곤 하던 탯줄은 순식간에 사라져버렸다. 아기의 표정과 울음을 잘못 이해할 때마다, 여자의 눈은 다시 가까이에 있는 사물들을 탐색하기 시작했다. 이제 아기가 원하는 것은, 여자가 원하는 것이 아니었다. 우는 아기를 겨우 잠재우고 이마에 흐르는 땀을 닦아내면, 여자는 눈을 감고 온몸을 짓누르는 공허와 침묵을 견뎌내야 했다. 부엌창 너머로 날아다니는 것은 새가 아닌 비닐봉지에 불과했다. 여자의 눈은, 전혀 흥미롭지 못한 먼 곳을 바라볼 필요가 없었다. 여자는 권태로웠고, 또다시 새로운 미래들을 갈망하며 조급해졌다.

소녀는 연어 스테이크 소스로, 닭육수를 사용할 거라고 303호 여자에게 말했다. 토막낸 연어를 베이컨으로 감싼 뒤 이쑤시개로 고정시켰다. 소녀는 산란기에 접어든 연어에 대해, 연어와 베이컨의 조화로 우러나올 맛에 대해 장황하게 늘어놓았다.

"닭육수에 대해…… 알아?"

생기를 띤 소녀의 음성에 비해, 303호의 얼굴은 차갑기만 했다. 소녀는 얼굴을 약간 뒤로 당긴 자세로, 닭다리를 넣고 끓인 냄비의 뚜껑을 열었다. 후끈한 김이 303호에게로 달려들었다. 소녀는 여자가 당연히 음식 소스에 대한 지식이 없을 거라고 생각했다. 소녀는, 아기가 품에서 떨어지지 않도록 단단히 감아안은 여자의 팔뚝을 힐끔 내려다보았다.

"그거야 닭을 삶아낸 국물에 파하고 마늘을 넣어서 만드는 거 아니야?"

303호 여자의 음성은 다소 도전적이었다. 논리와 체계가 결여된 설명. 소녀는 미소를 머금고, 여자의 냉랭한 얼굴을 맞바라보았다.

"닭고기는 다른 고기에 비해 기름기가 적어. 때문에 담백한 육수를 원할 때 닭고기가 안성맞춤이야. 너무 담백해서 파와 마늘만으로 맛을 내기에는 좀 싱거워. 대신 재료를 잘 선택해 넣으면 풍부한 맛을 얻을 수 있지. 난 양파와 통마늘 외에도 당근, 월계수 잎, 파슬리를 넣을 거야. 색을 원할 땐 토마토를 넣으면 좋은데. 토마토 괜찮아? 좋아, 넣을게. 소스의 종류는 다양해. 그러니까,"

소녀는 절도 있는 음성으로 말하기 위해 노력했다. 303호 여자는 눈을 세 번이나 감았다 다시 떴다. 소녀는 이어 다른 소스들에 대한 설명으로 넘어가고 있었다. 지루하기 짝이 없는 설명들. 언젠가 요리책에서 본 적이 있는, 딱히 특별할 것도 없는 설명들 때문에, 303호 여자는 연신 입 안에 고인 침을 소녀 몰래 삼켜야 했다. 소녀의 음식 강의를 듣기 위해 초대에 응한 것은 아니었다. '이제 그만 하고 뭐라도 좀 먹었으면 좋겠어' 여자는 소녀에게 등을 보이기도 하고, 잘 놀고 있는 아이의 등을 소리나게 두드리기도 했다. 소녀는 목소리 톤을 좀더 높였고, 음식 강의를 멈추지 않았다. 여자는 냄비 속에 든 것들을 유심히 살폈다. 그리고 노란색 국물 밖으로 다리뼈를 보이는 닭고기를 향해 통통한 손가락을 뻗었다. 앗! 살갗을 태우는 열기. 소녀의 닭고기는 손도 대지 못할 정도로 뜨거웠다. 수치심으로 벌겋게 달아오른 여자의 얼굴은, 드디어 소녀의 지루한 설명을 잘라버렸다. 동그랗게 벌어진 아기의 입에서 맑은 침이 주르륵 흘러내렸다. 소녀는 침착성을 유지하며, 젓가락을 찾아 들었다. 소녀가 젓가락으로 기름 국물이 흐르는 닭다리 하나를 집어내어 여자 앞에 들이민 순간, 303호 여자의 눈빛이 매서워졌다. "휴지로 감싸줄까?" 소녀는 여자의 싸늘한 눈빛을, 부드러운 음성과 시선으로 눌러버렸다. 여자는 아이의 등을 투덕투덕 두드리며 소녀에게서 등을 돌렸다. 소녀는 여자가 거부한 음식을 어찌할지 몰라 잠시 주변을 두리번거렸다. 양 갈래로 땋아내린 소녀의 머리가 딸랑이북처럼 흔들렸다. 소녀는 쓰레기통으로 닭다리를 던져버렸다.

"생선 썩는 냄새, 맡아본 적 있어?"

303호 여자는 좀 전의 수치심을 지워버린 음성으로 말했다.

"아니. 난 음식이 상할 정도로 방치해둔 적이 없어."

소녀는 들고 있던 젓가락을 싱크대 속에 처박았다.

"끔찍해. 구린내나는 막대기가 혓바닥을 꾹 누르는 듯해서 구역질을 멈출 수 없지. 비리고 구리고 시큼한 냄새 때문에 눈도 뜰 수 없을 정도야. 이제 갓 태어난 아이랑 살다보면, 가끔 먹던 음식들을 햇볕 아래 놓아두고는 그대로 까맣게 잊어버릴 때가 있어. 그럼 굵은 파리가 그곳에

알을 까놓곤 하지. 짜놓은 젖이나 우유 따위가 노란 기름띠를 띄워올리며 썩어버린 적도 있어. 생선 썩는 냄새랑 우유 썩는 냄새가 뒤섞이면 꼭 사람 썩는 냄새랑 똑같다고 하잖아. 그런 냄새 맡아본 적 있어?"

소녀는 침묵을 지키고 있었다. 자명종을 여섯시에 맞춰놓고, 시간에 맞춰 요리를 해야 하는 일도 소녀의 오랜 규칙들 중 하나였다. 소녀는 계량컵 눈금 오십 밀리리터에 맞춰, 컵 속에 올리브기름을 부었.

폭염이 내리쪼이는 한낮, 부엌 쓰레기통 속에서 오물들 사이를 오가며 누리끼리한 몸통을 꼬물거리던 구더기들. 구더기들은 쓰레기통 밖으로 기어나와 설거지를 하는 어머니 쪽으로 꾸준히 기어갔지. 구더기들은 어머니의 발뒤꿈치를 타고 장딴지를 지나 어머니 치마 속으로 열심히 기어들어갔지. 따뜻하고 조금은 습한 곳을 찾아 기어올랐지. 난 구더기들을 목격했지만 어머니에게 말하지 않았지. 구더기들은 단지 날개를 달기 위해 영양분을 보충하고 휴식을 취할 만한 공간을 찾을 뿐이라는 것을, 날개를 달면 어머니의 치마 속에서 빠져나와 하늘로 날아오를 것을, 알고 있었기 때문이지.

소녀는 어머니의 치마 속에서 까맣게 날아오르는 검은 파리떼를 상상하곤 했다. 규칙과 질서를 숭상하면서도, 어딘가에서 꼬물꼬물 기어나오는 구더기들은 통제하지 못했다. 구더기가 탈피를 거쳐 날개를 얻는 일, 그것은 소녀에게 혐오를 넘어 '구원'이 될지도 모르는 일이다. 하지만 소녀는 살충제를 뿌리는 일에 익숙했고, 식칼에 묻은 베이컨 기름을 꼼꼼히 씻어내는 것이 시급했다. 말갛게 씻긴 칼의 몸체에 소녀의 얼굴이 검게 어른거린다. 303호 여자의 얼굴과 아기의 얼굴도 한 덩어리가 되어 칼의 몸체에 검게 비쳤다 사라진다. 칼과 싱크대 주위를 서성거리던 검은 그림자들이 갑작스레 허공으로 날아가버린다. 파리떼를 몰아내는 짜증스런 손짓처럼, 소녀는 그림자를 좇아 고개를 돌렸다.

303호 여자가 이제 막 잠이 든 아기를 끌어안고 소녀의 침실로 향하고 있었다. 소녀는 토마토를 꺼내기 위해 냉장고 문을 열었다가 쿵, 닫아버렸다. 왜 침실로 들어가는 거야? 여자의 뒤를 쫓는 소녀의 걸음이 빨라졌다. 여자는 소녀의 침대 위에 아기를 뉘었다. "침대, 잠깐만 빌릴게" 여자는 소녀의 딱딱한 어깨를 툭 건드리며 침실 밖으로 나왔다. 순간 소녀는 젖이 흘러 축축하게 젖은 여자의 티셔츠를 내려다보았다. 비릿한 젖냄새와 아기의 침냄새가, 소녀는 역겨웠다.

소녀는 닭다리가 들어 있는 냄비에 통마늘과 파슬리, 당근과 월계수잎, 양파와 토마토를 넣고는, 다시 찬물을 부어 약한 불에 올려놓았다.

"베이컨에 말아놓은 연어를 기름에 튀겨낸 다음, 닭육수에 신김치를 넣어 볶을 거야. 동서양의 조리법을 뒤섞어 만든 요리를 퓨전요리라고 하지. 숙련된 솜씨가 아니면 맛은 엉망이 되고 말아. 하지만 303호, 오늘은 날 믿어도 좋아."

아, 숙련된.

303호 여자는 고개를 끄덕이며 살림방에서 속옷가게로 나왔다. 살림방 부엌에서 들려오는 소녀의 목소리는 크고, 또렷하고, 당당했다. 여자는 아기에게서 자유로워진 두 팔을 활짝 펼쳤다. 간혹 가슴에 젖이 돌아 상을 찡그렸지만, 여자는 곁에 있는 화려한 속옷들에 금방 마음을 빼앗겼다. 마네킹에 입혀놓은 브래지어와 팬티가 여자의 손가락에 팽팽하게 걸렸다가 탁, 소리를 내며 제자리로 돌아갔다. 매일의 과제와 반복적인 생리작용에 지쳐 우울한 시간, 아기를 업은 303호 여자는 속옷가게의 통유리창 너머로 보이는 소녀를 관찰하곤 했다. 탁자 위에 펼쳐놓은 스케치북, 가는 선으로 그린 브래지어, 코르셋, 슬립 등. 여자는 소녀의 마른 어깨와 그녀의 발치에 높이 쌓인 패션잡지들을 보았다. 시간과 지식을 누리는 자유. 여자에게 '숙련'은 수십 권의 책과 스케치북, 연필을 손에 쥔 소녀의 자유로운 손놀림이 한 장의 그림이 되어, 완벽한 구성미를 이루는 것이었다. 303호 여자는 지난날을 떠올렸다. 커피전문점에 앉아 수첩을 펼쳐놓고 보라색 펜으로 쓰고 지우고 다시 쓴 계획들은 미래였을까, 낙서였을까. 여자는 부기 1급 자격증이나 라식수술 따위를 계획했던 일들은 깨끗이 잊고 있었다. 고소한 커피향과, 지독한 근시에 시달리며 멀리 걸려 있는 벽시계의 시곗바늘조차 제대로 읽지 못했던 답답한 기억들이 전부였다. 여자는 소녀의 모든 것을, 소녀의 재능과 자유, 그녀의 '숙련됨'을 탐내고 있었다. 소녀는 303호 여자의 시야에서 가장 눈에 띄는 존재였다. 여자는, 손가락에 걸려 팽팽히 당겨진 노란색 팬티를 움켜쥐었다. 차가운 입술에 침을 바르며, 소녀가 있는 살림방을 잠깐 돌아보았다. 소녀는 여전히 연어를 익힐 때 가장 좋은 온도에 대해 떠들고 있었다. 여자는 눈을 크게 뜨고, 마네킹의 몸에서 팬티와 브래지어를 벗겨냈다. 속옷들을 작게 말아 쥐어보니 한 손에 맞춤하게 들어왔다. 여자의 통통한 손가락들 사이로 브래지어 끈 한쪽이 삐져나왔다. 여자는 얼른 바지 주머니 속에 속옷들을 구겨넣었다. 303호 욕실 낮은 선반 위, 그곳에 올려놓은 작은 항아리는 오늘

밤 교체해야 한다. 이번에 훔친 것들을 넣으면, 속옷들은 항아리 밖으로 넘칠 것이 분명했다.

닭육수가 끓고 있었다. 소녀는 냄비 뚜껑을 열었다. 국물은 자작자작 줄어들고 있었고, 야채들은 죽처럼 변했으며, 닭뼈는 물렁거렸고, 토마토는 터져버렸다. 소녀는 프라이팬을 들고 잠시 서성거렸다. 303호 여자가 속옷가게에 나가 있다는 사실을 그제야 알아챘기 때문이다. 소녀는 프라이팬 손잡이를 두 손으로 모아쥔 채 천천히 가게 쪽으로 걸음을 옮겼다. 그리고 여자가 마네킹에 입혀놓은 속옷들을 바지 주머니 속에 쑤셔넣는 장면을, 소녀는 똑똑히 본다. 일단 벽 뒤로 숨은 소녀는, 자신과 303호 여자 사이에 긴 끈이 연결되어 있음을 느끼며 두 눈을 꼭 감았다. 꼭두각시놀이. 소녀는 여자의 움직임에 따라 반응할 것이고, 여자는 소녀의 작은 기척에도 민감하게 반응할 것이다.

소녀는 벽 뒤에서 빠져나와 303호 여자를 쏘아보았다. 303호는 속옷들을 자신의 윗옷 속으로 마구 집어넣느라 정신이 없었다. 소녀는 어깨를 들썩이며 숨을 몰아쉬었다. 그때, 저녁 여섯시에 맞춰놓은 자명종이 요란하게 울렸다. 닭육수에 신김치를 볶을 시간이다. 알람 소리에 놀란 소녀는 손에서 프라이팬을 놓치고 말았다. 303호는 속옷들을 그대로 움켜쥔 채, 가게 밖으로 황급히 뛰어나갔다. 잠에서 깨어난 여자의 아기가 울기 시작했다.

동굴과 철창

소녀의 꿈은 침묵과 규칙들 속에 단단히 매장된 소심증과, 지금껏 독한 오기로 가장해온 외로움을 불러오곤 했다. 소녀는 303호 여자의 젖가슴을 본 후에, 나 아닌 다른 생명을 위해 기꺼이 몸의 변형까지도 허락하는 일을 동경했고, 경멸했다. 매일 새벽 푸른 풀장에 몸을 던져 얻은 균형 잡힌 몸매와 싱싱한 입술, 그리고 언젠가 도래할 행복한 미래 따위들. 무서운 악력으로, 소녀는 이 모든 것들을 거머쥐고 있었다. 디자인 일을 원했고, 속옷가게를 원했고, 이름을 내건 전문 매장을 원하고, 사람을 가르치길 원하고. 이것은 소녀에게 일종의 '성장'이었다. 하지만 여기서 끝날 일이 아니다. 성장의 체인은, 위험을 감지한 방울뱀의 꼬리처럼 구름과 바람이 지나는 허공을 향해 그 끝을 하염없이 쳐들고 있다. 소녀는 성장을 거듭하면서도, 추하게 떠는 어깨와 피곤으로 녹아내리는 누리끼리한 얼굴을 숨기기 어려웠다. 소녀는 잠에서 깨어나 욱신거리는 입술을 문지르며 한숨을 내쉬었다. 젖을 짜내면서도 차가운 미소를 지어 보이던 303호 여자의 얼굴이 도깨비불처럼, 어두운 천장에 어른거렸다. 머릿속에 진을 치고 있는 장님 얼룩소, 그 정체불명의 짐승을 몰아내기 위해 소녀는 또다시 잠을 청해야 했다.

동굴 입구는 철창으로 막혀 있다.

철창 그림자는 동굴 밖 바닥에 끝도 없이 길게 이어지고 있다. 동굴을 무사히 빠져나간다고 해도, 철창은 소녀의 뒤를 영원히 따를 것 같다. 소녀는 동굴 안쪽에서 흘러나오는 희미한 빛에 의지해 아픈 발바닥을 내려다본다. 바닥에 깔린 자잘한 돌들이 발바닥을 파고들었다. 바닥을 구르는 찌그러진 콜라캔과 마른 나뭇가지들. 동굴 벽에서 떨어진 붉은 돌들이 나무침대 위로 떨어진다. 동굴 한가운데 나란히 놓인, 두 개의 나무침대. 소녀는 절뚝거리며 나무침대 앞으로 다가간다. 어느 쪽 침대를 택할까. 소녀는 깨끗한 침대 위로 오르고 싶었지만, 막상 소녀가 고른 침대는 그 반대의 것이다. 소녀는 돌이 구르는 침대 위에 우뚝 서서 동굴 입구의 철창을 바라본다. 손잡이도 열쇠구멍도 없는 철창, 그 위를 뛰어넘기에는 철창 끝이 너무 뾰족하다. 포기하고 뒤돌아선다. 소녀는 동굴 안쪽, 구원처럼 빛나는 푸른 구멍을 바라본다. 원반 모양으로 뚫린 구멍은 꼭 사람의 눈을 닮았다. 소녀는 그 구멍 안에 숲이 있을 거라 생각한다. 푸른빛이 나오는 구멍을 향해, 소녀는 천천히 동굴 안쪽으로 들어간다. 원반 모양의 구멍은 소녀가 다가갈수록 점점 작아지다, 열쇠구멍만큼 줄어든다. 나무침대 위의 소녀는 까치발로 서서, 구멍에 눈을 가져다댄다. 후끈한 기운과 함께 느닷없이 좌우로 돌아가는 푸른 눈동자. 소녀는 구멍 안의 존재가 무언가의 눈동자라는 사실을 깨닫고, 비명을 지른다.

어젯밤, 소녀의 아랫입술은 작은 핏방울과 함께, 결국 종기처럼 부풀어오르고 말았다. 소녀는 불을 켜고 벽거울 앞에 섰다. 규칙과 통제에 짓눌린 몸뚱이가 버려진 장롱처럼 서서, 소녀를 응시했다. 소녀는 형광등 스위치를 내렸고, 평소처럼 수영장을 가기 위해 서둘러 옷을 입었다.

젖가슴
소녀는 부엌의 자명종을 끄자마자 두 손으로 귀를 틀어막았다. 아기는 악을 써댔고, 눈동자를 부산히 굴리며 무언가를 찾고 있었다. 네 엄마는 없어. 제발, 울지 마. 소녀는 아기를 향해 입술을 부풀려 우스꽝스럽게 떨어 보였다. 아기의 샘솟는 눈물 위로, 검은 동자가 둥둥 떠올랐다. 빛을 잃어버린 아기의 흰자위는 소녀에게 공포감을 불러왔다. 소녀는 팔을 뻗어 아기의 어깨를 덥석 잡아쥐었다. 둥글고 부드러운 어깨, 최초의 접촉. 소녀는 아기의 어깨에서 재빨리 손을 뗐다. 난 네 엄마가 아니야, 함부로 울지 마! 소녀는 양 갈래로 땋아내린 머리를 흔들었다. 자꾸 우니까 눈알이 빨개지잖아, 괴물이 되고 싶은 거야? 소녀는 점점 말이 많아지고 있었다. 아기의 울음소리는 소녀의 말을 토막토막, 끊어냈다. 아기는 소녀가 불쾌감에 빠질 틈을 주지 않았다. 자신의 모든 것을 타인에게 위임한 채, 온몸을 뒤틀며 죽을힘을 다해 원하는 것을 표현할 뿐이었다. 하지만 아기의 행동이 절대적인 믿음이나 사랑을 바탕으로 이루어지는 것은 아니다. 그렇다고 위선이나 배신, 이기적이라는 낱말은 쓸 수 없다. 아기는 너무 연약했고, 막무가내였고, 무질서했다.

　소녀는 더이상 망설일 수 없었다. 우는 아기의 머리를 짚어보고, 붉게 달아오른 아기의 양 뺨을 두 손으로 감싸보기도 했다. 소녀는 마침내, 303호 여자의 아기를 안아올렸다. 두번째 접촉, 연약한 육체와 비겁한 육체의 포개짐, 혹은 부딪침. 아기는 울음을 그쳤다. 소녀는 하나의 생명을 품 안에 온전히 안아본 적이 없었다. 심지어 자신의 피곤한 몸뚱이조차 따뜻하게 안아본 적도 없다. 아기는 뜨거운 몸을 소녀의 가슴에 밀착시켰다. 왜 입술을 오므리지? 갑자기 딸꾹질을 왜 하는 거니? 소녀는 어떡하든 여자의 아기와 감정을 교류하는 법을 터득해야 했다. 그 방법은 까다롭고, 짧은 시간 안에 터득할 수 없으나, 그래도 아기와 함께 있는 동안은 무조건 노력해야 했다. 소녀는 부엌 바닥에 방석을 깔아놓고 그 위에 아기를 눕혔다.

　울음을 그친 아기는, 이제 딸꾹질을 멈추지 못했다. 소녀는 식탁 의자에 앉아 아기를 가만히 내려다보았다. 도망간 303호 여자가 떠올랐다. 당혹스러움으로 일그러진 얼굴, 젖이 흘러 앞이 축축한 티셔츠, 그 밖으로 삐져나온 색색의 브래지어 끈. 소녀는 발끝으로 방석을 밀어냈다. 아기는 소녀에게서 멀어지자, 주먹 쥔 손으로 허공을 휘저으며 울상을 지었다. 두 달 전부터 치수가 작은 속옷들이 사라지고 있었다. 303호 여자는 자신의 몸에 들어가지도 않을 속옷들을 훔쳐서 무엇을 했을까. 이웃, 혹은 친구라는 이름으로 다가온 강탈자. 소녀는 발끝으로 아기가 누워 있는 방석을 툭툭 건드렸다. 온몸을 힘겹게 떨게 하는 딸꾹질, 아기의 백치 같은 눈빛. 네 혈관에도 강탈자의 피가 흐르고 있겠지. 순진한 얼굴 밑에 똬리를 틀고 있는 불결함. 소녀는 아기를 외면해버리고는, 프라이팬에 올리브기름을 둘렀다. 303호는 케이크 선물에 대한 보답, 덫과 같았던 신세까지도 끌어안고 사라져주었다. 이제 소녀는 홀가분한 기분으로 음식을 즐기며 먹을 수 있었다. 아무래도 연어 스테이크에는 백포도주가 좋을 것이다. 달궈진 프라이팬에 베이컨으로 돌돌 말아놓은 연어를 올려놓자 타다닥, 기름이 튀어올랐다. 딸꾹질에 지친 아기는, 또다시 울음보를 터뜨렸다. 시끄러워 미칠 것 같아! 소녀에게 질서와 절제는 중요했다. 서른여섯 해 동안 단련해온 자존심은, 갓난아기 앞에서조차 고개를 빳빳이 쳐들고 있었다. 하지만 아기는 소녀의 부탁이나 자존심 따위에는 관심이 없었다. 전기에 감전된 듯 파르르 떨리는 주먹, 오로지 욕망하는 일에만 집중된 몸짓. 얼굴이 새파랗게 질리며 비명 같은 울음을 우는 아기를, 소녀는 차갑게 지켜보았다. 핀에 꽂힌 벌레처럼 버둥거리는 아기의 손발이 혐오스러웠다. 순간 아기의 창백해진 얼굴 위로, 새벽녘 수영장에서 찬 기운을 이기지 못해 벌벌 떨기를 반복하는 소녀의 비참한 몸뚱이가, 떠올랐다. 허약하고, 초라하고, 더럽고, 버릇도 나쁘고, 게다가 뻔뻔스럽기까지 하잖아! 소녀에게 외면당한 아기의 몸은 불덩이처럼 달아올랐다. 소녀는 손에 들고 있던 사기그릇을 싱크대 속에 처박았다. 그릇의 한쪽 귀퉁이가 깨져 달아났다. 오랜 시간 지켜왔던 소녀의 자제심은 단번에 무너져내리고 말았다.

 소녀는 아기를 품에 꼭 끌어안았다. 아기는 삼 초 간격으로 숨을 삼켰다가 다시 목구멍이 찢어져라 울부짖었다. 소녀는 혼란을 견디지 못했다. 소녀는 아기와 함께 울먹이며, 303호 여자처럼 윗옷을 걷어올리고, 브래지어를 걷어올렸다. 꽃잎처럼 벌어진 아기의 입술, 작은 입술 속으로 빨려들어가는 초라한 육체, 세번째 접촉. 303호의 아기는 소녀의 젖꼭지를 덥석 물었다. 유희가 아닌 순전히 생존을 위해 절박한 아기의 혓바닥은 소녀의 젖꼭지를 감쌌다. 소녀는 상기된 얼굴로, 303호 여자의 역할을 기꺼이 해내고 있었다. 아기의 입술이 지닌 놀라운 흡입력에 겁을 집어먹고 잠시 뒤로 물러서기도 했지만, 그럴수록 입술은 젖이 나올 턱이 없는 소녀의 젖꼭지를 꼭 물고 놓지 않았다. 303호 여자처럼, 소녀는 튼튼한 팔로 아기를 가슴 가까이 끌어당겼다. 아기는 잠시 고개를 빼고 소녀의 얼굴을 물끄러미 바라보다, 잇몸을 드러내며 벙긋 웃어 보였다.

둘 사이의 친밀감은 오래가지 못했다. 아기는 자신이 빈 젖을 물고 있다는 사실을 깨닫자마자 소녀의 얼굴에 어린 불안감을 감지했고, 서서히 울먹이기 시작했다. 가스불 조절 실패로 너무 익어버린 연어 스테이크, 한쪽 귀퉁이가 깨져나간 그릇, 싱크대 위에 엎질러진 올리브기름. 소녀는 엉망이 된 부엌을 뒤로한 채 또다시 울음보를 터뜨린 아기를 들쳐업고, 303호 여자처럼 가게 밖으로 뛰어나왔다.

303호 여자는 소녀의 침대에 아기를 두고 왔다는 사실을 깨달았다. 젖이 흘러 흥건히 젖어버린 티셔츠를 쳐다보는, 사람들의 불쾌한 시선을 느꼈을 때였다. 여자는 아파트 단지 입구 어두운 벤치에 앉아, 남아도는 젖을 짜내 바닥에 버렸다. 여자가 짜낸 젖이 고인 시멘트 위로, 개미들과 산책 나온 개가 차례로 달려들었다. 여자는 바지 주머니 속에서 노란색 팬티와 브래지어를 꺼냈다. 훔친 속옷들을 다시 꺼내본 것은, 이번이 처음이었다. 언제나 훔친 것들은 곧바로 항아리 속에 처박아왔다. 여자는 꼬깃꼬깃 구겨진 속옷들을 펼쳐보았다. 땀에 젖은 속옷들은 비릿한 젖냄새를 풍기고 있었다. 여자는 상을 찡그렸다. 밝은 노란색인 줄 알았던 속옷이 젖빛에 가까운, 칙칙한 아이보리색이었기 때문이다. 여자에게는 지독한 근시에 시달리던 시절이 있었다. 가까이에 있는 사물을 잘못 판단한 지금, 여자는 새로운 당혹감에 휩싸였다. 소녀의 속옷들을 갈망하던 시간들이 별안간 먼 과거형으로 밀려나고 말았다. 여자는 지금껏 자신을 흥분 속으로 몰아넣었던 열망들에 배신감을 느끼고 있었다. 경멸과 증오로 크게 벌어진 소녀의 눈. 303호 여자는 소녀와 눈이 마주친 순간, 속옷을 훔쳤다는 부끄러움보다 어디에도 숨길 수 없는 뚱뚱한 몸뚱이가 더 수치스러웠다. 육체는 욕망이 이끄는 대로 순순히 움직여주지만, 제일 먼저 후회의 징후를 드러내는 장소이기도 했다. 언제나 그것을 인정하지 못하는 고집과 자존심이 문제였다. 긴 혀로 바닥에 고인 젖을 핥던 개가 코를 킁킁거리며 여자에게 다가오자, 여자는 손에 들고 있던 소녀의 속옷들을 개의 주둥이 앞에 디밀었다. 개는 브래지어와 팬티를 앞발로 꾹 눌러 밟고는, 이빨로 물어뜯기 시작했다. 여자는 속옷을 물고 늘어지는 개의 머리를 천천히 쓰다듬었다.

"이게 뭐야?"

숨을 헐떡이며 뛰어온 개 주인이, 바닥에 질질 끌리고 있는 개줄을 집어들자마자 짜증 섞인 음성으로 내쏘았다. 주인은 개가 물고 있던 속옷들을 빼앗아 땅에 내팽개치고는, 303호 여자를 힐끔거리며 손을 탁탁 털었다.

"저 속옷들, 내 것이 아니에요!"

303호 여자는 고개를 쳐들고 당당한 목소리로 주장했다. 개는 땅에 널브러진 속옷들을 다시 물어뜯기 위해 줄을 팽팽히 당겼다. 주인은 엄한 목소리로 개를 꾸짖으며, 줄을 바짝 말아쥐었다. 젠장, 저 속옷들은 내 것이 아니라니까. 여자는 자꾸 자신을 힐끗거리는 개 주인이 못마땅했다. 그때, 멀리서 개 주인을 향해 "엄마"를 외치며 뒤뚱뒤뚱 걸어오는 아이. 개 주인과 303호 여자는 동시에, 소리가 들리는 쪽으로 고개를 돌렸다. 아이는 개 주인의 품을 파고들며 까르르 웃었다. '나도 젖을 먹여야 하는 아이가 있다구!' 순간 303호 여자의 머릿속에는, 소녀의 침대에서 울고 있을 아기의 얼굴이 불길처럼 치솟았다. 벤치에서 벌떡 일어난 여자는, 소녀에게 훔친 속옷들을 어서 돌려줘야겠다고 다짐했다. 어차피 여자가 입을 수도 없는 속옷들이었다. 소녀에게 미안한 감정 따위는 없었다. 여자가 움직인 것은 그저 아기를 반드시 찾아와야겠다는, 열망과도 같은 의지 때문이었다.

유리창

303호 여자는 속옷이 가득 든 항아리를 끌어안고, 속옷가게 통유리창을 통해 안을 살폈다. 살림방의 불빛을 바라보다, 여자는 문득 배가 고파졌다. 유리문을 밀치고 안으로 들어갔다. 안에 들어서자마자, 유리문이 덜커덕 닫혔다. 여자는 둔중한 소리를 내며 닫혀버린 유리문에, 신경쓸 겨를이 없었다. 부엌에서 흘러나오는 음식 냄새 때문에, 여자는 안으로 걸음을 재촉했다.

부엌은 텅 비어 있었다. 깨진 그릇과 기름으로 번질대는 싱크대, 식탁 위에 넘어진 자명종. 마치 도둑이라도 든 것처럼, 주변은 몹시도 어수선했다. 303호 여자는 소녀의 침실로 후다닥 뛰어들어갔다. 역시 비어 있었다. 여자는 소녀의 침대에 걸터앉았다. 침대 스프링을 삐걱거리며, 소녀의 방을 둘러보았다. 화장대나 옷장, 옷걸이, 모든 것이 반듯하게 제자리에 있었다. '도둑이 든 게 아니라면, 분명 아기를 내게 데려다주려고 밖으로 나갔을 거야.' 여자는 일단 집으로 돌아가야겠다고 판단했다. 그러기 전에, 부엌에 있는 음식을 조금이라도 먹고 가는 것이 좋겠다고 생각했다. '내가 먹어주지 않으면 억울할지도 모르지. 연어 스테이크는 소녀가 나를 위해 만든 거니까.' 상황을 자기에게 유리한 방향으로 해석해버리는 편리함, 아둔한 이기주의. 여자는 부엌으로 들어가, 누렇게 익은 연어 스테이크를 흰 접시에 담고 그 위에 닭육수를 끼얹었다. 음식은 아직 미완성이었지만, 냄새는 여자의 위장을 자극할 만큼 충분히 강렬했다.

아기를 업은 소녀가, 속옷가게의 통유리창으로 천천히 다가선다. 그때 소녀의 눈에 대뜸 들어온 것은, 가게 중앙에 있는 탁자에 앉아 뭔가를 열심히 먹어대는 303호 여자였다. 소녀는 자신의 등에서 잠이 든 아기의 체온을 온몸으로 느끼며, 유리창에 바싹 다가섰다. 우는 아기를 달래며, 아기가 등에 얼굴을 비벼대며 잠들어가는 것을 기뻐하며, 소녀는 오랜만에 동네 곳곳을 돌아다녔다. 너무 많이 걸었던 탓일까, 소녀는 피곤했다. 포크에 찍혀 여자의 입속으로 들어가는 연어 스테이크를 바라보는 내내, 소녀는 군침을 삼켰다. 어서 가게로 뛰어들어가 여자를 사나운 눈으로 노려보며 바늘 같은 독설을 마구 퍼부어주고 싶었지만, 소녀의 몸은 유리창에 달라붙어 떨어질 줄 몰랐다.

303호 여자는 별안간 쿵, 하는 소리에 얼른 통유리창 쪽으로 시선을 돌렸다. 유리창 밖에 서 있는 소녀, 그리고 그녀의 등에 업힌 아기. 그들은 하나가 되어, 곧은 나무처럼 유리창 밖에 우뚝 서 있었다. 303호는 소녀의 매서운 눈길에 놀라 포크를 손에서 놓치고 말았다. 여자는 자리에서 벌떡 일어났다. 탁자 의자가 쓰러졌다. 소녀는 유리창 너머, 기름이 번지르르한 여자의 입술을 쏘아보고 있었다. 소녀는 아기에게서 풍기는 젖냄새를 더이상 참을 수 없었다. 아기의 침이 묻은 젖꼭지도 말끔히 씻어내고 싶었다.

303호 여자는 밖으로 나가기 위해 가게 유리문을 밀쳤다. 이상하게 문이 열리지 않았다. 당황한 여자는 주먹 쥔 손으로 문을 쾅쾅 두드려댔다. 어서 훔친 것들을 돌려주고 아기를 되찾고 싶었다. 아기와 함께 튼튼한 나무가 되어야 할 사람은, 소녀가 아닌 바로 자신이었다. 303호 여자는 점점 더 조급해졌다.

"유리문 맨 위의 둥근 것을 오른쪽으로 돌리고, 그 아래 것은 왼쪽으로 돌려봐."

유리문이 자동으로 잠겼다고 해도 안에서 충분히 열 수 있었다. 소녀는 빨리 안으로 들어가 아기를 여자에게 넘겨주고 싶었다. 그리고 어서 샤워를 마친 후 홀로 조용히 앉아, 완성된 연어 스테이크를 먹길 원했다. 하지만 유리문 안에 있는 여자는 소녀가 가르쳐준 잠금장치조차 찾지 못하고 허둥대기만 했다. 훔친 속옷들이 가득 든 303호 여자의 항아리가 땅에 떨어져 깨졌다.

"유리문 위의 것을 오른쪽으로, 아래 것을 왼쪽으로 돌리라니까!"

자제심을 잃어버린 소녀는 유리문을 쿵쿵 두드리며 소리를 질렀다. 소녀의 몸부림에 놀란 아기가 잠에서 깨어나 울기 시작했다. 303호 여자는 여전히 유리문을 열지 못한 채, 문이 부서져라 쾅쾅 두드리기만을 반복했다.

나무구멍

나무구멍 바닥에서 둥둥 북소리가 울려퍼진다. 맥박처럼 일정한 리듬을 타고 울리는 북소리는 밥상을 흔들고 어머니와 딸, 동사무소 여자의 몸을 흔든다. 딸은 아픈 허리를 문지르며 점점 가빠지는 호흡을 다스린다. 양수 속을 떠다니던 태아는 눈을 뜨고 질구 쪽으로 머리를 튼다. 딸은 오줌을 배설하고 싶은 욕구를 느낀다. 어머니와 동사무소 여자는 각기 다른 표정으로, 딸의 자궁이 열리는 소리에 귀를 기울이기 시작한다.

*

　동사무소 여자는 그곳 담장 위로 가지를 내뻗은 팽나무에 종종 마음을 빼앗긴다. 팽나무는 오백 년을 살아오며, 키는 십팔 미터까지 자라났고 몸통의 둘레는 사 미터가량 불어났다. 굵은 가지는 빛과 공기를 장악하며 수평으로 퍼져나갔고, 땅속의 뿌리는 수분과 영양을 빨아들이며 뱀처럼 뻗어나갔다. 그녀의 몸이 섭씨 삼십팔 도의 미열로 땀방울을 밀어낼 때, 그녀는 곧 다가올 월경을 생각한다. 간혹 겨드랑이에서 빠져나온 온도계 눈금이 한 달 내내 삼십팔 도를 가리킬 때가 있다. 그럴 때마다 여자는 팽나무의 까칠한 몸통을 끌어안고, 눈을 감는다. 여자는 오백 살이 된 나무를 지금까지 곧게 지탱해온, '나무의 뼈'를 그리워하는 것이다. 나무는 뿌리를 통해 땅과 소통하며 얻은 열기로 줄기 속 심재(心材)의 수분을 스스로 흡수해버린다. 나무가 열을 내는 시간은 좀더 굳어지기 위한 시간일 뿐이다. 그 죽음의 시간이, 팽나무를 오백 년이나 지탱해온 셈이다.

오백 살 팽나무의 몸통 가운데 배꼽처럼 구멍 하나가 뚫려 있다.

동사무소 여자는 가끔씩 그 나무구멍 속으로 손을 쑥 밀어넣는 행위를 즐긴다. 이윽고 그 구멍에서, 굵고 몰캉몰캉한 것이 꾸물거리며 여자의 손에 딸려나온다. 두 손으로 겨우 붙잡아야 하는 그것은 애벌레다, 주름진 허물을 벗지 못해 몸부림치는. 애벌레는 녹색 몸뚱이 좌우에 열린, 열여덟 개의 숨구멍을 옴죽거리며 여자의 눈을 빤히 쳐다보고 있다. 여자는 애벌레가 자신을 주시하고 있음을 느끼지만, 놈의 말랑한 몸뚱이 어디가 눈이고 머리고 입인지 알 수 없어 번번이 진땀을 뺀다. 여자의 손에서 달아난 애벌레는 나무구멍 속으로 굴러떨어지고, 수만 겹의 원을 그리며 뱅글뱅글 돌다가 나무 속 어둠처럼 검어진다.

여자는 행복4동 동사무소 사회복지과에서 일한다. 생활보호 대상자를 선정하고, 생계비를 지급하고, 서류에 올라온 그들을 관리, 감시하는 일을 해왔다. 처음엔 쉰 세대에게 생계비를 지급하며, 종종 독거노인의 밥상을 돌보고 소녀가장의 손에 크레파스와 스케치북을 쥐여준 적도 있었다. 폐렴에 걸린 노인의 손을 한 달에 다섯 번씩 꼭 잡아주었고, 간질병을 앓고 있는 엄마의 아기와 일주일에 두 번씩 놀이터를 찾기도 했다. 어느덧 보호 대상자가 삼백 세대까지 늘어났고, 그들을 정리한 서류 또한 쌓여갔다. 동사무소에서 돈이 나가는 만큼 서류의 항목들은 복잡하고 까다로워졌으나, 모두 '수의 연산'을 통해 명쾌하고 단순하게 관리된다. 독거노인의 빈약한 밥상과 준비물을 챙겨가기 힘든 소녀가장의 굴욕감, 자식을 결국 고아원으로 보내야 하는 간질병자 어미의 비참함 따위는 수치화될 수 없어, 외면당한다. 그들은 돈을 지급받은 즉시 관리 대상자가 되고, 동사무소 여자는 서류의 빈칸들을 숫자로 채우기 위해 동분서주한다. 여자는 동사무소가 마련한 '기준'에 따라 빈곤의 정도를 결정하고, 계산기를 두드려 지급액을 산출하고, 혹시 나랏돈이 잘못 빠져나간 건 아닌지, 라면으로 배를 채우는 이들의 방문을 기습적으로 열어보고, 또다시 계산기를 두드려 숫자로 표기하고, 마침내 지쳐간다. 독거노인과 소녀가장과 병을 앓고 있는 엄마의 아기는 더이상, 동사무소 여자를 믿지 않는다.

동사무소 여자는 사무실 미니 냉장고에서 부사 한 알을 꺼내들고 다시 자리로 돌아온다. 책상 서랍에 넣어둔 과도를 꺼내자마자 아랫입술을 깨문다. 칼날 주변에 푸른곰팡이가 슬어 있다. 나무구멍에 낀 아이를 발견한 후로, 여자는 칼을 쓰지 않았다.

팽나무 몸통 가운데에 길쭉한 구멍이 언제 뚫린 것인지, 아무도 모른다. 볍씨 모양의 구멍은 땅에서 이십 센티 위에 뚫려, 틈틈이 이 센티씩 가로로 벌어지고 있다. 구멍이 조금씩 커지면서 딱 그만큼의 빈 공간이 나무 속에 생겨났고, 구멍은 마을 사람들의 눈과 호기심을 자극했다. 사람들은 팽나무 구멍 가까이 눈을 가져다대고 은밀한 미소를 짓거나, 무언가에 배반당한 듯 이내 차갑게 돌아섰다. 동사무소 여자는 팽나무 구멍을 엿본 자의 수를 세어, 사무실 책상 왼쪽 귀퉁이에 바를 정자로 표시해두었다.

동사무소 여자는 팽나무 구멍에 반쪽 몸뚱이가 낀 아이를 목격한 적이 있다.

언젠가, 당뇨병을 앓다 죽은 어미의 시체와 사 개월간 동거한 아들놈이 세상에 알려진 후로 행복4동 동사무소 사회복지과 담당자들은 바빠졌다. 수급자들을 소홀하게 돌본다는 오명을 씻기 위해 삼백 세대의 방구석까지 샅샅이 살피고, 그 모든 것을 서류로 남겨야 했다. 수급자들을 향한 배려와 관심을 더하고 빼고 나눠 수치화했고, 서류의 빈칸을 채우는 동사무소 여자의 손은 기계적으로 돌아갔다. 여자는 자신에게 할당된 삼백 세대의 가정방문을 모두 마치고, 서류뭉치를 끌어안고 동사무소로 돌아오는 길이었다.

팽나무 구멍은 십오 센티가량 벌어져 있었다. 아이는 숨바꼭질 술래를 피해 팽나무의 구멍 속으로 몸을 세차게 밀어넣었으나, 머리통에서 덜컥 걸리고 말았을 것이다. 아이가 나무구멍에 들어간 반쪽 몸뚱이를 꺼내기 위해 버둥거릴 때마다, 구멍은 아이를 더욱 아프게 조이는 모양이었다. 아이는 울음을 크게 터뜨렸다 그치길 반복했다. 동사무소 여자는 파랗게 죽어가는 아이의 입술에 이끌려, 앞으로 걸어나갔다. 아이는 울음을 그치고 여자를 향해, 손을 뻗었다. 여자는 아이와 조금 떨어진 곳에 우뚝, 멈춰 섰다. 그리고 단풍잎 모양으로 벌어진 아이의 다섯 손가락을, 그 손가락에 깃든 애원과 기대, 관심과 배려 따위를 물끄러미 내려다보았다. 종일 서류더미 속에서 흘린 눅눅한 땀냄새, 기계적인 손동작을 멈추고 사무적인 표정을 지우자, 여자의 피곤한 몸뚱이는 악취를 풍겨댔다. 겨드랑이나 사타구니에 밴 곰팡내야 샤워기로 씻어내면 그만이라고 생각하는 여자의 얼굴은, 잠이 든 사람처럼 평온했다. 도움을 간절히 바라던 아이의 손목이, 꺾였다. 좌절 이백 퍼센트, 불안 이백 퍼센트, 도움받을 확률 제로. 동사무소 여자는 어느새 계산과 숫자에 익숙해져 있었다. 아이가 처한 위험도를 가늠할 기준이 필요했고, 나무구멍에 낀 아이 구출의 '사례'가 궁금했다. 아이는 꺼내줘, 울부짖으며 덫에 걸린 짐승처럼 버둥거렸다. 그 울음소리에 놀란 여자의 품에서, 서류뭉치가 떨어졌다. 여자는 종일 작성한 서류에 묻은 흙을 꼼꼼히 털어내느라, 바빴다.

동사무소에서 사람들이 뛰어나왔다. 여자는 재빨리 담 모퉁이를 돌아 숨었다. 어느 누구도 손에 연장을 들고 앞으로 선뜻 나서지 못했다. 팽나무는 마을을 지키는 장수목이었다. 남자 다섯이 망치와 절단기, 끌을 들고 나무 가까이 다가섰다. 구멍에 낀 아이는 남자들 손에서 반짝이는 연장을 보자 까무러쳤다. 팽나무의 구멍은 그들의 힘으로 오 센티가량 더 벌어졌고, 구멍에서 빠져나온 아이는 공익요원의 등에 업혀 병원으로 향했다. 그제야 여자는 동사무소로 들어섰고, 또다시 서류더미에 파묻혀 항목을 나누고 계산기를 두드렸다. 그러다 문득, 섭씨 삼십팔 도의 미열이 느껴지는 손바닥으로 차가운 뺨을 감싼 여자는 자리에서 벌떡 일어났고, 아이가 끼어 있던 나무구멍을 보기 위해 까치발로 오래 서성거렸다.

동사무소 여자는 과도에 피어난 곰팡이를 휴지로 세게 문질러 닦아낸다. 칼날에서 비린내가 풍긴다. 여자는 부사를 깎아 반으로 나눈다. 반쪽을 옆자리 동료에게 권한다. 동료의 시선이 칼날의 거뭇한 부분을 스친다. 동료가 거부한 사과를, 여자는 책상 밑 휴지통 속으로 떨어뜨린다. 거부를 '모방' 한 거부, 여자는 그런 행동 속에서 쾌감을 느낀다.

투박한 손가락이, 삐뚤어진 글씨들로 채워진 서식 한 장을 동사무소 여자 앞에 들이민다. 손가락 마디마다 말라붙어 있던 흙이 그 위로 떨어진다. '기초생활비 이의신청서, 신청인 이옥자, 주민등록번호 511229-2******' 동사무소 여자는 이, 옥, 자, 띄엄띄엄 발음해본다. 여자는, 양 볼과 이마가 붉고 퉁퉁 부어오른 오십대 여성의 얼굴을 올려다본다. 그녀는 검은 치석이 낀 이빨을 드러내며 씩 웃는다. '신청 사유: 딸이 돌아왔음'을 가리키는 그녀의 손가락이 부들부들 떨린다. 이옥자, 나이 오십육 세, 딸을 가진 어머니. 그녀의 품에서 날아오는 풋내가 역겨워, 동사무소 여자는 코끝을 슬쩍 틀어쥔다. 오십대 여성은 산나물이 든 비닐봉지를 등뒤로 숨기며 봉지 입구를 움켜쥔다. 알코올중독으로 노동 불능, 가족 없이 일 인 기초생활비만 받아왔네요, 그런데 딸이 돌아왔다? 무슨 뜻이죠? 가출 칠 년 만에 돌아온 거야, 믿을 수 없는 일이지, 그애가 돌아오다니! 그럼, 가족이 생겼군요. 걔는 날 먹여 살리지 못해. 오십대 여성의 얼굴이 쪼그라든다. 애, 애를 가졌거든, 곧 자기 새끼를 낳을 거야. 결혼한 딸인가요? 동사무소 여자의 물음에, 그녀는 침통한 표정으로 고개를 저어댄다. 이제부터 이 인 생활비를 줘, 앞으로 손주가 태어나면 삼 인 생활비를 줘야 해. 동사무소 여자는, 오십대 여성의 뚱뚱한 배와 늘어진 목살을 쏘아본다. 여자의 눈빛이 엄격해진다. 돈은 사실 확인이 돼야 나가요, 아시죠?

동사무소 여자는 팽나무 그늘로 들어서는 오십대 여성을 바라본다. 그녀가 팽나무 구멍 속을 기웃거리고 있다는 사실을, 여자는 알고 있다. 나무구멍에서 아이가 구출되고 난 뒤, 연장을 들었던 남자들 이름으로 팽나무 앞에 조촐한 제사상이 차려졌다. 아이들은 팽나무 근처에 가지 않았고, 구멍 속을 들여다보던 사람들도 사라졌다. 아이를 꺼내면서 억지로 벌린 나무구멍은 둥근 형태를 상실했고, 매력을 잃어버렸다. 동사무소 여자는 과도로 책상 왼쪽 귀퉁이에 작대기 하나를 더한다. 그리고 이, 옥, 자, 오십대 여성의 이름을 되뇐다. 그 이름은 이미 십이 년 전 영원히 잊어버린, 엄마의 이름이기도 하다.

*

딸은 임신 육 개월째 되던 날부터, 비정상적으로 불어나는 몸무게를 주시하며 공포에 떤다. 단 두 달 만에 삼십 킬로그램이 더해져 몸무게가 백 킬로그램을 넘어서자, 불어난 살덩어리는 숨통을 짓누른다. 얼굴과 손발은 자꾸만 부어오르고, 손이 저려와 젓가락질조차 마음대로 안 된다. 시간은, 점점 더해가는 통증과 비대한 육체만을 일깨우며 흘러간다. '임신중독증'은 아기를 낳아야 치유되는 병이라고, 보건소 의사는 태아를 악성종양쯤으로 취급하며 입원을 권한다. 배를 가르고 아기를 꺼내자는 의사의 말을, 딸은 아기를 제거하자는 뜻으로 이해한다. 딸은 고개를 끄덕이지만, 이미 걸음은 기차역으로 향하고 있다. 말없이 자신을 떠나간 아이 아빠가 그리운 것은 아니다. 딸은 칠 년 전 떠나온 어머니를 생각하고 있다. 어쩌면 뱃속의 아기가 어미의 머릿속으로 어미의 어머니를, 어머니의 어미를 다급히 부른 것인지도 모른다. 태아는 묻고 있다. 외할머니, 엄마를 어떻게 낳았죠? 엄마는 외할머니의 자궁에서 어떻게 빠져나왔나요?

딸은 기차가 덜커덩거릴 때마다 지난날의 어머니를 떠올린다. 술 취한 입술로 주문(呪文) 같은 말들을 뱉어내던 어머니, 그리고 그녀의 입 냄새. 술병을 품에 끼고 잠든 어머니에게서는 쓰고 비릿한 악취가 풍겼다. 그것은 오래된 나무둥치에 들러붙어 기생하는, 회갈색 버섯들이 풍기는 냄새와 비슷했다. 냄새는 어머니가 치석 낀 이빨을 활짝 드러내며 웃거나 어딘가에서 듣고 배운 노래를 흥얼거릴 때, 방 안 공기와 뒤섞였다. 딸은 퀴퀴한 버섯 냄새를 맡으며 어머니의 노랫소리를 듣다 곤한 잠에 빠져들곤 했다. 어머니는 아버지 몰래 부엌 아궁이 곁에서 술을 마신 후로, 모든 게 달라졌다고 했다. 얼굴이 홧홧 달아오르는 중에도, 어머니는 술잔을 기울이며 불길이 너울대는 아궁이를 밤새도록 들여다보았다. 그러다 어느 순간 심장에서 딸칵, 하는 소리와 함께 그곳에 꽁꽁 쟁여놓았던 '뜨거움'이 마구 쏟아져나와, 어머니는 다리를 벌리고 앉아야 했다. 딱 석 잔을 마셨단다. 술 석 잔에 입에서 곰삭은 젓갈 냄새가 돌면서 잇몸이 알알했어. 목구멍이 타들어가는 느낌을 만끽하던 순간, 깨달은 거야. 지금껏 난 니 애비의 그늘에서 내 목소리를 가져본 적이 없었다는 걸 말이다. 술기운 때문이라도 좋아. 심장에서 튀어오른 불씨가 내 아랫배에 죽어 있던 아궁이까지 활활 타오르게 했지. 그래서 다리를 벌려준 게야. 너무 뜨겁고 흥분이 돼서 말이다. 어머니는 빈 술병을 발로 밟아 박살내자마자, 그간 모았던 돈의 절반을 아버지 품에 던져주고 그 나머지를 챙겨 딸애와 함께 집을 나왔다. 사업 말아먹느라 정신없는 니 애비 손에 널 맡겨두고 나올 수 없었지, 어머니가 입에 술 석 잔을 털어놓으면 늘 하던 이야기였다.

 딸은 생각한다. 술은 어머니에게, 미처 스스로 열지 못했던 어떤 문을 열어준 게 분명하다. 경계를 넘어선 세상, 억눌리고 모두가 쉬쉬하던 불꽃이 치솟아 달궈진 아궁이 탓에, 춤이라도 춰야 살 것 같은 세상으로 어머니를 안내한 게 분명하다. 딸은, 어머니가 취기로 몸을 흔들 때 그녀의 두꺼운 등과 허벅지에서 삿갓 모양의 버섯들이 돋아나는 광경을 본 적이 있다. 아기의 통통한 팔뚝을 닮은 자루 끝으로 꽃처럼 활짝 펼쳐지는 버섯 머리. 그것은 밤거리를 방황하는 아이들의 머리 색깔처럼 화려하고, 매혹적이었다. 버섯에 둘러싸인 어머니 몸뚱이에서는 월경의 비린 피냄새가 풍겼고, 어머니는 아직도 성장중인 자궁을 지닌 것 같았다. 어느 날 저녁, 딸은 어머니 품에서 술병을 빼앗기로 결심했다. '엄마랑 함께 취할 거야, 나도 밤낮으로 썩은 내를 풀풀 날리며 노래를 부를 거야.' 어머니는 이제 막 딸의 입속으로 들어간 술병을 맹수처럼 낚아챘다. 딸의 입에서 술병이 빠져나오며 건드린 윗니 두 개가 피를 흘리며, 헐렁거렸다. 딸은 입을 감싸쥐고 방바닥을 굴렀다. 어머니는 딸애 손에서 되찾은 술병을 꼭 쥐고 말했다. 술은 그렇게 먹는 게

나무구멍 147

아니야. 휑한 심장에 급히 들이부으면 증오나 연민만 쌓여 못써. 유리잔에 따라서 한 잔, 한 잔, 소중히 들어 마시는 거다, 이렇게. 어머니는 마법의 액체를 다루는 마녀처럼, 유리잔에 술을 담아 그 위로 얼굴을 비췄다. 어머니는 자신의 얼굴 그림자가 어른대는 술을 입 안에 털어넣어 보였다. 딸은 자신과 어머니 사이에, 술이 강이 되어 흐른다고 상상했다. 그것을 건너다 만취상태로 정신을 잃거나, 아예 내장이 녹아버릴지 모를 일이다. 날 아버지 곁에 두고 밤도망을 쳤으면 사는 게 좀 편해졌겠죠. 딸은 어머니가 자신을 방기한다고 소리쳤으나, 불꽃과 고혹적인 버섯에 둘러싸여 있던 어머니를 질투한 것에 불과했다. 칠 년 전 그날, 딸은 가출을 결심했다. 술은 세상 밖에도 있으니까. 딸은 어머니의 술맛과 동네 마트의 술맛이 다르다는 사실을, 그때는 깨닫지 못했다.

어머니의 집으로 돌아가는 길, 그것은 어머니 몸에서 돋아나던 버섯들을 혐오하지만, 악취를 풍기는 버섯을 따고 싶은 열망으로 끊임없이 손을 내뻗어야 하는 시간과 마주하는 것이다. 딸은 기차간 좌석에서 자주 일어나, 밖으로 향한 문을 쳐다본다. 태아는 모체의 자궁을 잡아당기며, 또다른 어미의 집에 도착할 때까지 얌전히 앉아 있으라고 조른다. '나의 아궁이가 차가워 아기는 죽음처럼 졸기만 하네. 어머니의 술을 딱 석 잔만 얻어먹으면, 내 아궁이에도 불길이 치솟을까. 뱃속의 너도 내게서 무언가를 보았니? 내 어머니 몸에서 자라던 버섯 같은 걸 말이야.' 딸은 자신도 곧 어미가 된다는 사실을 깨닫자, 한편 겁이 나고 소름이 돋는다.

딸은 기차간 복도 중앙에 우뚝, 선다. 비대한 몸뚱이와 몸 가운데 혹처럼 불거진 둥근 배와 그것을 쪼갤 듯 밀려오는 통증을 모두 끌어안고, 딸은 기차의 꼬리 쪽을 향해 거슬러가기 시작한다. 기차의 머리를 배반하고, 딸은 몸을 단단히 가누며 꾸준히 역방향으로 걸어나간다. 산소를 갈망하는 태아의 존재가 느껴진다. 날 버리지 마세요, 엄마. 이것은 뱃속의 아기가 하는 말이다. 딸은 아기의 존재를 무시하고, 숨을 거칠게 몰아쉬며 앞을 가로막는 기차간 문을 열어젖히고, 운동의 제1법칙인 '관성'에 저항하며 쉬지 않고 발걸음을 옮긴다. 그때 기차가 산중턱에 뚫린 터널을 통과하기 위해 갑작스레 기다란 몸을 비튼다. 딸은 기우뚱거리다, 결국 좌석에 앉아 있는 사람들 품으로 쓰러진다. 터널의 검은 아가리가 기차를 빨아들인다. 사방이 어두워지자, 딸은 자신의 몸에서 풍기는 익숙한 냄새를 뒤늦게 알아챈다. 그것은 단순히 입 안에 맴도는 단내가 아니다. 밤마다 어머니의 몸에서 자라나던 버섯 냄새, 술에 취한 어머니의 입냄새다. 기차간 사람들의 납빛 얼굴과 동굴처럼 열린 그들의 눈에서, 어릴 적 동사무소 어귀에 서 있던 팽나무와 그 몸통 한가운데 뚫려 있던 나무구멍이 둥실 떠오른다.

볍씨 모양으로 뚫린 나무구멍은 어둡고, 건조하다.
숨바꼭질의 술래가 멀리서 딸의 이름을 부른다. 딸은 침을 꿀꺽 삼킨다. 빛도 수분도 부유하는 먼지도 없는, 냉정한 암흑만이 팽배한 나무구멍 속으로 팔 한 짝을 집어넣는 일은, 호기심과 약간의 용기가 필요하다. 구멍이 이빨처럼 닫히고 팔뚝이 떨어져나가는 일은 벌어지지 않는다. 나무구멍 속의 건조한 온기가 피부에 솟아오른 땀방울들을 거두어가고, 팔뚝의 무게감과 존재감마저 점점 앗아간다. 무중력상태를 경험한 몸의 일부는 곧 온몸을 구멍 속으로 유혹한다. 먼저 한쪽 어깨와 다리 한 짝을, 그 다음으로 가슴과 배를 밀어넣는다. 하지만 머리통이 문제다. 구멍은 이마의 정 중앙을 넘어서 머리통 전체를 삼키지 못한다. 땅을 딛고 있던 한쪽 다리에 힘이 풀어지고, 금세 모든 게 시시해진다. 나무구멍 밖으로 빠져나오기 위해 몸을 비틀자, 폭이 좁은 구멍은 통통한 배와 가슴팍을 물고 놓아주지 않는다. 몸을 앞뒤로 파닥이며 안간힘을 쓰지만, 구멍은 탄성을 지닌 물체처럼 조여들기만 한다. 나무구멍 속을 절박하게 휘저어대던 한쪽 팔과 다리가 감각을 모두 잃었을 때, 까무러지는 시야 속으로 어느 여자 하나가 뚜벅뚜벅 걸어들어온다.

딸은 땅으로 늘어뜨린 팔 한 짝을 힘겹게 들어올려, 여자를 향해 뻗는다. 꺼내, 주세요, 아파요. 딸은 땀이 스며 따가운 눈을 겨우 뜨고 고개를 쳐든다. 하지만 여자는 딸이 처한 고통스런 상황 따위에는 흥미가 없다. 그저 나무구멍에 낀 딸의 반쪽 몸뚱이를 구경할 뿐이다. 딸과 여자 사이의 빈 공간, 대략 삼십 센티가량이 벌어져 있다. 딸이 좀더 멀리 팔을 뻗거나 여자가 한 발짝만 다가서도, 둘은 손을 잡을 수 있다. 좁은 공간이지만 결코 서로에게 다가설 수 없어, 우주만큼 넓어 보인다. 딸의 몸을 본능처럼 조이는 나무구멍의 억센 탄력, 자비는 없고 관찰만을 원하는 여자의 금속성 시선. 딸은 몸부림을 치기 시작한다. '몸부림'은 딸이 여자의 시선에 응답하는 하나의 방식에 불과하다. 딸은 목구멍이 찢어질 듯 울부짖는다. 분홍색을 띤 하늘은 빙빙 돌고, 어느새 오줌을 흠뻑 지린 바지는 꾸덕꾸덕 말라간다.

단칸방을 가로지르는 빨랫줄, 딸은 주위를 살핀다.

빨랫줄에, 오줌을 지린 바지와 속옷이 세탁되어 널려 있다. 딸은 비로소 가출 칠 년 만에 어머니의 집으로 돌아왔음을 깨닫는다. 백십 킬로그램의 몸뚱이가 심장을 압박해온다. 그때서야 딸은 뱃속에 들어앉은 생명의 무게를 실감한다. 배의 정점에 두 손을 올리고 어둑한 방 안을 둘러본다. 창틀에 놓인 선인장이 수분을 잃고 노랗게 쪼그라들어 있다. 손바닥만한 창으로 들어오는 빛은 방바닥까지 닿지 못하고 허공 어디쯤에서 흩어진다. 걸레뭉치가 방구석에 처박혀 과일 껍질처럼 말라간다. 건조하고 더운 방바닥에서 피어오르는 아지랑이 너머로 나른하게 걸어오는 어머니를, 딸은 무기력하게 지켜본다. 엄마야? 하고 묻는 입술은 날벌레의 날갯짓처럼 오래 달싹인다.

어머니는 플라스틱 소쿠리를 꺼내, 산에서 뜯어온 나물들을 쏟아놓는다. 백 킬로그램인 몸뚱이를 종일 지탱해온 두 다리는 순식간에 힘을 잃는다. 어머니가 방문턱에 걸터앉는 순간, 펑퍼짐한 엉덩이에서 풋내 섞인 먼지가 일어난다.

나를 버리고 나가더니, 기껏 애비 없는 애를 배서 돌아오냐, 몹쓸 화냥년!

가르랑거리는 어머니의 목소리. 딸은 취기에 들뜬 어머니의 음성을 듣고 있다. 주먹 쥔 손으로, 배의 정점인 배꼽 부위를 똑똑 두드린다. 무덤처럼 고요한 둥근 배를, 혼수상태에 빠진 태아를 깨우기 위해서다. '아가, 외할머니의 목소리가 들리지 않니?' 딸은 탯줄을 통해, 아기도 주먹 쥔 손으로 대꾸해주길 기다린다.

　니 몸이 너무 불어서 이제 내가 누울 자리도 없다!

　나무둥치에 들러붙어 자라는 삿갓 모양의 균사체들, 그 버섯 냄새가 방 안을 은은히 떠돈다. 어머니는 또 석 잔의 술을 마셨을 것이다. 기쁠 때나 속상할 때나, 어머니는 유리잔에 술을 따라 마시며 자신만의 의식을 치러왔다. 딸은 퀴퀴한 냄새를 들이마시다가, 배꼽 근처가 땅기는 느낌에 눈을 번쩍 뜬다. 태아가 기지개를 편 걸까. 비대함에 짓눌린 혈관은 위험한 수축을 반복하며 산소와 영양을 탯줄로 운반하지 못한다. 생명이 몸을 키운 지 이백팔십 일이 넘어가는 지금, 아기는 모체의 심장 뛰는 소리를 뒤로하고 깊은 잠에 빠져 있다. 딸은 아기가 미끄러져 나올 질구 근육을 힘껏, 긴장시켜본다.

　대체 뱃속에 뭘 가졌기에 동산처럼 부풀어올랐누, 곰이라도 잡아먹은 게냐!

　어머니의 얼굴과 손발이 달아오른다. 어머니의 몸 중앙을 차지한 아궁이는, 훈훈한 열기에 휩싸여 있다. 딸은 어머니에게서 술 석 잔을 얻어마시고 싶다. 아궁이가 달궈져 몸을 일으키고 춤이라도 춰야 견딜 수 있는 상태로 안내한, 아버지가 쌓아올린 담장을 훌쩍 뛰어넘을 수 있도록 발에 날개를 달아준 그 '뜨거운 물'을, 어머니에게서 얻어마시고 싶은 것이다.

　널 밉상으로 만드는 네 뱃속의 것이 혐오스럽다만, 싫은 거 우울한 거 모두 인내해야 해. 사람이 사람을 낳는 일이야, 그게 뭐 저절로 되는 일이냐.

어머니는 저 뱃속에 든 것이 커다란 고치가 아닐까, 걱정이다. 어머니는 자기가 낳은 새끼가 또다시 새끼를 낳아야 하는 상황을 어떻게 받아들여야 할지, 좀 혼란스럽다. 어머니는 한때 생명으로 꿈틀대던 자신의 뱃가죽을 기억해낸다. 간지러운 전율이 그녀의 두툼한 배를 가로지른다.

*

동사무소 여자는 좁고 가파른 골목길로 들어선다. 길을 오를수록, 멀리 야산의 나무들은 또렷한 형상을 보이며 이파리들을 요란하게 비벼댄다. 여자는 눈을 감고, 이파리들의 울음에 귀를 기울인다. 절망의 한숨소리, 소멸의 신음소리, 놀란 새들의 날갯짓 소리를 듣는다. 콘크리트 땅은 마침내 야산으로 통한다. 걸음은 단칸방 동네를 벗어나, 바람과 빛과 그늘과 흙가루가 번갈아 지나는 숲으로 향한다.

동사무소 여자는 얌전히 무릎을 꿇고 앉아, 방 안쪽에 누워 있는 딸의 얼굴을 내려다본다. 딸의 푸른 양 볼과 눈두덩은 부패한 빵처럼 부풀었다. 동사무소 여자는 봉곳이 솟은 딸의 배를, 그 안에서 딸과 같은 모습으로 잠들어 있을 태아를 바라본다. 딸의 숨소리와 태아의 심장 뛰는 소리는 불협화음을 이룬다. 동사무소 여자는 태아를 향해 천천히 팔을 뻗는다. 여자의 찬 손바닥이 딸의 둥근 배에 닿자, 딸의 눈꺼풀이 활짝 열린다.

놀라지 마세요. 동사무소에서 나왔어요. 기초생활비 수급자 사실조사가 필요하거든요. 어머니 어디 가셨나요? 딸, 맞죠?

쉬척지근한 냄새가 검은 파리들을 불러들이고 있다. 동사무소 여자는 딸의 발치를 살핀다. 밥상 위에서 나물반찬들이 꾸덕꾸덕 말라가고 있다. 두릅, 참취, 밀나물, 개미취, 쑥부쟁이 따위들이 간장과 들기름으로 버무려져 있다. 그리고 테두리가 톱니 모양으로 생긴 푸른 이파리들이 기름을 뒤집어쓴 채, 숨을 죽이고 있다. 그것은 민들레다. 동사무소 여자는 마을 공중화장실 곁에 줄지어 피어난 민들레들을 떠올린다. 동사무소를 찾아온 딸의 어머니가 수줍게 움켜쥐고 있던 비닐봉지 속에도, 민들레는 있었다. 흙먼지 뒤섞인 그날의 풋내가 떠올라, 여자는 코끝을 가볍게 문지른다. 사기대접에 수북한 흰 쌀밥은 어느 누구도 숟가락을 대지 않았다. 딸은 유물처럼 누워 두 손을 둥근 배의 정점에 올리고, 오로지 방 안의 건조한 공기만을 빨아들이고 내쉰다. 유충처럼 부푼 딸의 입술을 비집고 빠져나오는 냄새를, 동사무소 여자는 한순간에 알아챈다. 축축한 그늘이나 죽은 나무밑동에서 돋아나는 버섯 냄새, 그 비릿하고 시큼한 냄새가 여자는 익숙하다.

밥을 먹지 않았군요. 나물반찬이 입에 맞지 않나요? 동사무소 여자가 묻는다. 반찬 투정할 나이는 지났어요, 딸의 음성은 꿈결처럼 차분하다. 어머니가 만든 나물반찬은 상했겠죠. 술에 젖은 혓바닥은 나물이 쉰내를 풍긴다는 걸 몰라요. 나물에서 나는 고약한 냄새 따위는 상관없어요. 어머니가 만든 반찬을 먹고 탈이 난 적은 없으니까. 썩어 흐무러지는 나물은 자꾸 혓바닥에 달라붙어 목구멍으로 넘길 수 없는 게 문제죠. 쉰내를 풍기는 나물은 목구멍으로 넘기기도 전에 입 안에서 모두 소화되어 흡수되고 말지요. 내 입속은 영양분이 넘치고 넘쳐 뚱뚱하게 살이 쪘어요. 자, 봐요. 딸은 분홍색 살덩이가 넘실대는 입속을 여자에게 벌려 보인다. 동사무소 여자는 살덩이가 휘장처럼 펄럭이는 딸의 입속을 들여다본다. 딸의 폐부 깊숙이에서 빠져나온 텁텁한 바람에 입 안의 살덩이가 걷히고, 비릿하고 시큼한 냄새가, 바로 그 버섯 냄새가 목구멍을 통해 몰려나온다. 동사무소 여자는 딸이 내뱉는 냄새에 취해 눈을 감는다. 그리고 오랫동안 잊고 있었던 냄새를 떠올린다. 화장터에서 끝끝내 내놓기 싫어했던 엄마의 더러운 치마 냄새를.

동사무소 여자는 시계를 초조하게 내려다본다. 교과서 크기만한 창으로 들어오던 빛줄기는 어느덧 창가에서 머뭇거릴 뿐, 더이상 안으로 들어오지 않는다. 햇빛이 들지 않는 방은 이미 저녁시간을 넘긴 듯하다. 건조한 공기 때문에 여자의 입술과 목구멍이 하얗게 말라간다. 여자는 물을 찾아 주변을 두리번거린다. 그 흔한 냉장고도 없다. 누워 있는 딸의 머리 위로 빈 병 하나가 굴러다닌다. 여자는 그것이 딸의 어머니가 먹어치운 술병이라는 사실을 알고 있다. 삼 년 전 취중에 발가벗고 동사무소 팽나무 그늘 아래 주무시고 계신 걸, 저희 쪽에서 깨워 병원 치료를 받게 했어요. 일 년 전엔 취중에 이웃집 남자의 배를 칼로 찔렀죠. 아내를 상습적으로 폭행하는 남자였어요. 남자의 상처는 깊지 않았고 다행히 남자의 아내가 어머니를 고소하지 않았지요. 그때도 저희 쪽에서 알코올중독자를 위한 병원을 소개시켜드렸어요. 병원비를 내놓으라는 건가요? 딸이 묻는다. 어머니가 술을 자제하고 노동능력을 되찾았는지, 궁금할 뿐이에요. 노동능력이 있다면 딸을 포함한 이 인생계비 지급은 불가능하니까. 우리는 증거자료가 필요해요. 동사무소 여자는 논리적이고 냉정한 어투를 지키기 위해 노력한다.

누군가 창유리를 흔든다.

동사무소 여자는 반사적으로 자리를 박차고 일어나 창가로 다가간다. 누군가 줄곧 방 안을 엿보고 있었음이 틀림없다. 창문 한가운데 채 사라지지 못한 입김이 새털구름 모양으로 남아 있다. 동사무소 여자는 창문을 열기 위해 안간힘을 쓴다. 창틀에 단단히 붙박아놓았는지, 창문은 꿈쩍도 하지 않는다. 누군가 밖에 있었어요. 혹시 봤나요? 여자가 딸에게 묻는다. 점점 짙어지는 어둠은 허공을 떠돌던 미세한 먼지마저 스펀지처럼 빨아들이고 있다. 동사무소 여자의 이마에 맺힌 땀방울들이 순식간에 뽀송하게 말라버린다. 딸은 침묵을 지킨다. 동사무소 여자는 누워 있는 딸의 표정을 살피기 위해 미간을 찡그린다. 딸의 얼굴 위로 내려앉은 어둠은 그녀의 눈 코 입을 몽땅 빨아들인다. 하나의 덩어리로 변해버린 얼굴. 동사무소 여자는 방바닥에 주저앉아버린다. 여자는 딸이 숨을 쉴 때마다 오르락내리락하는 그녀의 둥근 배를 바라본다. 태아가 잠들어 있는 둥근 배는 파도를 타고 떠가는 만신창이 난파선 같다. 그 난파선이 동사무소 여자의 눈앞을 자장가처럼, 스쳐 지나간다.

창밖, 줄곧 까치발로 서성이던 어머니는 동사무소 여자의 기척에 놀라 머리를 낮추고 길모퉁이를 돌아 숨는다. 어머니는 펄떡거리는 가슴을 가라앉히고, 딸과 동사무소 여자가 함께 있는 집을 노려본다.

십오 년 전, 집 안에 있는 돈을 몽땅 쓸어 나가 사업을 했는지 술집에 쏟아부었는지, 당최 뭘 했는지 알 수 없는 얼굴로 돌아온 남편을, 어머니는 정면으로 노려보았다. 석 잔의 술로 몸속의 장기가 활발히 움직이고 그 움직임을 느끼던 중, 월경조차 뜸하던 자궁에서 불길이 치솟아올라 늘 굳게 닫혀 있던 입술 또한 덩달아 활짝 열렸다. 정신 차려요! 아내의 마지막 충고를 무시한 채 또다시 잠자리에 벌렁 누워버린 남편을 뒤로하고, 어머니는 가방을 꾸렸다. 기차역으로 가기 위해서는 야산을 넘어야 했다. 해가 지기 전에 서둘러야 했지만, 딸애의 손목을 붙들고 뛰듯이 걷기는 무리였다.

이제 막 해가 넘어가버린 산속은, 어둡고 불길했다. 나무뿌리에 걸려 넘어진 딸애가 울기 시작했다. 어머니는 가방을 열어 손전등을 찾아 꺼냈다. 손전등을 켜자, 갑작스레 밝아진 시야로 나무들이 우뚝우뚝 들어섰다. 자, 밝아졌지? 나뭇잎들 속에 파묻혀 있던 새들이 날개를 요란하게 퍼덕이며 날아올랐다. 짐을 챙기고 집을 빠져나오는 내내, 어머니는 목이 말랐다. 산속으로 좀더 들어가자, 약수터가 보였다. 어머니는 손으로 약수를 떠 마셨다. 이제야 살겠구나, 물이 달아. 어머니는 어린 딸애에게 자신의 손으로 뜬 약수를 먹였다. 딸애는 찝찔한 물맛을 싫어했다. 약수를 실컷 들이켠 어머니는 땅에 털썩 주저앉았다. 어서 여기를 벗어나 둘이 살기에 좋은 방을 얻자꾸나. 어머니는 가슴팍에 고인 땀을 닦아내다 윗옷을 홀러덩, 벗어던졌다. 좀 씻고 가자. 어머니는 두리번거리며 손전등을 올려놓을 만한 곳을 찾았다. 약수터 곁에 서 있는 나무는 몸통이 굵고 가지도 풍성했다. 이름을 알 수 없는, 그저 산에서 천년만년 살았을 나무의 몸통 아래쪽으로, 시커먼 구멍 하나가 뚫려 있었다. 나무구멍에 손전등을 걸쳐놓자, 나무가 꼭 담배를 피워물고 있는 모양새였다. 불빛이 쏟아져나오는 나무구멍 앞에서, 어머니는 치마와 팬티를 벗어내렸다. 세 겹으로 두껍게 접힌 뱃살 밑으로, 까만 음모가 드러났다. 어머니는 약수터 바가지로 물을 떠, 몸에 끼얹었다. 어머니의 몸에서 하얀 김이 피어올랐다. 딸애는, 물에 젖어 옥수수염처럼 늘어진 어머니의 음모를 바라보았다. 딸애는 자신도 언젠가는 저와 같은 음모를 가질 거라고 생각했다. 어머니는 딸애를 끌어당겨 몸을 씻겼다.

요놈의 배꼽 잘 여물었네. 배꼽은 네가 내 몸에서 태어났다는 확실한 증거야. 네가 내 몸에서 생겨난 순간부터 너와 나 사이에는 기다란 줄이 연결되어 있었지, 탯줄 말이다. 배꼽은 탯줄이 있었던 자리란다. 네가 스스로 손가락을 움직일 수 있을 때까지, 울음을 터뜨릴 수 있을 때까지, 그 탯줄을 통해 난 네게 사랑과 영양을 주었지. 잊지 말아라, 너도 언젠가는 탯줄을 통해 너 아닌 다른 이에게 사랑과 영양을 주어야 할 게다. 배꼽을 만질 때마다 여기에 탯줄이 있었다는 걸 기억해.

어머니는 딸애의 배꼽을 씻으며 속삭였다. 엄마, 입에서 술냄새 나, 딸애가 어머니 뺨을 감싸며 상을 찡그렸다. 술 석 잔에 이 어미가 말이 많아지는구나. 제대로 써본 적이 없는 목소리를 되찾아 그럴 게야. 어머니는 딸애의 몸에서 물기를 닦아냈다. 어머니는 손전등을 물고 있는 나무구멍 곁으로 가, 물이 뚝뚝 흐르는 몸으로 오랜 시간 참아온 오줌을 누었다. 나무구멍의 불빛은 어머니의 얼굴을 비스듬히 비추었고, 어머니는 움푹 꺼져들어간 검은 눈과 날카로운 예각을 이룬 아름다운 코와 웃음을 머금은 입술로, 너도 이리로 오렴, 딸애를 불렀다. 딸애도 어머니 곁에 쪼그리고 앉아 오줌을 누었다. 두 줄기의 노란 액체는 나무구멍 아래로 버섯이 다닥다닥 붙어 있는 밑둥치를 돌아, 졸졸 흘러내려 갔다. 딸애는 나무밑동에서 버섯을 뜯었다.

엄마, 버섯 냄새가 고약해. 엄마 입에서 나는 술냄새 같아.

어머니는 웃으며 독버섯일지도 모르니 입에는 넣지 말라고, 딸애에게 충고했다.

어머니는 이 인 기초생활비를 받을 수 없을까봐 두렵다. 딸애에 대한 사랑이 지나쳤을까. 무엇이든 지나치면 독이 되는 법. 그애가 가출하고 술 석 잔이 넉 잔, 다섯 잔, 한 병, 두 병으로 늘어나고 말았다. '내 몸에서 흩어져 있던 손발, 얼굴, 눈빛, 목소리 따위들을 하나로 모아 표정을 만들어줬던 술은, 순식간에 모든 걸 흩어놓고 파괴하고 싶은 열망으로 나를 이끌곤 한단다.' 어머니는 칠 년 만에 돌아온 딸에게 할말이 많다. 임신한 몸으로 돌아온 딸은 무덤 같은 배를 끌어안고, 거품이 끓어오르는 오줌을 배설하며 온몸을 짓누르는 경련에 무기력할 뿐이다. 딸에게 출산은 위험한 일이다. 그래도 어머니는 자신처럼 딸이 그 과정을 무사히 통과할 거라 믿고 있다. 주머니에서 통장을 꺼낸다. 예금주 이은영, 딸의 이름으로 만든 통장이다. 술을 마시지 않기 위해 자주 허벅지를 꼬집는다. 충족되지 못한 욕망 탓으로, 손을 떨고 다리를 떨고 가끔 이름과 시간과 기억을 잊어버린다. 기초생활비의 반 이상을 딸의 통장에 집어넣는다. 딸애의 병원비를 모으기 위해서다. 일을 하고 싶지만, 알코올중독자라는 소문이 돌면서 파출부 일도 소개받을 수 없다. 운동화를 신고, 소매를 걷어붙이고, 검정비닐을 들고, 산을 찾아 오른다. 종일 산속에 들어가, 식용 가능한 풀을 찾기 위해 두 눈을 부릅뜬다. 산나물을 뜯고 손질하는 동안, 잊고 있었던 냄새가 온몸에 떠돈다. 지난날 딸애와 산속에서 맡았던 버섯 냄새, 술 석 잔에 입 안에 퍼져나가곤 하던 곰삭은 젓갈 냄새. 그것은, 크게만 자랄 욕심으로 하릴없이 키만 키운 남편의 그늘 속에서 숨을 죽이고 있던, 내 증오의 냄새이기도 하다. 그 냄새를 열정처럼 태우며, 산속을 헤매고 딸애를 위해 밥상을 마련한다. 그리고 중얼거린다. '아기에게 말을 걸어라. 네게는 탯줄이 있잖아. 포기하지 말고 계속 말을 걸어야 해, 딸아.'

어머니는 까치발로 서서, 창틀에 매달린다.

어머니는, 논리만을 앞세우는 동사무소 여자의 뒤통수를 노려본다. 딸을 위해 만든 통장을 품속 깊숙이 감춘다. 동사무소 여자에게서 딸을 구출해야 한다. 어머니는 시종 창틀에 매달려, 동사무소 여자를 혼낼 궁리를 한다.

*

엄마는 소복을 입고 있다.

의붓아버지의 장례식이다. 계집애는 엄마 몰래 제상 위에서 생밤 다섯 개를 골라와, 공기놀이를 한다. 툇마루에 앉은 엄마는 콜라를 마신다. 엄마는 싸움을 준비하고 있다. 아기를 업은 낯선 아줌마가 제상 주위를 서성이다, 엄마의 그림자 속으로 발을 들인다. 아줌마는, 의붓아버지의 삼 년 전 아내이다. 아줌마는 엄마의 머리채를 붙들고 몹쓸 화냥년이라며 울부짖는다. 아줌마가 엄마를 거칠게 몰아세울 때마다, 그녀의 등에 업힌 아기의 머리가 헝겊인형처럼 덜렁거린다. 아줌마의 손은 엄마의 저고리를 찢어버리고, 젖가슴을 후벼파고, 심장을 떼어낸다. 아줌마는 열 개의 손톱이 부러지고, 엄마는 가슴팍에서 콸콸 쏟아지는 피를 두 손으로 받아낸다. 계집애는 아줌마의 등에서 흘러내려온 의붓아버지의 아기를, 팽나무의 벌어진 틈 속으로 밀어넣는다. 나무구멍 속으로 떨어진 아기는 계집애를 향해 팔을 뻗으며 말한다. "너도 들어와. 여긴 따뜻해." 계집애는 싫어, 냉정하게 대꾸하고는 제상에서 가져온 생밤 다섯 개를 나무구멍 속으로 떨어뜨린다. 아기는 밤을 오독오독 씹어먹는다. 계집애는 튼튼한 문짝으로 나무구멍을 막는다. 아줌마는 쓰러진 엄마를 짓밟고 아기를 찾기 시작한다. 아줌마의 손에서 엄마의 피가 뚝뚝 떨어진다. 아줌마는 나무구멍 속 깊은 곳에서 들려오는 아기의 울음소리를, 듣지 못한다.

 달을 따러 가는 거야, 엄마?

 엄마는 심장이 없는 가슴을 움켜쥐고 산을 오른다. 계집애는 풀숲을 헤치며 엄마의 뒤를 쫓아 꾸준히 걷는다. 엄마는 잎이 풍성한 느티나무 앞에 우뚝 멈춰 선다. 엄마는 달을 따기 위해 느티나무를 오른다. 머리는 밤하늘을 향해 뒤로 젖혀지고, 나무를 끌어안은 맨다리는 나무껍질에 긁혀 핏방울이 스민다. 계집애는 나무 아래 엄마가 벗어놓은 소복치마를 움켜쥐고 노래를 부른다. 하지만 노래는 곧 끝난다. 굵은 나뭇가지는 간간이 툭툭, 꺾이는 소리를 뱉어내며 아래로 축 늘어진 엄마의 몸을 간신히 붙들고 있다. 가지에 매달린 엄마의 머리, 하늘거리는 옷고름, 달빛을 차며 흔들리는 버선코. 계집애는 엄마가 목을 매단 나무 주위를 뱅뱅 돌며, 길게 풀어진 엄마의 머리카락을 잡기 위해 힘겹게 뜀을 뛰기 시작한다. 동사무소 여자는 그대로 눈을 감은 채, 볼을 씰룩거리며 숨을 몰아쉰다. 그리고 그건 엄마가 아니야, 하고 꿈속의 계집애에게 외친다.

동사무소 여자는 자신의 손바닥을 물끄러미 내려다보고 있다.

방금 손에서 빠져나간 것이 무엇인지, 동사무소 여자는 곰곰 생각한다. 화장터의 섭씨 천 도가 넘는 가마, 그 중앙에 달린 작은 구멍을 통해 엄마의 마지막 모습을 지켜보았다. 여덟 살 때의 일이다. 의붓아버지가 교통사고로 죽고 두 달 뒤, 엄마는 그를 따라 야산 느티나무에 목을 매었다. 불길이 너울대는 작은 구멍, 아직 연소되지 못한 엄마의 검은 뼈들이 물결처럼 춤을 추고, 여자는 엄마가 벗어놓은 치마를 꼭 움켜쥔 채 가마 가까이 다가갔다. 화끈거리는 눈을 뜰 수가 없어 숨을 몰아쉬고 있을 때, 엄마의 치맛자락에서 불길이 치솟았다. 어디서 날아온 불씨인지, 알 수 없었다. 손이 빨갛게 익어가고 앞머리가 그슬릴 때까지, 놀라 달려온 누군가가 치마를 빼앗기 위해 그녀의 뺨을 올려붙일 때까지, 여자는 들고양이처럼 눈을 뜨고 타들어가는 엄마의 치마와 함께 가마 앞에 오래 버텼다.

동사무소 여자는 손바닥 한가운데 피식, 꺼져들어가는 불꽃을 가만히 응시한다.

 불꽃이 사라진 자리에 연기는 한 줄로 곧게 피어오르고, 동사무소 여자는 뿌옇게 흩어지는 연기를 쫓아 자리에서 일어난다. 앞으로 두어 걸음 걸어나가자, 단단한 목질의 문이 눈앞을 가로막는다. 여자는 문손잡이를 조심스레 비튼다. 문이 굳게 잠겨 있을 거라는 생각은 망상에 불과했다. 여자는 방문을, 현관문을, 대문을 모두 활짝 열어젖히고 밖으로 걸어나온다.

 동사무소 여자는 좁고 가파른 골목길을 오른다. 이, 옥, 자, 여자는 엄마의 이름을 되뇐다. 엄마의 이름에서 가운데 자, '옥'은 '기름질 옥'이다. 생의 목표를 세우고 끈기 있게 추진하여 반드시 성공하라는 뜻에서, 엄마의 할아버지는 고운 빛을 지닌 '옥 옥' 자 대신 '기름질 옥' 자를 택했다. 비옥한 농토를 의미하는, 기름질 옥. 여자는 엄마와 같은 이름을 가진 또다른 '어머니'의 집으로 향한다. 여자가 만나길 원하는 어머니는 없고, 임신중독증에 걸린 그녀의 딸만이 태아와 함께 누워 있는 집. 여자는 그 앞에 우뚝 멈춰 선다.

 동사무소 여자는 창틀에 매달려 안을 살핀다.

 창을 통해, 여자는 온갖 나물반찬들이 놓여 있는 밥상과 임신중독증에 걸린 딸을 엿본다. 딸은 무릎을 꿇고 두 손바닥을 방바닥에 짚고는 가슴을 바닥 가까이 가져간다. 둥글게 팽창한 뱃가죽이 방바닥에 닿는다. 이어 숨을 크게 들이마시고, 허리를 최대한 낮추고 고개를 쳐든다. 펑퍼짐한 엉덩이가 위로 솟아오르고, 임신으로 돌출된 배꼽이 바닥을 향해 활짝 열린다. 딸은 산소가 부족한 뱃속의 태아가 숨을 쉴 수 있도

나무구멍 163

록, 긴 잠에서 깨어나도록, 임산부 체조를 반복하고 있다. 동사무소 여자는 창틀에 턱을 대고, 딸의 둥근 뱃가죽이 콩콩 움직이는 모습을, 그 안에 생명이 들어 있음을 알리는 무언의 신호를 지켜본다. 동사무소 여자는 외계에서 보내온 신호를 처음 발견한 사람처럼, 흥분을 감추지 못하고 창에 얼굴을 바짝 갖다댄다. 창유리에 어린 여자의 뿌연 입김 뒤로 태아가 보내온 신호는 사라져버린다. 그때, 우악스런 손길이 날아와 여자의 머리채를 끌어당긴다.

나쁜 년, 어딜 엿보는 거야, 내 딸의 뱃속에 든 것을 탐하는 게냐!

어머니는 동사무소 여자의 머리채를 붙들고 골목길을 내려간다. 여자의 맨발이 콘크리트 바닥에 질질 끌린다. 돌부리에 찢긴 발바닥에 피가 스민다. 어머니는 손가락 사이사이로 흘러든 여자의 머리카락을 손에 둘둘 휘감는다. 어머니에게서 술냄새가 진동한다. 동사무소 여자는 신음소리조차 뱉어내기 힘들다. 어머니의 손아귀에 점령당한 것은 머리카락만이 아니다. 얼굴, 눈을 뜰 수도 감을 수도 없는, 콧물도 침도 제어할 수 없는 얼굴이 되어 짐승처럼 끌려가는 것이다. 어머니의 눈은 오백 살 팽나무를 찾느라 분주하고, 여자의 피투성이 발은 흙이 있는 평지로 끌려들어간다.

어머니는 동사무소 여자를 거칠게 밀친다. 여자는 팽나무에 등을 부딪히고 땅에 퍼더버리고 앉는다. 망할 년, 배가 고팠던 거야? 나물 밥상이 탐났던 게야? 어머니는 여자의 머리카락을 움켜잡았던 손을, 손바닥의 더러운 얼룩을 닦아내듯 치마에 문지른다. 어머니는 구부정하게 굽은 등을 한껏 부풀리고, 기둥 같은 두 다리에 힘을 주며 으르렁대기 시작한다. 동사무소 여자는 구원을 바라듯 위를 올려다본다. 눈에 익숙한 굵은 가지들, 수평으로 뻗어나가다 그 무게로 활을 그리며 땅으로 처진 나뭇가지들. 여자는 나뭇가지를 붙잡기 위해 팔을 뻗으며 엉덩이를 들썩인다. 그리고 저것은 '엄마의 머리카락'이라고, 낮게 읊조린다. 어머니는 또다시 여자에게 달려들어 머리채를 휘어잡는다.

들어가!

어머니는 팽나무 몸통에 뚫린 구멍 앞으로 동사무소 여자를 돌려세운다. 여자는 검은 구멍에서 불어나오는 후끈한 바람을, 눈을 부릅뜨고 응시한다. 죽어가는 나무둥치에 뿌리를 내리고 자라나는 버섯들, 비릿한 냄새를 풍기는 그 균사체들이 여자를 향해 머리를 곤추세운다. 버섯들이 울타리처럼 둘러쳐진 가운데 속은 깊은 구멍이 뚫려 있다. 어머니는 여자의 등을 온몸으로 밀치고, 여자는 나무구멍 속으로 들어가지 않기 위해 안간힘을 쓴다. 광폭한 힘에 떠밀린 여자의 머리가 나무구멍에 닿자, 여자는 비명을 내지른다. 그 순간 구멍의 밑바닥에서부터 둥둥, 북소리가 울려퍼진다. 팽팽한 쇠가죽이 울리는 소리가 맥박처럼 들려온다. 여자는 북소리가 울리는 곳을 찾아 눈알을 굴린다. 그 일정한 리듬에 몸을 맡긴 순간, 여자의 정신은 명료해진다. 나무구멍 속 밑바닥에서, 이제 곧 태어날 아기들이 모닥불을 피우고 북을 울리며 춤을 추고 있다. 여자는 그들과 함께 북소리에 맞춰 춤을 추며, 탄생을 예고하는 의식에 참여하고 싶은 충동을 느낀다. 아랫배에 들어 있는 아궁이가 점점 달궈지는 기분이다. 나무구멍 속으로 들어가고 싶은 열망으로, 여자는 어머니에게 몸을 의지해버린다. 어머니는 진땀을 빼고 있다. 동사무소 여자의 머리는 나무구멍보다 크다. 머리는 구멍에 꽉 끼어 더이상 움직이지 않는다. 어머니의 표정이 험악하게 일그러지고, 힘에 짓눌린 여자의 이마는 나무껍질에 쓸려 핏방울이 맺힌다. 구멍에 반쯤 처박힌 여자의 눈은 빛도 소리도 먼지도 없는 구멍 속을, 공기도 희박한 텅 빈 공간을 꿰뚫듯 하염없이 응시한다. 결국 구멍 속으로 머리를 넣지 못한 여자는 살갗이 벗겨지는 고통 탓에, 급작스레 상체를 일으키고 만다. 그 바람에 어머니는 뒤로 나동그라진다. 여자는 이마에 흐르는 피를 닦아낸다.

어머니는 품에서 꺼낸 술병을 입에 물고, 갈증을 달랜다. 동사무소 여자는 쿨렁쿨렁 술이 넘어가는 어머니의 목구멍과 살집이 두둑한 배를 쳐다본다. 십수 년 전 생명이 들어앉아 집을 지은 곳, 저곳에서 딸이 나오고, 딸은 또다른 딸을 낳고, 그 딸은 또다시 딸을 낳고 낳는다. 생명은 끊어지지 않고 사슬처럼 이어진다. 에너지로 전환되지 못한 음식물들이 물컹한 지방덩어리로 변질된 뱃속에도, 생명은 꽃씨처럼 날아와 뿌리를 내린다. 어머니는 다리를 아무렇게나 벌리고 앉아 마음껏 독한 술을 들이켠다. 입가로 흘러넘친 술이 목을 타고 유방으로 흘러들어가는 것을 그대로 방치한 채, 어머니는 여자를 유혹하듯 바라본다. 어머니는 매혹적인 여성이다. 동사무소 여자는 그렇게 중얼거리며 어머니의 품으로 뛰어든다. 어머니와 여자는 하나로 포개어진다. 여자의 조급한 손길은 어머니의 윗옷을 걷어올리자마자 젖가슴을 움켜쥔다. 뽀얀 살이 손가락 사이사이로 삐져나온다. 여자의 혓바닥이 검고 시들한 어머니의 유두를 핥아댄다. 유두는 차츰 분홍빛을 띠고 부풀어오른다.

취기에 들뜬 어머니의 입술이 열리며 옅은 신음소리가 새어나온다. 여자는 어머니에게서 흘러나오는 숨소리와 버섯 냄새를, 자신의 입술로 부드럽게 흡수한다. 여자의 입술이 붉어진다. 여자의 손이 어머니의 배꼽을 지나 천천히 아래로 내려간다. 어머니의 아랫도리에 숲을 이룬 음모, 여자는 어머니의 탐스러운 음모를 힘껏 움켜쥔다. 나무구멍 속에서 후끈한 바람이 불어나온다. 여자는 쾌락에 빠진 어머니의 눈을 들여다본다. 어머니의 눈 속에 여자가 들어 있다. 표정을 알 수 없는 애매모호한 얼굴로 서성이는 여자의 모습이 그대로 담겨 있다. 여자는 어머니 눈에 비친 얼굴이 바로 자신이라는 사실을 깨닫자 흠칫, 몸을 떤다.

*

단칸방을 가로지르는 빨랫줄, 동사무소 여자는 주위를 살핀다.

빨랫줄 밑으로, 바짝 마른 옷가지들이 곱게 개켜져 있다. 말끔히 정돈된 방, 그 어둑어둑한 곳 안쪽에 딸이 누워 있다. 단칸방 창문을 통해 빛줄기가 대각선으로 들어온다. 그 강렬한 빛은 허공 어디쯤에서 흩어지다가, 이내 둥글게 솟아오른 딸의 배 위로 물처럼 쏟아진다. 딸의 배는 단칸방에서 완벽하게 둥근, 유일한 존재다.

언제까지 여기 있을 건가요? 딸의 음성은 동굴 속 울림처럼 또렷하고 고즈넉하다. 글쎄요, 당신 어머니가 어서 돌아왔으면 좋겠군요. 동사무소 여자는 오랜 시간 잠겨 있던 목울대를 겨우 울린다. 딸의 동그랗게 뜬 눈에, 동사무소 여자의 불안한 표정이 맺힌다. 여자는 딸의 눈동자에서 자신의 얼굴을 본다. 그리고 자신의 팔뚝과 다리를 쓸어내린다. 여자의 팔다리는 딸의 것과 다르다. 딸의 팔다리는 임신중독증으로 퉁퉁 부어올랐고 군데군데 열꽃이 피어나 있다. 동사무소 여자의 가는 팔뚝에 땀방울이 솟아오른다. 출산일이, 언제죠? 여자가 묻는다. 딸은 자신의 의지와는 상관없이 부푼 배를 묵묵히 내려다본다. 몸이 꼭 뭉게구름처럼 부풀었네요, 동사무소 여자는 허공에 구름을 뭉게뭉게 그린다. 내 자궁에 아기가 집을 지으면서 몸에 독소들이 쌓였지요. 내 혈관은 독소들을 나르는 순환선이지요. 독소들은 출구를 찾지 못하고 나는 비만아가 되었지요. 딸은 여자의 구름과 같은 모양의 구름을 허공에 그린다. 도와주고, 싶어요. 동사무소 여자는 머뭇머뭇 말한다. 자신이 그린 구름과 딸의 구름이 합쳐져, 이 건조한 방에 비를 뿌렸으면 좋겠다고 생각한다. 도울 수 있는 방법을, 찾아보죠. 이 순간 여자는 기준이나 사례, 수치 따위가 궁금하지 않다. 여자가 딸을 돕기 위해 필요한 것은 어떤 통로, 서로 영양과 사랑을 주고받을 수 있는 '탯줄'이 필요할 뿐이다.

우리의 어머니는 같은 이름을 가졌지요.

동사무소 여자는 딸의 품에서 풍기는 비릿한 버섯 냄새와 알코올의 쓴 냄새를 코와 입으로 기꺼이, 빨아들인다. 딸은 태아가 숨을 쉴 수 있도록 모로 돌아누우며, 동사무소 여자를 향해 팔을 뻗는다. 동사무소 여자는 딸을 향해, 나무구멍에 낀 지친 아이를 향해, 팔을 뻗는다. 딸과 여자는 손을 맞잡는다. 굵고 튼튼한 매듭이 만들어진다.

어머니가 문을 연다.

산에서 뜯어온 나물과 밥, 유리잔이 놓여 있는 상을 들고, 어머니는 단칸방 문을 연다. 어머니와 딸, 그리고 동사무소 여자가 밥상을 둘러싸고 앉는다. 동사무소 여자는 어머니가 건넨 숟가락을 손에 쥔다. 딸은 금방 지은 흰 밥과 윤기가 흐르는 나물반찬 앞에서 활짝 웃는다. 어머니는 동사무소 여자와 딸에게 유리잔을 돌린다. 투명하고도 뜨거운 액체가 유리잔으로 쏟아진다. 그들의 머리 위로, 팽나무 구멍이 훤히 열리고 뜨끈한 바람이 안으로 몰아닥친다. 나무구멍 바닥에서 둥둥 북소리가 울려퍼진다. 맥박처럼 일정한 리듬을 타고 울리는 북소리는 밥상을 흔들고 어머니와 딸, 동사무소 여자의 몸을 흔든다. 딸은 아픈 허리를 문지르며 점점 가빠지는 호흡을 다스린다. 양수 속을 떠다니던 태아는 눈을 뜨고 질구 쪽으로 머리를 튼다. 딸은 오줌을 배설하고 싶은 욕구를 느낀다. 어머니와 동사무소 여자는 각기 다른 표정으로, 딸의 자궁이 열리는 소리에 귀를 기울이기 시작한다.

플라스틱 물고기

사내는 주인의 귀를 똑똑히 보았다. 죽은 열대어들 틈에 반짝 빛나는 무엇이, 사내의 눈에 가득 들어찬다. 해시계, 그것은 주유소 주인의 휴대용 해시계였다. 사내의 눈은 어둠 속 맹수의 눈빛을 닮아 있었다. 사내는 주인의 발에 밟힌 여자의 손을 생각했다. 물속에서 유영하지 못하는 플라스틱 붕어들이 떠올랐다. 사내의 귓속에 서늘한 바람이 불었다. 사내는 한기를 느끼며, 주먹 쥔 손을 높이 치켜들었다. 그리고 아래로 힘껏, 내리쩍었다. 사내의 주먹이 으깨버린 것은, 주인의 열대어였다.

"상복을 입고 목에 팻말을 걸었다?"

주유소 주인인 그는 펜토미노 블록이 가지런히 배열되어 있는 직사각형 보드를 요란하게 뒤엎었다. 사내는 굽은 등을 펴고 배에 힘을 주었다. 둥근 문고리 모양으로 생긴 주인의 귀가 사내 쪽을 향해 꿈틀댔다. 그것은, 토끼나 개의 귀가 소리의 진원지를 찾아 반사적으로 근육을 움직이는 것과 같은 모습이었다. 그의 귓속 고막은, 공기와 빛을 가르는 모든 소리에 신경질적으로 진동했다. 귓속 깊숙이, 고무줄을 닮은 신경섬유들이 바짝 당겨질 때마다, 그는 심장과 숨통을 짓누르는 긴장을 이기지 못해 손끝을 가늘게 떨었다. 사내는 주인의 둥근 귀를 바라보다, 딸꾹질을 했다. 쉽게 멈추지 않았다. 사내는 군데군데 기름때가 낀 굵은 손가락으로, 청력을 잃은 왼쪽 귓구멍을 후볐다.

"이번엔 아주 질깁니다."

사내의 목소리는 지나치게 컸다. 사내는, 별안간 팽팽히 부푼 주인의 귀를 노려보며 배에 힘을 뺐다. 사내의 왼쪽 어깨가 아래로 푹 꺼졌다. 귓구멍에서 빠져나온 손가락 끝이 끈적였다. 사내는 귓속을 느리게 기어다니며 점액을 분비하는 달팽이를 상상했다. 달팽이는 거칠고 울퉁불퉁한 표면을 이동하기 위해, 많은 양의 점액을 분비해야 한다. 고막이 찢어지고 달팽이관이 파괴된 사내의 왼쪽 귓속은, 늘 축축하고 악취가 풍기고 헐어 있었다. 새겨들어야 할 말을 놓칠 때마다 귓속을 후벼대는, 사내의 손버릇 탓이다.

주유소 주인은 펜토미노 블록을 보드에 천천히 올려놓기 시작했다. 가로 육, 세로 십 센티인 직사각형 모눈판에, U자 모양의 펜토미노 블록이 먼저 놓였다. 다음, 십자 모양의 블록이 U자의 뚫린 부분을 메우며 놓이고, 그 옆으로 P자 모양이, 그 아래로 W자 모양이 뒤집혀 놓였다. 이어 F, T자 따위의 블록들이 서로의 빈 공간을 파고들어 커다란 직육면체를 만들어가고 있었다. 위에서 떨어지는 조각들을 제대로 맞추고 쌓아 정갈한 직사각형을 만드는 테트리스 게임과 비슷한 원리였다. 블록이 보드에 딱딱, 소리내며 놓일 때마다 주인의 두툼한 귓불은 여리게 떨렸다.

"계획대로 진행할 수밖에 없어."

붉은 윤기가 도는 주인의 입술을, 사내는 유심히 쳐다본다. 그가 하는 말을 알아듣기 위해서다. 한 달 전, 주인은 오층짜리 건물을 매입했다. 하지만 새로운 주유소를 짓기에는 부족했다. 일주일 전, 그는 그 옆의 삼층짜리 건물도 샀다. 그는 주유소의 지붕 역할을 하는 캐노피를 손수 설계했다. 정삼각뿔 꼭지에 돛대 모양의 장식이 첨탑처럼 솟아 있는 모양이었다. 캐노피는 모눈종이에 한 치의 실수도 없이 깔끔하게 그려져, 견고한 철골구조물처럼 보였다. 그는 사내에게 자신의 설계도를 들이밀며 초조해했다. 설계도를 뚫어지게 쳐다보던 사내가 귀를 후비기 시작했다. 이번 캐노피에는 자연광에 가까운 메탈등을 달 거라고, 주인은 다급하게 말했다. 설계도 위 파란색 실선으로 빼곡히 그려진 모눈들 때문에, 사내는 눈이 아팠다. "메탈등 덕분에 기름색이 비단처럼 고와 보일 거야. 어때? 왜 아무 대꾸도 없지?" 그는 사내의 기운 어깨를 흔들며 재촉했다. 사내는 주인이 굳이 주유소만을 고집하는 이유를 알 수 없었다. 이미 그는 아홉 개의 주유소를 갖고 있었다. 사내는 고개를 끄덕이며 웃어주었다. 그제야 주인은 설계도를 손끝으로 톡톡 두들기며, 콧노래를 흥얼거렸다. 삼층 건물이 있는 자리에 주유기 열두 개가 각각 여섯 개씩, 두 줄로 놓일 예정이었다. 현재, 그 삼층 건물이 말썽이었다. 건물 일층에 있는 분식집 주인 오씨가 팔 일째 단식투쟁을 하고 있었다. 빚을 얻어 어렵게 들어온 자리인데 본전도 못 찾고 쫓겨나게 된 상황이, 오씨의 목구멍을 틀어쥔 것이다. 오씨는 어제저녁부터 누런 상복을 꺼내 입고 식당 입구를 지키고 있었다.

  사내에게 주유소 주인의 말소리는 웅웅, 동굴 속 울림 같았다. 주인은 L자 모양의 블록을 사내를 향해 총처럼 들고 있었다. 사내는 그의 입 모양을 주의 깊게 관찰했다. 사내는 손톱으로 귓구멍을 긁었다. 고아원에서 자란 사내는 원장의 미움을 자주 샀다. 사내는 아이들과 어울리지 못했다. 원장은 사내에게 제때 밥을 주지 않았다. 사내는 유리창을 깨고 아이들 장난감을 짓밟았다. 원장 몰래 식당에 들어가 밥을 먹기도 했다. "너는 구제 불능이야!" 원장은 사내를 때리기 시작했다. 사내는 휴지통에 불을 지르고 고아원 시계를 박살냈다. 원장의 매질은 갈수록 난폭해졌다. 원장이 백과사전으로 사내의 왼쪽 머리와 얼굴을 내려친 날, 사내는 원장의 신발에 똥을 넣었다. 그날 일로 사내의 왼쪽 귀는 청력을 잃었다. 한쪽 귀만으로는 소리를 제대로 듣기 힘들었다. 의사는 달팽이관의 청각세포가 손상되었다고 말했다. 달팽이? 사내는 귀를 후비며, 달팽이의 끈적이는 더듬이가 귓구멍에 들러붙는 상상을 했다. 머리를 좌우로 흔들 때, 달팽이의 나선형 껍질이 좁은 귓속을 돌돌 구른다고 생각했다. 사내의 손버릇으로 귓속에 생긴 물집이 자주 터졌다. 사내는 성냥개비 끝에 솜을 말아 연고를 묻혀 귓속에 발랐다. 가끔씩 통증으로 눈살을 찌푸릴 때마다, 성냥개비가 달팽이의 더듬이를, 그 끝에 달린 눈을 찌른 거라 상상했다. 사내는 귓속에 사는 달팽이가 세상으로부터 들려오는 모든 소리를 집어삼켜버린다고 믿었다. 사내는 거칠고 소란스러웠다. 한쪽 귀가 어두웠기 때문에, 사내의 목소리와 울음소리는 고아원에서 제일 컸다. 귀가 어두워지자, 어깨의 균형감각도 잃었다. 사내는 자신의 왼쪽 어깨가 눈에 띄게 기울어 있다는 사실을 종종 잊었다.

 사내가 귓속에서 빠져나온 손가락을 무르팍에 슥슥 닦는 순간, 주인의 시선이 사내의 무릎에 꽂혔다. 주인은 L자 블록을 보드 위에 살며시 내려놓았다. 그의 귀는 작은 소리에도 예민하게 반응했다. 잘 익은 귤 하나를 삼킬 듯, 귀는 크고 둥글다. 사내의 눈에는 주인의 귀가 모든 소리를 탐욕스럽게 빨아들이는, 또하나의 입으로 보이곤 했다.

어릴 적 주유소 주인은, 자신의 귀가 부끄러웠다. 친구들은 그의 귀를 문고리라고 놀렸다. 짓궂은 아이들은 신발주머니나 컵 손잡이를 그의 귀에 걸고 도망쳤다. 그는 학교에 가기 싫었다. 하루에도 수백 번, 거울 앞에 서서 귀를 세게 잡아당겼다. 귀는 살에서 떨어지지 않고 오히려 붉게 부풀어오르기만 했다. 그의 아버지는 온통 귀에 쏠린 그의 관심을, 펜토미노 퍼즐게임으로 돌려놓았다. 펜토미노 블록. F, L, P, N자 따위의 모양을 한 블록들은 다섯 개의 정육면체가 면과 면을 맞대어 만들어진 것이었다. 각각 아귀가 맞는 블록들이 합쳐져 사각형의 보드를 메워감에 따라, 그는 호흡을 가다듬고 가슴을 폈다. 펜토미노 블록으로 가로 오, 세로 십이 센티의 보드를 조립할 수 있는 방법은 천십 개였고, 가로 육, 세로 십 센티의 보드는 이천삼백서른아홉 개나 되는 방법으로 조립할 수 있었다. 성장할수록 그의 귀는 단단하고 팽팽해졌다. 그는 소독한 면봉으로 문고리를 닮은 자신의 귀를 꼼꼼히 청소하기 시작했다. 그의 아버지는 오랫동안 집을 비우곤 했다. 아버지는 세상 사람들이 들어본 적 없는, 생소한 섬을 찾아 돌아다녔다. 그리고 그 섬에 이름을 짓고 놀이동산을 건설했다. 그는 블록 조립이 끝난 보드를 다시 뒤엎을 때마다, 고개를 들어 불 꺼진 아버지 방을 바라보았다. 아버지가 없어도 방은 언제나 먼지 하나 없이 깨끗했고, 서늘했다. 그는 아버지 방을 향해 귀를 기울였다. 방의 어둠과 냉기를 빨아들일 듯, 그의 둥근 귀는 나팔꽃처럼 활짝 펼쳐졌다. 아무런 소리도 들려오지 않았다. 그는 귓불을 손톱으로 꼬집었다. 귓불에 반달 모양의 홈이 패고 피멍이 들었다. 그는 자신의 귀에 무언가를 걸고 싶은 충동을 느꼈다. 컵 손잡이를 귀에 건, 우스꽝스러운 자신의 모습을 냉정히 바라보고 싶을 때가, 바로 그 순간이었다. 그의 집의 늙은 집사는, 펜토미노 보드를 끌어안고 심드렁한 표정을 짓고 있는 그를 사진에 담았다. 아버지는 놀이동산이 한창 건설중인 섬에서 집사가 보낸 사진을 보았고, 크고 둥근 귀를 가진 인디언 인형을 그에게 보내왔다. 인디언 인형은 아버지 대신 그의 곁을 지켰다. 인형의 키는 아이만했지만, 얼굴은 늙은 사람이었다. 그 무렵 그는 펜토미노 블록으로 직육면체를 만드는 방법을, 오천 개나 알고 있었다. 블록놀이에 지칠 때면 인디언 인형을, 그것의 귀를 쳐다보았다. 인형의 귀에는 링귀고리가 주렁주렁 달려 있었고, 머리에는 도끼가 매달려 있었다. 인형은 소가죽으로 만든 배낭을 메고 있었다. 배낭 속에는 화살과 죽은 새, 시험관 모양의 시가, 금색 팔찌가 들어 있었다. 그것들은 모두 모조품이었다. 금으로 만든 두꺼운 링팔찌는 인디언 배낭에 어울리지 않았다. 햇빛이 인디언 머리를 비추면, 금색 팔찌 안쪽 한가운데 좁쌀만큼 빛이 모였다. 그 빛은 느릿느릿 옆으로 이동했다. 늙은 집사는 배낭 속의 그것이 팔찌가 아니라고 했다. 해시계, 옛날 귀족들이 갖고 다니던 휴대용 해시계라고 그에게 일러주었다. 그는 배낭 속의 모조 해시계를 칼로 떼어내 바지 주머니 속에 넣었다. 인형의 귀에는 가방과 두꺼운 코트를 걸어놓기도 했다. 화가 날 때는, 인형의 귀를 향해 주먹을 날리기도 했다. 인형의 귓바퀴가 깨지고, 그 안에 거미줄이 생겼다. 그가 성장할수록, 귀에 무엇을 걸고 싶다는 충동은 차츰 사라졌다. 대신 귀를 청소할 수 있는 면봉을 금케이스에 보관해, 언제나 몸 가까이에 두었다. 그는 망가진 인형을 버리지 않았다. 하지만 인형의 모조 해시계는 미련 없이 버렸다. 아버지가 죽고, 그의 손에 진짜 휴대용 해시계가 들어왔기 때문이다.

그의 귀는 주변에서 들려오는 모든 소리에 민감하게 움직인다. 금고 감지기와 유리창에 부착해놓은 진동감지기에서 흐르는 미세한 신호음, 거실 천장 중앙에 달린 보름달 모양의 전등이 빛을 발산하는 소리, 거실 구석의 금속 장식장이 녹슬어가는 소리까지. 그는 소리에 민감할수록, 목소리를 낮추고 짧게 말했다.

사내는 숨을 죽이고 직육면체가 생성되어가는 과정을 지켜본다. 주유소 주인은 블록을 턱에 대고 잠시 생각에 잠겼다. 그 순간 사내는 보드에 집중하지 않는다. 주인의 웃옷 호주머니 밖으로 살짝 보이는 휴대용 해시계, 은으로 만든 두꺼운 링 안쪽에 로마 숫자가 일정한 간격으로 새겨진 해시계를 노려본다.

지난여름, 사내는 여자에게 은팔찌를 선물했다. 진짜 은으로 만든 것은 아니었다. 여자는 주유소에서 손세차 일을 하며, 간간이 주유소 주인의 집을 청소해주었다. 사내는 송곳의 끝을 돌로 갈았다. "팔찌에 당신 이름하고 내 이름 새길 거야?" 여자의 말소리를, 사내는 듣지 못했다. 사내는 송곳으로 팔찌 안쪽에 로마 숫자를 새겼다. 팔찌 한쪽에 작은 구멍을 뚫어, 그곳으로 햇빛이 모여들게 했다. "왜 멀쩡한 팔찌에 구멍을 뚫어?" 여자는 사내에게서 팔찌를 빼앗았다. "해시계 만들어줄게, 너 손목시계도 없잖아." 여자는 사내의 말을 무시했다. "난, 진짜 은팔찌를 갖고 싶고, 진짜 손목시계도 갖고 싶어!" 여자는 팔찌를 손목에 끼며 "난 진짜를 갖고 싶어" 하고 한 번 더 강조했다. 사내는 귓속을

플라스틱 물고기 179

후비며 상을 찡그렸다. 삼 일 전, 사내는 벌겋게 부어오른 여자의 오른손과 손목을 감싸쥐었다. 은팔찌는 부어오른 살 속을 파고들었다. "주인 아저씨 발에 밟혔어. 서둘러 러닝머신을 닦다가 이 꼴이 됐지 뭐" 여자는 킥킥 웃어댔다. 사내는 웃는 여자가 미웠다. 러닝머신 위를 꼿꼿한 자세로 달리는 주유소 주인을 생각했다. 러닝머신 위의 그는 헐떡이지도, 땀을 많이 흘리지도 않았다. 그래서 언제나 오래 달렸다. 사내는 작은 톱으로, 여자의 손목을 아프게 죄고 있는 은팔찌를 끊어내려 했다. 손목의 살갗이 벗겨지고 금세 핏방울이 맺혔다. "아파!" 은팔찌는 여자의 부은 손목을 깊게, 파고들었다.

"강제로 끌어내야겠어. 해가 지기 전까지 말이지."

펜토미노 블록 Z. 주유소 주인은 마지막 블록을 보드 위에 놓았다. 사내는 흘러내리는 콧물을 훔치듯, 자꾸만 자세를 고쳐 앉았다. 블록을 조합하는 내내, 수평을 이룬 주인의 단단한 어깨는 전혀 흐트러지지 않았다.

주인은 소파에서 일어났다. 흰색 대리석이 깔린 거실 바닥을 가볍게 걸어가는 그의 발, 그것은 푸른 힘줄만이 도드라져 보일 뿐, 이미 오래 전 대리석과 하나 된 듯 눈부시게 희다. 그가 다시 자리로 돌아올 때까지, 사내는 벽에 걸린 기하학적 문양의 그림 액자를 바라보았다. 사각형 속에 사각형, 그 속에 또 사각형. 귓속을 느리게 기어다니던 달팽이가 멈춘다. 사내는 고개를 약간 숙인 채로 주변을 둘러본다. 주인의 거실은 무척이나 단조로웠다. ㄴ자와 ㄷ자 모양의 은빛 소파, 정사각형 모양의 유리 테이블, 그 옆으로 커다란 육각형 어항, 거실 흰 벽의 도형 문양의 액자 세 개, 거실 구석의 스테인리스 조각 장식품 둘과 금속 장식장. 모두가 백색 아니면 흑색이다. 다만, 어항 속을 유영하는 열대어의 꼬리, 공작의 꽁지를 닮은 꼬리지느러미만이 어항 속 불빛을 받아 오색으로 빛날 뿐이었다. 꼬리지느러미는 열대어 몸통보다 세 배는 컸다. 꼬리지느러미가 몸통이라고 착각할 정도였다. 열대어가 헤엄칠 때마다 뽀르르, 기포가 생겼다.

사내는 고개를 들었다. 삼 년째 그의 집을 출입하면서도, 볼 때마다 낯선 풍경이다. 천장 귀퉁이에 보석처럼 박혀 있는 것은 돔카메라, ㄷ자 모양의 소파 아래 좁쌀만한 붉은 불빛은 금고감지기. 주인은 거실 바닥을 파고 그 속에 금고를 숨겨놓았다. 거실 바닥의 금고감지기는 그의 지시에 따라, 사내가 달아놓은 것이다. 주인이 독일에서 들여온 감지기였다. 사내는 금고 속에 무엇이 들었는지 모른다. "이런 감지기가 이 집에 몇개인 줄 알아?" 사내가 거실 바닥에 납작 엎드려 감지기를 설치하고 있을 때였다. 사내가 주인의 입 모양을 보기 위해 머리를 쳐들자, 주인은 열 손가락을 쫙 펴 보였다. 순간, 사내의 입에 고여 있던 침이 바닥으로 주르륵, 떨어졌다. 주인의 큰 귀가 얼굴 쪽을 향해 서서히 오므라들고 있었기 때문이다. 외계인 같아! 사내는 주인의 둥근 귀에, 매료되고 말았다.

소파 아래 금고감지기의 불빛이 깜빡거리고 있다. 불빛은 일 초 간격으로, 빠르게 깜빡이고 있었다. 사내는 천장에 달린 돔카메라를 보았다. 미간을 찡그리며 카메라에 집중했다. 사내는, 주인의 집에 들어설 때부터 날벌레의 분주한 날갯짓처럼 줄곧 자신의 주의를 끌었던 정체를 이제야 알아챘다. 불빛이 깜빡거린다는 건 감지기에 문제가 있다는 신호다. 사내는 왼쪽 귓속을 후벼댔다. 귓속을 휘젓는 손가락 끝이 축축했다. 사내의 더러운 손가락에 놀란 달팽이는 귓속 깊이 기어들어갔다. 사내의 몸이 점점 달아오르고 있었다. 주인이 사내 앞에 우뚝 섰다. 그는 사내의 눈을 쏘아보며 한쪽 손에 비닐장갑을 끼기 시작했다. 사내는 고개를 숙였다. 목덜미가 뜨거워졌다. 왼쪽 어깨가 기울었다. 주인은 비닐장갑을 낀 손으로 어항 속에 물고기 먹이를 뿌렸다. 둔하게 유영하던 열대어들이 일제히 먹이로 달려들었다. 바삐 움직이는 부채꼴 모양의 꼬리지느러미, 사내는 어깨를 잔뜩 움츠린 채 열대어들에게 눈길을 주었다.

"죽지 않을 만큼만 하라고. 일이 복잡해지지 않도록."

사내는 주인의 말을 듣지 못했다.

샤워기에서 쏟아지는 물의 온도, 섭씨 삼십육 도. 주유소 주인은 샤워젤을 스펀지에 묻혔다. 땀과 물기로 번질대는 그의 얼굴이 욕실 거울에 비쳤다. 그는 몸에 거품을 내며 거울 속 자신의 눈을 빤히 쳐다보았다. 금고감지기를 주시하던 사내의 눈빛이 떠올랐다. 보안장치들에 이상이 있음을 발견한 것은, 일주일 전이었다. 전혀 예상하지 못했던 일이었다. 거실 천장에 설치한 카메라 다섯 대와 금고감지기, 벽 곳곳에 부착해놓은 열선감지기, 유리창에 부착해놓은 진동감지기가 문제였다. 그는 독일제 보안장치의 성능을 굳게 믿고 있었다. 띠이— 하는 소리, 그의 귀에만 들리던 미세한 신호음이 집을 감싸고 돌다 순식간에 사라지자, 그의 손은 제일 먼저 귀로 올라갔다. 저녁에 먹은 유기농 야채샐러드가 시큼한 위산과 함께 목구멍으로 기어올라왔다. 힘껏 잡아당긴 귓불은 금세 부어올랐다. 한참 서성이던 끝에, 그는 파출소에 전화를 걸었다. 경호를 부탁할 작정이었다. "그럼, 기술자를 불러 고치시면 될 거 아닙니까." 순경의 말처럼, 수리하면 간단히 해결되는 문제였다. 하지만 독일에서 기술자를 불러오지 않는 이상, 당장에 보안장치들을 고칠 방법은 없었다. 감지기에 맞는 부품이 도착하기까지 사흘을 기다려야 했다. 고치는 데 또 사흘이 걸린다고 했다. 감지기가 완벽하게 수리될 때까지의 시간, 그는 그 동안을 견디지 못하는 것이다. 밤마다 그는 거실과 방을 분주히 오가며 귓바퀴를 잡아당겼다. 휴대용 해시계를 창턱에 올려놓고 아침을 기다리기도 했다. 햇빛은 시계에 잠깐 머물렀다, 사라졌다. 도저히 시간을 읽을 수 없었다. 그의 귀는 팽팽히 부풀어올랐다. 어항 속 열대어들의 움직임, 방음벽을 뚫고 들려오는 바람 소리, 행인들의 발걸음 소리, 그는 귀를 막았다. 잠을 자고 싶었다. 임시 경호원을 고용했지만, 그는 경호원을 믿지 못했다. 경호원은 집과 금고를, 그는 경호원을 감시했다. 경호원은 그의 집을 나서기 전, 감시카메라를 향해 주먹을 휘둘렀다. 경호원을 내리비추던 카메라는 고장난 것이 아니었다. 그는 경호원에게 일주일치 임금을 주고 그만두게 했다.

그가 열 살이 되던 해, 그의 아버지가 죽었다. 그의 아버지는 놀이동산 건설을 위해 해외 어느 섬에 머물다 피부병에 걸려, 집으로 돌아왔다. 저물지 않는 태양, 끊임없이 쏟아지는 강한 자외선. 섬의 독특한 자연환경이 아버지의 피부에 균을 키웠다. 처음에는 살갗에 분홍색 피부

덩어리가 열매처럼 달렸고, 갈수록 푸슬푸슬 붉은색 살비듬이 떨어졌다. 주치의는 아버지가 병든 피부를 긁지 못하도록 손에 헝겊을 감아놓았다. 아버지는 햇빛을 볼 수 없었다. 집에 의사들과 사업 관계자들만이 시끄럽게 오고갔다. 아버지 살갗에 검은 딱지가 앉았다. 의사들의 바쁜 걸음으로 집이 소란스러웠다. 아버지에게 햇빛은 독약이었다. 그는 어두운 집에서도 퍼즐놀이를 계속했다. 눈은 직사각형 보드를 주시해도, 귀는 항상 주변에서 벌어지는 일에 예민했다. 어느 날 아침, 그가 펜토미노 보드 위에서 눈을 뗐을 때, 주변이 온통 빛으로 가득했다. 사방이 조용했다. 그는 귀를 후볐다. 귀가 먹먹했다. 제대로 설 수조차 없었다. 언제나 똑바로 서고 똑바로 걷는 교육을 받았던 그였다. 그는 방 밖으로 배칠배칠 걸어나갔다. 아버지를 돌보던 수많은 의료진들이 볼링핀처럼 서 있었다. 거실 괘종시계는 멈춰 있었다. 어항 속 쉴새없이 끓어오르던 기포는 말끔히 사라지고, 여러 날 굶은 열대어들은 물 위로 떠올랐다. 그의 아버지는 햇빛 좋은 방에 누워 있었다. 아버지의 몸은 진득진득한 자주색 곰팡이로 뒤덮인, 썩은 재목 같았다. 그는 귓불을 이리저리 잡아당겼다. 사람이든 기계든 시종 움직이던 것이 멈출 때, 별안간 귀에 어둠이 덮치는 순간을 참지 못했다. 그는 죽은 아버지에게 천천히 다가갔다. 늙은 집사가 그의 어깨를 붙잡았다. 그는 집사의 손을 뿌리쳤다. 휴대용 해시계는 아버지 머리맡에 있었다. 은으로 만든 두꺼운 링 안쪽에 로마 숫자와 자잘한 눈금들, 알 수 없는 이국의 언어가 일정한 간격으로 새겨져 있었다. 링 한쪽에 뚫린 구멍으로 햇빛이 들었다. 빛은 로마 숫자, XII에 머물고 있었다. 정오를 지나는 햇볕은 점점 뜨거워졌다. 그는 휴대용 해시계를 주머니에 넣고는, 아버지 방에서 달려나왔다.

　그의 몸에서 흘러내린 거품덩어리가 욕실 바닥으로 떨어진다. 그의 얼굴을 제외한 모든 부분이 거품이다. 그는 거울 속 자신의 눈에서, 사내의 눈을 보고 있다. 사내가 처음 주유소를 찾은 날, 검은 기름 얼룩이 스며든 땅바닥에 무릎을 꿇은 사내는 그를 향해 눈을 치켜떴다. 핏발 선 흰자위에 눈동자는 유독, 검게 빛났다. 오토바이를 끌고 온 사내는 어깨가 반쯤 찢어진 가죽잠바를 입었고, 지퍼를 올리지 않은 잠바 속으로 사내의 벗은 가슴이 심하게 오르내렸다. 사내의 등뒤에서, 굽이 떨어져나간 구두를 들고 낮게 욕지거리를 뱉어내던 여자는 사자의 갈기를 닮은 노란 머리를 하고 있었다. 그들은 오토바이에 기름을 넣고 도주하다, 인근에서 순찰을 돌던 순경들에게 잡혀 그 앞에 끌려온 터였다. 그는 거울 가까이 얼굴을 가져간다. 붉은 실핏줄들이, 흰자위를 감싸고 있다. 일주일째, 그는 잠을 설치고 있다. 눈을 감아도 방의 가구들이, 벽의 그림자들이 보였다. 어둠 속에서 그는 사내의 눈빛을 생각했다. 오토바이의 굉음을 달고 도망치던 사내가 순경에게 잡혀왔을 때, 사내는 입가에 묻은 피를 훔치며 그의 눈을 맹렬히 쏘아보았다. 주유소에 쿵쿵 울리는 경쾌한 음악 소리, 기름 냄새, 자동차 엔진 소리, 왁스 냄새. 사내의 눈동자에서 튀어나온 날카로운 이빨이 주유소의 모든 것을 꾹, 물고 있는 듯했다. 그는 사내의 눈동자를 어루만지고 싶은 충동을 느꼈다. 그는 거울 속, 자신의 눈을 손가락으로 문지른다. 그의 눈동자가 욕실 조명을 받아 반짝인다. 그는 왼쪽 어깨를 기울여보았다. 크

플라스틱 물고기　185

게 뜬 눈에 힘을 주었다. 잘 닦인 검은 돌 하나가 눈 안에 있다. 그는 한 껏 거칠어지고 싶다. 물방울이 그의 팽팽한 귓바퀴를 타고 곧은 어깨로 후두두, 떨어졌다.

　사내가 주유소에 도착했을 때, 여자는 손세차중이었다. 여기 주유소는 그가 가진 것 중에서 제일 컸다. 처음 여기에 왔을 때, 그날은 여자의 생일이었고 머리색이 붉은색에서 노란색으로 바뀐 날이었다. 사내와 여자는 오토바이를 타고 강변도로를 달렸다. 빌딩이 가지런히 들어서 있는 거리도 달렸다. 여자는 거리에 버려진 긴 쇠꼬챙이를 주웠다. 달리는 오토바이 위에서, 여자는 두 팔을 활짝 벌렸다. 여자가 오른손에 쥔 쇠꼬챙이는 가로등을, 전봇대를, 휴지통을, 건물 외벽을 긁었다. 끼익, 쇠꼬챙이가 긁어대는 소리는 도시 사람들의 신경을 곤두세웠다. 사내에게 그 소리는 긴 휘파람소리로 들렸다. 동틀 무렵, 오토바이에 기름이 떨어졌다. 주유소에서 기름을 넣자마자, 사내는 오토바이의 속력을 높였다. 그들은 돈이 없었다. 주유소를 벗어나자마자 사이렌이 울렸다. 어둠 속에 숨어 있던 순찰차가 오토바이에 바짝 따라붙었다. 사내는 주유소 주인을 올려다보았다. 수평으로 균형 잡힌 그의 어깨에 주유소 불빛이 하얗게 내려앉았다. 무엇보다 문고리를 닮은 그의 큰 귀가 눈에 거슬렸다. 그는 사내와 여자를 순경의 손에 넘기는 대신, 그들과 타협했다. 일을 주겠다, 살 곳을 주겠다, 돈을 주겠다, 원하는 만큼 돈이 모이면 여기서 나가도 좋다고 했다. 힘 있는 고용인 하나가 들어오는 일은 주인에게 이익이었다. 사내와 여자는 이미 많은 범죄를 저지른 터였다. 여자는 쪽방이 싫다고 했다. 그들은 주유소 세차장 일을 맡았다.

여자는 반바지를 더 걷어올린다. 세제를 풀어놓은 고무 양동이에서 걸레를 꺼내, 승용차의 문짝을 닦는다. 여자의 부은 손목을 죄고 있는 팔찌는 군데군데 은색 칠이 벗겨져, 오래된 유물처럼 거뭇거뭇했다. 여자는 걸레질 도중, 은팔찌를 낀 손목을 훌훌 털었다. 피가 시원히 통하지 않아, 손목이 가끔 심하게 저려왔기 때문이다. 아르바이트생들은 인라인 스케이트를 타고 자동차에 기름을 넣었다. 그들은 자리에 앉아 쉬는 법이 없었다. 기름을 채운 차가 떠나면, 그들은 음악에 맞춰 주유소를 한 바퀴 돌았다. 사내는 앞을 빠르게 스쳐가는 아르바이트생들 사이사이로 위태롭게 걸어나간다.

여자와 사내는 고아원에서 자랐다. 여자는 사내를 오빠라고, 때로는 아빠라고 불렀다. 원장의 매질로 사내의 한쪽 귀가 멀자, 여자는 원장의 팔뚝을 물어뜯었다. 원장은 여자에게 제때 밥을 주지 않았다. 중학교에 들어갈 무렵, 사내와 여자는 고아원에서 나왔다. 여자는 식당에서 접시를 닦았고, 사내는 중국집에서 배달원 노릇을 했다. 사내는 소리를 제대로 듣지 못하는 대신, 눈치가 빨랐다. 눈을 부릅뜨고, 중국집 사장의 입 모양을 살펴야 했다. 사내의 눈에는 핏발이 섰지만, 눈동자만은 점점 검게 빛났다. 여자는 갈수록 머리치장이 요란해졌다. 머리에 붉은 물을 들이고 면도칼로 손등에, 팔뚝에 글씨를 새겼다. 친구들 이름, 외국의 상표 이름, 연예인 이름, 간혹 상표의 문양은 담뱃불로 새겼다. 여자는 소주를 들이켜며 몸에 글씨를 새겼다. 살갗이 벗겨지고, 부풀어오르고, 피가 스며나왔다. 악성 피부병처럼, 글씨가 새겨진 곳에는 검은 딱지가 앉았다. 딱지가 떨어지고 글씨가 선명해지자, 여자는 식당 손님들의 지갑을 훔쳤다. 손님들은 주방에서 접시 닦는 여자를 의심하지 않았다. 홀에서 일하는 종업원들만이 옷을 벗어 자신의 결백을 확인받았다. 사내는 여자에게 반창고와 연고를 사줬다. 여자는 사내가 사다준 연고를 내팽개쳤다. 사내는 자신이 연고를 잘못 사온 줄 알았다. 여자는 여기저기 반창고를 붙이고 일터로 나갔고, 얼마 지나지 않아 일을 그만둬야 했다. 여자는 팔뚝에 새겨진 글씨 때문에 매번 일자리에서 쫓겨났다. 반창고를 붙이거나 한여름에도 긴 팔을 입어야 했지만, 식당이든 술집이든 옷가게든 일을 하다보면, 팔뚝의 글씨는 드러나기 마련이었다. "좋은 방을 얻기에는 너무 터무니없어." 여자는 모아두었던 돈을 털어, 사내에게 오토바이를 선물했다. 사내는 여자를 뒤에 태우고 거리를 달렸다. 여자는 가요메들리 테이프를 사내에게 건넸다. 여자의 환호소리는 사내에게 긴 휘파람소리처럼 들렸다. 사내는 난생처음 시원하게 웃었고, 거리의 공중전화박스를 부쉈다. 그들은 전화박스에서 훔친 돈으로 껌을 샀다. 껌에서 단물이 빠질 때까지, 사내와 여자는 밤새도록 오토바이를 타고 달렸다.

 여자가 차의 지붕을 닦기 위해 까치발로 설 때마다, 여자의 허벅지에 애벌레 모양의 흉터가 드러났다. 그것은 사내의 이름이다. 거의 십 년 전의 일이다. 사내가 영원한 사랑을 맹세하며 면도칼로 여자의 허벅지에 자신의 이름을 새겨놓은 것이다. 이름을 새기고 얼마 지나지 않아, 자음과 모음은 썩은 나뭇가지처럼 부풀어올랐다. 살이 트면서 피와 고름이 섞여나오기 시작했다. 여자는 입을 꼭 다물고 신음을 삼켰다. 사내는 여자가 하는 말을 제대로 듣기 위해 여자의 입 가까이 귀를 가져 갔다. 소리는 사내의 귓속으로 전달되지 않고, 벌레의 날갯짓처럼 잉잉 대기만 했다. 여자는 사내가 급하게 사온 알약 두 알을 물 없이 삼키며 미소지었다. 사내는 여자가 입을 조금만 벌려도 여자에게 귀를 가져다 댔다. 듣고 싶은 소리를 제대로 듣지 못할 때마다, 사내는 때가 낀 손톱으로 귓구멍을 긁어댔다. 긴 꼬챙이로, 귓속을 느리게 기어다니는 달팽이를 끌어내고 싶었다. "귀, 후비지 마." 사내는 여자의 말을 듣지 못했다. 사랑하는 사람의 목소리조차 똑똑히 듣지 못하는 귀가 싫었다. 사내는 청력을 잃은 귀를 주먹으로 때렸다. 귓바퀴의 신경은 살아 있었다. 사내는 귀를 감싸쥐고 몸을 웅크렸다. 여자는 사내의 이름이 새겨진 허벅지를 감싸쥐고 몸을 비틀었다. 한 평도 안 되는 쪽방에 연고 냄새와 비릿한 피냄새가 뒤섞여 사내의 비위를 건드렸다. 여자의 몸에서 열이 끓었다. 사내는 밤마다 오토바이를 끌고 나가 자판기를 부수고 동전을 훔쳤다. 돈이 모이자 사내는 여자를 업고 병원으로 뛰었다. 소독하지 않은 면도칼이 문제였다. 허벅지를 가르고 썩은 살덩이를 들어냈지만, 흉터는 남았다. 사내의 이름 석 자가 씌어질 크기만한 흉터.

"거기서 뭐 해? 차나 닦을 것이지."

여자가 물걸레를 양동이 속에 처넣으며 말했다. 사내는 여자를 멀뚱멀뚱 바라볼 뿐이다. 여자의 머리칼은 제 색을 찾았으나, 손상된 상태는 그대로였다. 여자는 손에 고무장갑을 끼었다. 장갑의 긴 목이, 칠이 벗겨져 보기 싫은 은팔찌를, 팔에 새겨진 글씨를 가려주었다. 사내는 세차장 뒤에 있는 건물로 향했다. 여자는 차의 물기를 없애기 위해 흡

입 에어기를 가져왔다. 물기를 빨아들이는 소리에, 주유소 아르바이트 생들은 상을 찡그렸다. 여자도 상을 찡그렸다. 사내에게 에어기 소리는 귓전을 스치는 바람 소리 같았다.

사내는 건물 옥상을 향해 천천히 계단을 오른다. 옥상에 사내와 여자가 사는 집이 있다. 사내는 옷을 갈아입어야 했다. 가죽장갑도 필요했다. 옥상으로 들어서기 전, 찌든 먼지로 뿌옇게 흐린 전신거울 앞에 선다. 거울 맨 윗부분에 '축 발'이라는 두 글자만 남아 있다. 주인이 새로운 주유소를 지을 때마다, 발전을 기원하는 거울들이 줄줄이 들어왔다. 그는 사내와 여자가 사는 건물 옥상에 거울을 쌓아놓았다. 그는 깔끔한 것을 좋아했다. 글씨 따위가 새겨진 거울은 주유소에 필요 없었다. 사내는 거울 앞에 우뚝 선다. 기운 어깨를 바로잡자, 귓속 깊이 숨어 있던 달팽이가 기어나온다. 사내는 주유소 주인의 어깨를 생각했다. 어깨에 쇠막대를 끼워놓은 듯, 그의 어깨는 언제나 일직선이었다. 사내는 균형 잡힌 그의 몸매를 훔쳐보곤 했다. 거울에 일직선을 긋는다. 먼지가 지워지며, 직선은 선명하게 그어졌다. 사내는 자신이 그린 직선에 맞춰 어깨를 바로잡았지만, 힘을 빼면 어깨는 도로 한쪽으로 기울어져버린다. 사내는 두 손을 둥글게 말아 귀 뒤쪽에 붙여보았다. 손을 구부렸다 폈다, 반복한다. 머리도 좌우로 움직였다. 언젠가 TV에서 보았던 집채만한 레이더가 떠올랐다. 레이더는 멀리 우주에서 날아오는 신호음을 받아 기록했다. 사내는 자신의 귀도 우주에서 날아오는 소리를 들을 수 있을 만큼, 크고 예민했으면 좋겠다고 생각했다. 사내는 피로한 눈을 감았다. 주인의 집에서 보았던 감지기 불빛이 어둠 속에서, 빠른 맥박처럼 깜빡였다. 요란히 깜빡이던 것이 하나의 붉은 점이 되었다. 사내는 주인의 금고 속에 무엇이 들어 있는지, 궁금했다.

　분식집 오씨는 대지팡이로 대리석 바닥을 두드렸다. 텅텅, 소리가 울렸다. 건물에는 오씨의 분식집만이 남아 있었다. 오씨가 입고 있는 상복은 아랫단이 심하게 구겨져 위로 조금 말려올라가 있었다.
　'악덕 건물주, 장사 한 달 만에 나가라는 게 웬 말이냐! 계약 위반 즉각 중단하라!'
　팻말의 글씨는, 오씨가 손바닥을 가르고 흘린 피로 쓴 것이었다. 글씨는 오래되어 진자주빛을 띠었다. 오씨의 오른손이 붕대로 둘둘 감싸져 있었다. 사내가 오씨 앞에 서자, 오씨는 벗어놓았던 패를 다시 목에 걸고 바로 선다. 대지팡이가 오씨의 손에서 미끄러져 바닥에 떨어졌다. 사내는 대지팡이를 주우려는 오씨를 가로막았다. 오씨는 사내가 건네는 담배를 받아 피웠다. 오씨의 손이 떨렸다.
　주유소 주인의 승용차가 건물 앞에 섰다. 그는 창을 반쯤 내리고, 사내와 오씨를 바라보았다. 운전사는 그에게 소독한 면봉이 담긴, 금케이스를 내밀었다. 그는 면봉으로 귓속을 청소했다. 금세 면봉 다섯 개가 휴지통 속에 처박혔다. 그는 웃옷 주머니에서 해시계를 꺼내 차창 가까이 가져갔다. 햇빛은 로마 숫자, XIV에 집중적으로 쏟아졌다. 운전사는 입을 반쯤 벌린 채, 주인의 해시계를 바라봤다. 주인은 링 모양의 해시계를 손에서 한 바퀴 돌렸다. 그는 운전수가 건넨 수건으로 해시계를 꼼꼼히 닦았다. 해시계를 닦는 동안, 그의 둥근 귀는 벌레처럼 꿈틀댔다. 그는 한쪽 팔을 뻗어 옆에 흩어져 있던 펜토미노 블록을 끌어왔다. 이번에는 보드를 메우는 것이 아니라, 블록을 쌓아올리는 게임이다. F, I, T, U자 모양의 블록들이 서로 맞물리면서 커다란 L자를 만들어가고 있었다. 그의 귓불이 떨렸다. 그는 차창 밖을 내다보았다. 사내가 막, 오씨가 미처 줍지 못한 대지팡이를 집어들고 있었다.

사내가 대지팡이로 제일 먼저 부순 것은, 밖에 세워놓은 분식집 간판이었다. 대지팡이는 부러지지 않았다. 오씨가 허둥지둥 식당 입구를 막아섰다. 팔 일을 굶은 오씨의 누런 얼굴이 구겨졌다. 오씨의 아내가 뛰어나와 사내에게 악다구니를 퍼부었다. 주유소 주인은 차창 밖을 내다보다, 다시 블록 쌓기에 열중했다. 유리창이 깨지고, 식당 의자가 넘어지고, 식탁이 부서졌다. 그의 둥근 귀는, 차창 밖에서 들려오는 소음의 크기에 따라 커졌다 작아지길 반복했다. 사내에게 오씨의 고함소리는 환자의 신음소리처럼 들릴 뿐이다. 대지팡이를 들어 선반, 생수통, 양념통, 선풍기 등을 힘껏 내리칠 때마다, 사내의 귓속에서는 달팽이가 기어다녔다. 사내는 잘 듣지 못하는 대신, 눈치가 빨랐다. 사내의 눈은 늘 피곤했다. 오씨의 다리에 힘이 풀리고 있었다. 대지팡이가 부러졌다. 오씨의 목에 걸려 있던 패가 부서졌다. 오씨가 사내의 멱살을 잡았다. 며칠을 굶은 오씨의 입에서 구리터분한 냄새가 풍겼다. 오씨의 아내는 사내의 등을 쥐어뜯었다. 가죽장갑을 낀 사내의 주먹이 오씨의 얼굴을 쳤다. 오씨는 오래된 허수아비처럼 풀썩, 주저앉았다. 오씨 아내의 비명소리에, 주유소 주인은 잠시 블록 쌓기를 멈추고 차창 밖을 내다본다. 그는 비명소리에 놀란 귓바퀴를 꾹꾹, 눌러주었다. 사내는 오씨의 먹살을 쥐고 일으켰다. 주인은 차창을 아래로 좀더 내렸고, 귓불을 주무르며 사내가 하는 행동을 유심히 바라봤다. 사내는 주먹으로 오씨의 배를 찔렀다. 아내가 기절했다. 오씨의 이마와 코, 입술이 터졌다. 상복에 피가 떨어졌다. 사내는 주먹질을 멈추지 않는다. 손에 블록을 쥔 주유소 주인은, 사내에게서 눈을 떼지 못하고 있었다.

  주인은 블록으로 쌓아 만든 L자와 F자를 맞물렸다. 그에게 그것은 특별한 디자인으로 제작된 건물처럼 보였다. 그는 운전사에게 턱짓을 했다. 그의 승용차가 건물 앞을 빠져나갔다. 멀리서 불도저 두 대가 건물 쪽을 향해 다가오고 있었다.

  사내는 건물 옥상으로 돌아오자마자 가죽장갑을 벗어던졌다. 물로 대충 씻어냈지만, 피냄새는 좀처럼 지워지지 않았다. 여자는 고무호스를 끌어와, 옥상에 버려져 있던 어항 속 곰팡이를 닦아내고 있었다. 어항 속에서 거품이 떠올랐다. 이제 여자는 몸에 글씨를 새기는, 칼빵 따위에는 관심이 없었다. 주유소 주인이 그들에게 내어준 공간에는, 부엌도 있었고 화분을 진열하고 자전거를 세워놓을 수 있는, 넉넉한 자리도 있었다. 건물 일층은 은행, 이삼층은 횟집, 사층은 교회, 옥상은 그들의 집이었다. 건물은 주유소 주인의 것이었다. 사내는 그의 지시에 따라 건물을 관리했다. 여자는 가끔 사층에서 울려퍼지는 찬송가를 따라 부르곤 했다. 이 년 전 여름, 여자는 통장을 만들었다. 세차장 수익의 삼분의 이가 그들의 것이었다. 여자는 몸에 새겨진 글씨를 부끄러워하기 시작했다. 여자는 돈이 모이면 흉터를 지우는 수술을 하겠다고 나섰다.

사내는 윗옷을 벗어 여자 앞으로 던졌다. 옷에는 흙이 묻어 있었다. 여자는 사내의 소맷부리에 묻은 피를 보았다. 여자가 호스의 끝을 눌러 잡자, 거센 물줄기가 땅바닥을 시끄럽게 때렸다. 가로 오십, 세로 삼십 센티인 어항에는 언제나 썩은 물이 고여 있었다. 곰팡이는 어항을 검게 만들었다. 여자는 거센 물줄기를 어항 속 곰팡이에 조준했다. 거품이 걷히고, 어항 벽에 그을음처럼 낀 곰팡이가 떨어져나갔다. 여자는 물줄기를 사내의 옷에 조준했다. 옷에 묻은 흙이 씻겨나갔다. 하지만 소맷부리에 묻은 핏물은, 빠지지 않았다. 여자는 사내의 벗은 등을 향해 물줄기를 겨냥했다. 사내는 온몸을 뒤틀었다. 여자는 물줄기를 사내의 얼굴로 돌렸다. 물이 튀어 사내의 귓속으로 들어갔다. 물은 귀를 타고 목구멍으로 흘러들었다. 사내는 두 팔을 벌리고 물줄기를 맞았다. 살갗이 따가웠지만, 시원했다.

여자는 어항에 깨끗한 물을 받는다. 어항은 저녁 햇빛을 받아 붉은빛이 돌았다. 사내는 머리를 한쪽으로 기울인 채 뜀뛰기를 시작했다. 귓속에 들어간 물은 빠져나올 기미가 없었다. 그나마 가늘게 들리던 소리마저, 사라져버렸다. 사내는 귓속 깊숙이 손가락을 찔러넣어 마구 뒤흔들었다. 찌걱찌걱, 하는 소리만이 들릴 뿐이었다. 사내는 귓속에 통증을 느꼈다. 어금니가 다 욱신댔다. 여자는 어항에 플라스틱 붕어 몇 마리를 풀었다.

"아래 횟집에서 장식품으로 쓰는 거, 내가 달라고 했어."

노란색, 파란색, 붉은색, 보라색의 붕어들은 죄다 통통했다. 붕어들은 죽은 것처럼 물 위로 둥둥 떠올랐다. 여자는 실망했다. 손으로 붕어들을 물속 깊이, 내리눌러보았다. 여자의 손목을 여전히 죄고 있는 은 팔찌는 물속에 들어가 두 배로 커 보였다. 물 위로, 자잘한 은빛 껍질들이 먼지처럼 떠올랐다. 은팔찌에서 떨어져나온 것들이다. 여자는 붕어들을 어항 바닥까지 내리누르며 발을 동동 굴렀다. 사내는 물속에 들어 있는 여자의 오른손을 꺼내 잡았다. 부은 손목에 꼭 끼어 있는 은팔찌를, 사내는 손에 힘을 주어 끊어내려 했다. "아파!" 여자는 사내의 가슴을 밀쳤다. 사내의 손바닥이 은빛으로 반짝였다. 은색 칠이 벗겨진 팔찌는 녹슨 쇠고랑 같았다. 여자는 눈가의 눈물을 훔치며 또다시 붕어들을 물속으로 내리눌렀다. 활짝 웃는 입을 가진 붕어들은 도로, 물 위로 떠올랐다.

　주유소 주인은 잠옷을 입고 침대에 누웠다. 둥근 귀가 꿈틀, 방문을 향해 움직인다. 거실에 있는 사내가 궁금했다. 보안장치가 고장난 첫날부터 사내에게 경호를 부탁했다면, 잠을 잘 수 있었을까. 사내가 주인에게 온 지 삼 년이 지났다. 그는 사내를 믿고 싶었다. 귓불을 만지작거리기 시작했다. 가슴이 뛰었다. 방구석, 아이 키만한 인디언 인형은 자신의 키보다 두 배는 큰 그림자를 벽에 드리웠다. 인형의 귓불에 달린 귀고리는 수갑을 늘어뜨린 모양으로 보였다. 그는 눈을 번쩍 떴다. 사내를 믿고 단 두 시간만이라도 눈을 붙이겠다던 다짐이, 허물어졌다. 스탠드를 켰다. 인디언 인형의 그림자가 사라졌다. 그의 귀는 스탠드 불빛을 향해 둥글고 팽팽하게 부풀었다. 탁자에 올려놓은 해시계를 스탠드 불빛 아래로 가져왔다. 해시계의 한쪽 구멍으로 불빛이 쏟아져들었다. 불빛은 한곳으로 모이지 않고, 시계 안쪽 로마 숫자 전체에 흐리게 퍼졌다. 햇빛이 아니면 정확한 시간을 읽기 어려웠다. 그는 다시 침대에 누웠다. 해시계를 팔찌처럼 손목에 끼우고는, 천천히 돌렸다. 그의 머릿속은 줄곧 보안장치를 생각하느라 어지러웠다. 현재, 완전히 고친 보안장치는 현관 쪽에 있는 열선감지기와 유리창에 붙어 있는 진동감지기가 다였다. 다섯 대의 감시카메라가 거실 천장에 달려 있다. 그 중, 두 대가 작동중이었다. 침대 옆에 세워둔 모니터도, 단 두 대만이 켜져 있다. 그는 상체를 일으켜 모니터를 바라본다. 사내는 ㄴ자 모양의 소파에 앉아 있었다. 화면은 네 조각으로 나뉘어 있었다. 그는 사내에게 보안장치에 문제가 있다고, 말하지 않았다. 그는 스탠드 불을 끄려다 내버려둔다. 그의 둥근 귀는 불빛을 향해, 모니터를 향해, 거실을 향해 활짝 열린다.

어항에서 꾸르륵, 소리가 났다. 사내는 어항에서 들려온 소리인지 자신의 귓속 울음인지, 알 수 없었다. 귓속은 말라 있었지만, 들리는 소리는 연기처럼 흩어졌다. 사내는 어항을 바라보았다. 육각형 어항 아래 붉은색과 노란색, 파란색, 초록색 조명등이 자갈처럼 박혀 있었다. 색색의 빛은 어항 위로 갈수록 흰빛을 띠었다. 공작의 꽁지를 닮은 열대어의 꼬리지느러미가 물속에서 팔랑거렸다. 주유소 주인은 열대어들에게 고기를 잘게 갈아 먹였다. 생선뼈와 닭뼈, 오리뼈 등을 씻어서 냉동 보관했다가 가루로 만들어 어항에 뿌렸다. 열대어들은 꼬리를 날개처럼 퍼덕이며 그가 주는 먹이를 열심히 받아먹었다. 열대어들은 먹이를 많이 먹고도 살이 찌지 않았다. 가볍게 위아래로 유영할 뿐이다. 열대어들은 붕붕 위로 떠오르기도 하다가, 급작스레 사선으로 하강하기도 했다. 사내는 여자의 플라스틱 붕어를 생각했다. 붕어의 꼬리에 묵직한 새의 꽁지를 달아줄까, 그러면 적어도 물 위로 떠오르지는 않겠지. 하지만 그것은 붕어도, 새도, 그렇다고 열대어도 아니었다. 여자는 헤엄치는 '진짜' 붕어를 갖고 싶을 것이다. 사내는 주인의 말을 생각했다. 그는 사내에게, 이틀 밤만 자신의 집에서 잠을 자면 경호비용을 주겠다고 했다. 사내는 그의 집 보안장치에 문제가 있다는 사실을, 알고 있었다. 하지만 모른 척, 그의 말에 고개만 끄덕였다. 사내는 경호비용으로 여자에게 붕어를, 새로운 은팔찌를 사줘야겠다고 다짐했다.

소파 아래 금고감지기는 여전히 깜빡이고 있다.

사내는 소파에 누운 채 팔을 앞으로 뻗었다. 감지기 불빛을 손으로 잡았다 놓았다 해본다. 거실 천장에 있는 다섯 대의 감시카메라 중 석 대가 고장났다는 사실을, 사내는 잘 알고 있다. 사내는 ㄷ자 모양의 소파로 자리를 옮겨 앉는다. 처음 공중전화박스를 부쉈을 때, 사내와 여자의 손에는 굵은 쇠파이프와 칼이 들려 있었다. 칼은 여자가 준비했고, 쇠파이프는 사내가 공사장에서 훔쳤다. 공중전화기의 돈통을 뜯어내는 일은 사내가 맡았다. 그들은 쪽방에 들어오자마자 가방에 든 동전들을 이불 위로 좌르르 쏟았다. 손끝이 시커멓게 변색될 때까지 동전을 세었고, 날이 밝으면 은행으로 가 지폐로 바꿨다. 쪽방에서는 언제나 동전 냄새가 났다. "생선 썩는 냄새가 나." 여자는 동전 냄새를 싫어했다. 사내는 아카시아향이 나는 방향제를 사다 뿌렸다. 그것이 동전 냄새와 뒤섞여, 방에서는 더욱 고약한 냄새가 풍겼다. "여기서 벗어날 수만 있다면 무엇이든 하겠어." 여자는 사내의 어깨에 기대어 숨을 몰아쉬었다. 그들은 수많은 공중전화박스와 자판기를 부수고 동전을 긁어 모았다. 은행을 털지 않는 이상, 그들은 언제나 가난했다.

돈? 보석? 금? 무엇이든 조금만 꺼내자.

사내는 바지 뒷주머니에서 칼을 꺼내든다. 사내는, 이 집에 이런 감지기가 열 개나 된다고 자랑하던 주인을 떠올렸다. 금고 속의 것을 모두 훔칠 생각은 처음부터 없었다. 사내는 범죄자로 여기저기를 떠돌고 싶지 않았다. 여자는 통장에 돈이 쌓여가는 걸 좋아했다. 옥상에 화초를, 개를, 새를 키우기를 좋아했다. 악취도 없고 두 다리를 쭉 뻗고 누울 수 있는, 지금의 집을 좋아했다. "여기서 열심히 모아서 우리도 주유소 차리자." 여자의 꿈이었다. 사내는 여자에게 진짜 은팔찌와 손목시계를 선물하고 싶었다. 붕어와 함께 어항도 사주고 싶었다.

거실에 빛이라곤 어항에서 흘러나오는 불빛뿐이었다. 카메라와 감지기의 불빛은 좁쌀만한 크기라, 언뜻 보기에 그것의 깜빡임은 어둠 속에 묻혀버렸다. 하지만 사내는 불빛을 또렷하게 보고 있다. 불빛의 깜빡거림은, 사내에게 수다스러운 여인의 목소리처럼 들렸다. 불빛을 바라보며, 어두운 귓속을 후벼댔다. 귀를 후빈 사내의 손가락에서 수돗물 냄새가 났다. 사내는 거실 바닥에 납작 엎드린 채 소파를 옆으로 밀어냈다. 소리를 잘 듣지 못하기 때문에 모든 행동을 천천히, 하나하나 조심스레 해야 했다. 바닥에서 손가락 하나를 떼었다 놓아도, 사내는 신중했다. 감지기만 떼어내면, 금고를 여는 일은 어렵지 않다. 비밀번호 입력은 보안장치가 정상적으로 작동할 때나 문제가 되었다. 그것만 없다면, 금고를 여는 일은 방문을 여는 것과 같았다. 이마와 얼굴에서 흐른 땀이 손등으로 떨어지자, 사내는 금세 몸을 낮게 일으켜 주변을 돌아보았다. 어항 속 열대어들은 제자리에 가만히 떠 있었다. 어항 바닥에서 기포가 간헐적으로 떠올랐다. 사내는 금고에 귀를 가져다댔다. 귀가 따듯했다.

아얏! 칼이 금고 위로 떨어진다. 사내는 급히 손등으로 입을 틀어막았다. 사내의 왼손 검지와 중지 끝에 굵은 핏방울이 맺혔다. 금고 위로 피가 방울져 떨어진다. 칼에 벤 손가락을 입에 물고 문득, 어항 쪽을 향해 고개를 틀었을 때였다. 한동안 조용하던 열대어들이 위아래로 빠르게 헤엄쳤다. 순간, 사내는 어항 뒤 검은 형체로 서 있는 주유소 주인을, 도둑이라고만 생각했다.

사내가 주인에게 달려든 것은 순식간이었다. 그의 몸이 옆으로 넘어지면서 어항을 덮쳤다. 유리 테이블을 산산조각낸 것은 어항이었다. 육각형 어항의 옆구리가 깨지며 열대어들이 거실 바닥으로 쏟아져나왔다. 어항 속 전구가 터졌다. 흰 불꽃이 튀었다. 유리조각들 사이사이로, 열대어들이 미친 듯이 팔딱거렸다. 부채꼴 모양의 꼬리지느러미가 유리조각에 찢어지고 있었다. 사내는 주인의 멱살을 잡아 일으켰다. 사내의 주먹이 그의 턱을, 가슴을, 배를 파고들었다. 주인은 무릎을 꿇고 앉아 몸을 웅크렸다. 양손으로 귀를 막았다. 귓속 고막이 북처럼 둥둥, 울렸다.

"그만 해. 나야, 나라니까!"

사내에게 주인의 비명은 풀피리 소리처럼 가늘게 들릴 뿐이다. 어둠 속에서 귀를 막고 몸을 떨고 있는 사람이 그라는 사실을, 사내는 결코 깨닫지 못한다. 사내의 발에 밟힌 열대어는 형체를 알아보기 힘들게 뭉개졌다. 사내는 귀를 후비며 그의 곁으로 다가가 옆구리를 걷어찼다. 사내의 귓구멍에 피가 묻었다. 칼에 상처 입은 손끝에서 흐른 피였다. 사내에게 주인은 침입자로 보일 뿐이었다. 감지기를 해체하려던 놈을 잡았다고 해야지, 도둑을 잡았으니 경호비용을 더 주겠지. 사내는 주인의 등을, 엉덩이를, 허벅지를 힘껏 짓밟았다. 주인이 몸을 뒤틀 때마다, 그의 등에 터져 죽은 열대어들이 드러났다. 사내는 손에 묻은 피를 바지에 아무렇게나 닦았다. 열대어의 팔딱임, 그것의 몸통이 터지는 소리, 사내의 주먹이 검은 허공을 가르는 소리, 어항에서 쏟아진 물을 거실 바닥이 흡수하는 소리까지, 주유소 주인은 별안간 귀로 쓸려들어오는 소리를 견딜 수 없었다. 사내의 주먹보다, 고막을 찢을 듯 귓속을 집요하게 파고드는 소리가 더 두려웠다. 그는 귀를 움켜쥐었다. 둥근 귀는 구겨졌다. 사내는 주인을 깔고 앉아, 그의 얼굴을 주먹으로 내리찍었다. 사내의 눈빛은 날카로웠다. 또다시 주먹으로 주인의 얼굴을, 그의 왼쪽 귀를 내리쳤다. 우주의 소리를 듣는 레이더, 외계인의 귀를 닮은 그것, 주인의 둥근 귓바퀴가 찢어지고 거기에 핏방울이 맺힌다. 순간, 사내의 눈이 똥그래졌다.

    사내는 주인의 귀를 똑똑히 보았다. 죽은 열대어들 틈에 반짝 빛나는 무엇이, 사내의 눈에 가득 들어찬다. 해시계, 그것은 주유소 주인의 휴대용 해시계였다. 사내의 눈은 어둠 속 맹수의 눈빛을 닮아 있었다. 사내는 주인의 발에 밟힌 여자의 손을 생각했다. 물속에서 유영하지 못하는 플라스틱 붕어들이 떠올랐다. 사내의 귓속에 서늘한 바람이 불었다. 사내는 한기를 느끼며, 주먹 쥔 손을 높이 치켜들었다. 그리고 아래로 힘껏, 내리찍었다. 사내의 주먹이 으깨버린 것은, 주인의 열대어였다.

*

주유소에 편의점이 들어섰다. 여자는 그곳에서 카운터 일을 맡았다. 편의점에서도 유니폼을 입자고 제안한 사람은 주유소 주인이었다. 유니폼은 여기저기에 주머니가 많이 달린 원피스였다. 여자는 팔과 다리에 새겨진 글씨를, 세 번의 수술로 지워버렸다. 말끔히 지워지지는 않았다. 여자는 팔뚝에 수시로 연고를 발라주어야 했다. 여자의 팔뚝은 피부병에 걸린 듯 보였다. 주인은 여자의 팔뚝을 볼 때마다, 자신의 귓불을 만지작거렸다. 그의 아버지는 피부에 앉은 딱지를 참지 못하고 뜯고, 또 긁었다. 딱지가 뜯긴 자리에는 이내 물집이 잡혔고, 더욱 까맣게 변색되었고, 악취를 풍겼다. 주인은 여자에게 돈을 주었다. 그리고 훌륭한 의사를 소개해주었다. 여자는 그 돈으로 구두를 샀다. 연두색 유니폼에 검은 구두는 어울리지 않았다. 세차장에는 자동 세척기가 들어왔다. 사내는 주인의 운전사가 되었다. 그의 집 정원 한구석에, 사내와 여자는 집을 지었다. 새로 지은 집에는, 옥상에서 생활할 때는 없었던 공간 하나가 더 늘었다. 바로 거실이었다. 사내는 밤마다 그의 집을 돌고 돌며 순찰했다. 주인은 세차장에서 일할 때보다 더 많은 돈을 사내에게 주었다. 사내는 여자에게 진짜 은팔찌와 손목시계를 사줬다. 여자는 그것들을 보석함에 넣었다. 주인은 사내에게 귀속형 보청기를 맞춤 제작해 선물했다. 악어가죽으로 만든 장갑도 선물했다. 여자에게는 팔각형 어항과 열대어 스무 마리를 선물했다. 여자는 열대어들과 함께, 지난날 횟집에서 얻었던 플라스틱 붕어들도 어항에 넣었다. 어항 밑바닥에서 꾸준히 올라오는 기포가, 플라스틱 붕어들을 물 아래로 잡아끌었다. 여자는 플라스틱 붕어가 물 위로 떠오르지 않자 아이처럼 기뻐했다. 주인은 횟집에서나 볼 수 있는 크기의 수족관을 집에 들여놓았다. 그곳에 비단잉어를 풀어놓았고, 열대어에게 주던 먹이와 같은 것을 주었다.

사내는 차에 오르자마자, 뒷좌석에 앉은 주유소 주인 앞에 면봉이 든 금케이스를 내민다. 금세 면봉 다섯 개가 휴지통 속에 처박혔다. 주인은 웃옷 주머니에서 해시계를 꺼내 차창 가까이 가져갔다. 햇빛은 로마 숫자, XIV에 머물렀다. 한동안 백미러로 그의 해시계를 바라보던 사내의 입이 조금 벌어졌다. 그는 사내의 시선을 의식하며, 손에 든 해시계를 천천히 돌렸다. 사내는 그에게 흰 수건을 건네고는, 그가 준 악어가죽 장갑을 끼었다. 운전할 때는 면장갑을 끼었지만, 건물에서 누군가를 몰아내야 할 때는 언제나 가죽장갑을 끼었다. 주인은 사내에게서 받은 수건으로 해시계를 꼼꼼히 닦았다.

사내는, 주인이 펜토미노 블록을 보드에 올려놓는 소리를 제대로 들을 수 있다. 귀속형 보청기는 청력이 희미하게 살아 있는 한쪽 귀에 꽂았다. 소리는 보청기 안의 마이크, 증폭기, 스피커를 거쳐 그 크기를 더해 고막을 울렸다. 사내가 어깨의 균형을 의식하면서, 달팽이는 더이상 귓속 깊은 곳에서 기어나오지 않았다. 하지만 사내는 여전히 귓속을 후볐다. 보청기를 빼고 후벼대기도 했다. 귓속의 딱지 때문에 보청기를 착용할 때 통증이 있었지만, 사내에게 그런 통증은 오히려 익숙했다. 사내는 백미러로 주인의 왼쪽 귓바퀴를 바라보며, 보청기를 귀 안쪽으로 더욱 밀어넣었다. 그는 그날 일에 대해 사내를 추궁하지 않았다. "너는 내가 도둑인 줄 알고 힘을 쓴 거야, 그렇지?" 그의 물음에 사내는 말없이 고개만 끄덕였다. 얼마 전까지 그의 왼쪽 귓바퀴에는, 열두 개의 바늘땀이 놓였던 흔적이 남아 있었다. 주인은 흉터를 지우기 위해 수술을 했다. 그의 귀는 변함없이 크고, 둥글고, 팽팽했다. 사내와 여자가 주인의 집으로 들어온 뒤, 주인은 금고감지기를 제외한 모든 보안장치를 제거했다. 귓바퀴가 떨어져나간 낡은 인디언 인형도 버렸다.

  주유소 주인은 펜토미노 블록을 쌓아 피라미드 모양을 만들었다. 사내는 백미러를 쳐다보며 미소지었다. 주인은 백미러에 비친 사내의 눈빛을 오랫동안 바라보았다. 그의 둥근 귀가 안쪽으로 오므라들었다, 펴졌다. 균형 잡힌 어깨에 드리워진 둥근 귀의 그림자는, 우주선을 닮은 길쭉한 타원형이었다. 사내는 백미러를 통해 수평을 이룬 그의 어깨를 힐끔거리며, 핸들 쥔 손에 힘을 주었다. 사내는 액셀러레이터를 힘껏 밟았다.

고무공

고무공은 남자의 바지 주머니 속에 들어 있었다. 남자는 그 사실을 잊고 있었을 뿐이다. 목장 주인이든, 값비싼 씨수말이든, 아버지를 비웃으며 몰려다니는 동네 사람들이든, 탄성을 지닌 고무공은 그들의 뒤통수를 치고 다시 남자에게로 돌아왔다. 남자는 고무공을 마구간 바닥에 튀긴다. 고개를 젖히고, 고무공이 마구간 천장을 향해 솟구쳐오르는 모습을 지켜본다.

1

　남자는 경마장 관중석 이층 맨 뒷줄에 서 있다.
　경주로 안쪽에 위치한 대형 전광판을 물끄러미 바라보며, 남자는 입맛을 다신다. 출전을 기다리는 말 열두 필 중, 4번 말 '햇빛동자'를 찾는 남자의 눈빛이 흔들린다. 그는 햇빛동자의 등과 배, 활처럼 휜 목을 신중히 뜯어본다. 햇빛동자는 세차게 도리질치며, 고삐를 팽팽히 잡은 기수를 난감하게 만든다. 남자는 휘파람을 길게, 분다. 휘파람소리는, 열기와 긴장으로 노랗게 달궈진 대기를 날카롭게 가로지른다. 그 소리를 쫓아, 햇빛동자의 뿔처럼 솟은 귀가 재빠르게 돌아간다. 남자는 놈의 쫑긋거리는 두 귀를 전광판을 통해 똑똑히 확인한다. '이번 우승은 햇빛동자다!' 귀가 유독 예민한 말일수록 성질이 더럽다. 성질이 더러운 말은 잘 달린다. 햇빛동자는 누런 이빨을 드러내며 앞발을 높이 쳐들고, 머리를 뒤흔들어 발주기 문을 들썩인다. 남자는 종주먹을 쥔다. 사람들에게 놈의 몸 곳곳에 잠복해 있는 '투지'를 자랑하고 싶지만, 참아야 한다. 십 분 전, 잠바 안주머니 속에 넣어둔 마권은 비로소 부피와 무게를 지닌다. 왼쪽 가슴께에 들어 있는 그것은, 심장에 뿌리를 내리고 자라는 나무 같다.

남자가 마권이 든 벅찬 가슴을 활짝 편 순간, 그의 얼굴이 새빨개진다. 끔찍한 통증이 '오른쪽 손등'을 짓누르며 오락가락하기 때문이다. 손등은 점점 검붉어지고 봉곳이 솟아오른다. 참았던 분노가 치밀어 막 고함을 지르려는 얼굴처럼, 손등은 사납게 일어나는 중이다. 그는 손등이 아픈 이유를 모른다. 손등이 성을 낼 만한 일을 한 적이 없다. 그럼, 무슨 병이라도 있는 걸까, 그는 두렵고 혼란스러워 중얼거린다. 그때, 경마 시작벨이 울린다. 그의 눈길은 쏜살같이 햇빛동자에게로 날아간다. 마권이 든 가슴으로 향하는 그의 오른손이 부들부들, 떨린다. 눈빛이 얼어붙는다. 그 순간 남자는 손등의 통증을 잊어버린다.

털커덩, 발주기 문이 열린다.

말 열두 필이 동시에 경주로를 따라 질주한다. 경마장 곳곳에 매달아 놓은 스피커에서, 말발굽 소리와 경마 중계자의 목소리가 가쁜 숨처럼 터져나온다. 햇빛동자는 흙과 자갈을 튀기며 맨 앞으로 내달린다. 남자는, 땅을 박차고 용수철처럼 휘어지는 햇빛동자의 다리에서 눈을 뗄 수 없다. 2번 말이 햇빛동자 앞으로 나아간다. 순간, 지독한 한기가 그의 몸을 관통한다.

"달려라, 달려! 씨발, 달려라!"

사람들 몇몇은 관중석 의자를 딛고 서서, 주먹을 휘두르며 고함을 질러댄다. 6번 말이 햇빛동자를 앞지르고 이젠, 1번 말이 놈과 나란히 달린다. 남자는 손톱을 세워 머리칼을 헝클어뜨린다. 1번 말의 꼬리털이 햇빛동자의 얼굴을 때린다. 남자는 혀끝을 빼어물고 눈을 깜박인다. 결승선이 얼마 남지 않았다. 사람들의 목덜미가 붉어진다. 하지만 남자의 얼굴은 해쓱하다. 남자는 이번 경주에 삼만원을 걸었다. 1등 말을 적중시키는 단승식으로, 햇빛동자에게 삼만원을 던진 것이다. 첫 경주에서 만원을 잃었다. 두번째 경주에서 사만원을 잃었다. 주머니 속에는 오만원이 전부였다. 지하철 공사장에서 철근을 나르고 모래와 시멘트를 이겨 벽돌을 쌓아올리고 받은 돈을 몽땅, 날릴 판이었다. 남자는 돈을 쥐고, 배당률 게시대를 멍청히 바라보았다. 햇빛동자의 배당률은 생각보다 높았지만, 그는 나름대로 놈의 우승에 대한 확신이 있었다. 놈이 제대로 들어와준다면, 삼만원에서 그 이십 배를 더한 돈이 그의 주머니 속으로 굴러들어오는 것이다.

남자는 숨소리를 죽인다. 사람들의 함성은 기수의 채찍질보다 말을 더 자극한다. 말발굽 소리는 스피커를 찢고 관중석으로 우박처럼 쏟아져, 사람들의 머리와 가슴을 때린다. 남자는 거인증 환자처럼 키만 키우는 나무를, 돈다발을 약속한 나무가 들어 있는 가슴을 움켜쥐고, 이를 악문다. 마권이 손에 딱딱하게 잡힌다. 그는 말에 대해 아는 것이 많았다. 그의 아버지는 조랑말을 끄는 마부였다. 남자는 조랑말에게 당근과 설탕을 주곤 했다. 놈은 두꺼운 입술을 비비적거리며 오랫동안 그가 준 것들을 씹었다. 남자는 길고 가슬가슬한 조랑말 얼굴에 뺨을 비벼대길 좋아했다. 그때마다 그와 놈은 서로의 체온을 주고받았고, 허기와 눈물을 주고받았다. 말에 비벼댄 그의 뺨은 늘 해질녘 산봉우리처럼 부어올랐다.

햇빛동자는 일곱번째로 결승선을 넘는다.

남자는 자신의 확신과 믿음이 한낱 억측이고 오해였다는 사실을, 받아들일 수 없다. 마권을 꺼내 꾹꾹, 구겨버린다. 남자는 눈을 치켜뜨고 전광판을 노려본다. 경마장에서는 결코 말에게 가까이 다가갈 수 없다. 대형 전광판을 통해, 세 배로 확대된 말을 볼 수 있을 뿐이다. 관중석 난간을 넘어, 시멘트 도로를 건너, 철제 울타리를 지나야 비로소 말이 달리는 경주로가 나타난다. 그는 햇빛동자의 갈기를 부여잡고 놈의 눈을 쏘아보고 싶은 충동을, 어금니로 꼭 깨문다. 전광판에 착순 순위가 뜬다. 사람들이 전광판과 마권을 번갈아 보는 사이, 남자는 사람들이 숨기듯 들고 있는 마권을 훔쳐본다. 앞에 서 있는 여자는 마권을 두 손으로 공손히 쥐고 울상을 짓는다. 남자는 여자의 손에, 일등 말이 인쇄된 마권이 있다는 사실을 알고 있다. 여자는 기쁨을 만끽하며 어렵게 표정 관리를 하고 있다. 주변 사람들을 경계하는 것이다. 곳곳에서 마권을 구겨던지는 소리가 들린다. 부피와 무게를 지녔던 마권은 휴지조각이 되어 날아가버린다. 돈을 잃은 사람들은 유리문과 의자를 걷어찬다. 남자는 여자 옆에 붙어서서, 그녀의 마권을 힐끔거리며 눈을 반짝인다. 낯선 시선을 감지한 여자는 마권을 가슴에 품으며 휙, 돌아선다. 조잡한 사슬 문양의 스카프를 머리에 둘러쓴 그녀의 차가운 뒤통수를, 남자는 당장에 후려칠 기세로 노려본다. 이미 경주는 끝났다. 모든 게

쓸데없는 짓이다. 그는 손에 든 경마 예상지를 멍하니 내려다본다. 하지만 경주는 또 있잖아! 마권은 다시 구입하면 된다, 가슴속의 나무는 또 심으면 돼. 남자는, 몸 안의 더러운 공기를 빼버리고 어서 차고 신선한 공기를 가득 채워야 한다고 생각한다. 열기가 빠져나간 몸에는 끈끈한 땀이 배어 있다. 경마장 내로 향하는 그의 걸음걸이가 조바심으로 불규칙하다. 그는 서둘러 화장실로 들어선다. 어서 손과 얼굴을 씻고 새롭게 시작할 작정이었다.

남자가 세면대 수도꼭지를 비틀자, 물은 S자 모양의 파이프를 울리며 급하게 쏟아져나온다. 물방울이 그의 얼굴로 튀어오른다. 그는 물줄기에 손을 가져다댔다가 바로 뗀다. 오른손, 그 손등이 문제다. 잊고 있었던 통증이 그를 서늘하게 옥죈다. 손등은 좀 전보다 더 부어올랐고, 툭 불거진 힘줄은 검붉다 못해 새까매지려고 한다. 씨발, 아파, 남자는 인상을 쓰면서도 눈빛을 날카롭게 가다듬는다. 거미줄처럼 뻗어나간 검붉은 힘줄, 그것을 따라 그의 눈동자가 움직인다. 손등 위로 도드라진 힘줄은 그를 어딘가로 안내하는 지도 같다. 어쩌면 거북이 등딱지에 새겨진 예언의 문자처럼, 그의 경마운을 말하고 있는지도 모른다. 인생역전의 기회를 품은 어떤 계시일지도 몰라. 남자는 손등을 장악한 통증조차 마권 구입을 위한 '도구'로 받아들이려고 한다. 그때, 단단한 무언가가 그의 옆구리를 치고 튕겨나간다. 남자는 잠시 통증에서 벗어나 고개를 돌린다.

바닥에 떨어져 구르는 것은 하얀색, 고무공이다. 공은 계속 굴러가다 작고 허름한 어느 운동화에 걸려 그 자리에 멈춘다. 사내아이가 자신의 발치로 굴러온 공을 주워올린다. 고무공은 아이의 한 손에 맞춤하게 들어간다. 아이는 공을 힘껏 움켜쥔다. 고무공은 스스로의 탄력을 이용해 자신을 압박하는 아이의 손에서 벗어나, 땅을 치고 허공으로 높이 솟구쳐오를 듯하다. 남자는 세면대 거울로, 화장실 문턱에서 공을 쥐고 서 있는 사내아이를 본다. 거울 속의 아이는 왼손엔 고무공을, 오른손엔 막대사탕을 쥐고 있다. 사탕의 파란색 색소가 아이의 입술을 더럽혔다. 아이는 공을 바닥에 튀겼다가 한 손으로 능숙하게 잡아챈다. 아이는 사탕을 빨고 공을 튀기며, 시종 남자에게서 눈을 떼지 않는다. 남자는 사내아이를 외면한다. 그는 통증을 동반한 오른쪽 손등의 힘줄들이 동쪽 방향, 동쪽에 위치한 마권 구매소를 가리키고 있다고 믿는다. 남자는 어서 손을 씻고, 그곳으로 걸음을 옮길 것을 다짐한다. 그때, 또다시 고무공이 날아와 그의 옆구리를 치고 바닥에 떨어진다.

"너, 아저씨한테 혼나고 싶어!"

남자의 야단에도 아이는 생글거리며, 그를 빤히 쳐다볼 뿐이다. 남자가 아이의 고무공을 줍기 위해 허리를 굽혔을 때, 화장실 밖으로 나가는 갈색 구두가 바닥에 떨어진 공을 건드린다. 돌돌 굴러가는 공을 쫓아, 그와 아이가 동시에 내달린다.

3′

남자는 조랑말 마구간 안으로 조르르 달려들어간다.

올해 여덟 살이 되었어도, 남자는 학교에 들어가지 못했다. '왼손잡이' 버릇을 고칠 때까지, 아버지는 그를 학교에 절대 보내지 않겠노라고 선언했다. 왼손을 쓴다고 해서 남자에게 불편한 것은 없었다. 남자가 바둑판 공책에 온 정신을 쏟으며 글씨 연습을 하고 있을 때, 화장실에 쪼그리고 앉아 아랫배에 힘을 주며 똥을 누고 있을 때, 아버지는 남자가 누리는 고요한 시간을 문을 벌컥, 열어젖히며 무참히 찢어버리곤 했다. 아버지는 일부러 발소리를 죽이고 걸어와, 아들이 어느 손에 연필을, 휴지를 쥐고 있는지 확인했다. 아버지의 그런 행동은 기습적이고, 때론 난폭했다.

마을 아이들이 학교에 있는 시간, 남자는 학교 뒤 야산 숲속을 헤매곤 했다. 남자는 뱀과 개구리를 잡아 비료포대에 넣어 어깨에 둘러메고는, 휘파람을 불며 야산에서 내려왔다. 학교 운동장을 은은히 맴도는 아이들의 합창 소리, 남자는 운동장 흙먼지 속을 가로질러 음악수업이 한창인 교실을 향해 뚜벅뚜벅 걸어갔다. 교실 입구에 도착하자마자, 남자는 비료포대를 뒤집어엎었다. 갑작스레 밝은 곳으로 내던져진 개구리들은 높이, 펄쩍 뛰어올랐다. 노래를 부르던 아이들은 비명을 지르며 개구리와 함께 펄떡거렸다. 남자는 진땀을 빼며, 자꾸 교실 밖으로 나오려는 뱀들을 안으로 들여보냈다. 뱀을 밟은 선생님은 기절하고 말았다. 남자는 유유히 그곳을 빠져나오며 귓속을 후벼팠다. 선생님과 아이들 발에 짓밟힌 개구리들의 울음소리가, 남자의 귓속을 간질인 탓이었다. "조랑말네 아들놈이 그 지랄을 했다네. 애비 닮아 지저분한 짓만 골라 하는구먼!" 마을 사람들이 몰려와 아버지를 향해 삿대질을 해댔다.

아버지는 사람들 앞에서 고개를 들지 못했다. 남자는 아버지 뒤에 앉아 숨을 죽였고, 왼손에 쥔 연필을 얼른 오른손으로 옮겨 쥐었다. 사람들이 돌아가자, 아버지는 말없이 조랑말을 끌고 밖으로 나갔다. 남자가 애써 오른손으로 쓴 글씨들은 죄다, 노트의 칸을 벗어나 있었다. 연필을 집어던지고, 남자는 말린 옥수수 알갱이를 씹으며 아버지와 조랑말 뒤를 쫓았다. 걸음을 옮길 때마다 건들거리는 조랑말의 시커먼 성기 옆으로, 아버지의 왼손이 앞뒤로 따라 움직였다.

아버지는, 남자가 조랑말 마구간 구석에 웅크리고 있다는 사실을 모른다.

암말은 새끼를 낳기 위해 진통중에 있다. 놈은 조랑말이 아니다. 지난날 경주마로 활동하던 암말로, 경주 성적이 좋고 자궁이 가죽가방처럼 튼튼하다는 이유로 목장 주인이 씨암말로 쓰기 위해 들여온 놈이다. 암말과 좀 떨어진 곳에 묶어놓은 조랑말은, 열심히 건초를 먹어대다 가끔, 진통중인 암말을 무심히 바라본다.

아버지는 목장에서 시정마 역할을 하는, 조랑말 수놈을 끌었다. 씨암말이 교배할 준비가 제대로 되었는지, 이것을 시험하는 데 쓰이는 말을 시정마라고 했다. 아직 씨를 받아들일 마음이 없는 암말은 뒷발로 수말을 사정없이 걷어차버렸다. 암말의 뒷발질은 씨수말의 얼굴 피부를 벗겨놓거나 눈두덩을 찢었고, 목과 허리, 등에 심한 타박상을 입힐 수도 있었다. 씨암말에게 발정이 오면, 아버지는 집에 묶어놓은 조랑말을 끌고 목장으로 향했다. 조랑말은 씨수말의 안전을 위해 먼저 암말의 엉덩이 가까이 다가가, 코를 킁킁거리고 입을 가져다댔다. 아버지는 씨수말이 있는 마구간에는 가까이 갈 수 없었다. 목장 주인이 바다 건너에서 들여온 수말은 좋은 씨와, 훌륭한 근육과, 놀라운 속도와 힘을 지닌 놈이었다. 수말의 가격은 목장 전체를 팔아치운 금액과 맞먹었다. 씨수말은 목장 주인이 끌었다. 마을에 놈이 들어왔을 때, 사람들은 잔치를 벌였다. 목장에서 기르는 씨암말 열두 필에 발정이 오면, 주인의 수말은 그 열두 필 모두에게 씨를 뿌렸다. 주인은 씨암말의 몸에서 태어난 망아지를 팔아, 마을에 도서관을 짓고 낡은 마을회관을 수리했다. 사람들은 주인의 수말이 지내는 마방 앞에, 영양이 풍부한 사료들을 사다 날랐다. 목장 주인은 씨수말의 마방 가까이에서 어슬렁대는 아버지를, 늘 불안한 시선으로 주시했다. 주인은 수말의 먹이에 아버지 손이 닿는 것을 싫어했다. 아버지를 욕하거나 흘겨보는 사람은 없었다. 다만 씨암말 엉덩이에 시정마를 대고 돈을 버는 가난한 아버지를, 사람들은 헤픈 웃음을 흘리며 힐끔거릴 뿐이었다.

교배소에서의 사고 이후로, 아버지는 남자가 어느 손으로 밥을 먹는지 딱지를 치는지 연필을 쥐는지, 신경쓸 수 없다. 손을 다친 아버지가 병원에서 퇴원하고 제일 먼저 찾은 곳은, 부엌이었다. 국과 나물이 담긴 그릇들에 입을 처박고 허겁지겁 먹어대는 아버지를, 남자는 뒤에서 몰래 지켜보았다. 아버지는 기름으로 번질대는 입술을 부뚜막에 대고 문질렀다. 입술은 금세 터지고, 피가 흘러내렸다. 아버지는 목을 앞으로 길게 빼고는 머리로 냄비 뚜껑을 열었고, 입으로 벌건 국물이 뚝뚝 흐르는 무조각을 꺼내 오래 씹었다. 볼이 미어지게 음식을 물고 우물대던 아버지가 갑자기 자리에 주저앉아 구역질을 해댔다. 입덧이 심한 여자처럼, 아버지는 헛구역질을 하고 있었다. 맑은 침이 입가로 흘러넘쳤다. 아버지는 헛구역질이 끝나자, 또다시 음식들 속에 머리를 처박았다. 혓바닥으로 그릇 바닥까지 핥아먹은 아버지는, 그 자리에 쪼그리고 앉아 똥을 누었다. 아버지는 엎어진 그릇들과 똥을 밟고 부엌에서 휘적휘적 걸어나와, 조랑말 마구간으로 향했다. 그리고 마구간에 들어서자마자, 문을 굳게 걸어잠갔다. 남자는 아버지가 걸어놓은 마구간 문을 쇠젓가락으로 열었다. 오래된 건초 냄새와 말똥 냄새가 날아와 남자를 덮쳤다. 그곳에는 조랑말과, 어쩌다 놈의 씨를 받게 된 씨암말이 곧 태어날 새끼를 기다리고 있었다. 놈들의 다리 사이로 희끄무레한 무엇이 보였다. 아버지였다, 벌거벗은 채로 건초를 깔고 웅크리고 있는. 남자는 마구간 구석으로 숨어들었고, 아버지를 조용히 지켜보기로 했다. 그리고 사흘이 지났다.

　아버지는 고통으로 몸을 뒤척이는 씨암말 곁에 쪼그리고 앉아, 상을 찡그린다.

　남자는 아버지에게 들키지 않기 위해, 마구간 기둥에 붙어선다. 진통 중인 암말을 묵묵히 지켜보던 조랑말이, 얼굴을 돌려 남자를 바라본다. 긴 얼굴 정중앙에 세로로 난 하얀 점. 남자는 눈곱이 뒤엉긴 놈의 무연한 눈을 맞바라보며, 숨을 멈춘다. 수년간 시정마 역할을 해왔던 놈의 눈동자는 눅눅하지만, 그 가운데 단단한 얼음이 박혀 있는 듯 서늘하고 투명한 빛이 감돈다. 놈은 푸르르 입술을 떨며, 이제 곧 마구간에서 벌어질 일을 똑똑히 보라고 남자의 주의를 다잡는다.

　아버지는 흰 붕대를 둘둘 감은 왼손으로, 암말의 등과 엉덩이를 쓰다

듣는다. 암말은 자리에서 힘겹게 일어난다. 놈의 배가 아래로 둥글게 쳐져 있다. 괜찮다, 조금만 참자. 아버지의 왼손이 암말의 엉덩이를 썩썩, 문지른다. 그의 왼쪽 손등에서 배어나온 피가 붕대를 적시고 있다. 붕대의 핏자국은 점점 커져가는 중이다. 암말은 아버지 얼굴 쪽으로 엉덩이를 들이댄다. 아버지는 석류처럼 벌어진 놈의 생식기를 심각한 얼굴로 들여다본다. 남자는 아버지의 진지한 얼굴을 살피며, 교배소에서의 일을 생각한다. 사람들이 달려와 짚더미 속에 묻힌 아버지의 손을 꺼냈다. 다친 손은, 아버지의 왼손이었다. 사람들은 아버지가 미쳤다고 떠들어댔다. 목장 주인은 들고 있던 채찍을 분질러버렸다. 암말의 생식기에서 흐른 희뿌연 액체가, 아버지의 손으로 뚝뚝 떨어진다. 아버지는 그것을 두 손으로 공손히 받는다. 암말은 자리에 털썩 주저앉아, 엉덩이를 뒤로 뺀다. 놈이 허연 콧김을 내뿜는다. 아버지는 벗어던진 웃옷을 끌어와, 암말의 엉덩이 밑에 깐다. 놈이 젖을 흘리고 있다. 출산이 임박했다는 신호다. 힘을 내자. 아버지는 네발짐승처럼 무릎을 꿇고 양손으로 땅을 짚는다. 아버지의 흰 엉덩이가 허공을 향해 쳐들린다. 금방이라도 그의 엉덩이에서 망아지가 쑥 빠져나올 듯하다. 암말은 일어서려고 애쓰지만, 풀썩 주저앉길 반복한다. 아버지의 창백한 엉덩이가 탱탱하게 부풀어오른다. 그의 엉덩이는 달덩이처럼 팽창해 주위의 어둠을 밀어내며 둥둥, 북소리를 울릴 것만 같다. 암말이 짚바닥에 몸을 누이며 다리를 옆으로 뻗치자, 아버지는 외마디 비명을 지른다. 마구간 지붕이 들썩인다. 암말의 엉덩이에서 흑갈색 망아지가 미끄덩, 빠져나온다. 뿌옇고 끈끈한 액체로 둘러싸인 망아지가 아버지의 웃옷 위로 떨어졌다.

　이제 이틀이 지나면 암말에게 또다시 발정이 올 것이다. 하지만 놈은 더이상 수말의 좋은 씨를 받아들일 수 없다. 방금 태어난 망아지는 좋은 씨가 발아한 결과가 아니다. 아버지가 11는 조랑말, 시정마의 유전자를 이어받은 망아지다. 처음 조랑말이 씨암말 뒤에 올라탄 일은, 아버지의 관리 실수였다. 목장 주인은 암말이 자궁을 버렸다고 울부짖었다. 조랑말은 방금 태어난 망아지 곁으로 다가서며, 콧김을 요란히 내뿜는다. 지금 막 태어난 망아지는 자리에서 비틀대며, 일어선다. 조랑말은 태어나자마자 걸음마를 뗀 기특한 망아지를, 어미가 그러듯 혓바닥으로 정성껏 핥는다.

　벌거벗은 아버지가 마구간 기둥에 붙어선 남자에게로 서서히 걸어오고 있다. 남자는 마구간 불빛 아래 선명히 드러난 아버지의 얼굴을 맞바라본다. 아버지가 웃고 있다. 남자는 아버지의 웃는 얼굴을 처음 본다. 아버지의 몸에서 건초 냄새가 난다. 비릿한 해초 냄새도 풍긴다. 암말이 새끼를 낳으며 흘린 희뿌연 액체를 머리에 뒤집어쓴 아버지는, 방금 바다에서 해수욕을 즐기다 빠져나온 사람 같다. 아버지의 끈적끈적한 손이 남자의 어깨를 잡으려는 순간, 남자는 바지 주머니 속을 뒤적거려 무언가를 꺼내 아버지 앞에 내민다. 개구리다, 며칠 전 학교 뒤 야산 수풀에서 잡은 개구리. 남자는 자신의 '왼손'에 개구리가 있다는 사실을 깨닫자, 손에서 그것을 놓쳐버린다. 남자는 슬슬 뒷걸음치다 마구간 문을 열어젖히고, 앞으로 내달린다. 남자의 손에서 떨어진 개구리는 높이 뛰어올라 아버지의 상처 입은 손등에 철썩, 달라붙는다.

2

 남자는 멈춰 서서 허리를 꺾고 헉헉 댄다.
 고무공을 쫓아 한참을 달렸지만, 공은 통통 튀어 아이의 손 안에 들어간다. 남자와 아이는 각자의 자리에 서서, 서로의 눈을 무섭게 노려본다. 남자는 경마장 안을 떠도는 아이들을 종종 봐왔다. 경마장에는 부모를 따라 나온 아이들이 많았다. 아이들 대부분 입 주변이나 가슴팍에 초콜릿이나 사탕 색소가 묻어 있었다. 아이들은 경마장 안팎을 달리다 목이 마르면 이온음료를 마셨다. 경마에 미친 가난한 부모들은 아이들이 넘어져 무르팍이 까져도 신경쓰지 못했다. 아이들 중 몇몇은 궁궐 같은 경마장을 헤매다 미아가 되어, 보호소 안내방송으로 흘러나왔다.
 아이는 공을 우악스럽게 움켜쥐고, 옷소매를 늘여 입술을 닦는다. 입에 묻은 사탕 색소는 지워지지 않는다. 고무공은 금방이라도 아이의 왼손에서 벗어나 땅을 차고 튀어오를 듯하다. 공을 꼭 쥔 아이의 왼손을, 남자는 고통스런 눈길로 바라본다. 남자는 아버지에게 붙잡혀 부엌으로 끌려들어갔던 일을 떠올린다. 아버지는 불길이 너울대는 아궁이 속으로 남자의 왼손을 집어넣으려고 했다. 아버지는 얼굴에 핏대를 세웠고, 남자는 바지에 오줌을 지렸다. 이건 의지의 문제야, 왼손잡이 습관을 고치지 않으면 그 몹쓸 손목을 끊어버릴 테다. 아버지는 남자에게 무섭게 다그쳤다.
 남자는 이마의 땀을 훔치며, 저런 버릇없는 아이 따위는 무시하자고 마음먹는다. 그는 동쪽 방향으로, 오른쪽 손등 위로 솟아오른 검붉은 힘줄, 그것이 가리키는 곳으로 마권을 구입하기 위해 발길을 돌린다. 우승마를 고르는 일에는 상당한 집중력이 필요하다. 남자는 고무공을 손에 쥔 아이에게서 빠르게 멀어진다. 철골과 시멘트 덩어리들을 치우고 나르며 닳고 무뎌진 감각을 일깨워야 한다. 말의 체중과 성적, 혈통과 주행 습성, 기수의 경력과 몸무게까지 꼼꼼히 따져 분석해야 한다. 우승마를 예상하는 내내, 그의 얼굴과 심장에는 불길이 일었다. 그의 선택이 옳아 구입한 마권이 수십 장의 돈으로 바뀔 때, 남자는 지금까지와는 다른 인간으로 태어날 수 있다고 믿었다. 경마에서 딴 돈은, 그 스스로의 선택과 믿음에 대한 가장 확실한 격려였고, 보상이었다. 응원한 말이 제일 먼저 결승선을 넘는 순간, 핏줄에서 더운피가 폭발할 듯 뛰놀았다. 때문에 바짝 타들어가는 목구멍으로 마른침을 삼키면서도, 또다시 마권 구매소를 향해 발길을 돌려야 하는 것이다.

사람들이 경마장 천장에 매달린 화면 아래로 몰려든다. 화면 빼곡히, 예상 배당률이 뜬다. 사람들은 수험생처럼 컴퓨터 사인펜을 꼭 쥐고, 경마 예상지에 세모와 동그라미를 그리며 우승마를 점친다. 남자는 사람들의 예상지를 흘끔거린다. 경주로에서, 지난 경주에 대한 시상식이 열리고 있다. 금빛 수술이 달린 짧은 치마에 마술사 모자를 쓴 악대가 슈베르트의 〈숭어〉를 연주한다. 경마장 내 어느 누구도 시상식에는 관심이 없다. 사람들의 눈은 다음 경마를 준비하느라 바쁘다. 천만원이 넘는 상금이 일등한 말에게 수여된다. 사람들은 그 돈이 자신의 호주머니에서 나왔다는 걸, 실감하지 못한다. 남자는 〈숭어〉의 통통 튀는 리듬을 따라 휘파람을 분다. 화면에 배당률 숫자가 떠오른다. 경마장 스피커에서 일등한 말과 기수를 칭찬하고 상금을 자랑하며 박수를 친다. 이번엔 제대로 고르겠어! 남자의 다리에 힘이 들어가고 목덜미에 소름이 돋는다.

6번 말, '뜻밖의행운'에 걸린 배당률이 제일 낮다. 6번 말을 선택한 사람이 많다는 얘기다. 옆의 사내는 사인펜으로 1번 말, '롱히트'를 동그라미 안에 가둔다. 사내의 예상지를 보느라 목을 길게 뺀 남자는 롱히트를 선택한 사내에게 말을 걸고 싶다. 롱히트는 배당률이 아주 높다. 사람들은 1번 말을 선택하지 않는다. 어떤 중요한 정보가 롱히트에게 숨어 있을지 모른다. 돌연 사내가 예상지를 구겨쥔다. 남자의 시선을 느꼈기 때문이다. 사내의 까칠한 표정이 남자를 가차 없이 밀어내지만, 정보를 캐고 싶은 남자는 요지부동이다. 롱히트가 우승한다면, 사내는 말 그대로 '대박'을 터뜨리는 셈이다. 배당률이 높을수록 우승할 확률이 낮지만, 운이 따라준다면, 그만큼 많은 돈이 손에 들어온다. 이런 베팅에는 모험심과 더불어 재빠른 결단력이 필요하다. 사내가 입은 겨울잠바는 솜이 죽어 등이 납작하다. 남자는, 사내가 턱을 격렬하게 놀리며 껌을 씹는 모습을 지켜본다. 사내의 그 무모한 모험심을, 남자는 시기한다.

예시장은 실외에 있다. 남자는 예시장 난간에 바짝 붙어선다. 배당률을 얼추 봤으면, 다음 경주에 출전할 말들을 관찰해야 한다. 말 열두 필이 예시원 손에 이끌려 타원형의 운동장을 돌고 있다. 남자는 사인펜을 주머니에서 꺼내다 그만, 펜을 놓쳐버린다. 오른쪽 손등의, 그 지독한 통증이 시작된 것이다. 불에 덴 듯 벌겋게 부푼 손등, 힘줄이 만들어낸 검붉은 지도는 점점 투명한 빛을 띠고 곧, 터질 듯 말랑거린다. 남자는 며칠 전, 상가건물 철거현장에서의 일을 생각한다. 건물의 낮은 벽을 제거할 때 사용했던 커다란 해머가 언뜻 떠오른다. 인력사무소에 임금의 일부를 떼어줘야 하는 것이 싫어, 인력시장으로 나온 게 석 달째였다. 일꾼을 찾는 차 몇 대가 서 있다가, 그나마 아는 얼굴만을 찾아 데려갔다. 일을 나가지 못한 이들은 공사장에서 쓰다 남은 목재를 주워다 드럼통에 넣고 불을 피웠다. 그날, 일을 나갔던 정씨에게서 연락이 왔다. 사람 하나가 더 필요하다고 했다. 현장에는 여분의 목장갑이 없었다. 굳은살이 박인 손바닥을 믿고 해머를 들었다. 벽이 쿵쿵, 무너질 때마다 진동이 손바닥을 타고 온몸을 울렸다. 일이 끝나고, 손바닥에 물집이 잡혔고 손등도 좀 부어오르긴 했다. 씨발, 그때 잠깐 아프다 말았잖아. 남자는 옷에서 신경질적으로 손수건을 꺼낸다. 들썩이는 신경을 붙들기 위해 손수건으로 아픈 손등을 꽁꽁, 싸맨다. 이를 악물고, 할 수 없이 펜을 왼손으로 옮겨쥔다. 지난날 남자는 열 살이 되어서야 학교에 입학할 수 있었다. 왼손잡이 습관을 고친 후였고, 조랑말 마구간에서 잠을 자던 아버지가 벌거벗은 채로 얼어죽은 그 이듬해의 일이었다.

  남자는 왼손으로 능숙하게 펜을 다룬다. 이십 년 만에 처음이다, 남자는 그렇게 믿는다. 잠에서 깨어나 눈을 비빌 때, 사랑하는 이의 손을 잡을 때, 고단한 시간에 술잔을 기울일 때, 노래방에서 마이크를 쥐고 노래 부를 때, 남자는 자신도 모르게 불쑥 왼손을 내밀었는지도 모른다. 남자는 인력시장에서 밥을 급히 먹다 위장에 탈이 난 어느 노동자의 손가락을 바늘로 따준 적이 있다. 그날 남자는 왼손으로 바늘을 쥐었지만, 기억하지 못한다. 왼손이든 오른손이든, 이제 그는 스스로 오른손잡이의 질서와 규범을 따른다고 생각하기 때문이다. 우승마를 점치는 그의 왼손에, 그가 그리는 세모와 동그라미에 힘이 실린다. 그때 또다시, 그의 옆구리를 치고 바닥으로 떨어지는 고무공. 남자는 고무공을 주워들고 아이를 찾아 소리를 지른다.

"이제 고무공은 내 거다! 안 줄 거야!"

남자는 발로 난간을 걷어찬다. 멀리 청동마 동상 뒤에, 아이가 숨어 있다. 남자는 아이가 도망칠 기미를 보이자, 달리기 시작한다. 아이를 향해 고무공을 던지려다, 넘어지고 만다. 남자의 손을 벗어난 고무공이 땅을 치고 높이, 솟구쳐오른다.

2′

남자의 눈앞에 툭, 하고 무언가가 떨어져 구른다. 남자는 마구간 바닥에 납작 엎드려 있다. 올해 여덟 살이 되었어도, 그는 세 살 아이처럼 잘 넘어진다. 아버지가 마구간에 들어가고 이틀이 지났다. 바닥에 마른 짚이 깔려 있어, 따뜻하고 푹신하다.

며칠 후면, 조랑말의 씨를 받은 암말이 새끼를 낳을 것이다.

남자의 눈앞에 떨어진 것은 말똥이다. 고개를 들어 위를 올려다본다. 조랑말의 씨를 받은 암말이, 남자를 내려다본다. 놈은 긴 목을 숙여 그의 목덜미에 밴 땀냄새를 맡는다. 남자가 간지러워 목을 움츠렸을 때,

놈은 그의 어깨를 덥석 문다. 남자는 둥글고 단단한 놈의 젖가슴에서 눈을 떼지 못한다. 젖꼭지가 검고 축축하다. 놈은 남자를 일으켜세우려고 애쓴다. 남자는 놈의 젖가슴에서 풍기는, 시큼하고도 비릿한 냄새에 정신을 잃을 지경이다. 놈은 이제 곧 새끼를 낳을 것이다.

암말 뒤에서 묵묵히 건초를 씹어대던 조랑말이, 남자를 향해 고개를 돌린다. 조랑말은 씨암말과 다르게 몸길이도 짧고, 갈기도 짧고 뻣뻣하다. 암말이 엉덩이를 치켜들고 부푼 외음부를 밖으로 보이면, 아버지가 끄는 조랑말은 암말의 엉덩이로 천천히 다가갔다. 조랑말은 자리에서 맴돌기도 하고 앞발을 들었다 내리며, 앞으로 돌진할 자세를 취했다. 암말은 뒷발로 작달막한 조랑말을 걷어차곤 했고, 그때마다 조랑말은 옆으로 쓰러지거나 앞발을 들어 항의의 뜻을 보여왔다. 조랑말은 암말에게서 풍기는 페로몬 냄새에 매혹된 몸과 마음을, 쉽게 돌리지 못했다. 어쩌면 놈은 암말의 엉덩이에 한동안 붙박이가 될 수도 있었다. 하지만 그것은 운이 좋을 때나 있는 일이다. 씨수말이 암말과의 교배를 위해 광택이 흐르는 근육질의 몸을 자랑하며 교배소에 들어서면, 조랑말은 아버지 손에 이끌려 밖으로 나와야 했다.

조랑말이 콧구멍으로 허연 김을 밀어낸다. 남자는 뒷걸음질쳐 마구간 기둥 뒤로 숨는다. 조랑말의 무심한 눈에 흰빛이 돌 때, 이제 그 모습을 마주 대하는 일에는 긴장감이 필요했다. 아버지의 조랑말은 성질이 온순했고, 고삐가 당겨지는 대로 행동해왔다. 어느 날부터, 놈의 행동은 달라졌다. 교배소에 들어서자마자, 앞발을 쳐들고 날카롭게 울어대거나 긴 얼굴로 아버지의 왜소한 등을 밀쳐댔다. 조랑말에게 등을 떠밀린 아버지가 씨수말 곁에 붙어 있던 목장 주인에게로 넘어진 적도 있었다. 중심을 잃은 아버지가 주인을 덮쳤고, 그 탓에 중심을 잃은 주인은 엉겁결에 수말의 엉덩이에 코를 처박았던 것이다. 주인은 자신의 코에 묻은 말똥보다 값비싼 수말에 흠집이 난 것은 아닌지, 걱정했다. 아버지는 목장 주인 앞에 설 때마다 얼굴이 붉어졌고, 난쟁이가 되어갔다. 녀석이 그 일을 치른 후부터 달라진 거야, 아버지는 심하게 뻗친 조랑말의 갈기를 손질하며 말했다. 열한 달 전, 암말의 엉덩이에 올라탔던 그때의 기억이, 생식의 의무를 다하던 그때의 쾌감과 만족이, 조랑말의 눈에 흰빛을 가득 채웠다고 했다. 처음, 조랑말이 암말의 엉덩이에 올랐을 때, 목장 주인은 악다구니를 퍼붓다 목이 쉬고 말았다. 주인은 조랑말의 씨를 받은 암말을 버리려고 했다. 아버지는 새끼가 태어나면, 그놈이 수말이면 시정마로 쓰자고 제안했다. 아버지가 주인의 눈치를 살피며 암말과 조랑말을 한 마구간에 넣은 것이, 열한 달 전의 일이다. 조랑말 새끼를 잉태한 암말의 배는 둥글게 처졌고 불거진 힘줄이 뒤엉켜 있다. 조랑말은 며칠 전에도, 운이 좋았다. 놈은 또다른 씨암말의 엉덩이에 두번째로 오르는 영광을 누린 것이다. 목장 주인은 모자를 벗어던지고, 조랑말을 죽이겠다며 총을 찾았다. 울다 지친 주인은 딸꾹질을 멈추지 못했고, 주인의 아내가 설탕물을 가져와 주인에게 먹였다. 그날, 아버지는 왼손을 다쳤다. 병원 들것에 실려가는 내내, 아버지의 손에서는 피가 멈추지 않았다.

조랑말이 앞발로 땅을 파헤친다. 물을 마시고 싶은 모양이다. 남자도 목이 마르다. 그는 옆에 놓인 물통 속을 들여다본다. 마구간 천장 그림자가 내려앉아, 물은 먹빛이다. 말의 영양식인 말린 옥수수 알갱이들이 물에 둥둥 떠 있다. 조랑말이 먹는 물이다. 남자는 망설임 없이 그 물을 손으로 떠먹는다. 조랑말이 귀를 쫑긋 세운다. 물 위에 어른거리던 남자의 얼굴 그림자가 이지러진다.

   조랑말의 다리 사이로, 아버지의 알몸이 보인다. 그의 등허리와 엉덩이가 호박빛 굴곡을 이루고 있다. 아버지는 오늘도 마구간에 있다. 아버지는 웅크린 자세로 헛구역질을 한다. 엉덩이와 허리, 등으로 이어지는 곡선은 그 구역질로 출렁인다. 아버지의 왼손을 감은 붕대 끝이 풀어져 나풀거린다. 아버지의 왼손 상처는 잘 아물지 않는다. 암말이 아버지에게로 다가간다. 놈의 부드러운 혀가, 아버지의 등과 엉덩이에 솟은 땀을 정성스레 닦아낸다. 아버지는 곧 아이를 낳을 임부처럼 건초더미 위에 쓰러져 숨을 몰아쉰다. 아버지의 벌어진 다리 사이로 시커먼 머리 하나가 고개를 내민 듯하다. 남자는 짚바닥에 납작 엎드려, 자신이 애타게 기다리는 것이 무엇인지를 깨닫자 소름이 돋는다. 그것은 아버지의 출산이다. 남자는 아버지의 벌어진 가랑이 사이에서 생명의 울음소리를 듣게 되기를 은근히 기다리는 것이다. 아버지는 신음을 쏟아내며 몸을 뒤척인다. 울음으로도 달랠 수 없는 고통이 아버지의 허약한 몸을 짓누른 순간, 크고 기다란 무언가가 아버지의 다리를 벌리며 빠져나온다. 마구간에 열기가 퍼져나가고, 남자는 아버지의 다리 사이에서 튀어나온 것이 말 대가리라는 것을 깨닫자, 얼굴이 달아오른다. 말 대가리는 푸르고 선량한 눈을 지녔다. 태어나자마자 그 큰 눈을 뜨고 주변을 두리번거리며, 희고 고른 이빨을 딱딱, 부딪쳐 호두 깨는 소리를 낸다. 해초 같은 갈기를 뒤흔들자 물방울들이 사방에 흩뿌려진다. 건초만 가득한 마구간이 해갈의 시간을 맞는다. 말 대가리에서 튕겨나온 물방울은 남자의 뻑뻑한 눈동자에도 날아든다. 남자는 눈앞이 물기로 번질거리지만, 아버지의 왼손이 말 대가리의 초록빛 갈기를 쓰다듬는 모습을 목격하고야 만다. 말 대가리의 울음소리, 마구간을 뒤흔드는 그 시퍼런 소리에 조랑말이 앞발을 쳐들고 몸을 뒤튼다. 남자는 그 울음소리가 잦아들 때까지 눈을 감고, 주먹을 꼭 쥔다.

남자는 아버지를 바라본다. 말 대가리는 사라졌으나, 남자는 아버지의 몸속에서 숨을 쉬고 있을 그것을 얼마든지 상상할 수 있다. 아버지가 고통스러운 만큼, 아버지 몸속의 말 대가리도 울음소리를 높인다. 조랑말의 새끼를 잉태한 암말은 아버지 곁을 떠나지 않는다. 아버지는 아픈 왼손을 끌어안고 아기처럼, 잠이 든다.

남자는 바지 주머니 속에 손을 집어넣는다. 남자의 손에 잡히는 것은 둥글고, 낯설다. 남자는 그것을 천천히 꺼내든다. 고무공이다. 개구리와 뱀을 풀어 아이들의 교실을 발칵 뒤집어놓은 뒤 터벅터벅, 운동장을 가로질러 걸어나올 때였다. 산에서 불어온 찬바람이 남자의 발치로 고무공 하나를 몰아다주었다. 어디에서 굴러온 공인지, 누구의 것인지 알 수 없었다. 남자는 고무공을 주워 주머니 속에 넣고, 서둘러 학교를 빠져나왔다. 집으로 돌아와 방 벽을 향해 고무공을 던졌다. 벽이 쿵쿵, 울렸다. 목장 주인의 씨수말 마방에도 고무공을 던졌다. 공은 마방의 지붕을 흔들고 경쾌하게 튀어올랐다. 주인은 물통을 걷어차며, 달아나는 남자에게 욕설을 퍼부었다. 남자는 고무공을 튀기며 내달렸다. 공은 탕탕,

고무공 227

땅을 울리고 높이 솟구쳐올랐다. 남자는 땅을 치고 튀어오른 고무공을 잽싸게 잡아챘고, 또다시 목장 주인의 마방을 겨냥해 공을 던졌다.

고무공은 남자의 바지 주머니 속에 들어 있었다. 남자는 그 사실을 잊고 있었을 뿐이다. 목장 주인이든, 값비싼 씨수말이든, 아버지를 비웃으며 몰려다니는 동네 사람들이든, 탄성을 지닌 고무공은 그들의 뒤통수를 치고 다시 남자에게로 돌아왔다. 남자는 고무공을 마구간 바닥에 튀긴다. 고개를 젖히고, 고무공이 마구간 천장을 향해 솟구쳐오르는 모습을 지켜본다.

3

위로 솟구쳤던 고무공은, 시멘트 바닥으로 떨어져 통통 튀어 남자에게로 굴러온다.

남자는 왼손을 뻗어 고무공을 잡아챈다. 그리고 옷 속에서 스며나오는 구리터분한 냄새를 콧속 깊이 빨아들인다. 마구간에는 놈의 분뇨와 짚단에서 풍기는 냄새가 시종 무겁게 가라앉아 있었다. 조랑말이 몸을 떨며 코에서 진동음을 낼 때마다, 마구간 냄새는 남자의 코로, 몸으로 날아들어 흡수되었다. 남자는 아버지 몰래, 손 안에 가득 든 옥수수 알갱이를 조랑말 입속에 털어넣어주길 좋아했다. 조랑말이 옥수수 알갱이를 꾹꾹 씹고 있을 때, 남자는 마구간에서 뛰어나와 목구멍에 피냄새가 끓어오를 때까지, 달리고 또 달렸다. 그 순간 그는 혈관에 지금까지

와는 다른, 조금은 특별한 피가 흐른다고 생각했다. 달리는 동안에는, 왼손을 혹은 오른손을 써야 한다는 규칙 따위는 중요하지 않았다. 두 팔을, 두 손을 자유롭게 놀리며 시원한 바람을 가르고 힘차게 달리면 그만이었다. 눈과 입에서 불이 뿜어져나올 듯 숨이 차오르고, 자리에 우뚝 멈춰 서 입가에 고인 침을 닦을 무렵이면, 마구간에서 조랑말을 끌고 나와 씨암말에게로 향하는 아버지와 맞닥뜨리곤 했다. 아버지의 말은 시정마였다. 죽는 날까지 새끼를 잉태시킬 수 없는 조랑말은 늘 피로감을 느꼈고, 축축한 눈으로 땅을 내려다보았다. 남자는 조랑말의 고삐를 단단히 틀어쥔 아버지의 손이, 싫었다.

아버지, 조랑말을 놓아줘!

남자의 외침은 아버지를 돌려세울 만큼 크지 못했다. 그때 남자는 겨우 여덟 살이었고 왼손잡이로 태어났지만, 왼손은 쓸 수 없었다. 한참을 달리다 멈춰 선 그의 몸은 금세 열기가 빠져나가고, 차가운 땀으로 끈적거렸다.

남자는 겨울옷을 뚫고 올라오는 냄새를, 어쩌면 미처 씻어내지 못한 해묵은 땀냄새일지도 모른다고 생각한다. 커다란 해머를 들거나 모래나 철근을 등에 지고 나를 때, 용접기를 들고 얼굴에 불꽃을 튀길 때마다, 땀으로 흠뻑 젖은 몸은 굵은 때를 밀어냈다. 좀처럼 채워지지 않는 통장을 생각하며, 그는 땀을 제대로 씻어내기도 전에 또다시 인력시장으로 나가야 했다. 남자는 주위를 돌아본다. 목을 움츠린 사람들이 경마 예상지를 움켜쥐고 이리저리 몰려다닌다. 비둘기떼처럼, 그들은 모두 회색빛 날개를 접어 빈약한 몸에 바짝 붙이고 종종거리며 걸어다닌다. 경마장에는 말의 분뇨 냄새나 눅눅한 짚단 냄새가 떠돌지 않는다. 냄새를 풍기는 존재는 오로지 경마에 몰두한 사람들, 해묵은 땀냄새를 품고 게임에 빠져들어 몸을 씻을 생각조차 할 수 없는, 바로 그들이다. 경마가 거듭될수록, 그들의 허기진 위장과 함께 호주머니도 홀쭉해져 간다.

남자는 낯선 아이가 던진 고무공을 바지 주머니 속에 밀어넣는다.

"이제 고무공은 내 거다. 공을 찾아가고 싶으면 당당히 나와 용서를 빌어!"

남자는 청동마 동상 뒤에 숨어 있을 사내아이를 향해 고함친다. 어릴 적 그때처럼, 고무공이 들어간 남자의 주머니는 두둑하고, 팽팽하다. 남자는 퍼렇게 죽어가는 오른손을 뒤로하고, 가장 잘 휘두를 수 있는 왼손으로 고무공을 멀리, 그리고 높이 던지고픈 열망에 사로잡힌다. 돈을 위해 달리는 혈통 좋은 수말의 엉덩이를, 고무공을 던져 주저앉히는 상상 끝에 남자는 슬며시 미소짓는다. 그때 청동마 동상 뒤에서, 아이가 쭈뼛대며 걸어나온다. 남자는 자리에 우뚝 서서, 아이를 바라본다. 아이의 손에도, 남자의 것과 같은 고무공이 들려 있다. 남자의 눈이 휘둥그레진다. 남자는 지금껏 아이의 공을 빼앗았다고 생각했다. 주머니에서 공을 꺼내 터뜨릴 듯 꾹, 움켜쥐어본다. 고무공 한쪽이 움푹 꺼져 들어감과 동시에, 그 반대쪽이 땡땡하게 솟아오른다. 아이도 남자의 행동을 따라 자신의 공을 꾹, 움켜쥔다. 힘을 주며 일그러진 아이의 얼굴 뒤로 들것에 실려나오는 아버지가, 있다.

들것 아래로 늘어진 아버지의 왼팔이 마른땅에 질질 끌린다. 손톱이 빠지고 살점이 떨어져나간 아버지의 왼손은 피에 젖어 새빨갛다. 들것에 실린 아버지가 별안간 상체를 일으켰을 때, 목장 주인은 조랑말 씨를 받은 암말을 교배소에서 끌고 나온다. 열한 달 전 조랑말이 처음 사고를 쳤을 때, 아버지가 부탁해 빼돌린 씨암말은 조랑말 마구간에서 새끼가 태어날 날을 기다리고 있었다. 이런 일이 어떻게 두 번씩이나 일어나냔 말이다! 목장 주인은 이번에 일을 치른 암말의 고삐를 단단히 틀어쥐고 한탄한다. 암말은 곧 팔려나갈 것이다. 놈은 어느 지방도시에서 몸에 꽃마차를 매달고 멍청히 서 있거나, 손님들을 태우고 타원형의 길을 무료하게 걷고 또 걸을 것이다. 남자는, 아이는, 들것 위의 아버지는, 목장 주인의 손에 끌려나가는 암말을 지켜본다. 남자는 손아귀에 든 고무공을 천천히 돌리며 입술을 깨문다. 그때다. 경마장을 긴장 속으로 몰아넣는 고음의 실로폰 음이 남자와, 아이와, 아버지의 흐려진 시야를 뒤흔든다.

  경마 시작, 십 분 전이다.

  남자는 경기장을 향해 몸을 돌리며, 고무공을 바지 주머니 속에 쑥 밀어넣는다.

1′

  남자는 경마장 관중석 이층 맨 뒷줄에 서 있다.

  4번 말, '햇빛동자'는 등을 용수철처럼 튕기며 달린다. 남자는 칼날 같은 휘파람을 불었다. 깔때기를 닮은 햇빛동자의 두 귀가 남자의 휘파람소리를 삼키고 파르르, 떤다. 놈은 1번 말을 앞지른다. 경마 시작 전, 1번 말 '롱히트'를 선택했던 사내의 얼굴이 떠오른다. 햇빛동자는 롱히트에게 미래를 건 사내의 얼굴을 무참히 일그러뜨린다. 남자의 입가에 미소가 떠오른다. 하지만 2번 말에 이어, 6번 말 '뜻밖의행운'이 햇빛동자를 앞지른다. 잠시 뒤처져 있던 롱히트가 햇빛동자와 나란히 달린다. 놈들은 땅을 힘차게 파헤치며 내달리고, 근육의 격렬한 움직임으로 몸에는 빛이 흐른다. 남자가 전광판을 쳐다보며 초조감으로 입술을 잘근잘근 씹는 순간 돌연, 전광판 화면이 정지한다.

경주마의 질주를 보여주던 화면이 정지했다 풀리기를 반복한다.

남자는 의자를 밟고 올라서서 쾅쾅, 뛰어오른다. 화면은 경마 시작 육 분 만에 완전히 정지한다. 아직 승패가 가려지지 않았어! 정지된 화면을 노려보는 남자의 눈빛이 날카로워진다. 관중석 삼층에서 누군가가 흥분하여 떨어뜨렸을 경마 예상지가 나풀나풀 떨어진다.

남자는 전광판을 향해 힘껏, 고무공을 던진다. 하늘로 솟구친 공은 이내 길게 포물선을 그으며 날아간다. 남자는 숨을 멈추고, 눈으로 공을 좇는다. 순간, 또하나의 고무공이 남자가 던진 공을 치고 떨어진다. 남자는 의자를 박차고 뛰어내려, 내달리기 시작한다. 그 사내아이다. 그의 고무공을 맞힌 고무공 주인은 입술에 파란 사탕 색소를 묻힌 그 지저분한 아이다. 달리는 아이 앞으로, 고무공 하나가 튀어들어온다. 아이와 고무공이 나란히 달린다. 남자는 아이를 쫓아 죽어라 달린다. 또다른 고무공이 아이 곁으로 통통 튀어들어온다. 두 개의 고무공은 번갈아 튀어오르다, 하나가 된다. 공은 농구공만큼 커진다. 공은 앞으로 꾸준히 통통 튀어가고, 아이는 그 커다란 공을 쫓아, 남자는 아이를 쫓아 달린다. 경주로를 향해 열려 있는 창으로 빛이 눈부시게 들어온다. 아이 앞으로 뛰어가던 공이 쿵, 튀어올라, 경주로로 향한 문을 밀친다.

문이 열리고, 남자는 교배소로 달려들어간다.

중앙에 평균대 모양의 긴 통나무가 있고, 그 앞에 씨암말이 서 있다. 목장 주인이 씨암말의 흐트러진 꼬리를 흰 천을 이용해 하나로 묶는다. 주인의 수말이 쉽게 교배할 수 있도록 돕는 것이다. 씨암말은 자리에서 맴돌다 나무에 엉덩이를 비빈다. 이제 곧 암말은 좋은 씨를 받아, 열한 달 후면 훌륭한 망아지를 생산할 것이다. 수말의 성장한 새끼는 최고의 대접을 받으며 이웃도시로, 경마장으로, 새로운 씨수말로 팔려나갈 것이다. 놈은 주인에게 큰돈을 벌어다줄 것이 분명하다. 주인의 손짓에, 아버지가 조랑말을 끌고 씨암말에게로 다가간다. 교배소 구석에 서 있는 남자는 사탕을 입에 물고, 숨을 몰아쉰다. 사탕 물고 있어라, 니는 교배소에 들어오면 절대 안 된다! 아버지는 조랑말의 고삐를 틀어쥐고 남자에게 단단히 타일렀었다. 하지만 남자는 아버지와의 약속을 어겼다.

남자는 조랑말의 배에 단단하게 돌려묶은 가죽 허리띠를 본다. 지난해, 조랑말이 씨암말의 엉덩이에 올라탄 후로, 목장 주인은 조랑말에게 복대를 채웠다. 복대 안에는, 이미 뻣뻣하게 발기한 놈의 성기가 꽉 죄는 아픔으로 꿈틀대고 있을 것이다. 조랑말이 씨암말의 엉덩이에 입을 대자, 암말의 꼬리가 조랑말의 얼굴을 세차게 후려친다. 조랑말은 머리를 흔들며 암말의 꼬리털을 덥석 문다. 목장 주인이 눈짓으로 조랑말을 빼라는 신호를 아버지에게 보낸다. 어찌된 일인지, 아버지는 주인의 신호를 무시하고 묵묵히 서 있다. 조랑말은 앞발을 들었다 내려놓으며 머리를 좌우로 흔든다. 놈의 고삐를 부여잡은 아버지의 손에 힘이 풀리고 있다.

"빼라니까!"

목장 주인의 고함소리가 교배소를 쩌렁쩌렁, 울린다. 한동안 멍하니 서 있던 아버지가 조랑말의 복대를, 풀어버린다. 놀란 주인이 아버지에게로 달려든 순간, 조랑말이 암말의 엉덩이에 올라탄다. 바지를 벗어던진 아버지가, 교배소 안을 달리기 시작한다. 교배소 문가에 서 있던 주인의 수말이 앞발을 높이 쳐들자, 놈의 고삐를 잡고 있던 일꾼이 겁을 먹고 손에 힘을 놓는다. 일꾼의 손에서 풀려난 수말이 아버지 뒤를 쫓아 달린다. 무섭게 날뛰는 수말은 금방 아버지를 덮칠 듯하다. 어쩔 줄 몰라 눈물만 흘리던 남자는 바지 주머니 속에 넣어둔 고무공을 꺼내, 왼손으로 옮겨쥔다. 남자는 온 힘을 다해, 버릇없는 수말의 엉덩이를 조준하여 고무공을 던진다.

고무공은 아버지를 뒤쫓는 수말의 엉덩이를 세게 치고, 솟구쳐오른다. 그 사이 조랑말은 마침내 생식의 의무를 다한다. 암말은 그 의무에 이의를 제기하지 않는다. 조랑말을 죽이겠다며 총을 찾던 목장 주인은 모든 게 소용없다는 것을 깨닫고, 채찍을 부러뜨린다. 남자는 미친 듯이 교배소를 뛰어다니는 아버지를 향해 걸어나간다. 그때, 고무공에 놀란 주인의 수말이 방향을 바꿔 달려오다 아버지를, 아니 남자를 뒷발로 차고 교배소 밖으로 뛰쳐나간다. 수말의 발길질에 남자는 허공으로 붕,

떠올라 구석에 쌓아올린 짚더미 속으로 처박힌다. 남자의 오른손에서 흘러나온 피가 짚더미를 흥건히 적신다. 목장 주인의 말이 도망가며 오른손을 짓밟은 사실을, 남자는 한참 뒤에야 깨닫는다. 남자의 부상이 심상치 않음을 확인한 교배소 사람들은, 일순간 얼어붙는다. 남자는 오른손에 아무런 감각을 느낄 수 없다. 말에게 밟힌 손에서 흐른 피는 바닥을 기어 구불구불, 흘러간다. 남자는 꺼져들어가는 정신을 겨우 붙들고 바라본다. 주인의 말이 빠져나간 문을 열어젖히고 유유히 걸어나가는 아버지의 뒷모습을, 남자는 숨을 죽이고 지켜보는 것이다.

  교배소 밖, 경마장을 들썩이는 사람들의 함성이, 짚더미에 처박힌 남자에게로 황소바람처럼 몰아닥친다. 아직 경주는 끝나지 않았다. 남자는 밖으로 향하는 아버지의 곧은 등을, 한가롭게 흔들리는 아버지의 왼팔을, 왼손을 바라보며 미소짓는다. 교배소를 빠져나가는 아버지의 왼손에 하얗게 반짝이는 것은, 고무공이었다.

인형의 집

　나는, 눈을 부릅뜬다. 영원한 침묵을 위해 입을 꾹 다물고, 품에 안고 있던 도자기인형의 머리통을 쓰레기를 버리듯 바닥에 내던진다. 순간, 형광등 불빛이 눈으로 어지럽게 쏟려들어온다. 나는 빙글빙글 돈다, 아니, 내 머리통이 방바닥을 구른다. 나는 머리가 떨어져나간 내 몸을, 바닥에 널브러져 있는 인형의 몸뚱이를 멍하니 바라보며, 시멘트 바닥을 구르고, 또 구른다.

나는 무거운 머리를 곰의 등에 누인다.

곰은 내 머리 무게를 지탱하지 못하고, 방바닥에 뻗어버렸다. 놈은 힘겨운 비명 대신 사락사락, 간지러운 마찰음을 토해낸다. 곰의 가죽은, 모직물을 가공하여 만든 벨루어이다. 그것은 수분 흡수율이 좋아 염색이 잘되고 질기며, 광택과 신축성이 훌륭하다. 무엇보다 표면이 부드럽고 따듯해, 고급 옷의 원단으로 자주 사용되는 천이다. 곰의 부드러운 배를 일자로 가르고, 플라스틱 콩을 한가득 쓸어넣었다. 플라스틱 콩은 맥없이 아래로 푹 꺼지는 폴리에스테르 솜과 다르다. 플라스틱 콩 덕분에, 곰은 외부 충격에 저항할 힘을 얻은 셈이다. 나는 놈의 매끈한 어깨를 쓰다듬는다. 벨루어의 고운 보풀이 손바닥을 간질인다. 나는 몸에 힘을 빼고 또다시, 축 늘어진다.

툭, 툭, 툭.

누군가 쇠망치로 대리석 계단을 때리고 있다. 방바닥이 터렁터렁 울린다. 예민한 귀는, 어둠을 쪼개는 불길한 소리를 탐욕스럽게 빨아들인다. 나는 결코 눈을 뜨지 않는다. 모자이크처럼 금이 간 어둠, 그 틈을 비집고 떠오르는 것은 어머니의 허벅지다. 어머니의 희고 고운 속살을 힐끔거리던 시간. 나는 우윳빛 광택에 휩싸인 곰의 통통한 다리를 입에 물고, 몸을 둥글게 만다. 혓바닥에 가시처럼 달라붙는 찝찔한 먼지는, 손톱으로 긁어낸다.

툭, 툭, 툭.

둔탁한 소리는 규칙적으로 들려온다. 삼박자 리듬에 맞춰 이어지는 소리는, 나와 곰의 관계를 질투하는 듯하다. 그럴수록 나는 놈을 가슴에 좀더 바짝 밀착시키고, 소리에 귀를 기울인다. 시작은 무거우면서도, 그 끝은 유리구슬이 튀어오르듯 가볍고 경쾌한 소리. 누군가, 곰인형을 끌어안고 끝없는 잠을 청하는 나를 깨우기 위해 계단 저 끝, 그 밑바닥에서부터 계단 수를 세며 올라오는 것은 아닐까. 다세대주택 삼층까지, 계단은 몇개나 있는가. '스무 개의 계단, 눈을 감고 스무 개의 계단을 모두 오르면 심장이 멎는다.' 어릴 적, 친구들과 머리를 맞대고 나누었던 귀신 이야기가 떠오른다. 나는 속으로 숫자를 세기 시작한다.

쾅! 나는 움찔, 몸을 떤다. 대리석 계단을 때리는 소리는 순식간에 사라진다.

아래층에 사는 남자가 돌아왔다. 그는 화를 참지 못하고 현관문을 세게 닫았다. 나는 베고 누웠던 곰을 다시 품으로 끌어와, 얼굴을 묻는다. 숨소리를 죽이고 여자의 비명소리를 기다린다. 그는 곧 여자의 뺨을 후려칠 것이다.

나는 아랫집 여자의 얼굴을 본 적이 있다. 어느 여름날 오후, 여자는 골목길 음지에 쪼그리고 앉아, 그녀의 다섯 살 난 아들 앞에 초코파이를 들이밀며 입술을 시무룩이 내밀었다. 아이는 골목길 한쪽에 펼쳐놓은 평상 위에 걸터앉아, 다리를 위아래로 흔들거렸다. 엄마가 건넨 초코파이는 아이의 관심사가 아니었다. 아이는 입을 꾹 다물고 고개를 도리도리 저었다. 나는 삼층 베란다에 서서, 시계추처럼 흔들리는 아이의 다리를 내려다보았다. 아이의 왼쪽 다리가 위로 들릴 때마다 슬쩍 드러나는 은빛 발목. 아이는 더운 날에도 반바지를 입지 않았다. 골목을 통과하는 바람이 아이의 면바지를 꼭 잡아쥐자, 왼쪽 아랫다리가 터무니없이 가늘어졌다. 아이의 왼쪽 아랫다리는 쇠파이프 모양으로 된 의족이었다. 여자는 아이에게 거부당한 초코파이를 자신의 입속에 꾸역꾸역 밀어넣었다. 아이는 여전히 도리질을 멈추지 않았다. 아이의 금속 다리를, 나는 처음으로 목격한 터였다. 그 낯선 이질감에 눈을 깜빡였던가. 이쪽을 주시하는 눈길을 느낀 순간, 나는 아이의 엄마와 눈을 마주치고 말았다. 여자의 눈빛은 날카로웠고, 나는 얼굴이 달아올랐다. 여자의 얼굴이 마른땅처럼 갈라지며, 그 사이로 진득한 액체가 흘러내렸다. 여자는 울음을 그치지 못했다. 나는 고개를 돌려버렸다. 대낮, 입가에 묻은 과자 부스러기조차 털어낼 힘을 잃어버린, 무기력하고도 거침없는 울음, 아무것도 쓸어내지 못할 싸구려 눈물. 나는 그 '울음'을 마주 대할 자신이 없었다. 소낙비를 예고하는 바람이 골목을 휩쓸며 지나갔다. 먹장구름이 햇빛을 가렸다. 그때, 아이의 운동화 한 짝이 땅에 떨어졌다. 순수한 살색의 발이, 아이의 반질반질한 인공 발이 불쑥, 드러나고 말았다. 울고 있는 여자와 그 울음 앞에서 쭈뼛거리던 나는 동시에, 축축하고 비릿한 바람 속에서 흔들리는 아이의 인공 발을 바라보아야 했다.

아랫집 여자가 비명을 지른다. 나는, 숨을 거칠게 몰아쉬는 아랫집 남자를 서재 바닥에 그려본다. 남자는 큰 몸집에 비해 키가 작았다. 남자의 둥글넓적한 등짝을 볼 때마다, 아크릴 원단을 쓰다듬는 느낌이 손끝에 되살아났다. 아크릴은 모섬유를 촘촘히 직조해 만든 천이다. 그래서 원단 표면의 털이 짧고, 매끄럽다. 그것으로 만든 인형은 섬유가 세밀하게 직조되어 있어 질기고, 튼튼했다. 인형의 말랑한 손을 입에 물어도, 목구멍에 먼지가 들러붙지 않아 좋았다. 아내는 내가 없는 틈을 타, 아크릴 원단으로 만든 곰인형을 쓰레기통에 처박았다. 아내는 내가 만든 인형들을 싫어했다. 나는 아내에게 사라진 인형의 행방을 결코 따져묻지 않았다. 인형은 또다시 만들면 되니까.

나는 애원하는 심정으로, 부드럽고 따듯한 곰의 가슴에 빰을 비벼댄다. 놈의 단단한 몸뚱이가, 플라스틱 콩으로 차가워진 몸통이 내 얼굴을 냉정하게 밀어낸다. 내가 놈을 가까이 할수록 플라스틱 콩들은 내 빰을 파고든다, 내게 저항한다. 나의 눈동자가 흔들린다. 놈의 야멸찬 태도에 울음이 울컥 치솟는다. '넌 내가 만들었어. 어찌 주인을 몰라보니', 나는 놈의 품속에 얼굴을 파묻고 중얼거린다.

어느 늦은 오후, 모헤어 원단 여러 장을 끌어안고 집에 돌아왔을 때, 인형들이 놓여 있던 책장은 텅 비어 있었다. 물론 아내의 짓이었다. 아내는 내가 외출한 사이, 나의 인형들을 몽땅 치워버렸다. 아내는 분명 멍청한 눈빛을 띠고, 책장에 얌전히 앉아 있는 인형들을 한 손으로 쓸어 쓰레기 봉지 속에 처넣었을 것이다. 이미 책장에는 먼지가 내려앉아 있었다. '당장 제자리에 가져다놔', 나는 손가락으로 먼지를 밀며 글씨를 썼다. 인형의 행방이 미치게 궁금할 때마다, 입을 꾹 다물고 아내의 행동 하나하나를 주시했다. "나도 노력하고 있어!", 나의 시선을 참지 못한 아내는, 내게 화를 벌컥 내고 훌쩍이곤 했다. '뭘?', 나는 대꾸 대신 눈을 동그랗게 뜨고 능청을 떨었다.

　나는 텅 빈 책장을 노려본다. 아내와 내게는 갚아야 할 빚이 많았다. 정확히는, 모두 아내의 빚이지만. 어느 날부터 카드회사는 밤낮을 가리지 않고 우리에게 핸드폰 문자메시지를 보내왔다. 나는 이미 다니던 회사에서 해고된 뒤였다. 칠 년 동안 장인의 장례식을 제외하곤, 회사를 빠져본 적이 없었다. 자동차에 들어갈 자잘한 부품들을 파는 회사였다. 매주 월요일 아침이면 지난주 실적회의를 했고, "난 정말 이런 인간들과 일을 하기 싫습니다", 실적이 저조한 팀을 일렬로 세워놓은 본부장의 개탄 섞인 말을 시작으로, 한 주를 시작해왔다. 삼 주 내내 실적이 저조했던 우리 팀의 책상은 사무실 출입문 쪽으로 옮겨졌다. 나는 사무실 쪽창으로 보이는 송전탑 불빛의 깜박임을 세며, 이제 곧 날아올 해고 통보를 기다렸다. 본부장에게 달라붙어 단 한 번만이라도 좋으니 실적을 올릴 기회를 달라고, 졸라볼 의지도 없었다. 나는 더이상 할 일을 찾지 못했고, 가끔 책상에 엎드려 낮잠을 즐기곤 했을 뿐이었다. 팀원들 중 해고된 사람은, 내가 유일했다. 칠 년 동안 함께 일해왔던 동료들에게 서운함도, 분노도 없었다. 소지품 상자를 끌어안고 회사를 나오면서도, 자꾸만 터져나오는 하품을 참을 수 없어 민망했다. 해고되었다고, 삶이 멈추는 것은 아니었다. 내게는 계획이 있었다. 내 꿈은 소박했다. 코뿔소, 곰, 표범, 사슴 등이 어깨를 나란히 하고 진열된, 작은 인형 가게를 열고 싶었다.

나는 인형 만들기 기술을 갖고 있다. 대학 시절, 인형 동아리에 들어가 여학생들 틈에 끼어앉아, 열심히 천조각을 이어붙이고 솜을 밀어넣고 바느질을 했다. 친구들은 내가 여자를 사귀기 위해 그런 동아리에 들어갔다고 놀렸고, 얼마 만에 여자를 꾀어나오는지, 계집애들 동아리에 몇번이나 출석할지 따위를 두고 내기를 걸었다. 승부에 목숨을 건 친구 몇몇은 나와 동아리 여자애의 소개팅을 주선하기도 했으나, 모두 헛수고였다. 나는 그들이 숨죽이며 기다린 육 개월이 지나서도, 인형 동아리를 떠나지 않았다. 졸지에 어마어마한 술값을 날리게 된 친구들이 몰려와 나를 동아리에서 끌어냈다. 나는 그들에게 맨 처음으로 완성한 나의 작품을 선물했다. 총을 든 병사 인형이었고, 면헝겊이 사용된 작품이었다. 임마, 총이 이렇게 힘이 없어서 쓰냐! 친구들은 솜이 들어간 말랑한 총을 구기며 깔깔댔다.

나는 호랑이, 여우, 사자, 코끼리를 늘 다정한 미소를 머금은 얼굴로 만들 줄 안다. 여자, 남자, 할아버지, 할머니, 아기를 삼백육십오 일, 걱정이 사라진 해맑은 표정으로 만들 줄도 알았다. 인형의 얼굴에 흐르는 '친절'은 박제되어, 보존된다. 인형을 끌어안는 시간은, 박제된 친절함과 다정함, 너그러움과 친밀감 따위를 즐기는 시간이다. 카드회사의 전화는 내가 누릴 수 있는 그 어떤 '시간'도 앗아갈 태도였다. 무엇을 하든 일단 빚을 갚고 시작해야 인간 취급을 받지 않겠느냐는, 야비한 협박이 이어졌다. 아내는 내 앞에서 무릎을 꿇었다. 눈물이 그렁하게 차오른 아내의 눈빛이, 낯설었다. 원하는 것이 있을 때마다, 아내의 얼굴은 애완용 고양이로 돌변했다. 아내는 고양이 얼굴로 내게 들러붙어 끝없이 속삭였다. 세상 모든 사물들이 자신을 향해 고양이처럼 울어대고 있다고, 그래서 쇼핑하는 일을 멈출 수 없다고. 카드회사의 첫인상도, 아내에게는 간지러운 고양이 울음이었을 것이다. 그 교태의 목적이 좌절되자마자, 고양이는 발톱을 세우고 송곳니를 보인다. 내게는, 아내의 카드빚을 갚아줄 능력이 없었다.

나는 최초로 곰인형을 끌어안았던 때를, 생각한다.

어머니는 이불을 만들어 팔았다. 어머니의 이불가게는 상가 건물에서 가장 구석진 곳에 있었다. 어머니는 꼼꼼한 바느질 솜씨로 유명했다. 색색의 조각천들을 이어붙여, 크고 반듯한 직사각형으로 만들어냈다. 아버지가 집세를 들고 노름판을 전전할 때도, 어머니는 묵묵히 이불을 만들었다. 아버지의 외상값을 받아가려고 찾아온 술집 아가씨들 앞에서도, 어머니는 잠자코 천을 꿰맸다. 외상값 명목으로, 이불 한 채를 업어가는 술집 주인도 생겨났다. 주인집 딸의 혼수로 이불 스무 채를 선물하며, 여섯 달치 집세를 갚아버린 적도 있었다. 언제나 이불 속에 들어갈 명주솜과 목화솜에 둘러싸여 있는 탓으로, 어머니는 구름 위에 앉아 세상을 내려다보는 신선처럼 보이곤 했다. 이불 만들기에 몰두하는 동안 드러난 허벅지, 어머니의 희고 두툼한 허벅지 밑에는 원색의 천조각들이 깔려 있었다. 어머니의 속살과 비단 천조각은 묘한 대조를 이루며, 내 눈을 자극했다. 한순간 눈을 멀게 하는 광택, 부드럽고 곱고 온화한 것이 빛을 발한다는 사실을 그때 깨달았다. 처음, 어머니의 허벅지는 그녀가 그 자리를 지키고 있음을, 여전히 이불 만들기에 몰두하며 가족의 생계를 책임지고 있음을 알리는, 일종의 신호였다. 지친 몸을 누이고 싶을 때, 어머니는 내게 서슴없이 허벅지를 내밀었다. 나는 어머니 몸의 일부를 베고 누워 생각했다. 너그럽고도 야무진 힘으로 충만한 허벅지, 그것은 어머니에게서 물려받아 내 몸 어딘가에도 존재하고 있을 거라고.

하지만 언젠가부터, 어머니의 너그러운 몸은 나를 생소한 열기 속에서 들뜨게 했다. 아버지는 어머니의 이불가게로 출입이 잦은 나를 꾸짖기 시작했다. "사내자식이 엄마 품에 그렇게 달라붙어 있으면, 꼬추가 떨어지는 법이다", 아버지는 말을 끝내면 늘 목에 고인 가래침을 뱉어냈다. 여자의 목과 유방, 다리와 허벅지가 조각조각 난도질당한 채로 날아와, 내 침대를 둘러싸고 빙빙 도는 꿈을 꾸고 난 후였다. 어머니의 몸을 사랑한다는 생각이 '탐하다'는 낱말로 바뀌면서, 수치심과 죄책감으로 고개를 들지 못하는 날들이 생겨났다. 어머니의 허벅지를 누군가에게 빼앗길까, 불안에 시달리는 밤도 이어졌다. 갈등에 시달리던 나는 어머니가 허벅지를 내밀기도 전에 성급히 그녀의 품속을 파고들었고, 그녀의 젖가슴에 얼굴을 파묻으며 '탐하다'는 단어를 잊기 위해 눈을 꼭 감아버렸다. "너 때문에 이불이 늦어지잖아. 제발 좀 떨어져 있거라", 어머니는 나를 달래보려 했으나, 나는 점점 팔다리에 힘을 주며 어머니 품에서 떨어지지 않았다. 어머니는 나를 떼어놓을 방책으로, 이

불을 만들고 남은 천을 이용해 곰인형을 만들어주었다. 곰이 싫증날 때쯤이면 호랑이가, 기린이, 코끼리가, 원숭이가, 내게 안겼다. 나는 어머니에게 달려드는 대신, 인형을 끌어안고 잠이 들어야 했다. 그리고 인형을 끌어안은 채 부끄러움에 압도당하면서도, 어머니의 허벅지를 힐끔거리곤 했다.

아랫집 여자의 비명은 크고, 날카롭다.

나는 곰을 끌고, 방 벽 가까이 기어간다. 몸을 움직일 때마다 묵직한 머리가 스프링 인형처럼 흔들린다. 나의 머리는 금방이라도 바닥으로 굴러떨어질 듯, 위태롭다. 벽과 천장에서 시멘트 가루가 떨어져내린다. 여섯 집이 살던 다세대주택에는, 아랫집과 집주인인 우리만이 남았다. 사람들은 고장난 보일러와, 비만 오면 눅눅히 젖어드는 벽지, 녹슨 수도관을 탓하며 떠나갔다. 나는 그들의 요구를 들어줄 만한 돈도, 의욕도 없었다. 함께 살던 사람들이 이사 가고, 층과 층을 가르는 바닥은 더욱 얇아졌다. 윗집에서 변기물을 내리면, 곧이어 아랫집 아이의 잠투정 소리가 벽을 타고 올라왔다. 아랫집 방문이 열리는 소리에 놀라, 면도를 하다 턱을 벤 적도 있었다. 집을 무너뜨리기 위해 휘두르는 해머처럼, 아랫집 부부의 싸움은 집을 뒤흔들었다. 아랫집 남자는 눈 밑에 난 작은 사마귀 때문에, 늘 눈에 눈물을 달고 사는 이처럼 보였다. 화가 나면 그는 여자를 함부로 다뤘다. 택시를 운전하는 남자가 집에 들어오는 시간, 그가 현관문을 세게 닫으며 싸움은 시작되었다. 남자가 운전하는 택시는 소나타를 개량한, 회색빛 개인택시였다. 몇 년 전까지만 해도 그는 소나타를 끌고 출근하는 평범한 회사원이었다. 여기로 이사하고 일주일이 채 안 돼, 그의 차에는 깔끔한 고딕체로 '개인택시'라는 글자가 쓰어졌다. 남자의 난폭한 성격은 아이를 홧김에 창밖으로 내던졌다는 소문으로, 아이를 향해 TV를 던졌다는 추측으로 이어졌다. 사람들은 아이의 한쪽 다리가 의족이라는 사실을, 그의 난폭함과 결부지어 떠들어댔다. 남자가 주먹으로 벽을 치고, 여자가 비명을 지르며 쿵, 넘어지고, 무거운 가구들이 쓰러지고, 방문이 부서져라 닫히는 동안, 벽에서는 시종 돌가루가 떨어져내린다. 아이의 자지러지는 울음, 그 울음이 시작돼야 싸움은 끝난다.

  나는 키가 오십 센티가량 되는 곰을 가슴에 품는다. 놈은 앞발을 들어 내 둔한 심장을 가르려고 하지만, 놈의 다리는 너무 연약하다. 다리에는 폴리에스테르 솜을 넣었기 때문이다. 나는 곰의 앞발로, 허공을 할퀸다. 곰은 갈고리 모양의 긴 발톱을 숨기고 있어 위험하다. 성이 난 곰은 육중한 앞발을 휘둘러, 먹잇감의 살점을 뜯어놓고야 만다. 나는 놈의 발톱을, 낡은 가죽잠바를 오려 만들었다. 가죽을 원뿔 모양으로 말아 공그르기를 한 다음, 그 안에 화학솜을 미어지게 밀어넣었다. "나도 노력하고 있어!", 나는 곰의 말랑한 발톱을 만지작거리며, 아내의 목소리를 흉내낸다. 아랫집 남자가 주먹으로 벽을 치자, 집 전체가 흔들린다. 나는 몸을 옹송그리며, 곰의 매끈한 발톱을 쓰다듬는다. 놈의 발톱에도 플라스틱 콩을 넣을까 고민했지만, 단단한 발톱이 삐죽이 튀어나온 모습은 놈에게 어울리지 않았다. 솜을 넣어 만든 놈의 발톱은 이 센티에 불과하다. 갈색 유리눈에, 굵은 수실로 수를 놓아 만든 역삼각 코, W자의 웃는 입은 크고 날카로운 발톱을 가질 수 없다. 어머니는 내게, 곰인형이 나쁜 꿈을 잡아먹는다고 말했다. 어머니와 떨어져 있어도, 인형이 나를 위로해줄 거라고 했다. 나는 손가락으로 놈의 발톱을 짓뭉갠다. 말랑한 발톱은 형태를 잃었다가도 금방, 제 모습으로 돌아온다.

아랫집이 조용하다. 소음은 순식간에 사라져버렸다. 아이도 울지 않는다. 순간, 푹신하고 따뜻한 손바닥이 내 뒤통수를 쓸어내린다. 방바닥에 누워 있는 곰은 어둠을 향해 팔을 벌리고 있다. 조용히 어둠을 응시하는, 놈의 반질반질한 눈알을 바라보다, 나는 급히 문 쪽으로 고개를 돌린다. 아내가 돌아왔다. 깊은 밤, 안방 문이 열리는 소리는 머리털을 쭈뼛 서게 한다. 툭, 툭, 툭. 계단을 때리는 소리가 또다시 들려온다. 한동안 잠잠했던 소리는 전보다 크고 또렷하다. 정말, 누군가가 계단을 올라오고 있을까. 점점 커지는 둔탁한 소리는 어둠을 쨍쨍 울린다.

곰은 방바닥에 가뿐히 앉는다.

나는 가만히 쪼그리고 앉아, 어둠에 눈이 익숙해질 때까지 기다린다. '깨어날지도 모르니까, 조심해'. 벽에 기대앉은 곰이 눈을 반짝인다. 나는 곰을 향해 고개를 끄덕여 보인다.

아내는 아무것도 깔지 않은 방바닥에 엎드려 있다. 아랫집 여자처럼, 나는 아내를 향해 비명을 지르고 싶다. 머리카락을 움켜쥐고, 눈을 부라리며, 아내에게 소리를 지르고 싶다. 가슴에 묻어두었던 물음들로, 입술이 달싹인다. 어디를 쏘다니다 이제야 들어왔는지, 왜 내게 말 걸기를 두려워하는지, 지금까지 나의 인형들은 전부 어디로 치웠는지! 고양이 얼굴로 무릎을 꿇고 앉아, 내게 카드빚을 갚아줄 것을 요구하던 아내. 퇴직금으로 부족하다면 집을 팔아 목돈을 마련해보자던 그녀. 분노와 무관심, 시소처럼 번갈아 행하는 절망의 몸짓, 서투른 연극배우의 과장된 몸놀림. 너무 낡아버린 집은 팔리지 않고 있다. 내 퇴직금을 삼켜버린 아내는, 집 안에 값나가는 물건들을 내다 팔기 시작했다.

얇은 슬립을 입고 누워 있는 아내는 곯아떨어졌다. 어두운 방, 아내의 슬립은 하얗게 빛난다. 아내의 얼굴 가까이 코를 가져다댄다. 아내가 숨을 내쉴 때, 나는 숨을 들이마신다. 이틀 만에 들어온 아내에게서 씁쌀한 양주 냄새가 난다. 나는 손가락으로 아내의 등을 꾹, 찔러본다. 아내는 움직이지 않는다. 아내의 가슴, 허리, 다리에 코를 가져간다. 땀냄새와 화장품 냄새가 뒤섞여 콧속을 불쾌하게 파고든다. 나는 킁킁대며, 콧속을 더럽힌 냄새를 밀어낸다. 아내의 긴 머리는 방금 바다에서 건져올린 물미역처럼 검푸르다. 이번에는 아내의 발그레한 뺨을 찔러본다. 나이에 비해 탄력이 느껴지는 뺨은, 차갑기만 하다. 나는 아내의 뺨을 꾹꾹 찌르는 행위에, 재미를 느낀다. 마침내 손끝에 닿는 딱딱함, 그것은 아내의 이빨이다. 이번엔 팽팽한 엉덩이를 눌러본다. 엉덩이는 바람이 든 고무인형처럼 삐이익, 소리를 토해낼 듯 탱탱하다. 손장난은 이쯤에서 그치고, 나는 문가에 던져져 있는 아내의 핸드백을 끌어온다. 한 손에는 곰인형을, 다른 손에는 아내의 핸드백을 들고 방 밖으로 엉금엉금, 기어나온다.

나는 서재로 돌아와, 곰인형과 핸드백을 책상 위에 나란히 내려놓는다. 스탠드를 켜기 위해 팔을 뻗는다. 뭉툭한 손끝에, 작고 물렁한 가죽 발톱이 길게 자라난 손은 나의 것인가, 곰의 것인가. 그 발톱으로 톡,

스탠드 버튼을 건드리자, 따가운 빛이 눈을 찌르며 쏟아진다. 안방에서 아내의 가방을 들고 나온 일이 처음은 아니지만, 책상 위에 아내의 물건을 무사히 풀어놓으면 늘 온몸이 떨리도록 가슴이 뛴다. 나는 핸드백 입구를 벌려 뒤집어엎는다.

포켓용 휴지, 담배, 립스틱, 핸드폰.

핸드폰 곁에, 아내의 손지갑이 떨어져 있다. 몇 주 전, 아내에게서 카드를 뺏어 부러뜨리고 나서 얼마 안 돼, 나는 지금껏 받아본 것과는 다른 고지서를 받았다. 아내는 나를 속이고 카드를 새로 만들었다. 나는 아내의 지갑 속을 샅샅이 뒤진다. 주민등록증, 교통카드, 미용실 할인카드, 천원짜리 지폐 두 장. 어떤 고지서도, 영수증도 찾을 수 없다. 현금카드도, 신용카드도 없다. 뜨거운 바람을 타고 재빠르게 움직이던 나의 손가락들은 일순간, 풀이 죽는다. 새로 발급받은 신용카드나 카드 고지서가 손에 들어오길 바랐던, 나의 은밀한 소망이 부끄러움으로 다가온다. 손아귀에 아내의 나쁜 행실을 틀어쥐고, 그녀를 향해 마음껏 비명을 지르고 싶은 욕망이 초라하게 쪼그라든다. 늦은 밤, 아내 곁을 떠나 인형의 둥근 귀에, 폭신한 얼굴에, 볼록한 배에 뺨을 기대고 눈을 감는 날이 늘어났다. 아내를 피할 생각은 처음부터 없었다. 온갖 교태와 고양이 얼굴, '친절'과 '속임수' 따위가 난무하는 나쁜 꿈들이 우리를 멀어지게 하고 있었다. 나는 다니던 회사의 본부장이 인자한 얼굴로 건넨 흰색 마스크가 내 얼굴을 뒤덮거나, 자동차 부품 영업 일로 만난 어느 고객의 살찐 배를 흉기로 찌르거나, 아내를 살해해 여행가방에 구겨넣고 그것을 저수지에 수장시켜버리거나 하는 꿈을 꾸었다. 나의 인형들이 나쁜 꿈들을 모두 먹어치우길 소원했다. 하지만 인형이 매일 밤 고약한 꿈들을 집어삼켜도, 꿈은 좀체 줄어들지 않았다. 나쁜 꿈들이 벌려놓은 딱 그만큼의 거리를 두고, 나는 인형을 끌어안은 채로 아내를 지켜봐야 했다.

나는, 스탠드 곁에 오도카니 앉아 있는 나의 곰인형을 본다.

곰은 무게가 구백사십 그램이다. 아내는 벨루어 천으로 만든 이놈만은 버리지 못했다. 늘 내 품에서 잠드는 놈이기에, 시종 나의 침냄새를 풍기는 놈 앞에서 그녀는 코를 싸쥐고 등을 돌렸을 것이다. 나는 놈을 끌어안고, 스탠드를 끈다. 사방이 온통 어둠이다.

툭, 툭, 툭.

어둠 속에서는 모든 소리들이 증폭되고, 굴절된다. 계단에서 들려오던 소리가 어느새 지붕 위로 자리를 옮기기도 한다. 다시 계단으로 내려온 소리는 문득, 쇠구슬을 연상시킨다. 계단에서 쇠구슬이 굴러떨어지는 소리가 이럴까. 누군가 계단을 오르고 있다고 추측하기에는, 계단이 너무 짧다. 고작 스무 개의 계단을 밤새 오를까. 나는 방바닥에 귀를 가져다댄다. 냉기로 굳은 바닥이 뺨에 따갑게 들러붙는다. 아래층 부부는 싸우다 지쳐 잠시 쉬고 있는지도 모른다. 그들은 곧 다시 싸울 것이다. 싸움은 아이가 울어야 끝난다. 아직 아이는 울지 않았다. 나는 젖꼭지를 입에 문 아기처럼, 곰의 푹신한 앞발을 입속에 넣고 혓바닥으로 감싼다.

'난 나쁜 꿈을 아무리 많이 먹어도, 배가 부르지 않아.'

나는 곰의 W자 입술을 매만지며, 다정함을 느낀다. 걱정 마, 내게는 나쁜 꿈들이 아주 많아. 어둠 속에서 얼어붙은 나의 음성은 곰의 유리 눈알 위로 반짝이며, 떨어진다.

"누구야!"
거실의 불투명한 창에, 계단을 오르는 검은 그림자가 비친다. 계단을 쉬지 않고 올라온 그림자는 현관문에 바짝 붙어선다. 나는 거실 바닥에 쪼그리고 앉아, 나를 찾아온 그림자를 노려본다. 현관문 유리에 뽀얀 김이 서린다. 이쪽을 바라보는 그림자는 솜잠바를 입은, 낯선 아이다. 아이의 어깨에 화판이 걸려 있어, 아이가 유리에 달라붙을 때마다 화판이 유리를 때린다. 나는 비틀비틀, 자리에서 일어난다.
현관문을 빠끔히, 열어본다.
아이는 코트 단추 같은 눈을 반짝이며, 내 얼굴을 뚫어지게 쳐다본다. 아이의 인중과 입술이 Y자를 거꾸로 한 모양이라, 아이는 모든 것에 관심이 없는 듯 뚱한 표정이다. 아이의 얼굴은 어떤 미동도 없이 나를 올려다본다. 뚱한 모습 그대로 박제된 표정이 너도 나와 같은 얼굴이야, 하고 말을 건다. 갈색 눈동자에 비친 내 얼굴, 나는 아이의 눈동자를 들여다보며 나의 뚱한 표정을 마주 대한다. 문을 좀더 열어젖히고, 아이에게 다가간다.
아이의 턱 끝에 매달린, 땀인지 눈물인지 모를 물방울들이 아래로 뚝뚝, 떨어진다. 나는 발등에 떨어진 서늘한 물기를 느끼며, 몸을 떤다. 깊은 밤, 낯선 아이의 방문은 너무나 뜻밖이다. 나는 당혹스러움을 감추지 못하고, 아이를 천천히 훑어본다. 아이의 다리에 시선이 머물며,

나는 입을 동그랗게 벌린다. 아이는 분명, 아랫집에 사는 그 사내아이다. 추운 겨울밤, 반바지를 입은 아이는 왼쪽 아랫다리를 드러내놓고 있다. 아랫다리라고는 하지만, 무릎 위 허벅지부터 의족이다. 살색의 인공 발은 마네킹의 그것처럼 딱딱하고, 매끈하다. 아이는 부모의 싸움을 피해, 집에서 급히 빠져나온 듯 보인다. 어깨에 걸려 있는 화판은 아이의 유일한 보물 같다. 반바지 차림에 신발도 신지 못했지만, 화판만은 어깨에 단정히 걸려 있다. 네 다리 정말, 아빠가 부러뜨린 거니? 나는 오래 전부터 궁금했던 질문을 속으로 되뇐다. 아이는 나를 빤히 올려다보며, 정말 그런 거야? 묻는 내 얼굴을 자신의 유리알 눈동자에 담아 보여줄 뿐이다. 나는 아이에게로 손을 뻗는다. 눈물? 아이의 뺨을 쓰다듬는 나의 손바닥이 축축하게 젖어든다. 아이의 뺨은 부드럽고 따듯해, 나는 얼른 손을 거둬들이지 못한다.

"네가 소리를 낸 거야?"

아이는 고개를 끄덕이며, 인공 발을 들어 대리석 바닥을 툭, 툭, 툭, 때린다. 무릎 부위가 기계로봇의 다리처럼 어색하게 구부러졌다, 펴진다. 집에서 도망나온 아이의 유일한 화풀이 대상은 대리석 계단, 의족으로 내리찍는 계단뿐이다. 아이의 왼쪽 발뒤꿈치가 벗겨져 있다. 그 뒤꿈치는 핏방울이 아닌 회색 돌가루를 떨어뜨린다. 나는 계단에 거미줄처럼 뻗어나간 균열을 보고, 현기증을 느낀다.

아이는 주머니 속을 뒤적거린다. 아이의 손에, 붉은색 새끼곰이 딸려 나온다. 주먹만한 몸통에 작은 머리, 긴 팔과 다리가 대롱거리는 곰인형이다. 지난여름, 벨루어 천으로 큰 놈을 만들고 남은 천을 이용해 완성한 새끼곰이다. 아내가 쓰레기통에 처박은 걸, 아랫집 아이가 주운 모양이다. 아이는 새끼곰을 내게 건네기 위해, 팔을 뻗는다. "아이 러브 유, 아이 러브 유", 돌연한 기계음. 아이가 새끼곰 머릿속에 내장된 멜로디칩을 눌렀다. 아직 녹슬지 않은 기계음이 거북해 나는 흠칫, 뒤로 물러선다. 아이는 어서 새끼곰을 받으라는 몸짓으로 성큼 다가선다. 아이가 건넨 곰이 내 손에 닿는 순간, 그것은 바닥으로 떨어지고 만다. 새끼곰은 대리석 찬 바닥에 널브러져 있고, 아이는 이미 사라지고 없다. 나는 계단 아래를 멍하니 내려다본다. 알사탕만한 유리눈알만이 계단 아래로 톡톡, 튀며 굴러떨어지고 있다.

시간이 얼마나 흘렀는가. 눈을 뜨자, 검은 허공이 나의 가슴을 짓누른다. 몸을 움직일 때마다 사락사락, 소리가 귓전을 맴돈다. 플라스틱 콩들이 서로 몸을 비벼대며 내는 마찰음이다. 바닥도 벽도, 집은 너무 차갑다. 찬 바닥에 널브러진 나의 머리, 가슴, 배, 다리가 딱딱하게 굳어가고 있다. 어둠 속에서 흘러내린 긴 머리카락들이 내 얼굴을 간질인다. 나는 발가락을 오므린다. 뭉툭한 손과 발에 감각이 되돌아왔다, 사라진다.

언제 거실 바닥에 누웠는지, 나는 모른다. 입 안에 먼지가 쌓여간다. 나는 부엌을 향해 기어가기 시작한다. 얼굴이, 머리가, 목이, 스프링 인형처럼 흔들린다. 냉장고에 기대앉아 숨을 몰아쉰다. 나는 젖은 빨래처럼 늘어져, 바닥에 구르는 빈 생수통을 멀거니 쳐다본다. 목이 마르다.

지독한 갈증이, 혼미한 정신을 휘젓는다. 갈증의 고통만이, 나의 두 눈을 부릅뜨게 한다. 나는 힘을 내, 냉장고 문을 열고 물을 찾는다. 생선 썩는 냄새가 코를 찌른다. 냉장고는 가동되고 있지 않다. 물이 있어야 할 유리병은 텅 비어 있다. 반찬통의 음식물은 대부분 상했다. 나는 얼굴을 붉히며, 아내 방으로 어기적어기적 기어간다. 아내가 잠들어 있는 방문은 다가갈수록 대문만큼, 고대의 어느 성문만큼 커진다.

'냉장고가 고장났어, 반찬들이 죄다 상했어!'

나의 음성은 웅얼거림으로 끝난다. 나는 방문 손잡이를 애써 돌려본다. 커다란 놋쇠 주전자만큼 자라난 방문 손잡이는 돌리기 힘들다. 나의 뭉툭한 손으로 방문을 열기란, 불가능하다. 나는 아내의 방문 앞에 웅크리고 앉아, 절망한다.

나는 벽을 짚고 겨우 일어선다. 오랜 시간 누워 있거나 기어다녀, 일어서는 일이 첫걸음마를 뗀 아기의 걸음처럼 서투르다. 나는 엉성한 걸음으로, 수돗물이라도 마실 생각에 싱크대 앞에 다가선다. 싱크대 속을 들여다본 순간, 나는 욕지기를 참지 못한다. 라면봉지, 달걀 껍질, 병뚜껑, 밥알 등이 싱크대 속 뿌연 물에 둥둥 떠 있다. 집 안을 떠도는 악취가 싱크대 구멍이 막혔기 때문이라는 것을, 나는 이제야 깨닫는다.

나는 부엌 창 옆에 걸려 있는 긴 꼬챙이를 신경질적으로 떼어와, 싱크대 구멍을 쑤신다. 오래된 쓰레기 냄새가 올라온다. 싱크대 구멍에서 쿨럭쿨럭, 누런 물이 올라와 고여 있는 물과 뒤섞인다. 막힌 구멍을 쑤셔서 되는 일이 아니다. 나는 배수관을 찾아, 싱크대 문을 벌컥 연다. 그 안에 든 냄비들과 사기그릇 몇 가지를 꺼내자, Y자로 생긴 싱크대 배수관이 드러난다. 배수관의 트랩을 손으로 만지자, 붉은 녹물이 손에 묻어난다. 트랩만 쇠로 되어 있고, 세탁기 호스처럼 생긴 것이 싱크대와 바닥을 연결하고 있다. 나는 배수관 주변에 있는 그릇들을 모조리 꺼낸다. 언제나 싱크대 서랍 속에 넣어두는 드라이버도 꺼낸다. 트랩을 죄고 있는 나사를 드라이버로 힘겹게, 돌린다. 트랩이 빠지면서, 배수관에서 라면 가닥과 김치조각, 생선가시 등이 누런 물과 함께 쏟아져나온다. 오물은 내 얼굴과 다리로 마구 튀어오른다. 나는 내게 튄 오물을 닦을 겨를이 없다. 막혀 있던 음식물 찌꺼기가 몽땅 빠져나왔을 텐데도, 여전히 빠져나올 생각이 없는 무언가가, 배수관 속에서 버티고 있다. 나는 좀더 가까이 다가가 그 속을 살핀다.

배수관 밖으로, 길쭉하게 생긴 무엇이 달랑거리고 있다. 짧은 털이 수북하게 돋은 그것은, 물에 젖은 생쥐의 몸통 같다. 돌돌 말린 긴 꼬리는 배수관 속에 들어 있는 것일까. 나는 그것을 힘껏 잡아당기다, 바닥에 엉덩이를 찧고 만다. 또다시 그것을 잡아당기려다, 나는 주춤댄다. 반쯤 빠져나온 그것, 녹물에 젖어 통통 불어터진 다리 한 짝, 지독한 악취를 풍기는 그것은 분명, 인형의 다리다. 나는 무릎을 꿇고 앉아, 배수관에 끼어 달랑거리는 인형 다리를 노려본다. 저게 어떻게 저기에? 아 내가 한 짓일까, 나는 인형 다리를 두 손으로 쥐고, 천천히 잡아당겨본다. 배수관 속에 처박힌 다리는, 꼼짝도 하지 않는다. 나는 그것을 단단히 부여잡고, 상체를 뒤로 젖히며 힘껏, 아주 힘껏 잡아당긴다. 싱크대가 우그러들기 시작한다. 나는 인형 다리를 잡아 빼는 일에 몰두한다. 싱크대는 코를 푼 휴지처럼 우그러든다. 조금만 더! 나는 이를 악문다.

다리가 전부 나오자, 이어서 인형의 몸체가 빠져나오고 있다. 녹물에 푹 절어 있는 그것은, 곰의 것도 기린의 것도 아니다. 싱크대는 무참하게 찌그러든다. 부엌 바닥에 녹물이 떨어져 흥건하다. 나는 엉덩이를 뒤로 빼며 끙끙, 소리를 뱉어낸다. 드디어, 배수관에서 빠져나온 그것을 움켜쥐고 바닥에 나동그라진다. 나는 손에 든 것을 확인하자마자, 그것을 내팽개치고 뒤로 물러앉는다. 냉장고 크기만한 그것은, 팔다리가 있는 헝겊인형이다. 녹물 때문인지, 인형의 몸은 온통 붉다. 인형의 머리는 뜯겨나가고 없다. 싱크대가 찌그러들면서 인형의 머리를 뜯어 삼켰는지도 모른다. 이렇게 큰 인형이 배수관 속을 틀어막고 있었다니! 나는 발끝으로 인형을 건드려본다. 그때, 누군가가 한껏 움츠러든 나의 어깨를 따듯하게 감싸쥔다. 나는 헉, 숨을 멈춘다.

아랫집 아이가 화판을 목에 걸고, 나를 내려다본다.

인중과 입이 Y자를 거꾸로 한 모양. 아이의 갈색 눈동자에, 잔뜩 겁에 질린 내 얼굴이 비친다. 나는 아이의 표정을 살피고 싶지만, 아이의 유리알 눈알에 담긴 내 얼굴만이 되돌아올 뿐이다. 제발 멍청한 얼굴로 있지 마, 나는 나의 뺨을 내리갈긴다. 푸덕푸덕, 날기 위해 안간힘을 쓰는, 크고 둔한 새의 날갯짓 소리만이 들린다. 아이는 아무런 거리낌 없이 집 안을 돌아다닌다. 아내가 자는 방문을 열었다 닫기도 한다. 아내의 방에서 빠져나온 찬바람이 잠시 악취를 몰아낸다. '집에서 이상한 냄새가 나요', 아이는 상을 찡그리며 코를 싸쥔다. '저거 때문이야', 나는 손가락으로 부엌 바닥에 자빠져 있는 머리 없는 인형을 가리킨다. '커다란 인형이 어떻게 싱크대 구멍 속으로 들어갔을까', 나는 아이의 목소리로, 아이는 내 목소리로 묻고 대답한다. 우리의 음성은 결코 소리가 되어 밖으로, 어둠 속으로 흘러나오지 못한다.

툭, 툭, 툭. 아이는 딱딱한 발로 거실 바닥을 두드리며 돌아다닌다. 그만 해, 죽고 싶어! 아랫집 남자의 고함소리다. 남자는 주먹으로 벽을 때린다. 쿵쿵, 집이 흔들린다. 그들의 싸움이 다시 시작되었다. 아랫집 여자의 비명소리와 함께, 이 방 저 방을 헤매는 분주한 발소리가 들려온다. 아이는 그 지겨운 싸움을 피해 나를 찾아온 것이 분명하다. 아이는 목에 건 화판을 벗어던지고 툭, 툭, 툭, 거실 창을 향해 천천히 걸어간다. 나는 녹물이 스민, 나의 손톱을 내려다본다. 붉은 손톱, 붉은 손가락, 붉은 손바닥, 모두 이미 내게서 떨어져나간 낯선 물체들 같다. 내 몸이 아닌 것에 의지해, 나는 기어다니고 잠을 청하고, 이마의 땀을 닦는다. 아이는 거실 창 앞에 우뚝 선다. 부드럽고 포근해 보이는, 아이의 아담한 등. 그것에 이끌려, 나는 아이에게로 느릿느릿 기어간다. 아이는 그 자리에 털썩 주저앉는다. 나는 기어가다 아차, 무릎으로 아이가 내팽개친 화판에 금을 내고 만다. 재빨리 무릎에 깔린 화판을 옆으로 밀쳐낸다. 아이는 무슨 그림을 그렸을까, 나는 화판에서 아이의 스케치북을 끌어낸다. 등을 돌려 창을 바라보고 앉은 아이는 그 자리에, 그대로 꿈쩍도 하지 않는다. 나는 스케치북을 한 장씩 펼쳐 넘긴다. 팔, 다리, 가슴, 얼굴, 팔절지 도화지마다 신체의 어느 한 부분이 확대되어 그려져 있다. 고무장갑에 바람을 불어넣은 듯한 팔, 녹슨 철근이 튀어나온 거대한 교각을 닮은 다리, 둥근 얼굴에 눈이 하나 달린 도깨비, 스케치북에 그려진 것들은 모두 기형이다. '네가 그린 팔, 다리, 얼굴을 풀로 이어붙이면 멋진 괴물이 탄생하겠구나. 인형의 팔다리는 말이다, 풀이나 박음질 따위로 이을 수 없단다. 움직임이 부자연스럽기 때문이야. 플라스틱이나 두꺼운 종이로 만든 조인트로 연결해야 해. 똑딱단추처럼 생긴 조인트로 놈의 팔다리를 연결하면 그것들은 자유자재로 움직이지.' 아이의 머리가 흔들린다. 나는 자유자재로 흔들리는 아이의 몸통을 쳐다보며 그의 음성으로, 나의 음성으로 중얼거린다.

잠자코 앉아 있던 아이가, 옆으로 맥없이 쓰러진다. 누군가 계단을 쿵쿵, 내려가고 있다. 나는 바닥에 납작 엎드려, 밖에서 들려오는 소리에 귀를 기울인다. 골목을 쩌렁쩌렁 울리는 아랫집 남자의 고함소리, 그 소리에 아이의 몸이 움찔거린다. 엄마 젖을 찾아 기어가는 아기처럼, 나는 거실 창으로 재게 기어간다.

쇠파이프를 손에 쥔 아랫집 남자는, 집 앞에 세워둔 택시 앞유리를 깬다. 남자는 택시 지붕을 때리고, 차창 유리도 박살낸다. 택시 지붕이 일그러진다. 남자의 미친 행동을 말리는 여자는 외려 그의 사나운 힘에 휘둘린다. 이 소란스러움에 아내가 방문을 벌컥 열어젖히며 튀어나올까봐, 나는 불안하다. 당신도 저렇게 미친 듯이 날뛰었지, 나는 아내의 빈정대는 말투를 상상한다. 카드 고지서를 찢고 주먹으로 벽을 치고 전화기를 부수고 안방 유리까지 깨부수던 당신을 잊을 수 없어. 나는 아내의 원망 앞에서 늘 태연스레 어깨를 으쓱, 올려 보이곤 했다. 아내와 나 사이에 가득한 나쁜 꿈, 그 꿈을 불러온 사람은 내가 아닌 아내였다. 가난과 무질서, 게으름과 무관심 따위를 불러낸 것은 아내다. 모든 게 아내 탓이었다. 그렇지? 모두 아내 때문이라구, 나는 동의를 구하기 위해 바닥에 쓰러진 아이를 내려다본다. 나는 또다시 아이의 유리알 눈알에 비친, 비겁한 내 얼굴을 마주 대한다.

남자는 쇠파이프를 높이 치켜들고, 대문 앞에 선다. 여자는 남자의 팔뚝을 잡아당기지만 소용없는 짓이다. 대문의 중간 부분이 움푹 꺼져 들어가자, 남자는 대리석 계단을 깨기 시작한다. '저러다 집을 부수겠어!', 꿈에서 깨어난 사람처럼, 나는 자리에서 벌떡 일어나, 현관문 밖으로 뛰어나간다. '당신들 때문에 시끄러워 잠을 잘 수 없어. 집이 무너지겠어, 당신들 때문에!', 나는 그들에게 전세금을 돌려주지 않을 거라고 협박할 작정이다. 자신감, 아랫집 남자의 횡포를 말리기 위해 계단을 뛰어내려가는 동안, 터무니없는 자신감이 들끓어오른다. 대문 밖으로 뛰어나가자, 보안등 불빛이 눈두덩으로 따갑게 쏟아진다. 나는 눈이 부셔 잠시, 허둥댄다. 그리고 눈을 뜬다. 눈을 뜨고 주위를 돌아보다 자리에 그대로 얼어붙고 만다.

없다. 아무도, 아무것도 없는 텅 빈 골목.

쇠파이프를 미친 듯이 휘두르던 남자도, 비명을 질러대던 여자도 없다. 남자의 망가진 택시도 없다. 나는 서둘러 이층으로 올라가, 아랫집 현관문을 연다. 현관문은 맥없이 열리고, 집 안에 갇혀 있던 바람이 빠져나와 나의 이마를 스친다. 나는 성큼, 안으로 들어선다. 벽지는 드문드문 찢어져 있고, 바닥에는 이삿짐을 묶고 남았을 노끈이 굴러다닌다. 찢어진 종이박스, 오래된 신문지, 부엌 싱크대 문은 죄다 열려 있다. 곰팡이 냄새가 콧속을 파고든다. 세입자들은, 이삿짐을 꾸린 뒤 반드시 문을 잠그고 떠나달라는 집주인의 부탁 따위는 간단히 무시해버렸다.

나는 다리가 꺾인다. 모든 게 꿈인가. 싱크대 배수관의 인형도, 아랫집 아이도, 모두 나의 나쁜 꿈인가. 나는 얼른 그곳에서 나와, 삼층을 향해 뛰어오르기 시작한다. 깊은 밤 나를 찾아온 아랫집 아이가, 거실 창 아래 쓰러져 있다는 사실이 떠오른 까닭이다. 아이가 내 궁금증의 열쇠를 쥐고 있다. 나는 그렇게 중얼거리며 계단을 오르고, 오른다.

삼층. 집 안을 가득 메운 눅눅한 어둠이, 내 멱살을 휘어잡고 안으로 끌어당긴다.

나는 거실 바닥에 무릎을 꿇는다. 거실 창 아래 쓰러져 있는 곰인형, 아내가 미처 버리지 못한 그놈이 나의 침냄새를 풍기며, 검은 허공을 향해 팔다리를 뻗어올린 채 누워 있다. 나는 바닥에 펼쳐진 나의 스케치북을, 곰과 기린, 얼룩소의 몸통과 팔, 다리를 따로따로 그려놓은 인형 도안 스케치북을 망연히 내려다본다. 여러 도안들 위에 침자국인지 눈물 자국인지 모를 얼룩들이, 누렇게 번져 있다.

나는 아내가 자고 있는 방의 문을 열고, 형광등 스위치를 올린다. 두어 번의 깜박임 끝에, 형광등 불빛이 반짝 켜진다. 나는 빛에 쉽게 적응하지 못하고 비틀거리며, 앞으로 더듬더듬 나아간다. 그때, 발끝에 뭔가가 툭 부딪친다. 무언가가 두글두글, 무거운 소리를 내며 창 쪽을 향해 구른다.

방바닥을 구르다 멈춘 것은 아내의 머리가 아닌, 인형의 머리다. 속눈썹이 풍성한 검은 눈은 천장을 빤히 쳐다보고, 살짝 벌어진 붉은 입술 사이로 이빨은 희고 가지런하다. 나는 방 안을 둘러본다. 군데군데 뜯어진 벽지, 장판이 사라진 방바닥, 시멘트 바닥에 굴러다니는 이삿짐용 포장박스와 노끈. 내가 곰인형을 끌어안고 끝없이 잠을 청하는 동안, 아내는 이사를 계획했을 것이다. 낡은 인형은, 이사를 떠나는 사람들이 남기고 가는 가장 흔한 물건들 중 하나다. 화장대도 침대도 옷걸이도 없는 텅 빈 방에는, 토르소처럼 생긴 인형의 몸뚱이만이 모로 눕혀져 있을 뿐이다. 온몸이 우윳빛인 도자기인형. 신혼 초 아내의 생일날, 돼지저금통의 배를 갈라 구입한 도자기인형이다. 나는 아내의 생일 선물을 위해 오랜 시간 그녀 몰래, 저금통에 돈을 모았다. 키가 일 미터나 되는 도자기인형을 품에 안고 집에 들어서자, 아내는 인형을 질투했다. 그날, 아내는 내게 노란색 넥타이를 선물했다. 한동안 우리는, 아내를 닮은 커다란 도자기인형 앞에서 포옹을 하고 입을 맞추었다.

도자기인형의 두 다리는 깨져나가고 없다. 인형의 왼쪽 가슴은 검게 뻥 뚫려 있다. 나는 주저앉아, 창가로 굴러간 인형의 머리를 끌어온다. 머리를 거꾸로 들자 털실로 된 인형의 머리카락이 바닥으로 툭 떨어진다. 나는 다리가 끊어진 인형의 하체를 내려다본다. 다리가 잘려나가고 반만 남은 허벅지, 그것의 둥글고 날카로운 테두리는 잘 벼린 칼날처럼 푸르스름하다. 나는 눈을 감는다. 다시 어둠이다. 어머니의 허벅지는 피로한 나를 다독거리던 위로의 손길이었다. 궁핍을 이겨내는 강인함이었다. 부드러움에서 비롯된 매혹이자, 힘이었다. 성장하며, 세상에 가득한 언어들을 익히고 이해하며 어머니의 허벅지에서 멀어졌고, 멀어진 거리만큼 그 빈자리를 열정과 눈물을 집어삼킨 나쁜 꿈들이 메워나갔다. 나는 그 꿈에 짓눌려 때론, 인형을 끌어안아야 잠이 드는 아기가 되곤 했다. 도자기인형의 날카로운 허벅지에 손이 슬쩍 닿은 듯한

데, 금방 손끝에 핏방울이 맺힌다. 아내와 내가 멀어진 순간은 수십 장의 카드 고지서를 받기 훨씬 전, 그 이전일지도 모른다. 직장에서 해고되고 빚더미에 앉자마자 우리는 허무하게 무너졌다. 나는 여전히 아내만을 범죄자로 몰아간다. 수십 장의 카드 고지서를 받지 않았다면, 어쩌면 나는 아내와 사이좋게 지낼 수도 있었을 것이다. 나에게는 아내의 카드빚을 갚아줄 능력이 없다. 우리의 미래를 갈가리 찢어놓은 이는 내가 아니라, 아내다. 모든 게 아내의 잘못이다. 나는 그렇게 믿는다.

나는, 눈을 부릅뜬다. 영원한 침묵을 위해 입을 꾹 다물고, 품에 안고 있던 도자기인형의 머리통을 쓰레기를 버리듯 바닥에 내던진다. 순간, 형광등 불빛이 눈으로 어지럽게 쏠려들어온다. 나는 빙글빙글 돈다, 아니, 내 머리통이 방바닥을 구른다. 나는 머리가 떨어져나간 내 몸을, 바닥에 널브러져 있는 인형의 몸뚱이를 멍하니 바라보며, 시멘트 바닥을 구르고, 또 구른다.

미행

E의 뒤를 밟으며, J는 늘 E를 그 뒷모습으로, 땅바닥에 미끄러져가는 그림자로 기억할 뿐이었다. J는 왼쪽 허벅지에 토사물이 묻은 손바닥을 가져다댔다. 손바닥 밑으로, 상처를 뒤덮고 자라난 분홍색 살덩이가, 지금껏 잊고 살았던 마른 우물이 J에게 말을 걸고 있었다. 큰형의 발에 짓밟힌 Y의 얼굴, 그 얼굴을 손바닥으로 느껴본 일이 있는가. J는 자신의 왼쪽 다리 흉터를 쓰다듬었다.

붉고 예리한 빛이, 네모진 두부 위를 가로질렀다. 식물성 단백질 덩어리를 응시하는 빛, 그것은 T자 모양의 바코드 스캐너가 내쏘는 것이다. 불빛은 포장 두부에 새겨진 상품코드를 훑고 동시에 단가와 부가세, 할인율, 팔려나간 수량과 남아 있는 수량, 총 매출액, 물품 선호도 따위를 숫자들로 표시했다. 2100원×8은 두부 여덟 모의 값, '숫자들'의 집요한 추적에서 해방되는 순간, 두부는 유통기한에 따른 소멸을 기다린다. '소멸'을 언도하는 불빛의 새된 외침 삑, 소리가 E에게 아무런 자극을 주지 못하는 이유는, 변함없이 질서를 따르고 반복적이며, 늘 한결같은 고음을 유지하는 탓이다. E는 물품들을 장바구니 속으로 밀어넣으며, 가끔 그 속으로 뛰어들고 싶은 충동을 느꼈다. 소멸을 상상하며, E는 바코드 스캐너를 손등에 갖다대고 꾹, 눌러본 적이 있다. 단가 0원, 혹은 error. 스캐너는 '값이 없음'과 '불량품'을 오가며 E를 인식했다.

계산대 5번.

E는 불빛의 검열이 끝난 두부 여덟 모를 차곡차곡 쌓아올렸다. 바코드 스캐너를 건들거리며, E는 앞에 선 여자를 빤히 쳐다보았다. J는 양쪽 주머니가 불룩하게 늘어진 황토색 카디건 옷깃을 여몄다. 언제나 장바구니 가득 두부만을 사가는 여자였다. 처음, J가 마트 진열대의 두부들을 품에서 풀어놓았을 때, 계산대 위로 두부 피라미드가 쌓였다. 두부요리 전문식당을 하세요? E가 두부 바코드를 스캐너로 찍으며 물었고, J는 입술을 꽉 다문 채 퉁방울눈만 껌뻑였다. 그후 사흘에 한 번꼴로, E의 계산대에는 두부가 쌓여 만들어진 구조물이 생겨났다. E는 J의 두부들을 계산할 때마다 잠깐씩 심드렁한 표정을 짓곤 했다. Y, 두부반찬을 유난히도 좋아했던 그가 떠올랐기 때문이다. 오 개월간 함께 지내며, E도 Y처럼 밥상에 젓가락을 놓듯 두부요리를 꼬박꼬박 챙겨먹었다. Y가 떠나고 삼 개월이 지난 어느 날, 이불을 개고 양치질을 마치고도 더이상 Y가 떠오르지 않았다. 한동안 냄새조차 맡지 못했던 두부반찬도 어느새 입속에 들어 있곤 했다. 그가 남기고 간 유일한 물건인 슬리퍼가 빗물에 떠내려가도, 그 사실을 알아채지 못했다. 그렇게 삼 년 전 만났고 헤어졌던 Y, 모두 지난 일이다.

펠리컨의 불룩한 턱주머니를 닮은 J의 주머니.

J는 카디건 주머니에 손을 넣고는 혀끝을 빼물었다. E의 바코드 스캐너 불빛이, J의 두툼한 주머니로 향했다. 주머니에서 순두부를 꺼내 계산대 위로 쌓아올리는 J의 손동작은, 신중했다. E는 J의 민첩하게 돌아

가는 퉁방울눈을 주시했다. 수만 명의 얼굴들 속에서 J의 얼굴을 찾아내는 일은 쉽다. 어두운 골목길이나 복잡한 대로에서도 마찬가지일 것이다. E가 J의 얼굴을 알아보는 것은, J가 번번이 계산대에 풀어놓는 그 엄청난 두부들 때문이 아니었다. 얼굴을 마주 대한 횟수 또한 이유가 될 수 없다. 계산대를 통과하는 사람들, 계산대를 사이에 두고 항상 친절함으로 그들을 마주 대하지만 스캐너 불빛이 훑고 간 물품처럼, 그들은 매순간 어둠 속으로 꺼져들어갔다. E는, J의 퉁방울눈과 그녀의 빈약한 목을 둘둘 감은 청록색 스카프에 마음을 빼앗긴 것이다. J가 퉁방울눈을 굴릴 때마다, 숨을 내쉴 때마다, 금빛 광택이 굽이치며 번득이는 청록색, 그것이 자꾸만 E를 수년 전의 초겨울 바닷가로 이끄는 탓이었다.

녹색 광택이 흐르는 바다가마우지의 깃털과, 물갈퀴가 달린 놈의 검은 발.

초겨울. 해변에 세워진 인명구조용 철제 망루는, 모래와 소금이 뒤섞인 바닷바람에 꾸준히 칠이 벗겨졌다. 쇠기둥은 시뻘건 녹을 떨어뜨렸으나, 꽁꽁 얼어버린 망루는 비릿한 녹내를 풍기지 않았다. E는 해변의 망루에 올라앉아 목에 건 호루라기를 입에 물고 조약돌을 굴리듯, 살살 불어대곤 했다. 빌딩 높이만한 파고와 우둔한 상어의 눈, 전사해파리의 촉수 따위를 상상하는 일에서 벗어나, 고른 숨을 내쉴 수 있는 유일한 방법이었다. 그때, 해안의 낮은 절벽 위, 여덟 마리의 바다가마우지는 앙상한 철제 망루가 서 있는 해변으로 일제히 고개를 돌렸다. 작은 소리에도 반사적으로 돌아가는 검은 머리와 유연한 경추, 그 머리 양쪽에 보석처럼 박힌 녹색 눈알이 기민하게 돌아갔다. 이십 미터 상공에서도, 청록색 광택이 흐르는 날개를 몸통에 바짝 붙이고, 바다 속 먹잇감을 향해 빗방울처럼 떨어지는 바다가마우지, 그 무모한 잠수.

스캐너 불빛이 응시해야 하는 순두부는, 총 열두 개였다. 저것들이 모두 어떻게 카디건 주머니 속에 들어 있었는지, J의 주머니는 늘어진 위장 같았다. 1800원×12, 할인율 20%, 1440원×12, 순두부 열두 개의 가격. 두부 세일, 하나요? J가 물었다. 이벤트 코너에서 직접 만든 순두부만 그래요. E는 스캐너로 뜨겁고 빵빵한 순두부를 꾹 눌러 찍었다. J는 잠시 망설이다, 매장을 향해 몸을 돌렸다. 분명 할인 판매하는 순두부를 좀더 구입할 모양이었다. E는 난처했다. J를 기다리는 두부 피라미드, J 뒤로 줄을 섰던 사람들이 그녀를 비난하며 옆 계산대로 옮겨갔다. 파도처럼 쌓아올린 물품들 사이로 걸어들어가는 J, 그녀의 어깨가 기우뚱거렸다. J는 다리를 절었다. E는 키 큰 진열대 숲으로 사라지는 J를, 그녀의 위태로운 걸음을 지켜보았다. E가 J를 쫓아 황급히 빠져나간 계산대 위로 '옆 계산대를 이용해주세요', 푯말이 세워졌다.

E의 디지털카메라는, 오백만 화소에 일점 오 인치 컬러 액정모니터를 지니고 있다. 백 그램이 좀 못 되는 카메라는 손 안에 맞춤하게 들어왔다. E는 디지털카메라의 플래시 기능을 죽였다. J는 카디건 주머니에 양손을 찔러넣고는, 이벤트 코너 앞을 서성거렸다. E는 카메라의 사각 액정모니터에, 머리를 가볍게 흔들며 뒤뚱이는 J의 걸음을 담았다. J는 방금 만들어 내놓은 순두부를 내려다보며 머뭇거리다, 그것들 중 몇 개를 집어들었다. E는 카메라 버튼을 눌렀다. 순두부를 카디건 주머니 속

으로 밀어넣는 J의 모습이, E의 카메라에 찍혔다. E는 저장된 이미지를 재생시켜, J의 불룩한 주머니를 확대했다.

J가 사라졌다.

E는 카메라에서 눈을 떼자마자, J를 찾기 시작했다.

E가 돌아섰다.

J는 참치캔 진열대 옆으로 비켜섰다. E의 뒤에서, J는 E의 뒤통수를 쏘아보았다.

J는, 순두부찌개가 끓고 있는 뚝배기를 Y 앞에 가뿐히 내려놓았다. 식탁 유리에 김이 서렸다. J는 연근조림을 밀어내고, 두부에 무순과 생굴을 넣어 식초로 버무린 두부냉채를 내놓았다. Y는 접시를 나르는 J의 손에서 두부찌끼를 발견했다. Y는 물을 들이켜고, 입속을 말끔히 헹궈냈다. J가 두부냉채 곁에 내려놓은 것은, 두부양념조림이었다. Y는 양념두부를 조금 떼어 입으로 가져갔다. J는 숟가락을 들고, 두부가 Y의 입속에서 잘게 부서지는 소리에 귀를 기울였다.

Y는 두부반찬이 빠진 밥상 앞에는 앉지 않았다. Y의 아버지는 당뇨병을 앓았다. 아버지의 무기력한 피부는 아래로 처졌고, 퀭하게 뜬 눈은 총기를 잃었다. 아버지는 누리끼리한 얼굴로 욕실 간이의자에 앉아, 습진이 뒤덮은 사타구니를 몹시 긁어대곤 했다. 아버지는 물병을 손에 들고 있어도 언제나 바짝 타들어가는 입속을 보이며, Y야, 어지럽구나, 제발 똑바로 서 있어다오, 우는 소리를 해댔다. 아버지는 더이상 고기요리를 먹을 수 없었다. 고기가 빠진 밥상은 아예 거들떠보지도 않았던

그였다. 고기 대신, 식물성 단백질이 풍부한 두부요리가 식탁의 반을 차지했다. 아버지 밥상의 두부요리는 갈수록 맛과 색이 다양해졌다. 두부에 질릴 틈도 없이, Y의 입맛은 아버지의 식단에 맞춰져갔다.

J가 식탁 의자에서 일어났다. Y에게, 몸을 깐닥거리며 걷는 J의 뒷모습은 여전히 낯설었다. 등을 곧게 펴고 냉장고 문을 활짝 열어젖히는 J의 동작은 경쾌했다. J의 경쾌함이, Y에게는 혐오감으로 다가왔다. 이 년 전 큰형의 손에 끌려나간 맞선 자리에서도, J는 Y에게 품은 궁금증을 상냥하게 풀어놓았다. 최근 재밌게 본 영화 있나요? 그 음악 아세요? 운동 좋아하나요? 그날 Y는 자신을 끌고 나온 큰형의 구두코만을 노려보았을 뿐이었다. J는 냉장고에서 연두부요리를 꺼내 Y 앞에 들이민다. 혼자 먹기에는 너무 많아, Y는 젓가락을 내려놓았다. J는 묵묵히 맨밥을 꾹꾹 씹고 있었다. Y는 식탁 의자를 박차고 일어나 냉장고 문을 열었다. 봐, 이 두부들 좀 보란 말이야! 너무 많잖아. 쓰레기통을 봐, 두부가 썩어 파리들이 꼬여들잖아! Y는 성난 얼굴로 발을 굴렀다. J는 볼이 미어지게 물고 있던 밥을 꿀꺽, 삼켰다. 소리지르지 마, 오늘 마트에서 사온 게 마지막이야. J는 숟가락을 내려놓고 Y가 식탁으로 돌아올 때까지 기다렸다. Y는 마지막이라는 J의 말을 믿지 못했다.

대학 이학년, Y의 겨울방학. 큰형이 자취방에 느닷없이 들이닥쳤다. 큰형은 Y와 동거중인 친구를 쏘아보며 소문이 사실이니? 물었다. Y는 턱 끝에 매달린 땀방울을 닦지 못했다. 열네 살, 첫 수음의 기억이 떠올랐다. 작은 소용돌이들과 몽롱함, 달콤한 신음이 터져나오는 가운데, 동네 서점 카운터를 지키던 남자아이를 그리워했다. 손가락에 묻은 풋내를 맡으며, 어두운 방바닥에 드리워진 창살의 그림자를 오래 바라보았다. 그 그림자 사이사이에 고인 달빛과, 어둠 속에서 더욱 완전해지는 빛의 밝기. 부끄러움과 당혹스러움은 그때부터, 비밀이 되었다. Y는, 혐오감으로 몸을 부들부들 떠는 큰형을 향해 고개를 쳐들었다. Y는 친구의 까칠한 턱수염을, 그의 턱에 묻은 셰이빙폼 거품을 정성껏 닦아주었다. 친구가 조용히 흐느꼈다. 큰형은 Y의 배를 향해 구둣발을 날렸다. 그날부터 Y와 큰형의 숨바꼭질이 시작되었다. Y가, E와 J를 만나기 오래 전의 일이다.

Y는 숟가락을 꼭 쥐고, 순두부가 끓고 있는 뚝배기를 향해 몸을 기울였다.

J는 숟가락을 내려놓고, 땀으로 번질대는 Y의 정수리를 빤히 쳐다보았다.

결혼하고 두 달이 지난 어느 날, Y는 잠바를 단정히 차려입고 몸에 파스 냄새를 풍기는 남자의 손목을 붙들고 현관으로 들어섰다. Y는 남자와 떠나겠다고 말했고, J는 고개를 틀며 피식 웃었다. Y의 가출은, 일주일을 넘기지 못했다. 그를 잡아온 큰형이, 오래 전 Y와 동거했던 E의 존재를 J에게 말해주었다. 저 녀석, 여자와 산 적도 있다니까, 제수씨가 녀석을 좀 설득해줘요. 경멸이 깃든 큰형의 음성은 묵직했다. J는 퉁방울눈을 깜박였다. 큰형은 순간 무심코 내뱉은 동생의 과거가 부끄러워, 얼굴이 달아올랐다. 제수씨, 그러니까 저놈, 남자가 좋아서 저 꼴을 하고 돌아다니는 게 아니라는 겁니다. J는 고개를 끄덕였다. 큰형은 자신의 비상연락처를 적어 J의 손에 꼭 쥐여주었다. Y가 큰형의 손에 여섯

번째로 끌려왔을 때, 그는 큰형의 주먹을 물어뜯었다. 큰형은 Y의 가출이 그와 어울리는 나쁜 친구들 탓이라고 고함을 질렀다. 아버지의 당뇨병조차 Y 때문이라고 하자, Y는 큰형의 멱살을 움켜잡았다. 큰형에게 Y는 그저 문제아일 뿐이었다. 아버지가 살아 계실 동안만이라도 얌전히 살아! Y를 향한 큰형의 발길질이 시작됐다. J는 방문 뒤에 숨어, 피투성이 얼굴로 쓰러진 Y를 지켜보았다. J의 손에는, 큰형의 연락처가 적힌 쪽지가 구겨져 있었다. 큰형이 가고, J는 Y의 찢어진 눈가와 입술에 소독약을 발라주며 낮게 중얼거렸다. 모든 게 거짓말 같아, 거짓투성이야. J는 Y가 한때 여자와 잠을 자고 밥을 먹었다는 큰형의 말만을 기억했다. E의 존재는, J가 Y를 떠나보낼 수 없는 이유가 되었다.

　J가 생각하는 Y의 '거짓', 그것은 J를 행동으로 이끄는 유일한 사실, 혹은 진실.

　순두부찌개를 떠먹던 Y의 입술이 오물거리기를 멈췄다. Y는 입속에 손가락을 넣어 무언가를 끄집어냈다. 머리카락이었다. 그것을 벌레로 착각한 J는 입을 틀어막으며, 화장실로 뛰어들었다. J는 변기를 끌어안고 구역질을 하기 시작했다. 속의 것, 그 어떤 것도 쏟아져나오지 않았다. 투명한 변기 물에, 혓바닥을 반쯤 빼문 J의 얼굴이 그대로 비쳤다. J는 욕지기를 꾸며내는 자신의 모습을 한동안, 지켜보았다.

　E는 오전에 마트 아르바이트가 끝나면, 오후에는 수영장에서 사람들을 가르쳤다. 사 년 전 E는, 여름에는 해변 수상안전요원으로 계절이 지나면 도립수영장 강사로 일을 했었다. 그녀는 중학교, 고등학교를 수

영선수로 졸업했다. 어머니가 재혼하면서, 새아버지가 아이들을 데려왔다. 그들에게 처음에는 책상을, 그 다음은 옷장을, 마침내는 방을 빼앗겼다. 어머니는 가족이 모두 같은 표정으로 밥을 먹고 TV를 보고 이야기를 나누길 소망했다. 새롭게 꾸려진 가족의 입맛에 맞는 밥상을 차려내며 우울한 날이 많았지만, 어머니는 끝내 내색하지 않았다. 가족의 화목을 위해서라는 어머니의 믿음을, E는 번번이 따르지 못했다. E의 얼굴은 항상 그날그날의 과도한 수영 연습으로 그늘져 있었다. 어머니는 삐뚤어진 액자를 대하듯, E를 바라보았다. 어머니가 원하는 그 '같은 표정'이 E에게는 불가능했다. 고등학생이었던 E는 집을 나와, 학교 선수 기숙사로 들어갔다. 그 무렵, 학교 교장이 바뀌었다. 새 교장은 수험생을 위한 특별 강당을 만들겠다고 약속했다. 유능한 강사를 모신다는 말에, 학부형들은 기뻐했다. 선수 기숙사가 폐쇄되고 그 자리에, 외국의 어느 명문학교 강당과 같은 모양의 건물이 세워졌다. 수영부는 해체되었고, 수영코치는 해고되었다. E는 어머니가 있는 집으로 되돌아갔고, 가족들과 같은 모양의 숟가락을 들고, 같은 표정을 짓기 위해 노력해야 했다. 여전히 어머니가 원하는 표정은, E에게 어려운 것이었다. E는 고등학교를 졸업하자마자 일을 찾아나섰다. 어머니가 강요하는 그 멍청한 표정에서 하루빨리 벗어나고 싶었다. 해변 수상안전요원 일을 소개해준 이는, 옛날 수영코치였다. 교통사고로 한쪽 다리를 잃고 의족을 단 코치는 더이상 물과 함께 일할 수 없었다. E에게 수상안전요원 일을 넘겨준 코치는 어린이 그림책 외판원이 되었다. 일 년이 지난 어느 날, E가 안전요원으로 있는 그 해변에서, 수영코치의 시신이 발견되었다. 폭음으로 인한 심장마비. 코치의 주검 곁에는 그가 미처 팔지 못한 어린이책이 수북했다. 코치의 장례식이 끝나고 그 이듬해, E는 해변을 떠났다.

E는 주말을 제외하곤 매일 자정이 되어서야 집으로 돌아온다. 수영장 냄새를 지워내기 위해 샤워기를 틀고 오랜 시간 정수리에 물줄기를 맞는 시간, 수영코치가 떠오른다. 푸른빛 얼굴에 불그죽죽 불어터진 입술 사이로, 시커먼 벌레들이 들끓던 코치의 주검을 생각한다. 바닷바람이 주검의 바바리코트를 들추자, 코치 시절의 추리닝 차림이 드러났다. 코치가 발견되었던 당시, 그의 몸은 이미 소멸이 한참 진행된 뒤였다. 그런 코치를 먼저 목격한 이가, Y였다.

E가 Y를 처음 만난 곳, 팔다리에 시퍼런 멍이 가득한 Y가 쓰러져 있던 그 해변에, 수영코치가 있었다. E가 수상안전요원으로 일하며, 두번째로 맞이한 여름이었다. Y의 상처에 약을 발라준 일을 인연으로, E는 Y와 가까워졌다. 머물 곳이 없다는 Y를 곁방에 들인 것은, 그가 지내던 해변의 간이천막이 폭우로 날아갔기 때문이었다. 해변에서 일을 하는 동안 E의 얼굴은 꺼멓게 그을고, 거칠어졌다. E는 Y를 바라보는 내내 미소를 지었지만, 얼굴의 고단함은 감출 수 없었다. Y는 E의 피로한 얼굴을 마주 대하고, 그녀의 발을 오랫동안 씻어주었다. Y는 온몸 구석구석을 물들인 멍에 대해 그 스스로 얘기하기까지 묵묵히 기다리는 E가, 고마웠다. 초겨울, E가 도립수영장 강사 일을 하러 간 사이, Y는 E가 돌아올 때까지 해변을 걸었다. 시퍼렇게 벗겨진 하늘에 구름 한 점 없는 맑은 날이었다. 해변에서 우연히 수영코치의 시신을 발견한 Y는 코

치를 실어갈 구급차가 도착할 때까지, 오롯이 홀로 주검의 곁을 지켰다. 경찰서에서 코치의 사인을 발표하고 이틀 후, Y는 E를 떠났다. 왜 큰형의 발길질로 온몸에 멍이 들었는지, E에게 털어놓지 못한 채였다.

컴퓨터의 십오 인치 LCD 모니터에, 각기 다른 J의 모습이 일렬로 떠오른다. E가 오늘 디지털카메라에 담아온, J의 사진들이었다. 유독 눈길을 끄는 이미지에 마우스 화살표가 머물렀다. 클릭 두 번에, 이미지는 화면의 절반을 차지하며 확대되었다.

순두부 진열대 앞에 선 J의 옆모습.

포장 순두부들 위로 떨어지는 빛은, J의 얼굴 측면을 환하게 적셨다. 코를 중심으로, 얼굴의 반은 뭉텅 잘려 짙은 그늘 속에 묻히고 나머지 반은 창백하게 살아나 빛을 반사했다. 그 덕분에 J의 코끝은 지나치게 뾰족했다. 퉁방울눈과 날카로운 콧날이 대조를 이뤄, J는 성마르고 진지해 보였다. 같은 규격으로 생산된 두부들을 내려다보는 J, 그녀가 손을 뻗어 두부를 집어들기까지, 조금 시간이 걸렸다. 같은 모양 같은 크기 같은 맛이지만, J는 그 같은 것들 속에서 특별한 것을 골라내기 위해 고민한다. 두부를 신중히 골라잡는 J의 모습은 사흘 전에도 일주일 전에도, E의 카메라에 포착되었다. 두부를 사재기하는 일, 늘 같은 행동을 반복하지만, J는 매번 퉁방울눈을 반짝이며 적극적이었다. 이 순간 J의 못생긴 퉁방울눈에는 겨울 햇빛 아래 꽁꽁 언 고드름이 되쏘는 투명한 빛, 서늘하지만 온기가 느껴지는 빛, 질긴 살갗도 태울 듯한 강렬한 빛이 고여 있었다. 이십 미터 상공에서도 바다 속 먹잇감을 알아보는 가마우지의 눈. E는 J의 퉁방울눈을 주시할 때마다, 바다가마우지의 기민한 눈이 떠올랐다. 그 눈에 이끌려, 처음에는 호기심으로 J를 액정모니터에 담았다. 수영코치의 주검과 바코드 스캐너 불빛의 깜박임이 일상처럼 다가와 E를 조여올 때, E는 이미지 재생버튼을 눌러 J의 퉁방울눈을 들여다보곤 했다.

그런 J의 퉁방울눈은, 사진에 찍힌 그녀의 청록색 스카프와 어울리지 않는다. E의 카메라가 금빛 광택이 흐르는 청록색을 잡아내지 못했기 때문이다. 청록색 스카프가 살아야, J의 퉁방울눈이 제빛을 띠었다. E는 그 청록색을 손바닥으로 가리고, 퉁방울눈만 보기 위해 노력했다. 순간의 몰두와 흥미가 빚어낸 J의 눈빛, 그 눈빛의 느낌이 희미했다. 탁한 빛을 발하는 청록색 스카프는 외려, 불룩하게 늘어진 카디건 주머니와 더 잘 어울렸다. J의 긴 목을 휘감은 어두운 빛과 두부를 잔뜩 삼킨 미련한 주머니, 그 우울한 이미지들이 E의 얼굴에 그림자를 드리웠다.

초겨울, 바닷가에는 두 부류의 바다가마우지가 살았다. 해안 절벽에 둥지를 틀고 바다 속 먹잇감을 노리는 놈과, 새끼 시절 어부에게 잡혀 그의 품에서 길들여진 놈. 수돗가에 살얼음이 얼면, 어부는 집에서 키워온 가마우지를 끌어안고 바다로 나왔다. 어부는 가마우지의 목 아랫부분을 끈으로 묶어 식도를 좁힌 뒤, 놈을 바다에 풀어놓았다. 목을 감은 끈의 끝은 어부의 손에 단단히 감겨 있었다. 잠시 후 먹잇감을 발견한 가마우지가 재빠르게 물속 깊이 잠수해들어갔다. 놈이 물고기를 덥석 낚아챈 순간, 어부는 낚싯줄을 감아올리듯, 놈과 연결된 끈을 끌어당겼다. 좁아진 식도로 먹잇감을 삼키지 못한 바다가마우지의 불룩한 목, 놈의 둥근 목을 조르는 어부의 손가락은 두껍고 거칠었다. 곧이어

물고기가 팔딱이며, 놈의 입에서 튀어나왔다. 어부의 광주리에는 가마우지가 토해낸 물고기들이 쌓여갔다.

E는 옷소매를 늘여 디지털카메라의 모니터를 닦았다. 청록색 스카프의 색감만 잘 포착하면 J의 퉁방울눈이, 그 눈빛이 제대로 살아날 거라 믿었다. E는 J의 모습들을, '청색 눈동자'라고 이름 붙인 폴더 속에 저장했다.

수영 고급반.

J는 펜으로, E가 강사로 있는 수영 강습시간을 동그라미로 묶었다. 지난날 다리를 다치고 재활치료를 목적으로 일 년간 수영을 배웠었다. 초급 수준의 수영 실력이나 아픈 다리 따위는, J에게 문제되지 않았다. J는 수영장 휴게실 의자에 앉아, E가 올 때까지 자리를 지켰다. 네 시간 후. E는, 곧은 자세로 앉아 있는 J 앞에 멈춰 섰다. 안녕하세요. E는 마트에서처럼 상냥했다. 저 여기 수영강사로 있어요. E는 J의 퉁방울눈과 청록색 스카프가 반가웠다. 이 동네 스포츠센터는 여기 하나죠. 집이 여기와 가깝나요? E의 물음에 J는 집이, 여기와, 가깝나요? 메아리처럼 E의 말을 되풀이했다. E는 잠시 얼떨떨했다. 집은 저기 기사식당 뒤에 있어요. E는 날카로운 빛이 몰려드는 J의 퉁방울눈을 보고 싶었다. 나도, 저기, 기사식당 뒤에, 있어요. J는 고개를 숙인 채 또다시 메아리처럼 대꾸할 뿐이었다.

E는 강사실 유리문 옆으로 비켜서서, J의 행동을 지켜본다. J는 수영장 입구를 향해 몸을 기우뚱 흔들며, 걸어나갔다. E는 웃옷 주머니 속

에서 디지털카메라를 꺼냈다. 줌버튼을 조정해 J를 눈 가까이 끌어와, 확대된 그녀를 카메라 모니터에 담았다. E는 J의 긴 치마 밑으로, 그녀의 빈약한 발목을 포착한다. 다리를 저는 J, 그녀의 굽 낮은 신발에서, 불행한 다리를 지탱하는 쪽은 눈에 띄게 납작하고 지저분했다. 한쪽으로 치우친 무게를 감당하느라 일찍이 닳아버린 신발은 이를 악물고, 시멘트 바닥을 꾹 눌러 밟았다. 가라앉았다 떠오르길 반복하는 걸음, 좌절과 희망을 오가는 불균형한 걸음이, E의 액정모니터 속에서 진행되고 있었다.

풀의 6번 레인. E는, 물안경을 쓴 J와 마주 보고 섰다.

수강생 열다섯 명, 같은 수영복을 입은 여자들 여섯 중에서 E는 J를 단박에 알아보았다. 마트가 아닌 장소에서 J와 마주친 일이, 이번이 처음은 아니었다. 은행, 세탁소, 치킨집 앞, 육교 위, 횡단보도에서, J가 E를, 혹은 E가 J를 스쳐 지나간 일이 여러 번이었다. 무심코 스쳐 보낸 시간들이 새삼 떠오르며, E의 뒷덜미에 소름을 불러왔다. E가 카메라를 만지작거릴 때마다 J는 E의 앞에서 서성거렸고, J가 여기저기를 기웃거릴 때마다 E는 J의 주변을 서성거렸다. E가 J의 뒤를 쫓기 전에 이미, J가 E를 찾아왔다고 해도 문제되지 않았다. 불투명한 물안경 속으로 들어간 퉁방울 눈, 청록색 스카프가 사라진 헐벗은 어깨, 얇은 목, 핼쑥한 뺨, 빛과 공기가 차단된 석상 같은 얼굴, 온통 물이끼로 뒤덮인 낡은 부표. 기우뚱거리는 불량한 부표가 왜 내게로 떠왔는지, E는 느닷없이 수영 고급반에 들어온 J가 처음으로, 낯설고 불쾌했다.

버터플라이, 힘차게 물을 차고 나비의 날갯짓처럼 솟구쳐올라와야 하는 수영법.

　돌고래의 꼬리지느러미가 물을 차듯 다리를 움직여줘야 해요. E는 J가 이 까다로운 영법을 익히지 못할 거라고 생각한다. 초급과 중급 단계를 거쳐온 수강생들은 새로운 수영법을 대하며 한껏 들떴다. E는 J의 불투명한 물안경을 주시하며, 팔을 휘저어 물살을 일으켰다. E가 만들어낸 물결은 J의 몸에 부딪쳐, 부서졌다. 돌고래차기, E는 물에 차례차례 떠오르는 수강생들의 다리를 잡고 발차기를 교정해주었다. J 또한 양팔을 뻗어 일자로 엎드린 자세로 물에 떠, E가 발차기를 교정해주길 기다리고 있었다.

　E는 J의 불행한 다리를, J의 걸음이 불균형한 이유를 보고야 말았다. 소용돌이 모양으로 움푹 꺼져들어간 왼쪽 허벅지 측면, 그 아래로 단풍 모양의 인두로 눌러 찍은 듯 울긋불긋 짓뭉개진 피부, 신경줄 몇 가닥을 붙들고 겨우 살아남은 다리. E는 J 곁으로 선뜻 다가서지 못했다. 물은, J가 물살을 가르며 전진할 때마다 흠이 진 곳으로 몰려들어 허벅지의 움직임을 방해할 것이 분명했다. E는 J의 흉터에서 고개를 돌려, 주위를 돌아보았다. 수영코치의 주검 앞에서도, E는 그의 죽음보다 그것을 내려다보며 속닥거리는 사람들을, 그들의 표정을 먼저 살폈다. 화목한 가족, 부활절 달걀꾸러미 같은 표정을 강요한 어머니. 그녀는 온순함과 상냥함, 나직한 음성과 조용한 걸음 그리고 수줍음 따위가 '인간다움'과 같은 거라고 믿었다. 그 믿음은, E에게 주변을 돌아보고 모나지 않은 '같은 표정'을 지을 것을 요구했다. E는 비명을 억누르고, 코치의 주검을 둘러싸고 선 이들과 같은 표정을 짓는 일에 몰두했다. 장례

식장, 코치의 불온한 죽음을 속닥거리는 한 무리의 소리에 그의 억울함과 증오, 눈물은 묻혀버렸다.

　무리를 지어 수군거리는 사람들은 어디에나, 있다. J를, J의 흉터를 둘러싼 사람들은 애매모호한 표정으로 한 덩어리가 되어, 끊임없이 웅얼웅얼 속닥거렸다. E는 목에 건 호루라기를 만지작거렸다. 무리들 쪽으로 물러설지 J에게 다가설지, 풀장 바닥을 딛고 선 E의 발이 후퇴와 전진 사이에서 머뭇거렸다. J는 여전히 물 위에 떠 있었다. 수면으로 그녀가 조금씩 뱉어내는 공기가 방울방울 올라왔다. 숨을 쉬지 못해 J의 몸이 괴롭다는 사실을, E는 알고 있었다. E의 손길을 기다리며, 물속에 얼굴을 처박고 호흡기를 달아건 J의 등짝이 거칠게 오르락내리락했다. J는 한계상황에 다다른 듯 보였다. E는, 호루라기를 입에 물었다.

　E는 J의 양발을 모아쥐었다. J의 왼쪽 발끝은 E의 손바닥 중간 즈음에서 끊어졌다. E는 J의 불균형한 다리를 물속에 밀어넣었다 꺼내길 반복했다. 돌고래가 꼬리지느러미로 물을 차며 추진력을 얻듯, 발등으로 가볍게 물을 밀어내야죠, E는 J와 조금 거리를 두었다. J는 서툴지만, E에게서 배운 돌고래차기를 해냈다. 물을 헤치고 전진하려면 몸을 물결처럼 움직여야 해요, E는 손바닥으로 J의 허리를 눌렀다가, 허벅지로 그녀의 배를 들어올렸다. 다리를 너무 심하게 접었어요. J의 짧은 한쪽 다리 때문에, 그녀가 발차기를 할 때마다 튀어오르는 돌멩이만한 물방울이 E의 뺨을 때렸다. 뻣뻣하잖아, 허리가 유연해야 가슴과 허벅지가 자유로워지죠! 쩌렁쩌렁 울리는 E의 음성. J의 허벅지는 무거운 흉터를 매달고 아둔하게 물을 내리쳤다. 앞으로 못 나가잖아, 자연스레 물을 타

라니까! J는 소용돌이를 일으키며 물을 움켜쥐었다. E는 J의 몸에서 손을 뗐다. 애초부터 기형으로 굳어버린 다리로 버터플라이는 무리인지도 몰랐다. E는 J의 구부러진 무릎관절 뒤, 힘줄과 힘줄 사이 우묵한 곳을 찾아 초인종을 누르듯 손끝으로 꾹 눌렀다. J는 심하게 버둥거리다, 겨우 머리를 쳐들었다. 숨을 몰아쉬는 J의 얼굴이 달아올랐다. E는, 물안경이 벗겨지면서 드러난 J의 퉁방울눈을 보았다. 서늘한 빛으로 반짝일 줄 알았던 눈은 충혈로, 붉었다.

  J는 오랜만에 긴 꿈을 꾼다.
  창으로 날아든 새가 길고 뾰쪽한 부리로 남동생의 다리를 쪼아댄다. 새가 머리를 뒤틀 때마다 피와 살점이 튄다. J는 건강한 손발로 새를 쫓아내고, 동생의 상처 입은 다리를 붕대로 휘감는다. 동생이 통증을 호소하며 칭얼대기 시작한다. TV를 켠다. 화면 위로 잔물결이 인다. 깨끗한 화면을 보고 싶어. 동생은 방바닥에 엎드린 채 아픈 다리를 질질 끌며, 사방을 돌아다닌다. 그가 지나간 자리엔 붉은 카펫처럼 피가 흥건하다. J는 사다리를 타고 지붕 위로 오른다. 안테나를 조정해볼 작정이다. 지붕 꼭대기에 오르자, 몸이 휘청거린다. 마침내 안테나를 붙잡았을 때, 해일처럼 일어난 회오리바람이 지붕 꼭대기를 덮치고 만다. J는 시멘트 바닥으로 추락한다. 아직 맥박이 살아 있는 J의 왼쪽 다리가 육지에 던져진 물고기처럼, 경련을 일으킨다. 그때, 이층 난간에 말끔히 씻어 세워둔 유리창이 위태롭게 흔들리다 결국 바닥을 향해, J의 왼쪽 허벅지를 향해 떨어지며 산산조각이 난다. 수십 개의 유리 파편이 뼈와 신경을 자르며, 허벅지 깊숙이 박힌다. J는 피와 눈물로 뒤범벅된 얼굴을 가까스로 쳐들고, 허벅지의 상태를 살핀다. 허벅지에 박힌, 오색으로 빛나는 유리조각들. 수십 개의 유리조각 위로, 수십 개의 E의 얼굴이 떠오른다.

    J는 침대에 누워 보이는 화장대 거울 속에서, 주름진 얼굴로 서 있는 Y를 발견했다. Y는 수건을 들고 J에게 다가왔다. J의 이마에 맺힌 땀을, Y는 정성껏 닦아주었다. 나도 가끔 이상한 꿈을 꿔. 꿈에서 난 어린이 그림책을 팔러 돌아다녀. 그러다 어느 날 깨닫지, 책장사는 내가 원했던 일이 아니라는걸. 그렇게 마음을 들여다본 순간부터 난 주변을 돌아보며 난생처음 가져보는 궁금증에 들뜨지. 그러니까 물고기나 새, 나무들의 삶이 몹시 궁금해지는 거야. 내가 사람이 아닌 다른 무엇이었다면 어땠을까, 뭐 그런 상상을 하며, 발밑의 따뜻한 모래에 귀를 대고 누워. 그 아래에서 들려오는 소리에 귀를 기울이지. 신나게 첨벙거리는 물소리가 들려와. 저 아래 컴컴한 지하에서 아이들이 물장구를 치고 있구나, 하고 생각해. 저 밑으로 내려가 저들과 어울리면 즐겁겠다, 중얼거린 순간, 느닷없이 시커먼 바다 위로 둥글고 환한 달이 떠오르는 거야. 달빛을 상상하는 Y의 입가에, 미소가 번지고 있었다.

    Y는 J에게 등을 보이고 앉았다. J는 침대에서 일어났다. 고개 숙인 Y의 목덜미 위로, J의 그림자가 드리워졌다. J는 Y의 목에 내려앉은 어둠을 가만히 응시했다. 그리고 냉장고에 쌓여 있는 두부들을 생각했다. Y, 당신은 새나 물고기로 태어났어도 두부반찬을 좋아했을 거야. 부엌으로 향하는 J의 어깨 한쪽이 아래로 푹 꺼졌다, 올라왔다.

J는 왼쪽 무릎 뒤, 오금 부위가 심하게 저려왔다. 수영 강습시간, E의 강한 손가락들이 누르고 지나간 자리다. 내일은 실수하지 않을 거야, J는 E의 앞에서 나약하고 둔한 모습을 보이고 싶지 않았다. J의 신경은 온통 E가 남긴 통증으로 쏠렸다. 두부를 꺼내기 위해 냉장고로 향하던 J가, 별안간 식탁 의자를 끌어냈다. 두부를 요리하려던 일을 잠시 잊고 의자에 앉아, 오늘 E가 가르쳐준 수영법 순서를 천천히 되뇌었다. 영법을 기억하는 팔다리가 움찔거렸다. 그러는 내내 J의 얼굴은 꽤, 진지했다.

E는 충혈로 붉어진, J의 퉁방울눈을 생각한다.
빛이 아닌, 피가 몰려든 눈은 공허하고, 지쳐 보였다. E는 컴퓨터 모니터에 손을 대고 활짝, 펼쳤다. E의 손가락 다섯 개 그 사이사이로, 십오 인치 모니터에 띄워놓은 J의 모습이 조각조각 나뉘어 보인다. 퉁방울눈, 청록색 스카프, 아픈 다리를 가리는 긴 치마, 허약한 발목, 모두 J의 것이지만, 그녀의 것이 아닌 것 같다. E는 포토샵 프로그램을 열었다. 마우스 화살표로 스펀지 아이콘을 끌어와, J의 퉁방울눈에 고인 총명한 빛을 하얗게 탈색했다. 붓 아이콘을 이용해, 청록색 스카프를 노란색으로 바꿨다. 마술봉 아이콘으로 J를 복제해 바다 사진에, 휑한 바다 한가운데에 합성시켰다. J는 E의 손에서 간단히 조작되었다. E는 J를 삭제해버릴 수도 있었다. 그것은 선택의 문제였다. 순식간에 마트에서 수영장으로 바다로 자리를 옮긴 J, 상어와 범고래와 포악한 소용돌이를 품은 바다 위로 유령처럼, 혹은 풍선처럼 떠 있는 J, 그녀의 이미지. J의 퉁방울눈의 빛, 사진으로 남은 그 눈빛은 조작되기 쉽고, 유통기한이

정해진 물품처럼 E의 관심과 기억에서 소멸될 수도, 마침내 삭제될 수도 있다. 좀더 '진짜'를 소유하고 싶어 E는 또다시 카메라를 들고 J의 뒤를 쫓는다. '질서'라는 이름의 재생과 반복, 평화의 탈을 쓴 '같은 표정' 짓기 따위가 싫어 선택한 것도, 재생과 반복, '그것'과 같은 표정 되기다. 진짜라고 생각한 것이 가짜가 되고, 그래서 다시 진짜를 찾고 싶은 것. 청록색을 제대로 포착해 J의 퉁방울눈을 카메라에 저장해놓았다가 재생시켜본다고, 무엇이 달라질까. E는 새삼 스스로에게 물어보았다.

E는 눈을 감고, J의 음성을 떠올린다.

J의 집도 이 근처라고 했다. E는 같은 동네에 사는 J에게, 그녀의 퉁방울눈과 닮은 바다가마우지에 대해 이야기해주고 싶었다. 초겨울, E는 해변의 망루를 찾아 오른 일을 기억했다. 바다로 나간 어부는 자신이 길들인 바다가마우지의 목을 노끈으로 동여매느라 분주했다. E는 목에 건 호루라기를 꺼내 불며 달아나! 날아올라! 소리쳤다. 어부의 손에 다리가 묶인 놈은 호루라기 소리를 듣지 못했고, 유연했던 경추도 이미 굳어버렸으며, 날지도 못했다. 비대한 몸에, 물고기를 쫓아 잠수할 줄만 아는 검은 오리. 집오리로 탈바꿈한 놈은 절벽, 차가운 바위틈에서 자란 바다가마우지를 이방인 바라보듯 했다. 놈들은 서로가 같은 종류의 새라는 사실을, 몰랐다.

기우뚱한 J의 어깨, 땅으로 쿵, 떨어졌다 짝, 다시 튀어오르는 사분의 이 박자 걸음.

E는 불균형한 J의 걸음에서, 리듬을 보았다. 분명, J가 스스로 만들어

낸 리듬을 타고 경쾌하게 걸어나가는 모습을 본 것이다. J는 흉한 다리를 그대로 드러냈고, E는 수영을 배우고 싶은 J의 마음을 보았다. J가 해낼 수 있을까, E는 그런 생각을 하며 벽거울 앞에 선다. 마트에서, 수영장에서 늘 상냥한 표정 짓기에 능숙했던 E의 얼굴이 험악하게, 일그러졌다. 그리고 수년간 입속에서 굴리기만 했던 말을 꺼냈다.

수영코치, 죽는 것보다 더 나쁜 건 없다구!

E는 문득, 코치의 주검을 목격했던 Y가 어떻게 살고 있을지, 궁금했다.

풀 중앙에 우뚝 서서 양팔을 번쩍 치켜든 E. J는 물이 뚝뚝 흐르는 E의 팔을, 날개처럼 힘이 들어간 양손을 올려다보았다. E는 그 자세 그대로 양팔, 어깨, 머리 순으로 물속에 넣은 뒤, 눈을 홉떴다. 풀장 타일 바닥을 단단히 딛고 선 J, 꾸르륵 기포가 차오르는 소리는, 물이 J의 짓뭉개진 허벅지를 감싸고 도는 소리. E는 숨이 차오른 가슴을 앞으로 내밀고 푸, 숨을 내쉬며 물 밖으로 나왔다.

버터플라이의 팔 동작은 나비의 날갯짓을 닮았어요.

E의 양팔이 나래처럼 펼쳐져 돌아갔다.

물의 저항 때문에 몸을 유선형으로 만드는 일이 중요한데, 어깨는 수면 가까이 하고 머리는 척추와 동렬이 되도록 낮춰야 해요.

E는 수영법 시범을 보이기 위해 J를 지목했다. J는 E에게로 다가갔다. 사분의 이 박자 걸음, J의 한쪽 어깨가 물속에 잠겼다, 솟구쳐오르길 되풀이했다. 절름발이로 뭘 하겠다고, 수강생들이 수군거렸다. J가

움직이며 일으킨 물살이, E의 몸을 쓰다듬었다. J가 물에 몸을 수평으로 띄우자, E는 J의 왼쪽 다리 오금에 맺힌 멍을 보았다. J가 까다로운 영법 앞에서 좌절할 거라는, E의 성급한 불신이 만들어낸 얼룩이었다.

J는 먼저 숨이 물속으로 달아나지 못하게 코와 입을 굳게 닫았고, 가슴 부위를 율동적으로 움직여 그 진동이 다리까지 전달되게 했다. J의 허리와 다리는 유연하게 구부러지고, 발등은 돌고래의 꼬리처럼 물을 내리쳤다. 오른쪽보다 홀쭉하고 짧은 왼쪽 다리 탓으로, 요란하게 튀는 물방울은 어쩔 수 없었다. J는 뼈와 근육을 최선을 다해 움직였다. 흉터가 있는 허벅지 근육이 팽팽히 당겨졌다. 물결 같은 동작에 탄성을 지르고 박수를 치는 Y와 E를, J는 상상했다. J는 몸을 격렬하게 요동치며, 물살을 가르고 앞으로 꾸준히 나아갔다. E는 한순간, 풀장 바닥 가까이 잠수해들어갔다. 돌고래차기로 전진하는 J 아래로, E는 잠영으로 나아가기 시작했다. E는 J의 물 밑 그림자가 되었다. J가 일으키는 소용돌이가, E를 풀장 벽 쪽으로 밀어내고 있었다. E는 J와 함께 나아가기 위해 이를 악물었다. J의 오금을 퍼렇게 물들인 '얼룩'이 사라지고, 물을 세차게 차는 건강한 다리가, 경쾌한 사분의 이 박자 걸음이 떠올랐다. E와 J의 입에서 자잘한 물방울들이 터져나왔다. J는 스스로 물살을 가르고 나아간다는 뿌듯함으로 미소지으며, 입이 조금 벌어졌다. E는 J가 버터플라이를 제대로 소화했다는 생각에 흥분되어, 입이 조금 벌어졌다. 숨이 차오른 그들은 동시에, 물 밖으로 머리를 내밀었다. 주변 사람들의 수군거림 따위는 E와 J에게, 들리지 않았다.

E는 춤을 신청하는 신사처럼, J의 손을 잡아끌었다. J는 숨을 크게 들

이마신 뒤, 다시 수평으로 몸을 띄웠다. E는 J의 양손을, 팔을 물속으로 밀어넣었다. 저항을 줄이려면, 물을 잡아당겨 뒤로 밀어낼 때 손은 갈퀴처럼 펴야죠. J가 뱉어낸 공기방울들이 보글보글 올라왔다. 숨은 몸으로 쉬어야죠, 턱을 앞으로 내밀어 숨을 뱉었다가는 균형이 깨지고 말아요. E는 J와 호흡을 맞추었다. J가 팔로 호를 그리기 전, E는 J의 상체를 일으켜 그녀가 숨을 들이마실 수 있도록 도왔다. 좁은 통로를 통과한다고 생각해요, 그 위벽에 부딪치지 않고 나아간다고 상상하세요. E는 J의 양팔을 꼭 붙들고 큰 원을 그리며 물 밖으로 꺼냈다가, 다시 수평으로 내려놓았다. 팔젓기 동작이 부드럽게 이어지려면 활배근과 어깨를 이용해 팔을 최대한 앞으로 던져야죠. J의 양팔이 물 밖으로 나오며 나비의 날개처럼 활짝 벌어졌다.

J는 수영장 건물에서 나온 E의 뒤를 쫓는다.

E는 재래시장 골목으로 걸어들어갔다. 길은 좁고 고르지 못했지만, J는 민첩하게 걸어나갔다. J는 생선과 건어물이 풍기는 비린내를 흠뻑 빨아들였다. 시장 곳곳에서 파와 마늘 냄새가 풍겨왔다. J는 매운 냄새를 깊숙이 들이마시며, E와 일정 거리를 유지하는 일에 몰두했다.

E는, 고등어 좌판 곁에 걸어둔 거울에서 J를 보았다. J는 분식집 입간판 쪽으로 황급히 달아나고 있었다. 가격을 묻는 E의 손가락이 갈피를 못 잡고, 생선 위를 미끄러지듯 오갔다. E는 J가 자신의 뒤를 쫓는 이유를 몰랐다. 누군가 자신의 뒤를 밟는다는 것은 불쾌한 일이다. 등뒤의 존재를 알아차리자마자, 행동은 '보여주기' 위한 움직임으로 전락해버

린다. E는 습관적으로 웃옷 주머니 속에 넣어둔 디지털카메라를 생각했다. J의 등뒤로 돌아가 그녀의 걸음을 찍고 싶은 충동을 느꼈다. 하지만 사진으로 남는 걸음은 더이상 J의 것이 아니다. 지루한 재생과 반복 속에서 E가 뜻대로 조작할 수 있는, 그저 가벼운 이미지에 불과할 뿐이다. 왜 나를 미행하죠? E는 J에게 묻고 싶었다. J와 E 사이를 가로막았던 계산대는 존재하지 않는다. E의 손에 바코드 스캐너가 있는 것도 아니었다. 하지만 E는 돌아서서 J와 마주 보기를, 망설이고 있었다.

 J는 입간판 뒤에서 급히 뛰어나왔다. E는 꼭두각시처럼 걸어나갔다. '좁은 통로를 통과한다고 생각하라', J는 수영 강습시간에 E가 던진 충고를, 자신도 모르게 되뇌었다. E는, 일렬로 진열해놓은 노란색 바구니들 앞에 멈춰 선다. 재래식으로 만든 막두부들이 김을 피워올리며, 바구니 안에 가지런히 놓여 있었다. E가 그것들 중 하나를 골라 집어들었을 때, J는 가슴을 움켜쥐었다. E가 두부가 아닌 J의 심장을 떼어내 손아귀에 넣은 듯, J는 숨을 쉴 수 없었다. E는 등뒤에 있는 J를 의식하며, 두부가게에서 내놓은 시식용 두부조각을 입 안에 넣고 오래, 오물거렸다. J는 E의 뒤에서 허리를 꺾고, 가슴팍을 탕탕 쳐대는 중이었다. 위장에서 치밀어오른 신물을 힘들게 삼키자, 시척지근한 침이 혓바닥 아래로 몰려들었다. 이내 물컹한 두부덩어리들이 식도를 타고 꾸역꾸역, 올라왔다. J는 손바닥으로 입을 틀어막았다. 그때였다.

 사각유리 여러 장을 포개어 실은 자전거 한 대가 덜컹거리며 J 앞을 지나가려고 했다. J의 눈이 낚싯바늘을 집어삼킨 것처럼 커졌다. 자전거 뒤에 실린 유리 위로 흉하게 일그러진 J의 얼굴이, 비쳤다. J는 느닷없이 다가온 자전거와 유리를 피하려 했으나, 무리였다. 마침내 토악질이 시작되었다. 희뿌연 토사물이 자전거로, 유리로 분사되었다. 자전거는 휘청거리다 끝내 넘어지고 말았다. J의 토사물을 뒤집어쓴 유리는 길바닥으로 떨어졌다. 유리에 사선으로, 굵고 진한 금이 갔다. J는 퍼더버리고 앉아 목구멍을 비집고 올라오는 두부덩어리를 모두, 게워냈다. 젠장! 유리 주인은 버럭 소리를 내지르며 신발에 묻은 걸쭉한 토사물을 탁탁 털어냈다. 주인 사내의 사나운 눈길이, 긴 치맛자락 아래로 드러난 J의 왼쪽 다리를 훑어내렸다. 석고처럼 희고 가는 J의 왼쪽 다리가 맥없이 뒤로 접혀 있었다.

 E는 J를 향해, 몸을 돌렸다. 쓰러진 자전거와 깨진 유리들, 질퍽한 토사물 가운데, J가 있었다. J의 허약한 다리를 감싸고, 미처 삭지 못한 음식물이 농도 짙은 토사액에 밀려 퍼져나갔다. 쉬지근한 냄새가 E의 얼굴로 날아들었다. E는 유리 주인의 악다구니가 귀에 거슬렸다. 토악질이 끝난 뒤에도 여전히 J의 입가를 일그러뜨리는 경련은, 바다가마우지의 공허한 날갯짓을 닮았다. 어부의 엄지손가락이 바다가마우지의 긴 목을 조른다. 가마우지가 토해낸 물고기가 배의 바닥을 두드리며 튀어오르면, 어부에게 길들여진 놈의 날개는 잠에서 깨어난 듯 요란하게 푸드덕거렸다. 바람이 어부의 모자를 벗겨갔지만, 그의 숙련된 손가락들은 가마우지의 볼록한 목을 눌러 짜내는 일에만 열중했다. 부당한 힘에 저항하는 가마우지의 몸부림, 관습과 기계적인 리듬에 몸을 맡긴 어부의 손놀림. 그때 E는 옷 속에서 꺼낸 호루라기를 힘껏, 불었다. 호루라기 소리는 바닷바람을 가르며 비명처럼, 퍼져나갔다. 오리로 탈바꿈한

가마우지의 닫힌 귓속을 파고드는 E의 비명소리, 놈의 격렬한 날갯짓.

J는 주위를 돌아보았다. 자신을 둘러싼 사람들 중에, E가 있었다. 그들과 같은 표정으로, 혹은 낯선 얼굴로, 혹은 놀라움과 두려움이 뒤섞인 눈길로 바라보는 E. J는 물안경도, 바코드 스캐너도, 계산대 위에 쌓아올린 두부 구조물도 없이, 처음으로 E를 맞바라보았다. 할말이 많았지만 막상 얼굴을 마주 대하니 말을 잃은, 그런 사람의 심정을 알 듯했다. E의 뒤를 밟으며, J는 늘 E를 그 뒷모습으로, 땅바닥에 미끄러져가는 그림자로 기억할 뿐이었다. J는 왼쪽 허벅지에 토사물이 묻은 손바닥을 가져다댔다. 손바닥 밑으로, 상처를 뒤덮고 자라난 분홍색 살덩이가, 지금껏 잊고 살았던 마른 우물이 J에게 말을 걸고 있었다. 큰형의 발에 짓밟힌 Y의 얼굴, 그 얼굴을 손바닥으로 느껴본 일이 있는가. J는 자신의 왼쪽 다리 흉터를 쓰다듬었다.

열네 살, 옥상에 보름달을 보러 올라간 적이 있었다. 갓 중학생이 되었던 J는 하고 싶은 일이 많았다. 삼층집. 지은 지 오래된 집이라 장마가 오기 전 옥상 난간이 수리중에 있었다. 그때, 그녀 곁에 서 있던 남동생이 장난 삼아 누나의 등을 떠밀었다. 발을 헛디딘 J는 옥상 한 귀퉁이에 있던 안테나를 몸으로 밀치며, 허공으로 넘어갔다. J가 추락하고, 곧이어 TV 안테나가 그녀의 왼쪽 허벅지를 향해 떨어졌다. 병원에서 깨어난 J는 살고 싶지 않았다. 휠체어를 처음 탔을 때, 유서를 쓰기도 했다. 빗물이 고인 웅덩이에 얼굴을 비추며, 머리칼이 제멋대로 뻗친 모습을 발견한 후로, J는 사고 후 처음 빗을 찾아들었다. 그렇게 한동안 머리칼을 빗은 뒤, 그녀는 스스로 걷기 위해 꾸준히 노력할 것을 다짐했다. 다리의 통증이 희미해져가며, J는 그 지옥 같던 시간 속에서 살아남았다. 이제 그녀는 수영법 중에서 가장 까다롭다는 버터플라이까지, 할 줄 안다.

E는, 토사물을 딛고 일어서는 J를, 그녀의 퉁방울눈에 고인 푸른빛을 보았다. 왼쪽 허벅지에 분화구처럼 움푹 꺼져들어간 상처가 있지만, J의 다리는 땅을 딛고 나무처럼 우뚝 섰다. 좌절과 희망을 오가는 불균형한 걸음, 사분의 이 박자의 경쾌한 걸음. E는 토사물을 털고 일어난 J의 모습을 오래 기억하기 위해, 크게 뜬 눈을 깜박이지 않았다. J는 유리에 금이 간 책임을 전부 그녀에게 덮어씌우려는 유리 주인을 무시하고 묵묵히, 앞으로 걸어나갔다. 머리를 흔들며 절뚝일 때마다, 기형인 다리를 지탱하는 신발이 흙바닥에 짙은 발자국을 냈다. J의 걸음걸이를 지켜본 사내의 입술이 비뚤어졌다. 주인 사내가 J의 어깨를 잡아당긴 것은 순식간이었다. 사내의 손이 J를 거칠게 몰아세웠다. 야! 깨진 유리 보상해! 사내가 한쪽 손을 번쩍 치켜들자, J는 머리를 감싸쥐고 몸을 옹송그렸다. E는 수영교습 때 목에 걸었던 호루라기를 주머니에서 꺼내, 입에 물었다.

삐―이―익!

칼날 같은 호루라기 소리에, 유리 주인과 시장 사람들 모두 E를 쳐다보았다. E는 사내가 J를 놓아줄 때까지, 미친 듯이 호루라기를 불어댔다. 사내의 손아귀에서 벗어난 J의 몸이 갸우뚱 기울자, E는 달려가 J를 부축했다. J는 E의 손을 붙든 채, 다시 넘어지지 않았다. E의 입술에 단단히 물린 호루라기는 맹수의 숨소리처럼, 낮게 그르렁거렸다.

E는 아파트 단지 놀이터 회전무대로 다가가, 쇠막대를 잡고 회전판을 돌린다. J는 아파트 팔층 베란다에서 E를 내려다본다. E는 빙글빙글 도는 회전판 위로 뛰어오른 뒤, J를 올려다본다. E는 빙빙 돌며 한쪽 팔을 날개처럼 뻗는다. 바람이 불어와 땀에 젖은 E의 손바닥을 시원하게 핥아댄다. 활배근과 어깨를 이용해 팔을 최대한 앞으로 던져야죠! J가 E에게 충고한다. J의 음성은 밤공기를 가르고 날아와 E의 귓속에 정확히 꽂힌다. E는 고개를 끄덕이며, 다시 J를 올려다본다. 어느새 J는, 목에 호루라기를 걸고 바닷가 철제 망루 위에 앉아 바다가마우지의 자맥질을 관찰하고 있다.

바다가마우지는 이십 미터 절벽 아래로 떨어져, 바다 속 깊이 잠수해 들어간다. 날개를 옆구리에 바짝 붙여 몸을 유선형으로 만든다. 넓적다리 근육과 물갈퀴를 이용해 빠르게 앞으로 헤엄쳐나간다. 호흡기를 달고 심장 박동수를 줄이는 대신, 근육을 움직여 숨을 쉰다. 검은 깃털 속에 갇혀 있던 공기들이 빠져나가 부력이 떨어지고, 가마우지의 잠영은 바다 속 깊은 곳에서도 계속된다. 놈의 긴 꽁지깃이 옆으로 틀어진다. 가마우지는 바위 뒤에 숨은 물고기를 덥석 입에 물고, 물 위로 솟구쳐 올라온다. 태양빛과 짙푸른 공기를 흠뻑 들이마시며, 가마우지는 퍼덕이는 물고기를 꿀꺽, 목구멍으로 삼킨다.

E는 컴퓨터 전원을 켜고 '청색 눈동자' 폴더를 열었다. 그리고 J의 사진 파일을 하나씩, 지워나갔다.

Y가 떠났다.

J는 Y가 떠난 사실을 큰형에게 알리지 않았다. Y가 없는 방을 청소하고, 냉장고를 열어 부패한 두부들을 쓸어모아 쓰레기통에 버렸다. 새로운 두부로, J는 정성껏 두부김치찌개를 끓였다. 그것은 J가 제일 좋아하는 메뉴였다. 식탁에 찌개를 내려놓고 막 숟가락을 들었을 때였다. 초인종이 울렸다.

택배 배달원이 J에게 누런 봉투를 건넸다. J는 현관문을 닫자마자 봉투를 뜯어보았다. 물에 젖어 반짝이는 검정색 수영복을 입은, 풀에 뛰어들기 전 팔목과 다리를 풀어주고 있는 J의 모습. 건강하고 당당한 J를 찍은, 가로세로 8×10 크기의 사진이 봉투에서 나왔다. J는 수신자를 살피다, 눈을 크게 뜬다. 그것은 E가 보낸 사진이었다.

해설 | 조연정(문학평론가)

진리가 여성이라면……

김지현은 우쭐함과 수치심이 정신없이 교차되는 제 몸을 보고, 냄새 맡고, 만지고, 느끼는 작가이다. 상징적 질서를 훌쩍 뛰어넘은 곳에서, 상징적 질서로는 절대 포섭할 수 없었던 '진리=여성'과 뒤엉키는 작가이다. 작가 안에 여성이 있고, 진리가 있기 때문이다. 진리가 여성이라면, 그것이 오로지 임신한 여성이라면, 현실의 여성에게 그 진리는 무엇이 되는가.

1. vita femina

악명 높은 여성혐오증자 니체는 수수께끼 같은 여성과 관련된 모든 것이 단 한 가지로 귀결된다고 했으니, 그것은 바로 여성의 임신과 출산이다. 은유적 의미로 말해진 것이든 그렇지 않든 간에, 니체가 말하는 여성의 출산이란 위버멘슈의 도래를 위한 것이며 궁극적으로는 영원회귀를 지속시키는 것이기에 절대적으로 위대하다. 서로 절대 좁힐 수 없는 '거리'를 지닌 남성과 여성의 결합은 출산을 통해 그 차이의 의미를 생성해낼 수 있는 것이다. 그러니 여성이 '평등' 운운하며 남성과 같아지려 하는 것은 이 위대한 능력을 약화시킴으로써 "거세된 여성"[1]이 되고자 하는 것이기에 말도 안 되는 죄악일 수밖에 없다. 니체

---

[1] 고병권, 『니체의 위험한 책, 차라투스트라는 이렇게 말했다』, 그린비, 2003, 196쪽.

에게는 그랬다는 것이다. "학구적인 성향을 지닌 여자에게는 성적 결함이 있는 게 보통이다"(『선악을 넘어서』)라는 끔찍한 말은 이런 맥락에서 나온다.

니체가 정반합의 변증법보다는 서로 다른 힘의 긴장상태를 중시했음을 염두에 둔다면 여성에 대한 이같은 혹독한 언급은 '차이'를 중시하는 진보적 페미니즘과 오히려 가까워 보이기도 한다. 그러나 출산이 전제되지 않는 여성성은 전적으로 부정된다는 점에서 니체에게 붙은 오명은 당연한 듯도 싶다. 삶은 여성, 혹은 여성은 진리라고 말하는 니체가 염두에 두고 있는 것은 오로지 임신한 여성이기 때문이다. 그에게 죄악은 오로지 불임이다.

이 '여성성'은 전적으로 생물학적 여성과 관련되기보다는 '영원한 생성'을 의미하기에 남성과 여성 모두에게 문제시된다는 주장에도 불구하고, 자궁을 지닌 남성의 존재가 불가능한 이상 니체의 여성관은 여전히 끔찍한 것일 수밖에 없다. 불임률은 증가하고 인간 복제가 근미래의 일로 예상되는 오늘날의 잣대로 '여성=모성=영원한 생성'이라는 니체의 도식을 정색하고 비난하는 것은 조금은 민망한 일이 되겠지만, 그의 여성관을 긍정해주기에도 어쩐지 석연찮은 구석이 있는 것은 사실이다. 알 수 없는 타자로서의 여성에 대한 공포와 역겨움과 매혹이라는 복잡한 심리상태를 아무리 그럴듯한 말로 설명해본들 니체에게 여성은 출산기계일 수밖에 없으며, 심연, 진리, 삶이라는 그 어떤 심오한 말을 여성에게 갖다붙여도 여성은 진리의 결정 불가능성을 설명하기 위한 타자로서의 비유 그 이상도 이하도 아니기 때문이다.

니체의 말처럼 진리가 여성이라면, 영원히 난포착적인 어떤 것이라면, 그것이 남자에게는 존재하지 않는 '자궁'으로부터 기인한 것이라면, 여성에게 여성성은 어떤 의미일까. 차라투스트라에게 진리는 곧 '무(無)'라고 일러준 사람은 '늙은 여인'이었다는데, 제 몸 안에 그 심연의 공간, 결핍이 아닌 넘침의 공간을 품고 있는 여성에게 그 심연은 대체 무엇일까. 니체는 언제나 조금씩 미끄러져가는 유령선(『즐거운 학문』)에 여성을 비유했다. 그렇다면 유령선 안에서 본 유령은 과연 무엇이란 말인가. 등단작 「사각거울」에서부터 여성의 몸에 집중하면서 그와 관련된 다양한 감각과 감정을 풀어내보려는 불가능한 시도를 계속했던 '여성' 작가 김지현을 통해 우리는 우리 안의 난포착적인 그 무엇에, 결국 '무'일 뿐이라는 그것에 조금은 다가가볼 수 있을지 모른다. 김지현은 우쭐함과 수치심이 정신없이 교차되는 제 몸을 보고, 냄새 맡고, 만지고, 느끼는 작가이다. 상징적 질서를 훌쩍 뛰어넘은 곳에서, 상징적 질서로는 절대 포섭할 수 없었던 '진리=여성'과 뒤엉키는 작가이다. 작가 안에 여성이 있고, 진리가 있기 때문이다. 진리가 여성이라면, 그것이 오로지 임신한 여성이라면, 현실의 여성에게 그 진리는 무엇이 되는가. 김지현을 읽어보자.

2. 엄마의 향유

　김지현 소설에서 여성의 '임신과 출산'은 중요한 테마이다. 여기서 주목할 점은 그것이 전적으로 여성의 일이라는 사실이다. 무슨 말이냐 하면, 임신한 여성의 곁에 남성의 존재는 대체로 지워져 있다는 것이다. 가출한 지 칠 년 만에 임신중독증의 몸으로 엄마를 찾아오는 「나무구멍」의 딸에게나, 아이를 낳은 지 얼마 안 된 「초대」의 303호 여자에게나 '남편' 혹은 아이의 아빠라고 할 만한 사람의 존재는 희미하다. 딸의 출산을 위해 돈을 모으는 것은 기초생활비 수급자인 알코올중독자 엄마이고, 303호 여자가 잠시 잊은 아이에게 젖을 물리는 것은 출산의 경험이 전혀 없는 서른여섯 살의 '소녀' 언니이다. 다리모델 일로 치매 걸린 시어머니와 딸을 부양하며 살고 있는 「사각거울」의 여자에게도 남편은 이미 죽고 없다. 이처럼 아이 아빠라 할 만한 사람은 그 존재가 언급조차 되지 않거나, 있더라도 차라리 없는 게 나을 지경인 경우가 대부분이다. 대체로 그들은 "사업 말아먹느라 정신없는"(「나무구멍」, 147쪽) 상태이면서도 "부인이 이해해주지 않으면 누가 이해해주겠소"(「멧돼지 이야기」, 22쪽)라며 같잖은 점잔을 떤다. 게다가 천성 때문인지 비루한 저 자신의 처지 때문인지, "만삭인 어머니의 뺨을 찰싹찰싹 갈"(12쪽)기는 못된 습성까지 지녔으니, 김지현 소설 속 남자들은 제대로 못났다고 할 수밖에 없다.

그러니까 가족을 부양하기 위해 홀로 애쓰거나(「사각거울」「멧돼지 이야기」), 아이를 데리고 가출하거나 임신중독증을 홀로 견디거나(「나무구멍」), 출산으로 인한 자신의 변화에 제대로 적응하지 못해 상습적으로 절도를 하거나(「초대」), 불임과 남편의 외도로 고통을 받거나(「털」) 하는 김지현 소설 속 여성들에게 임신과 출산, 더불어 가족이라는 것이 어떤

식으로든 그녀들을 억압하는 현실적 굴레로 작용하고 있음은 분명하다. 그렇지만 김지현 소설은 단순히 현실에서든 소설에서든 무수히 되풀이 되어왔던 '가족주의는 야만이다'라는 명제 확인에 복무하고 있지만은 않다. 거의 모든 소설에 못난 남자들이 출현하지만 그들은 단지 구색을 맞추기 위한 조연일 뿐이라는 사실을 확인하자. 가산을 탕진하거나 구타를 일삼는 아빠를 엄마 곁에 놓는 것은 아이가 좀더 자란 후의 일이며, 현재 만삭의 몸이거나 갓 아이를 낳은 그녀들에게 남성의 존재는 별 의미가 없는 것이다. 김지현이 출산 직전, 혹은 직후의 여성에게서 남성의 존재를 아예 지워버림으로써 좀더 집중하고자 하는 것은, 바로 임신과 출산 와중에 있는 여성들이 제 안의 변화에 대해 어떻게 반응하고 있는지, 그 혼돈의 양상을 들여다보는 일이다. 문제는 오로지 '내 몸'이다.

태아는 모체의 자궁을 잡아당기며, 또다른 어미의 집에 도착할 때까지 얌전히 앉아 있으라고 조른다. '나의 아궁이가 차가워 아기는 죽음처럼 졸기만 하네. 어머니의 술을 딱 석 잔만 얻어먹으면, 내 아궁이에도 불길이 치솟을까. 뱃속의 너도 내게서 무언가를 보았니? 내 어머니 몸에서 자라던 버섯 같은 걸 말이야' 딸은 자신도 곧 어미가 된다는 사실을 깨닫자, 한편 겁이 나고 소름이 돋는다.(「나무구멍」, 148쪽)

자신도 곧 엄마가 된다는 사실을 깨달은 '딸'은 소름이 돋고, 그 '딸'의 엄마는 "자기가 낳은 새끼가 또다시 새끼를 낳아야 하는 상황을 어떻게 받아들여야 할지, 좀 혼란스럽다".(「나무구멍」, 153쪽) 그럼에도 불구하고 만삭의 딸이 엄마를 찾고, 엄마가 딸을 보호하려는 것은 '가족'이라는 이름만으로 모두 설명될 수 있는 것이 아니다. 그녀들에게는 서로를 이어주던, 정확히 말해 서로의 자궁을 이어주던 "탯줄의 기억"이 있다. 그녀들은 "생명이 들어앉아 집을 지은 곳, 저곳에서 딸이 나오고, 딸은 또다른 딸을 낳고, 그 딸은 또다시 딸을 낳고 낳는"(166쪽) 그 신비한 '구멍'으로 서로 연결되어 있었던 것이다. 임신중독증에 걸린 딸이 엄마를 찾아가는 것은 제 "뱃속의 아기가 어미의 머릿속으로 어미의 어머니를, 어머니의 어미를 다급히 부른"(146쪽)다는 느낌 때문이기도 하고, 술 마신 엄마에게서 풍기던 "퀴퀴한 버섯 냄새" "월경의 비린 피 냄새"가 생각났기 때문이기도 하다. 이처럼 「나무구멍」은 어머니의 어머니들과 딸의 딸들을 이어주는 '몸의 기억'에 대해서 말하는 소설이다. 마을의 장수목인 팽나무 구멍에 비유되고 있는 여성의 심연은 생활 보호 대상자 모녀를 관찰하는 동사무소 사회복지과 '여자'의 "수의 연산"으로는 절대 파악될 수 없다. 동사무소 '여자'는 이내 자기 '기준'을 포기해버리고 만다.

  그런데 이 소설의 진짜 매혹은, 자궁과 나무구멍이라는 익숙한 비유의 확인에도, 엄마와 딸들을 연결시키고 있는 몸의 기억을 되짚는 것에도 있지 않다. 여기서 자궁은 부드럽고 행복한 모성의 공간이 아니라는 점이 특이하다고 할 만하다. 그 구멍에 어린아이가 끼어 죽기도 하고, 여자는 (비록 환상 속에서이지만) 구멍에 쓸려 머리를 다치기도 하지만 그럼에도 불구하고 자꾸만 그곳에 손을 넣고 싶어한다. 이처럼 '나무구멍=자궁'은 아기 집이라는 생명의 공간으로 그려지는 것이 아니라,

모든 것을 집어삼키는 공포와 매혹의 장소로 묘사된다. 그곳이 공포와 매혹의 공간이 되는 것은 그 안에 알 수 없는 '여성', 즉 여성적 향유가 있기 때문일 텐데, 그 쾌락의 주체가 '엄마'라는 사실도 흥미롭다. 이 소설에서 제시되는 "아랫배"의 신비는 전적으로 엄마의 쾌락과 관련된다. 딸의 자궁은 아이를 품고, 엄마의 자궁은 자기 쾌락에 몰두하는, 이러한 역전이 바로 이 소설의 핵심인 셈이다. '엄마의 쾌락'이라는 모티프는 김지현의 등단작 「사각거울」에서 남편과 아들을 모두 잃은 시어머니가 "영락없이 자위행위"(47쪽)처럼 보일 법한, '사각거울'로 음부를 비추는 행위를 일삼는 모습에서부터 시작된다. 김지현은 이런 식으로 '여성=모성'의 도식을 뒤흔들고 있다. 딸의 출산을 앞두고 쾌락에 빠지는 엄마의 모습을 보자. 기괴하면서도 강렬하다.

어머니는 다리를 아무렇게나 벌리고 앉아 마음껏 독한 술을 들이켠다. 입가로 흘러넘친 술이 목을 타고 유방으로 흘러들어가는 것을 그대로 방치한 채, 어머니는 여자를 유혹하듯 바라본다. 어머니는 매혹적인 여성이다. 동사무소 여자는 그렇게 중얼거리며 어머니의 품으로 뛰어든다. 어머니와 여자는 하나로 포개어진다. 여자의 조급한 손길은 어머니의 윗옷을 걷어올리자마자 젖가슴을 움켜쥔다. 뽀얀 살이 손가락 사이사이로 삐져나온다. 여자의 혓바닥이 검고 시들한 어머니의 유두를 핥아댄다. 유두는 차츰 분홍빛을 띠고 부풀어오른다. 취기에 들뜬 어머니의 입술이 열리며 옅은 신음소리가 새어나온다. 여자는 어머니에게서 흘러나오는 숨소리와 버섯 냄새를, 자신의 입술로 부드럽게 흡수한다.

여자의 입술이 붉어진다. 여자의 손이 어머니의 배꼽을 지나 천천히 아래로 내려간다. 어머니의 아랫도리에 숲을 이룬 음모, 여자는 어머니의 탐스러운 음모를 힘껏 움켜쥔다. 나무구멍 속에서 후끈한 바람이 불어나온다.(「나무구멍」, 166~167쪽)

술 석 잔에 "심장에서 딸깍, 하는 소리와 함께 그곳에 꽁꽁 쟁여놓았던 '뜨거움'이 마구 쏟아져나와"(146쪽) "너무 뜨겁고 흥분이 돼서"(147쪽) 다리를 벌릴 수밖에 없었다던 엄마, 그 엄마는 지금 또 자기 쾌락에 몰두해 있다. 메말랐던 입술과 유두는 분홍빛으로 물든다. 그리고 그 '엄마'의 쾌락을 돕는 것은 모녀의 집을 들여다보던 동사무소 '여자'다. '여자'의 죽은 엄마는 지금 쾌락에 빠져 있는 알코올중독자 이옥자와 이름이 같았다. 동사무소 '여자'는 이옥자의 또다른 딸인 셈이다. 쾌락에 빠진 어머니의 눈에서 자기 모습을 발견한 딸은 흠칫 놀란다. 그녀가 나이고 내가 그녀이기 때문이다. 이렇게 어머니는, 딸은, 저 홀로 쾌락에 몰두한다. 자위하고 있다. 여자의 쾌락에 남자의 자리는 어디에도 없다. 여자는 여성적 향유 속에서 특유의 방식으로 자기 충족적이기 때문에 그 향유를 경험하기 위해서 반드시 남자를 필요로 하는 것은 아니라는 라캉의 전언을 상기하자. 이처럼 김지현의 여성들은 출산을 위해서도 쾌락을 위해서도 남자의 자리를 남겨두지 않는다. 여자의 심연과 관련된 모든 일이 자기 충족적이다.

어머니가 말했던 "아랫배에 들어 있는 아궁이가 점점 달궈지는 기분"(165쪽)은 생명의 다른 이름이라기보다는 오히려 여성적 쾌락의 다른 이름이다. 그 뜨거움에 제 몸을 맡기는 "어머니는 매혹적인 여성"(166쪽)일 수밖에 없다. 김지현은 이처럼 여성의 몸을 또다른 생명을 생성해내는 탄생의 공간으로서가 아니라 자기 쾌락을 발산하는 장소로서 그려낸다. 양수 속의 태아가 질구 쪽으로 머리를 튼 순간에 대해 생명 탄생의 신비를 운운하기보다는, 산모가 느낀 "오줌을 배설하고 싶은 욕구"(169쪽)를, 태아가 느낀 "온몸을 화끈하게 밀쳐대는" "어머니의 뜨거운 피"(「멧돼지 이야기」, 9쪽)를 언급하는 김지현에게 여성의 임신과 출산은 여성을 억압하는 굴레도 여성만의 아름답고 신비한 특권도 아닌, 그저 몸의 감각일 뿐이다. "여성이 자신의 피의 리듬으로 돌아갈 수 있도록 하라."[2] 니체를 향했던 이리가레의 충고를 김지현은 이토록 충실히 따르고 있다.

3. 진리를 말하는 질

그렇지만 분명 현실 속 여성에게 그녀들 '자신의 피의 리듬'은 사회적 관계나 상징체계를 벗어나 마냥 행복한 것일 수도, 완벽히 충족적인 것일 수도 없다. 현실 속에는 나와 완전히 다른 구조의 몸을 지닌 또다른 '성'이 있을 뿐만 아니라, 같은 구조의 몸이 똑같은 경험을 하는 것도 아니기 때문이다. 여성들이 몸과 관련해 우쭐해지거나 수치를 느끼

---

[2] L. Irigaray, *Amante Marine de Friedrich Nietzsche*, Paris, Les Ditions de Minuit, 1980. 신경원, 『니체 데리다 이리가레의 여성』(소나무, 2004), 162쪽에서 재인용.

는 것은 이러한 '다름'이 어떤 위계와 결부됨으로 인한 것이다. 그래서 생산성 없는 자궁을 지닌 여성은 진정한 여성이 아닌 것으로 치부되기 일쑤다. 그녀들은 여성이 아니거나 아직 여성이 되지 못한 자, 즉 남성이나 소녀이다.

자궁의 혹을 제거하는 약의 부작용으로 아이를 낳을 수도 없으며 온몸이 털로 뒤덮이게 된 「털」의 '여자'는 "매끈한 피부와 잘록한 허리를 잃었으나, 무엇이든 번쩍 들어올릴 수 있는 힘을 얻었다".(99쪽) 털과 힘은 전혀 '여성적'이지 않다. 그것은 오히려 남성의 영역에 속하는 것들이다. 그래서 그녀는 "남자야, 여자야?"라는 조롱과 비웃음을 견뎌야만 한다. 아이를 낳아본 경험도, 가족도 없고 오로지 "질서와 절제"만을 삶의 원칙으로 삼고 있는 「초대」의 여자도 서른 중반이라는 나이에 걸맞지 않게 '소녀'라는 별명을 얻고 있다. 그 호칭에 선의가 담겨 있을 리 없다. "정말 소녀라니까!"라며 '소녀'의 뒤통수에 대고 깔깔 웃어대는 여자들에게는 "생명을 잉태한 경험이 있는 자의 우월감"(112쪽)이 있다. 이 두 소설의 '불임=비여성성'의 묘사는 여성의 몸의 여러 가지 가능성, 즉 그녀들 '자신의 피의 리듬'을 온전히 인정치 않는 외부세계의 논리에 대한 저항으로 일단 읽히는데, 중요한 것은 이러한 불편한 도식의 확인만이 아니다. 그 피의 리듬이란 것이 때로 난폭하고 대체로는 모호한 것이라는 사실을 김지현은 말하고 있다.

「털」의 '여자'는 그 굵고 억센 털을 없애기 위해 '나'에게 실면도를 받으러 왔다. '나'는 그 '여자'의 남편과 불륜관계이다. 얼굴을 맡기고 누워 있는 '여자'와 '나' 사이에는 '나'의 두 손에 감겨 있는 실만큼이나 팽팽한 긴장이 감돈다. 그러나 그녀들 사이의 긴장은 폭발하지 않는다. 결말은 조용한 화해다. 죽은 아버지의 노름빚 때문에 언제 빚쟁이들에게 머리채를 잡힐지 모르는 '나'가 주머니 속에 가지고 다니는 철제 화장가위를 손질해주기 위해 전파사의 그 '여자'가 '나'에게 다가오면서 소설은 끝이 난다.

> 잔털이 뽑힐 때마다 솟아오른 붉은 뾰루지, 뿔이 난 피부, 그것은 저항의 몸짓. 색이 짙고 굵은, 억세고 뻣뻣한 그녀의 털은 뽑아도, 뽑아도 다시 자라날 것이다. 아버지의 부엉이는 검은 허공을 응시하고, 여자는 나를, 내 손에 든 화장가위를 주시한다. 나의 가위는 날렵하게 잘빠진 날을 가졌고, 그 끝은 하늘을 할퀼 듯 휘어져 있다.
> 나는 창밖의 여자와 비로소 눈을 마주친다. 시계추가 멈춘다. 나는 여자 앞에 내 화장가위를 내놓는다. 이제 가위를 매만질 시간, 여자가 나의 가윗날을 손질하기 위해 다가온다.(「털」, 102~103쪽)

「털」은 야성적 여성성이라는 새로운 범주를 개척했던 천운영의 「바늘」의 김지현식 버전이 아닌가. 여자아이의 성기 모양을 닮은 가늘고 얇은 바늘이 살인을 위한 강렬한 무기가 될 수 있었듯, 주머니 속에서 내 허벅지만을 찌르던 화장가위는 '나'를 겁탈하려던 죽은 아버지의 친구 '백씨'의 눈가를 찌르는 무기가 된다. 그것이 뽑아도 뽑아도 다시 자라나는 털이든, 언제나 내 몸을 향해 있는 가위든, 「털」의 여성들은 자기만의 무기를 지니고 있다. 그리고 그 무기가 자신을 찌르는 가시에서 비로소 밖을 향한 홍기가 될 수 있도록 만들어주는 것은 서로의 손길이다. TV 화면 속 덩치 큰 시베리아호랑이의 "황금빛 털"이 '나'에게 유난히 부드러워 보였던 것은 호랑이 두 마리가 엉겨붙어 있었기 때문이 아니었던가. 엉겨붙은 호랑이의 털이 시베리아의 혹독한 추위를 이겨내기에 충분해 보였듯, 서로의 손길이 있는 한, '여자'의 털과 '나'의 가위는 이제 더이상 없애고픈 콤플렉스도, 쉽게 꺼낼 수 없는 주머니 안의 무기인 것만도 아니다.

한 남자를 사이에 둔 여자들의 관계가 이처럼 비폭력적일 수 있는 이유는, 그 한 남자가 반쪽 눈썹과 미끈거리는 오징어 몸통같이 생긴 "하얀 손등"(87쪽)을 지녔고 "아내의 식탐이나 힘이 두려우면서도, 질투가"(90쪽) 난다고 말하는 연약한 남자라서 그런 것만은 아니다. 이 여성들의 결합이 약자의 의식적인 연대이기 때문만도 물론 아니다. '나'나 전파사 아내가 보여주는 "왕성한 식욕"(96쪽)은 그녀들이 숨길 수 없는 어떤 본능을 바탕으로 서로 끈끈히 연결되어 있음을 보여준다. 그것은 한마디로 말해 "야생성"이다. 서로의 손길을 통해 생명을 얻는 것은 바로 그녀들의 이 "박제된 야생성"(102쪽)인 것이다. 이처럼 김지현은 '부드러운 모성으로서의 여성성'과는 다른 여성의 본능을 전시한다.「나무구멍」에서의 그것이 '자기 충족적 향유로서의 여성성'이었다면「털」에서 그것은 '야생의 여성성'으로 변모한다. 여성의 본능에는 모성 이외의 다른 것들이 있음을, 더 나아가 모성을 전적으로 본능적이라 할 수 없음을 이 소설은 말하고 있다.

「초대」의 여성들은 어떠한가.「나무구멍」과 마찬가지로 이 소설에서도 임신을 둘러싼 여성의 대립이 뚜렷이 제시된다. 바로 '여자'와 '소녀' 사이의 대립이다. 그들은 열 살가량의 나이차가 나지만, 아이를 낳았다는 이유로 이십육 세의 그녀는 '여자'이고 서른 중반의 그녀는 여전히 '소녀'이다. "스스로를 통제할 수 있는 능력과 적당한 때와 장소에 적당한 말과 행동을 할 줄 아는 능력"(110쪽)만을 성장의 지표로 삼고 있는 '소녀 언니'는 모든 일에 있어서 아무리 숙련된 모습을 자랑해도, 남들의 눈에는 그저 여전히 '처녀막'을 소유하고 있는 수줍음 타는 '소녀'일 뿐이다. 그녀는 아이를 낳은 지 얼마 되지 않은 '여자'의 "땡땡하게 부풀어 있"(108쪽)는 가슴을 본 후 변태성욕자처럼 수유기 여자의 가슴을 탐한다. 303호 '여자'는 어떠한가. "생명을 잉태한 경험이 있는 자의 우월감"(112쪽)을 자랑하려고 하지만 그녀에게는 "뚱뚱한 몸뚱이가 더 수치스러"(132쪽)울 뿐이고, 이제는 더이상 자신과 탯줄로 연결되어 있지 않은 아이가 무엇을 원하는지 정확히 알 수 없기에 당황스럽다. 그래서 303호 '여자'는 '소녀'의 "냉정한 태도와 침착성"(113쪽)에 주눅 들곤 한다. 절제와 숙련과 질서를 자랑 삼는 '소녀'나 생명을 책임지고 있는 자의 우월감을 뽐내려는 '여자'나, 이들에게 각자의 우월감은 숨은 열등감의 왜곡된 표현에 다름아니다. "규칙과 통제에 짓눌린 몸뚱이"(127쪽)와 "반복적인 생리작용"(124쪽)에 지친 몸뚱이, 이렇게 대립되는 몸은 두 여성에게 모두 힘겹다. 전자가 힘겨운 이유는 그것이 '자신의 피의 리듬'을 통제하고 은폐하기 때문이며, 후자가 힘겨운 이유는 그 리듬을 제대로 통제할 수 없기 때문이다. 문제는 언제나 '통제와 은폐'이다.

다음을 참고해보자. 디드로(Denis Diderot)의 『무분별한 보석들』에는 여자의 두 목소리가 등장한다.[3] 하나는 거짓말하고, 기만하고, 그녀의 문란함을 은폐하는 '영혼의 목소리'이고, 다른 하나는 언제나 진리를 말하는, 즉 제약되지 않는 관능에 관한 진리를 "말하는 질"이다. 이 말하는 질은 신체 자체가 아니라 정확히 말해서 기관으로서의 질, 즉 주체 없는 부분대상으로서의 질인데, 이것이 바로 충동이며 비주체적 'moi' 라고 (보조비치의 견해를 따라) 지젝은 정리한다. 이 부분대상은 주체의 상징적 질서에 완전히 포섭되지 않는, 우리 안의 우리 이상의 것이 아닌가. 그러니까 「초대」에서 '소녀'와 '여자'의 대립은 이러한 충동으로서의 '진리'를 은폐하는 주체와, 진리를 말하는 비-주체 간의 대립을 재연하고 있다고 할 수 있겠다. "수분과 탄력으로 빛나는 입술"(109쪽)과 "고동색 유두에 뽀얀 액체가 방울로 맺"(108쪽)힌 '여자'의 젖가슴에 대한 '소녀'의 페티시즘, '소녀'의 꿈속에 기괴한 모습으로 등장하는 젖이 흐르는 소의 '눈알'과 파리떼가 날아오르는 어머니의 치마 속이라는 도착적 환상은 '소녀'의 생활신조인 질서와 절제의 논리로 설명할 수 없는, 아니 그 논리를 반드시 배반하고야 마는 충동이 불거져나온 모습이다.

「초대」에 나오는 여성의 두 목소리는 서로를 초대하여 "꼭두각시놀이"(125쪽)를 하고 있지만, 그들 사이에 있는 거대한 유리문은 쉽게 열리지 않는다. 안에 '여자'가 갇혀 있는 유리문을 '소녀'가 밖에서 아무리 두드려도 잠금장치는 안에 있기에 그 둘은 완전히 만날 수가 없다. '소녀'가 메마른 젖을 아기에게 물려본다고 한들 정확한 시간 계산과

---

[3] 이하 디드로의 『무분별한 보석들』에 관한 논의는 슬라보예 지젝, 『신체 없는 기관』, 이성민 외 옮김, 도서출판b, 322~323쪽을 참조.

계량을 따르는 그녀만의 요리법을 포기하지 않는 한 '소녀'는 절대 여성적 진리에 도달할 수 없다. 그녀가 '소녀'일 수밖에 없는 이유는 그녀에게 출산의 경험이 없기 때문이 아니다. 원인은 그녀의 질서와 절제에 있다. 그녀의 거짓말에 있다.

여성의 임신, 출산과 관련하여 김지현은 그것의 현실적 곤궁을 확인하는 데 그치고 있지 않다. 그녀가 그리는 여성의 임신 혹은 불임은 사회의 생산성 혹은 비생산성에 대한 상징의 수단도 아니며, 여성의 본능을 '모성'이라는 단일한 설명법으로 묶어두려는 시도도 아니다. 김지현은 오로지 여성의 감각과 인식과 환상을 쫓아가면서, 여성의 자기 충족적 향유, 그녀들의 야생성, 결국은 상징적 주체화를 배반하는 '진리'에 대해 말한다. 그 '여성=진리'는 심지어 여자에게도 타자적이지 않은가. 여성의 질은 생명을 품기도 하지만, "활활 타오르고" '삼키고' '말하면서' 자기 충족적으로 존재하는 부분대상이기 때문이다. 그러니 여성의 임신과 출산은 '여성=진리'를 이해하기 위한 하나의 방식일 뿐, 결코 유일한 길은 아니다. 김지현은 그것을 확인하는 작업을 계속하고 있다.

4. 모험과 놀이

이처럼 "진리가 여성이라면, 어쩔 텐가?"(『선악을 넘어서』) 다시 니체로 돌아가자.「늙은 여인들과 젊은 여인들에 대하여」에서 차라투스트라는 이렇게 말했다. 여성에게 사내는 단지 어린아이를 얻기 위한 수단에 불과하다고. 그렇다면 진리로서의 여성이 사내를 수단으로 영원한 생성이라는 위대한 일에 복무하고 있을 때, 사내들은 무엇을 하는가. 차라투스트라는 "진정한 사내는 두 가지를 원한다"고 했는데, "모험과 놀이"가 바로 그것이다. '진정한 사내'라면 "위험스럽기 짝이 없는 놀잇감"으로서의 여인을 원할 테지만, 현실 속 남자들은 주로 '거짓말'의 세계에서 놀 뿐 그들의 모험은 절대로 치명적인 위험을 무릅쓰지 않으니, 남자들의 가짜 세계에서 진리로서의 여성은 배제되기 일쑤다. 도달할 수 없는 것은 도달할 필요가 없는 것으로 전락한다. 이게 바로 '여성=진리'를 대하는 약한 남자들의 자기 보호 방식이다.

김지현 소설 속 남자들도 놀이에 몰두한다. 그녀의 소설에서 '노름'으로 집을 말아먹는 남자들이 반복적으로 등장한다는 사실은 의미심장하다. '노름'이란 그야말로 위험한 놀이가 아닐 수 없는데, 그렇다고 해도 남자들이 노름에 거는 것은 '고작' 돈일 뿐이고 그 위험한 놀이의 대가로서의 노름빚을 고스란히 떠맡는 것은 놀이의 당사자인 그들 자신이 아니라 아내 혹은 딸들이라는 점에서 남자들의 노름은 결코 '모험'으로 격상되지는 않는다. "난 나고 넌 너잖니"(「멧돼지 이야기」, 22쪽)라며 아내가 짐을 쌀 때에야, 그 남자들의 노름이 가까스로 모험이 될는지는 모르겠지만 말이다.

놀이의 세계에 몰두하는 남자가 등장하고 있는 소설은 「사각거울」과 「플라스틱 물고기」, 그리고 「고무공」과 「인형의 집」이다. 결론부터 말하자면 앞의 두 소설은 세계를 제 맘대로 조립해 자기 손 안에 소유하려는 욕망을 지닌 남자들에 관한 이야기이고, 뒤의 두 소설은 '여성-되기'의 욕망을 지닌 남자들에 관한 이야기이다. '진리=여성'을 대하는 남자들의 태도는 이렇게 양분된다. '진리=여성'을 철저히 배제하거나, 아니면 '진리=여성'이 되어보거나. 전자는 '정상적'이고 후자는 '도착적'이다. '거짓말의 세계'에서라면 말이다. 그렇다면 전자가 속이는 것은 무엇이고, 후자가 폭로하는 것은 무엇인가.

「사각거울」은 치매에 걸린 시어머니와 딸을 부양하기 위해 다리모델을 하는 '나'의 신산한 삶에 대한 이야기이지만, "현대판 고려장"(68쪽) 운운하는 에피소드에 현혹돼 이 소설의 진짜 목소리를 놓쳐서는 안 된다. 여기서 핵심은 '시선'과 관련된다. '거울'을 보는 여자와 '카메라'를 보는 남자, 즉 '나'를 보는 여자와 '너'를 보는 남자, 「사각거울」의 이러한 대립구도는 타자의 욕망의 대상이 되기를 바라는 여자와 상징적 권위를 인정받기를 원하는 남자라는 욕망에 관한 성 구분공식의 정확한 판본이라 할 수 있다. 그들의 시선을 따라가보자.

'나'의 시아버지와 남편 부자는 각각 카메라놀이와 소품놀이에 미쳐 있었다. "사각 테두리 안에 여자, 남자, 노인, 거지 등 온갖 것들이 들어오면, 세상 모든 게 미추를 가리지 않고 의미 있고 아름답더란 이 말이다"(58쪽)라며 눈만 뜨면 카메라 렌즈에 눈을 박았던 시아버지나, 아버지의 사진 스케치북에 매혹돼 영화나 방송을 향한 꿈을 품었던 소품기사 남편은 세계를 소유하려는 욕망을 렌즈 안에서(만) 혹은 세트장 안의 소품을 통해서(만) 실현하려 한다. 카메라의 시선에 동일시된 그들이 소유할 수 있었던 것은 그러나 가짜 세계가 전부다. 시아버지가 실성해 집에 불을 지르고 그 불을 미친 듯이 카메라로 찍어대더라는 설정이나 남편이 소품용 개구리를 구하려다 열차에 치여 죽었다는 설정은 어쩐지 작위적이지만, 이를 통해 이들 남자들의 추상화 욕망이 결국은 '진리'와 몇 단계나 떨어져 있는 것임을, 그러므로 허망한 것일 수밖에 없음을 김지현은 강조하고 있다. 자기 치마 속을 들여다보는 행위에 몰두하고 있는 치매에 걸린 시어머니의 자기 충족적 욕망, 혹은 "내 주변에 모여 있는 모든 이들의 눈이 내게로, 내 다리로 집중되어 있는 지금, 이 순간이 좋다"(63쪽)고 말하며 '나'를 향한 그 시선을 은근히 즐기는 '나'의 욕망과의 대조를 통해서 말이다.

이처럼 카메라에 고정된 남자의 눈과 거울을 들여다보는 여자의 눈을 정교하게 병치함으로써 김지현은 남자들이 갖고 있는 '소유'의 욕망을 '시선'과 관련하여 설명한다. 이들의 시선은 프레임 밖의 것을 돌보지 않는다는 점에서 세상에 대한 완벽한 장악이 될 수는 없다. 이같은 남성적 방식은 역시 '보는 행위'가 중요한 모티프로 작용하는 또다른 소설 「미행」에서 "좀더 '진짜'를 소유하고 싶어"(286쪽) 카메라를 드는 여성적 시선과 대조를 이룬다. 한때 동거했던 '동성애자' 남자의 현부인 J의 "퉁방울눈"과 불균형한 걸음걸이를 찍어대는 E는 대상을 바라보는 카메라의 시선과 자신의 시선을 동일시하기보다 J의 리듬에 자신을 맞추려고 한다. 한쪽 다리가 불구인 J가 버터플라이 영법을 시도할 때 E가 물밑 그림자가 되어 완벽한 호흡을 맞춰주는 장면은 남성적 소유가 아닌 여성적 감싸안기 방식의 전형을 보여준다. 남성들의 시선이 일방적이라면 여성들의 시선은 쌍방적이다. 그녀들은 거울에 비친 '나'로부터 혹은 '나'와 마주한 그녀들로부터 시선을 돌려받는다.[4]

반면 김지현 소설 속 남자들은 자신의 프레임으로만 세상을 본다. 그 프레임에 '여성=진리'의 '리듬'은 절대 포착되지 않는다. 「플라스틱 물고기」의 아버지와 아들도 마찬가지로 거짓말의 세계에서 산다. 이름 모를 섬에서 놀이동산을 설계하는 일을 하다가 피부병에 걸려 죽은 아버지의 아들은 어려서부터 펜토미노 게임을 즐겼다. 이제는 주유소 짓기에 집착하는 그 아들은 직사각형 보드와 펜토미노 블록, 주유소 캐노피 설계도의 선과 면 따위의 기하학의 세계 속에 갇혀 있다. 아니, 스스로를 가둔다.

 주인의 거실은 무척이나 단조로웠다. ㄴ자와 ㄷ자 모양의 은빛 소파, 정사각형 모양의 유리 테이블, 그 옆으로 커다란 육각형 어항, 거실 흰 벽의 도형 문양의 액자 세 개, 거실 구석의 스테인리스 조각 장식품 둘과 금속 장식장. 모두가 백색 아니면 흑색이다. 다만, 어항 속을 유영하는 열대어의 꼬리, 공작의 꽁지를 닮은 꼬리지느러미만이 어항 속 불빛을 받아 오색으로 빛날 뿐이었다.(「플라스틱 물고기」, 180~181쪽)

 흑백과 기하학으로만 이루어져 있는 주유소 주인의 집. "독일제 보안장치"로 철저하게 보호되고 있는 그 펜토미노 보드 같은, 혹은 설계도면 같은 집 안에서 그는 자기만의 조감도로 세상을 인식한다. 설계를 벗어나는 빈틈은 절대 용납될 수 없다. 마치 퍼즐놀이를 하듯 일상을 의례와 금지로써 질서정연하게 유지시키는 '주유소 주인'은, 아이러니

---

4) 여성들의 거울 보기, 혹은 마주 보기는 「멧돼지 이야기」 「초대」 「털」 「나무구멍」에서 반복적으로 그려진다. 여성들이 상대방의 눈에 비친 자신의 얼굴을 보는 장면도 흔하다.

하게도 결코 자기 욕망의 '주인'은 될 수 없다. 욕망이 고갈된 특별한 유형의 살아 있는 죽음이라고 일컬어지는 전형적인 강박증자의 모습을 취하면서 그는 보안장치 안에 자신을 철저히 숨긴다. 어항 속의 세상이 전부라고 생각하며 그 안을 유영하는 열대어, 어항 밖을 향한 자신의 욕망을 거세한 '플라스틱 물고기'는 바로 주유소 주인 자신인 것이다.

김지현 소설의 '남자'들은 진리든, 여성이든 알 수 없기에 두려울 수밖에 없는 것들을 자기 세계 안에 들여놓으려 하지 않고, 자신이 좌지우지하고 있는 세상이 진리를 배제한 놀이의 세계, 거짓말의 세계일 뿐이라는 것도 모른 채 내가 세상을 조립하고 있다고 큰소리치는 순진한 어린애들이다. 어른 같은 아이가 얄밉다면 아이 같은 어른은 불쌍하지 않은가. 김지현의 남자들은 주로 자기가 어른이라고 믿어 의심치 않는 어린아이일 뿐이니 불쌍하기만 하다. 이런 남자들은 현실에서도 소설에서도 흔하디 흔하지 않은가.

5. "신체 없는 기관"

그렇다면 완전히 아이가 되어버린 남자들은 어떤가. 「멧돼지 이야기」에서 선인장에 눈이 찔린 뒤 "바지에 오줌과 똥을 조금씩 지"(15쪽)리는 어린아이가 되어버렸던 S의 아버지, 아내 대신 인형만을 품에 안는 「인형의 집」의 '나', 그리고 경마장에서 만난 어린아이의 '고무공'을 쫓아 어린 시절의 '원환상'의 장면으로 돌아가고 있는 '남자', 그들은 모두 아이 같은 어른이기보다는 실제 '아이-되기'를 실연하고 있는 인물들이다. 이렇게 '뒤로 가는' 남자들은 그들이 설계도 밖에 버려두었거나 펜토미노 보드 밑에 감춰두었던 그 무엇과 만난다. 그런데 이 '아이-되기'는 과연 '퇴행'일까.

「고무공」에서 경마장에서 만난 아이의 '고무공'을 쫓아가던 '남자'가 대면한 것은 죽은 아버지에 대한 기억 혹은 환상이다. 목장에서 시정마 역할을 하는 조랑말을 끌었던 아버지는 실수를 가장한 고의로 씨암말과 자신의 조랑말을 교배시킨다. 그리고 그 암말이 새끼를 낳으려는 순간, 아버지는 그 암말과 자신을 완전히 동일시하면서 새끼를 낳는 동물의 자세를 취한다. 말을 교배시키는 천한 짓을 한다고 손가락질받았던 아버지는 이처럼 '여자-되기'와 더불어 '동물-되기'까지 하고 있다. 아니, '여자-되기'보다는 '동물-되기'를 하고 있다고 해야 할 것이다.

놈이 젖을 흘리고 있다. 출산이 임박했다는 신호다. 힘을 내자. 아버지는 네발짐승처럼 무릎을 꿇고 양손으로 땅을 짚는다. 아버지의 흰 엉덩이가 허공을 향해 쳐들린다. 금방이라도 그의 엉덩이에서 망아지가 쑥 빠져나올 듯하다. 암말은 일어서려고 애쓰지만, 풀썩 주저앉길 반복한다. 아버지의 창백한 엉덩이가 탱탱하게 부풀어오른다. 그의 엉덩이는 달덩이처럼 팽창해 주위의 어둠을 밀어내며 둥둥, 북소리를 울릴 것만 같다.(「고무공」, 217쪽)

아버지는 왜 이런 자세를 취하고 있는가. "이건 의지의 문제야"(219쪽)

라며 아궁이불 앞에서 왼손잡이 아들을 협박했던 아버지가 아니던가. 헛구역질까지 해대던 아버지의 상상임신과 상상출산은, 조랑말의 눈을 흰빛으로 빛나게 하던 "생식의 의무를 다하던 그때의 쾌감과 만족"(225쪽)을 향한 것이 아닐까. 그 쾌감과 만족의 느낌은 의지로 제어될 것도, 오른손의 규칙의 세계에서 이해될 것도 아니다. 이처럼 출산하는 아버지, 동물적 자세를 취하고 있는 아버지를 통해 김지현은 '아버지의 법'을 완전히 전도시킴으로써, 기하학과 거짓말의 세계에서 이미 직립의 인간이 놓쳐버렸지만 "동물들은 아직 가지고 있는 전체성"[5]을 우리에게 상기시킨다. 상징적 질서로 포착할 수 없는 이 '동물적 전체성'은 "달덩이처럼" 환하게 부풀어오르는 아버지의 엉덩이로, 격렬한 근육의 움직임으로 인해 몸에 윤기가 흐르는 경주마의 모습으로 변주된다. 그것은 천한 세계에 속한 것이라기보다는, 교배소를 빠져나가는 아버지의 왼손에 들려 있었던 고무공처럼 "하얗게 반짝이는"(235쪽) 것이다. 그 눈부신 '고무공'은 너무 밝아 똑바로 쳐다볼 수도, 어디로 튈지 예측할 수도 없지만 무작정 따를 수밖에 없는 우리 안의 충동에 다름아니다.

근작 「멧돼지 이야기」는 이러한 동물-되기의 또다른 양상을 제시한다. 백 년간 띄운 메주로 만든 간장단지를 안고 S의 식당으로 찾아온 L, "오!"라는 감탄사가 절로 나올 만한 "모래주머니처럼 생긴 젖가슴과 둥근 엉덩이"(19쪽), 그에 비해 터무니없이 가늘고 짧은 두 다리를 가진 L은 완벽한 다산의 상징이 아닌가. 그녀는 어쩐지 인간이기보다는 '멧돼지'

---

[5] 레나타 살레클, 『사랑과 증오의 도착들』, 이성민 옮김, 도서출판b, 2003, 179쪽.

의 모습에 더 가깝다. L이 텃밭에 싸질러버린 "묵은똥 한 무더기"(17쪽)는 멧돼지를 뒷걸음치게 만들 정도로 위협적이니 그녀의 동물성은 동물 이상이라고 해야 할 것이다. 똥거름으로 2미터에 달하는 거대 채소를 만들어내거나, 쌍둥이 형제에게 "밤톨만한 젖꼭지"(34쪽)를 동시에 물리는 L의 형상은 라블레적 이미지에서 혼한 엄청난 생식력을 지닌 대지와 일체화된 육체에 대한 상징이다. 김지현식 동물-되기는 이처럼 배설물 혹은 L이 먹는 백 년 묵은 간장을 통해 육체와 대지의 경계를 허물면서 가공할 만한 에너지를 발산한다. 그 에너지는 "좋게 다루면 열정이 되고 나쁘게 다루면 폭력이 되는 뭐, 그런 에너지"(30쪽)라고 L은 말한다.

　　L의 말처럼 간장과 거대 채소에 녹아 있는 그 에너지 탓인지, 찌개를 떠먹으며 상기된 그들의 얼굴에는, 충전된 원기를 밑천 삼아 스스로를 확장하고픈 '열정'과 몸속 깊이 쟁여놓은 억울함과 복수심, 증오 따위를 드러내고픈 '폭력성'이 번갈아 찾아들었다.(「멧돼지 이야기」, 36쪽)

'열정'이 될 수도 '폭력'이 될 수도 있는 그 에너지를 남자들은 좋게 다루지 못한다. 남자들이 밥을 먹던 식당 안은 순식간에 아수라장이 되고, 그 아수라장에 나타난 거대한 '멧돼지'는 소란을 평정한다. 멧돼지는 남자들을 들이받고 물어뜯는다. 멧돼지는 남자들의 코를 씹어먹고, 팔다리를 절단해버리고, 머리를 물어뜯어 축구공처럼 차면서 돌아다닌다. 남자들의 어쭙잖은 폭력성을 멧돼지의 무심한 잔인성이 압도해버리는 것이다. 거대 채소의 에너지는 "억울함과 복수심, 증오" 따위의 몫이 아니라는 듯이 에너지의 원천 '멧돼지'는 수십 개의 젖꼭지에서 젖을 흘리며 그들을 뭉개버린다. 대지의 생명력은 이처럼 난데없이 잔인한 폭력성으로 전환된다.

「멧돼지 이야기」의 동물-되기는, 남자들을 먹여살리기도 하지만 그들을 뜯고 찢고 씹으면서 압도해버리기도 하는 여성성, 아니 어떤 에너지와 관련된다. 코가 없는 남자, 팔다리가 잘린 남자, 목이 잘린 남자들이 멧돼지로 변한 L을 따라 걸어가는 마지막 장면은 이 '동물성'의 힘이 얼마나 강력한가를 보여준다. 이 동물성을 단순히 '대지의 주인으로서의 모성'이라고 말해버릴 수 없는 것은 식당 안을 초토화시킨 'L/멧돼지'의 잔인성 때문이기도 하지만 그것이 전부는 아니다. S가 때때로 특정 부분만 확대되어 보이는 L의 몸에 압도되고 있다는 사실을 지적해보자. L이 놀라운 것은 그녀의 기괴한 실루엣 때문이라기보다는 "눈과 코가 사라진 L의 얼굴에서 음식을 머금은 입술만이 신나게 오물대거나, 입술과 눈이 감쪽같이 사라지고 코만 남아 뻘쭉거리거나"(21쪽) 하는 식으로 L의 얼굴이 하나의 기관으로 확장되기 때문이다. 이처럼 "감정에 솔직한, 보다 적극적인 얼굴"(22쪽)은 자율적 부분대상으로서의 "신체 없는 기관"[6]의 형상, 바로 그것이 아닐까.

결국 L은 여성이라기보다는 동물이고, L의 몸은 유기체로서의 그것이라기보다는 탈주체화된 부분대상들의 조합에 불과하다. 이처럼 부분 확장된 몸에 집중하는 「멧돼지 이야기」는 대지와 결합된 여성의 무한

---

6) 슬라보예 지젝, 같은 책, 320~332쪽 참조.

한 생산력에 관한 소설이라기보다는 오히려 주체에 대한 도착적 비전을 제시하는 '신체 없는 기관'에 대한 소설이라고 할 수 있을 것이다. 「플라스틱 물고기」의 '귀'나 「고무공」의 '손'처럼 억압과 강박의 대상이거나, 「미행」의 '눈'처럼 매혹의 대상이거나, 혹은 욕망이 이끄는 대로 순순히 움직이기 때문에 "제일 먼저 후회의 징후를 드러내는 장소"(132쪽)이기도 했던 김지현 소설의 몸은, 이제 저 홀로 확장되면서 주체의 욕망의 변증법을 무시하는 충동의 장소로서 해방된다.

이와 같이 김지현의 이야기는 남성에서 여성으로, 인간에서 동물로, 주체에서 탈주체로, 신체에서 기관으로 '진화' 중이다. 우리는 글을 쓰면서 여성이 되거나 동물이 되거나 심지어는 지각 불가능한 미립자가 되기도 한다고 들뢰즈는 말하지 않았던가. '여성' '동물' '미립자'라는 예측 불가능한 타자는 '생성'을 위한 필요조건일 것이다. 그런데 그 생성은 물론 완벽히 새로운 창조일 수만은 없다. 새로움은 오히려 프로이트가 『문명 속의 불만』에서 이야기했던 직립의 인간이 상실한 동물적 전체성, 즉 '진리'로의 회귀 안에 있다. "움직임을 불러오는 에너지"(「멧돼지 이야기」, 30쪽)를 말하는 김지현은 회귀를 통해 생성을 도모하는 작가다. 어머니의 뱃속에서 나오던 순간에 자신의 정수리를 짓누르던 어머니의 심장소리와 뜨거운 피를 기억하는 작가다. 우리의 진리는, 곧 우리의 미래는 우리가 떠나온 것 안에 있다고 말하는 작가다. 그 진리가 여성이라면, 어쩔텐가. 김지현의 대답은 간단하다. 자신의 피의 리듬으로 돌아가자. 자신의 심장소리에 귀를 기울이자. 그렇게 진리를 대면하자. 바로 그것이다.

작가의 말

내가 사랑한 두 여자.

할머니는 입에 수건을 물고 뜨거운 바늘로 손수 귀를 뚫었다. 무서운 여자야, 얼빠진 얼굴로 중얼거리던 엄마는 며칠 뒤 미용실에서 귀를 뚫었다. 엄마는 손톱을 길러 매니큐어를 칠했다. 할머니는 엄마의 손톱을 독수리 발톱이라고 불렀다. 엄마는 열 개의 새빨간 손톱으로 아침밥상을 차려냈다. 할머니는 기어코 엄마를 성당으로 인도했다. 성당에 간다던 엄마는 종종, 미용실과 시장을 오가며 시간을 때웠다. 집에 강도가 들었다. 식칼을 든 사내였다. 돈과 패물을 훔쳐 달아나는 강도의 뒤통수를 조준해 할머니가 신발짝을 날리는 사이, 엄마는 허둥지둥 비명만 질러댔다. 할머니가 던진 신발짝은 강도가 아닌 엄마의 뒤통수를 때리고 떨어졌다. 넌 어찌 앞을 막아서서 그러냐. 할머니는 다시 신발짝을 움켜쥐고 강도를 쫓아 뛰쳐나갔다. 엄마는 얼얼한 뒤통수를 감싸쥐고 울음보를 터뜨렸다. 막걸리 받아와. 그날 밤 할머니가 나를 흔들어 깨웠다. 냉장고 제일 안쪽 걸 달라고 해. 엄마는 밑반찬을 챙겨 상을 차렸다. 나는 잠이 덜

깬 얼굴로 차가운 막걸리를 사왔다. 할머니와 엄마의 조촐한 술상. 나는 두 여자 사이에 누워 손가락으로 시큼한 막걸리를 찍어먹었다. 뒤통수 안 깨졌냐. 어머님 손등에 멍 좀 봐요. 강도를 잡지 못한 아쉬움에, 자매처럼 친구처럼 술잔을 부딪치던 두 여자, 달아난 놈을 찌르고 패고 매달고 태우느라 왁자했던 그 여름밤. 그날 밤의 막걸리 파티가 사무치게 그리운 이유를, 나는 어느덧 깨달아가고 있다.

일상과 이탈, 관습과 반항, 예의와 독설 사이에 놓인 그 작두날 같은 경계 위를 걷다, 곧잘 휘청거린다. 가족과 친구와 어울리다 문득 그들과의 거리를 고집하는 나를 발견하고, 공허해진다. 나의 언어를 들여다보며 나의 몸짓이 그저 세상과 사람을 만나는 시늉에 불과했다는 것을 깨닫는 순간, 좌절한다. 맞닥뜨린 문제와 씨름하는 동안, 그 밑바닥까지 내려가지 못하는 내 우둔한 감각을 알아차리고 절망한다. 모순의 시간을 견뎌내는 힘. 나는 그 여름밤, 두 여자의 소박한 술상을 생각한다. 그리고 나의 눈이, 나의 언어가 너그럽고 뜨거워지길, 담대하고 솔직해지길, 상처가 아닌 치유를 위해 깊숙이 찌르는 바늘이 되길, 나는 간절히 소망한다.

신림동 부모님과 이매동 어머님의 이해와 배려에 늘 감사하고, 죄송하다. 좋은 글로 보답하고 싶다. 그리고 교. 함께 걷는다는 것, 자꾸 그것을 고민하게 만드는 당신의 존재가, 나는 참 고맙다.

2007년 가을
김지현

| 수록작품 발표지면 |

「멧돼지 이야기」 ······ 『세계의문학』 2007년 봄호

「사각거울」 ······ 문화일보 2002년 신춘문예 당선작

「털」 ······ 『현대문학』 2002년 4월호

「초대」 ······ 『황해문화』 2006년 여름호

「나무구멍」 ······ 『21세기문학』 2006년 가을호(「엄마의 얼굴」로 발표)

「플라스틱 물고기」 ······ 『문학동네』 2002년 겨울호

「고무공」 ······ 『한국문학』 2003년 여름호

「인형의 집」 ······ 『작가세계』 2003년 가을호

「미행」 ······ 『문학사상』 2005년 12월호

문학동네 소설집
플라스틱 물고기
ⓒ 김지현 2007

초판인쇄 | 2007년 10월 12일
초판발행 | 2007년 10월 18일

지은이 | 김지현
펴낸이 | 강병선
책임편집 | 조연주 고경화
펴낸곳 | (주)문학동네
출판등록 | 1993년 10월 22일 제406-2003-000045호

주　　소 | 413-756 경기도 파주시 교하읍 문발리 파주출판도시 513-8
전자우편 | editor@munhak.com
전화번호 | 031) 955-8888
팩　　스 | 031) 955-8855

ISBN　978-89-546-0419-2　03810

* 이 책의 판권은 지은이와 문학동네에 있습니다.
  이 책 내용의 전부 또는 일부를 재사용하려면 반드시 양측의 서면 동의를 받아야 합니다.
* 이 책은 한국문화예술위원회의 문예진흥기금을 받아 출간되었습니다.
* 이 도서의 국립중앙도서관 출판시도서목록(CIP)은 e-CIP 홈페이지(http://www.nl.go.kr/cip.php)에서
  이용하실 수 있습니다.(CIP제어번호: CIP2007003144)

www.munhak.com